Lutz Wilhelm Kellerhoff
Die Tote im Wannsee

LUTZ WILHELM
KELLERHOFF

DIE TOTE
IM
WANNSEE

KRIMINALROMAN

ULLSTEIN

Die Figuren in diesem Roman sind frei erfunden.
Ähnlichkeiten mit lebenden oder toten Personen
sind rein zufällig.

ISBN: 978-3-550-05064-0
© 2018 by Ullstein Buchverlage, Berlin
Alle Rechte vorbehalten
Gesetzt aus der Dante MT Pro
Satz: L42 AG, Berlin
Druck und Bindearbeiten: CPI books GmbH, Leck
Printed in Germany

Eins

Freitag, 25. Oktober

Das ist also der Augenblick, in dem ich sterben werde, denkt sie. Da ist das Messer bereits achtmal in ihren Körper eingedrungen und legt nun eine kleine Pause ein. Ihr Atem rasselt, die Bronchien sind verstopft. Das Herz pumpt hektisch Blut aus den offenen Wunden. So lange, bis es kein Blut mehr gibt, das gepumpt werden kann. *Was habe ich getan, dass ich sterben muss?*

Sie ist wie immer freitagmittags zu der kleinen Laube am Rande der Schrebergartensiedlung gefahren. Diesmal ist sie zu früh da gewesen. Sie wollte die Zeit nutzen, um zu überlegen, wie sie es erklären kann. Dass sie Schluss machen muss. Weil sie genug hat von der Angst, dem Misstrauen, der Heimlichtuerei. Von der Gefahr, entdeckt zu werden. *Ich werde weggehen. Weg aus Berlin, diesem Hexenkessel. Nach Kalifornien. Mit den Kindern. Neu anfangen. In ein kleines Dorf mit Hühnern und einem Garten, in dem ich Gemüse anbaue. Und drum herum Kühe und Pferde. Ich hab ja genug Geld gespart.*

Das alles hat sie schon vor Tagen angekündigt. Die richtigen Worte liegen immer noch bereit. Aber für Gründe und Argumente ist es jetzt zu spät. Jetzt, wo sie in der Laube den kalten Boden unter sich spürt, wo es um sie herum feucht ist von ihrem Blut. Das Kleid ist hochgerutscht, und die schöne Strickweste aus dem

KaDeWe ist zerschnitten. Der rechte Schuh ist vom Fuß gerutscht. *Wo ist er? Wo ist mein Schuh? Sonderangebot, dreißig Mark bei Leiser in der Tauentzienstraße. Schlangen-lederimitat. Der letzte Schrei.* Sie friert.

Im Tagesspiegel hat sie gelesen, dass man einen hell leuchtenden Tunnel betritt, wenn man stirbt. Ist das so? Bisher ist nichts von einem Tunnel und einem Licht zu sehen. Und das ist auch gut so. Sie darf nicht sterben. Nicht wegen ihrer selbst, sondern wegen der Kinder, die am Grab stehen und weinen werden. Was soll aus ihnen werden, wenn sie nicht mehr ist? Sollen sie etwa bei Klaus bleiben?

Gerade bei ihm. Er mit seinen ewigen Verdächtigungen, seiner Wut, den Schlägen. Dabei hatten alle sie gewarnt. Der ist ein jähzorniger Typ, hat ihre Mutter am Tag der Hochzeit gesagt, der hat sich nicht unter Kontrolle, wenn er getrunken hat. Aber sie hatte die Stimmen ignoriert. Immer und immer wieder. Weil sie verliebt gewesen war. Bis über beide Ohren. Er hatte so gut ausgesehen, als sie sich kennenlernten, mit seinen schwarzen Locken, den braunen Augen und seinem spöttischen Lächeln. Am 13. August 1961. Sie erinnert sich genau an das Datum, weil keine Frau solche Tage vergisst. Und weil an dem Tag die Sektorengrenze abge-riegelt wurde. Erst nach der Geburt von Ralf und dann von Betty hatte sie bemerkt, dass in seinem Lächeln kein Spott, sondern Verachtung liegt. Verachtung für alles und jeden. Also muss sie für die Kinder am Leben bleiben, muss sie sich mit aller Kraft wehren.

Jetzt, wenn das Messer erneut in sie hineinsticht. Die Haut durchdringt und mit einem hässlichen Kratzen an Knochen entlanggleitet. Sie schreit. Windet sich.

Greift mit der rechten Hand nach der Messerhand, hält sie fest. Drückt dagegen, versucht, die Waffe zur Seite abzulenken. Bis der Stahl zuletzt zwischen den Rippen hindurch in das Herz eindringt und die unermüdliche Arbeit des Muskels beendet.

Von diesem Augenblick an gibt es keine Rettung mehr. Die Impulse, die ihr Gehirn an Muskeln und Sehnen sendet, werden schwächer und schwächer. Tragen sie fort. In den Tunnel hinein, in dem es hell ist. Sehr hell. Eine Kakofonie von Tönen und Stimmen. Erinnerungen. *Bald ist Weihnachten, im Büro ist das Fenster noch offen, der Arzt hat gesagt, es ist ein Ekzem, Vater unser, der du bist im Himmel, ich muss Geschenke kaufen, der Hund bellt die ganze Nacht, lieber Gott, hilf mir, wenn wir auf den Funkturm gehen, trinken wir Weiße mit Waldmeister.*

Und dann atmet sie ein letztes Mal aus. Es wird still. Eine tröstliche, heilsame Dunkelheit umfängt sie.

Fahr in die Laube. Das Problem ist gelöst. Es war ein kurzer Anruf. Harry wusste sofort, was gemeint war. Er nahm den Autoschlüssel, murmelte beim Verlassen des Büros etwas von einer Verabredung, die er vergessen habe. Sein weißer BMW stand direkt vor dem Eingang zum Polizeipräsidium am Platz der Luftbrücke. Er raste los. Eine halbe Stunde, wenn er über die Stadtautobahn, dann die Heerstraße und den Nennhauser Damm fuhr. Die letzten Meter bis zur Kolonie Gartenbauverein Staaken v. 1922 dann zu Fuß. Zweihundert Meter südlich des Bahnübergangs Staaken, wo Güterzüge aus Westdeutschland nach West-Berlin abgefertigt wurden.

Als er die Tür zur Laube aufstieß, sah er sie. Sie lag rücklings, die Arme ausgebreitet, mit den Füßen zum

Bett hin. Der Kopf in einer Lache aus geronnenem Blut. Die Augen offen, der Blick zur Decke gerichtet. Ihre Brille lag neben ihr. War sie tot? Natürlich war sie tot.

Tat sie ihm leid? Er spürte den Anflug eines ungewohnten Gefühls. Ja, ein wenig schon, sie war jung, sie war hübsch. Aber vor allem war da Angst, dass ihn jemand beobachten könnte. Er sah auf die Uhr, halb vier. Bald würden die ersten Schrebergärtner eintrudeln, um noch ein paar Stunden lang die Himbeeren zu schneiden, die Beete umzugraben.

Die Leiche musste weg. Sofort. Er nahm das Wachstuch vom Tisch, legte es auf den Fußboden, zog die Tote darauf und schlug die Seiten über ihr zusammen. Nahm zwei Seile aus dem Schrank, band eines in Höhe der Brust und eines in Höhe der Knie um sie herum. Die blutige Tatwaffe, die neben der Toten lag, ein Messer mit Holzgriff, wickelte er in eine Zeitung ein. Er musste es zusammen mit der Leiche verschwinden lassen. Dann schaute er aus dem Fenster. Niemand zu sehen. Gut so. Wenn er sich beeilte, würde alles gut werden.

Harry schulterte die Tote. Schloss die Tür hinter sich ab und ging los. Von Weitem sah er einen Mann auf einer Zündapp, der recht schnell auf die Kolonie zufuhr. *Beeil dich*, dachte er. Auf dem Parkplatz angekommen legte er Leiche und Messer in den Kofferraum seines BMW. Dann stieg er ein und gab Gas. Drehte den Kopf weg, als er dem Mopedfahrer auf der Kreuzung Finkenkruger Weg begegnete. Dann nach links abbiegen. Und dann die große Frage, wohin mit ihr.

Harry ärgerte sich, weil er nicht schon auf der Fahrt zur Laube darüber nachgedacht hatte. Aber da war ihm alles Mögliche durch den Kopf gegangen, nur das nicht. Er könnte die Leiche im Wald vergraben. Aber die Gefahr war zu groß, dass Tiere sie ausbuddelten. Er könnte sie zersägen und an die Tiere verfüttern. Auch zu riskant. Wenn etwas von ihr übrig bliebe, würden Spaziergänger es finden.

Als er die Kreuzung zur Teltower Straße erreichte, wusste er, was zu tun war. Er würde die Leiche auf die Insel Schwanenwerder bringen, die im Wannsee nördlich vom Strandbad lag und über eine Brücke mit dem Ufer verbunden war. Um diese Jahreszeit standen dort die meisten Villen leer. Er würde seine Fracht vor dem Anwesen des Zeitungszaren Axel Springer ablegen. Direkt vor dem Tor.

In der gegenwärtigen Stimmungslage würde die Polizei den Mord unweigerlich mit den radikalen Studenten in Verbindung bringen. Als Racheakt für Rudi Dutschke. Oder noch besser, die Polizei würde davon ausgehen, dass es sich bei der Toten um eine von Springers Liebschaften handelte. Davon gab es angeblich etliche. Das würde sogar zu den anderen abgestochenen Frauen der letzten eineinhalb Jahre passen. Derselbe Mörder. Ein Perverser aus der besseren Gesellschaft. Sticht sie ab und legt sie aus Wut vor Springers Anwesen. Zugegeben, es war nicht die Idee des Jahrzehnts, aber doch besser als alle anderen.

Auf der Havelchaussee kam er gut voran. Bis plötzlich nahe dem Grunewaldturm die Straße abgesperrt war. Blaulicht überall. Was war hier los? Kontrollierten sie die Fahrzeuge? Drei Wagen vor ihm. Keiner hinter ihm. Er könnte noch umdrehen und die Avus nehmen. Aber kaum hatte er den Rückwärtsgang eingelegt, hielten vier Autos hinter ihm. Was jetzt? Aussteigen und wegrennen? Was für ein idiotischer Gedanke. Die würden ihn anhand seines BMW ausfindig machen.

Er spürte, wie sich Schweiß auf seiner Stirn bildete. Bleib ruhig, dachte er. Das ist bestimmt ein Unfall, deswegen steht ein Krankenwagen da. Dann ging es weiter. Er passierte den Rettungswagen. Ein Mann mit Motorradhaube wurde eingeladen. Das rechte Bein war seltsam verdreht. Die Maschine lag im Graben. Dann war er vorbei. Glück gehabt. Er fuhr weiter, aber langsamer. Auf keinen Fall einen Unfall riskieren.

Zehn Minuten später erreichte er den Kronprinzessinnenweg, bog rechts in den Wannseebadweg ein und fluchte, als er nur noch dreihundert Meter von der Brücke nach Schwanenwerder entfernt war. Wegen Bauarbeiten gesperrt. Zwei Männer machten sich an dem Geländer zu schaffen. Ein schwarzer Mercedes mit Behördenkennzeichen kam von der Inselseite her. Die Arbeiter zogen die Absperrung beiseite, ließen den Wagen passieren und schoben die Absperrung wieder in die ursprüngliche Position zurück. Das würden sie in seinem Fall bestimmt auch so machen. Aber dann hätten sie sein Auto gesehen und würden sich später vielleicht daran erinnern. Der BMW 2000 C war auffällig, davon gab es in Berlin nicht viele.

Er musste eine andere Möglichkeit finden. Und zwar schnell. War da nicht ein Schild gewesen, das den Weg zum Berliner Yacht-Club wies? Er fuhr rückwärts. Als er bremste, rumpelte es im Kofferraum, als würde jemand von innen gegen den Deckel schlagen.

Montag, 28. Oktober

Vierzehn Tage lang waren in Berlin kein Mord, kein Totschlag und keine Selbsttötung gemeldet worden. Eine überraschend ruhige Zeit. Kommissar Wolf Heller hatte drei Wochen Bereitschaft bis auf einen Tag hinter sich gebracht. Bereitschaft bedeutete, als Kommissar des Kriminalreferats M in der Keithstraße, Unterabteilung Inspektion M I, Tötungsdelikte und erpresserischer Menschenraub, Tag und Nacht zur Verfügung zu stehen. Es hatte schon Bereitschaften gegeben, da war er nicht aus den Klamotten gekommen, hatte sogar am Schreibtisch im Dienstzimmer im zweiten Stock geschlafen, das er sich mit seinem Kollegen Albert Doll teilte.

Die letzte Leiche hatten Doll und er am 14. Oktober gegen fünf Uhr morgens am Stuttgarter Platz in Augenschein genommen. Eine der vielen Prostituierten, die nachts dort standen, hatte um drei Uhr morgens die 110 angerufen, weil ein Mann mit einer Axt im Kopf vor der *Lolita-Bar* umhertaumelte. Wie ein Huhn, das, nachdem es geköpft worden ist, noch weiterflattert. Auf der Kreuzung Kantstraße / Kaiser-Friedrich-Straße war der Mann schließlich von einem Bus der BVG überrollt worden. Acht Personen kamen dabei zu Schaden. Weil der Kopf des Toten von dem Busreifen zerquetscht wurde und er keine Papiere bei sich trug, dauerte es zwei Tage, bis seine Identität festgestellt werden konnte. Rolf Garstig, 56, stadtbekannter Bauunternehmer, der sich gelegentlich am Stutti bei einer ebenfalls stadtbekannten Domina namens Madame de Sade in Behandlung begab. Allerdings war er in dieser Nacht nicht bei Claudia Müller, wie Madame de Sade mit bürgerlichem Namen hieß, gewesen. Eine Axt in einen Schädel zu schlagen, so erklärte sie dem Ermittlungsrichter, gehöre nicht zu ihrem Repertoire.

Tatsächlich war es die Ehefrau des Unternehmers gewesen, die in jener Nacht beschlossen hatte, dem Martyrium ihrer Ehe ein Ende zu bereiten. Sie war mit der hellblauen Pagode von der Villa in Dahlem an den Stuttgarter Platz gefahren, hatte gegen zwei Uhr dreißig ihrem Mann aufgelauert und ihm um zwei Uhr achtundfünfzig den Kopf gespalten. Anschließend war sie nach Hause gefahren, hatte eine Flasche Dom Pérignon Rosé von 1962 geköpft und ihre Befreiung gefeiert.

Heller und Doll waren ihr wegen eines gekauften Alibis auf die Spur gekommen. Als sie die Dame in ihrer schönen Villa festnehmen wollten, hatte sie sich im Keller bereits erhängt. Ihr Abschiedsbrief bot einen erschreckenden Einblick in die Abgründe einer bürgerlichen Idylle.

Da Heller Claudia seit der Grundschule kannte und früher so etwas wie ein großer Bruder für sie gewesen war, wartete er an diesem Vormittag des 28. Oktober gegenüber der Haftanstalt in der Alfredstraße, bis sie aus der Untersuchungshaft entlassen wurde. Er stand an seinen blauen Karmann-Ghia gelehnt. Den Kragen seines Kurzmantels hochgeschlagen, den Porkpie tief ins Gesicht gezogen, blätterte er in der Berliner Morgenpost vom Tag zuvor. Auf Seite fünf wurde berichtet, dass der Osten Dutzende Spione in West-Berlin postiert hätte. Angeblich ermunterten die Ost-Agenten die radikalen Studenten finanziell und ideologisch zur Randale.

Punkt zehn Uhr wurde das stählerne Tor geöffnet. Heraus trat eine kleine, zierliche Person mit dunkelblondem Haar und einem kleinen Paket in der Hand. Dass dieses unscheinbare Wesen sich nachts in einen Engel der Hölle verwandeln konnte, war kaum zu glauben. Verloren schaute sie sich um, bis sie Heller auf der anderen Straßenseite entdeckte.

»Nix zu tun, Heller?«, rief sie über die Straße hinweg.

Heller öffnete die Tür auf der Beifahrerseite. Claudia stieg ein, klaute ihm die Zigarette aus dem Mund und nahm einen tiefen Zug.

»Ick hab dir ja gleich gesagt, dass es seine Alte war. Er hat sie wie den letzten Dreck behandelt. An ihrer Stelle hätte ick den schon lange in seine Einzelteile zerlegt und im Garten vergraben.«

»Du hättest uns sagen sollen, dass du sie gesehen hast. Wenn wir nicht herausgefunden hätten, dass sie ihr Alibi gekauft hat, würdest du jetzt fünfzehn Jahre Urlaub antreten.«

»Ick hab doch jewusst, dass du fleißig bist und der Gerechtigkeit zum Sieg verhilfst.«

»Wie wäre es mit einer Umschulung?«

»Was meinst du? Brave Ehefrau?«

»Zum Beispiel.«

»Soll das ein Heiratsantrag werden?«

Heller lächelte.

»Bevor ick mich versklaven lasse, versklave ick lieber selbst und werde dafür auch noch bezahlt.«

Sie fuhren in Richtung Westen. Alt-Moabit, Gotzkowskybrücke, Helmholtzstraße. Vorbei an den bleichen Häusern, die notdürftig repariert worden waren. Den riesigen Lücken, die der Krieg gerissen hatte. Den jungen Bäumen, die man nach 1945 gepflanzt hatte und die sich schüchtern am Straßenrand in die Höhe reckten.

Heller lieferte Claudia in der Suarezstraße ab, wo sie zusammen mit ihrer Mutter eine Zweizimmerwohnung direkt neben der Feuerwache bewohnte. Seine Ermahnung, vorsichtig zu sein, wischte sie beiseite.

»Wieso soll ick? Ick hab ja dich.«

Bevor er zurück in die Keithstraße fuhr, gönnte er sich bei Heuwers in der Kaiser-Friedrich eine Currywurst mit Spezialsoße und schaute eine Weile dem Treiben auf der Straße zu. Obwohl er hier geboren war, fühlte er sich zuletzt mit jedem Tag fremder. Die Stadt entwickelte sich, seit der Osten die Mauer hochgezogen hatte, immer mehr zu einem riesigen, dreckigen Hinterhof. Überall alte und neue Nazis, gierige Geschäftemacher, korrupte Politiker. Und denen gegenüber Studenten, die den Staat abschaffen und eine kommunistische Diktatur errichten wollten. Im letzten Sommer war Benno Ohnesorg von einem Polizisten erschossen worden, vor gut einem halben Jahr hatte Josef Erwin Bachmann drei Kugeln auf Rudi Dutschke abgefeuert. Bei der Vernehmung hatte Bachmann gefaselt, dass er eine Maschinenpistole hätte kaufen oder Dutschke hätte zersägen sollen.

Damit überhaupt noch jemand in diese Freiluft-Irrenanstalt kam, zahlte Bonn kräftig. Also machten sich all diejenigen auf den Weg nach Berlin, die zuhause in Tübingen und Köln oder Berchtesgaden nicht klarkamen, und kassierten dafür Geld vom Staat. Es war ein Wahnsinn. Und Heller hatte das Gefühl, dass der Wahnsinn sich ausbreitete und irgendwann auch ihn befallen würde. Er war zweiunddreißig Jahre alt, unverheiratet und wohnte in Kreuzberg bei einer Mutter von zwei Kindern zur Untermiete. In seinem Ausweis stand: eins zweiundachtzig groß, fünfundsiebzig Kilo schwer, blaue Augen, dunkles Haar. Die Frauen standen auf ihn.

Es hatte zu nieseln begonnen. Ein feiner Nebel, der sich auf die Straße, die Autos und die Seele legte. In den nächsten Monaten würde die Selbstmordrate ansteigen. Das Stoffverdeck seines Karmann-Ghia leckte auf der Beifahrerseite, weshalb sich dort auf der kunstledernen Sitzfläche eine kleine Pfütze gebildet hatte. Zuhause würde er das Verdeck mit Klebestreifen abdichten. Irgendwann war ein neues fällig.

Weil der Ku'damm wegen eines Feuerwehreinsatzes gesperrt war, nahm er die Kantstraße, was sich bald als Fehler herausstellte. Einmal pro Woche marschierten zweihundert bis dreihundert Studenten am Amerikahaus in der Hardenbergstraße vorbei, warfen Farbbeutel und Eier und riefen *USA-SA-SS, Ho-Ho-Ho-Chi-Minh* und andere Parolen. Wolf Heller wusste nicht, was damit gemeint war. Die Studenten schienen auf Krieg aus zu sein, als würden sie bedauern, beim letzten nicht dabei gewesen zu sein. Es ging gegen die Spießer, gegen die Amerikaner, gegen Vietnam. Und vor allem ging es gegen Axel Springer und die Bild-Zeitung.

Heller stellte den Wagen ab und sah dem Spektakel eine Weile zu. Hundert Beamte des Einsatzkommandos standen auf der »Spielwiese«, wie sie die Kreuzung Ku'damm und Joachimsthaler Straße direkt vor dem *Café Kranzler* nannten. In drei Reihen aufgestellt erwarteten sie die Studenten, die untereinander eingehakt wie eine Herde Ziegenböcke auf sie zustürmten. Polizisten wie Studenten stürzten zu Boden. Es kam zu Rempeleien, zu unbeholfenen Ringkämpfen. Als die Polizisten sich wieder gesammelt hatten, regnete es schwarze Gummiknüppel auf die Demonstranten herab, auf Köpfe, Arme, Beine. Die Studenten zogen sich zurück, die Polizisten rannten hinter ihnen her, kreisten sie ein und schlugen weiter zu, ließen einer lang angestauten Wut freien Lauf. Zwei Wasserwerfer fegten unschlüssig Herumstehende von der Straße, als wären sie Unrat, der im Rinnstein weggespült werden musste. Transparente und Plakate mit den Köpfen von Karl Marx, Che Guevara, Rosa Luxemburg wurden konfisziert. Heller fragte sich wie viele andere in der Stadt auch, ob die Studenten wirklich ernsthaft so etwas wie die DDR wollten. Wo Leute, die versuchten, das Land zu verlassen, an der Mauer erschossen wurden.

Als sich die Demonstration nach einer Stunde aufgelöst hatte, wurde er, gerade in der Keithstraße angekommen, von seinem Vorgesetzten Kriminaloberkommissar Karl Holzinger gleich wieder zu einem Einsatz geschickt.

»Todesfall. Frauenleiche am Strandbad Wannsee. Doll ist schon unterwegs. Wo haben Sie überhaupt gesteckt?«

Heller antwortete nicht, weil Holzinger auch keine Antwort erwartete.

Über die Avus erreichte er eine halbe Stunde später den Eingang zum Strandbad Wannsee. Zwei Funkstreifen mit ihren blauen VW-Käfern und ein VW-Bus der Spurensicherung waren bereits vor Ort. Heller zeigte dem jungen Streifenpolizisten vor dem Eingangsgebäude des Strandbads seine Dienstmarke. Der Kollege grüßte leutselig.

»Haben Sie Gummistiefel dabei?«, fragte er und deutete auf Hellers Lederschuhe. »Da unten ist alles nass.«

In den letzten Tagen hatte es geregnet wie schon seit Jahren nicht mehr. Als wollte der Wettergott all die Schuld und die Wut von der Stadt abwaschen.

Heller passierte den Eingang, stieg auf der Seeseite die Treppen hinab und lief zum Ufer. Etwa zwanzig Meter entfernt dümpelte ein Schiff der Wasserschutzpolizei mit laufendem Motor. Ein Schupo, ein Beamter der Kripo, Oskar Schubert von der Spusi und sein junger Assistent standen um eine Frauenleiche. Hellers Kollege Albert Doll grinste.

»Na, Heller, auch schon da?«, spottete er. Sein Gesicht war schief, als hätte sein Schöpfer sich einen Spaß machen wollen und zwei unpassende Hälften zusammengesetzt.

Die Tote trug ein schwarzes, knielanges Kleid mit schmalen Trägern. Es sah so ähnlich aus wie das von Audrey Hepburn in *Frühstück bei Tiffany*. Vor einiger Zeit hatte Heller den Film zusammen mit Paula in der *Filmbühne Wien* am Ku'damm gesehen. Die Tote lag auf dem Bauch, Oberkörper und Kopf reichten ins seichte Wasser.

»Haben unsere Freunde mal wieder den Ku'damm stillgelegt?«, fragte Schubert.

»Das sind nicht meine Freunde«, erwiderte Heller.

»Aber du hast Verständnis für die Spinner«, sagte Doll.

Ja, das hatte er. Nicht für den Krawall und die wöchentlichen Demonstrationen, die die Gegend um den Bahnhof Zoo lahmlegten. Aber er konnte verstehen, dass die Studenten wütend waren.

»Wie ist die hierhergekommen?«, fragte Heller in die Runde.

Er sah auf den roten Schuh an ihrem linken Fuß. Bückte sich, löste das Riemchen und nahm ihn hoch. Der rechte Schuh fehlte.

»Schlangenlederimitat«, meinte Doll. »Auf alle Fälle ist sie damit nicht hierher gelaufen.«

»Also angeschwemmt. Was sagen die Nichtschwimmer?«

Heller deutete zu dem Boot der Wasserschutzpolizei.

»Bisher nichts. Die warten auf Anweisungen. Die Havel fließt nach Süden, Richtung Potsdam.«

»Das ist mir schon klar, aber wie ist die Leiche hier an den Strand gekommen? Wieso ist sie nicht weiter abgetrieben?«

»Apropos abgetrieben. Was macht eine Schwangere auf einer Eisscholle?«, fragte Doll.

Heller wandte sich an Schubert. »Selbstmord?«

»Unwahrscheinlich.«

»Abtreiben«, sagte Doll.

Befremdete Blicke trafen ihn.

»Die Schwangere auf der Eisscholle. Was macht sie da. Abtreiben.«

Doll lachte als Einziger. Schubert zeigte auf das rechte Fußgelenk der Leiche. Die Haut war oberhalb der Knöchel abgeschabt, Sehnen und Muskel waren grau gefärbt.

»Siehst du das?«, fragte Schubert. »Da war mal ein Seil dran. Und an dem Seil ein Gewicht. Das hat sich wahrscheinlich gelöst.«

»Das heißt, irgendein Kerl hat versucht, sie da draußen zu entsorgen.« Heller blickte auf den Wannsee hinaus.

»Und keine Ahnung von Knoten gehabt«, sagte Schubert. »Wenn du deine Frau loswerden willst, musst du eben auch wissen, wie man gute Knoten macht. Leichen kommen nach drei bis vier Tagen wieder hoch. Warum ist das so, Berger?«

»Beim Verwesungsprozess bilden sich Gase, die für Auftrieb sorgen«, repetierte der Assistent.

»Richtig. Und jetzt schauen wir mal nach, was Mutter Natur mit unserer Schönheit angestellt hat.« Schubert machte einige Schritte in den Wannsee.

»Umdrehen«, befahl er.

Berger stieg ebenfalls ins Wasser, zu zweit hoben sie die Leiche an den Schultern an, zogen sie an Land und drehten sie auf den Rücken. Heller zuckte kurz zusammen. Der Schupo übergab sich.

Die rechte Hälfte des Gesichts war bis auf die Knochen abgenagt. Würmer krochen in den leeren Augenhöhlen. In der Nase, oder besser dem, was davon noch übrig war, tummelten sich kleine Maden. Unzählige Einstichstellen im Knochen unter dem linken Auge, drei tiefe Wunden am Hals.

Schubert fuhr mit dem Zeigefinger über die Risse im Kleid.

»Ich würde mal sagen, im Oberkörper sind mindestens zwei Dutzend weitere Einstiche.«

Um den Hals trug die Frau eine dünne goldene Kette mit einem Medaillon. Heller ging in die Hocke. Er nahm ein Taschentuch aus dem Mantel, hob das Schmuckstück damit auf und öffnete es mit dem rechten Daumennagel. Zwei Fotos. Ein Mädchen und ein Junge, beide nicht älter als fünf, sechs Jahre. Der Anblick versetzte ihm einen Stich.

»Woher weißt du, dass es ein Mann war?«, fragte Schubert.

Heller sah ihn überrascht an.

»Du hast gesagt, irgendein Kerl hat versucht, sie da draußen zu entsorgen.«

»Glaubst du im Ernst, dass eine Frau so was macht?«

»Frauen sind zu allem fähig«, meinte Doll.

»Ich kenne keine«, sagte Heller.

»Du bist ja auch nicht verheiratet.«

Heller erhob sich. An seinem Mantelsaum klebte Sand. Er wischte ihn, so gut es ging, sauber.

»Wer hat sie gefunden?«

»Ein Spaziergänger«, sagte Doll.

»Geht das auch genauer?«

»Er wartet im Eingangsgebäude.«

»Wann können wir den Bericht haben?«, fragte Heller.

»Wenn Dr. Kemper eine Nachtschicht einlegt, morgen«, sagte Schubert.

Heller und Doll stapften durch den nassen Sand zum Eingang zurück.

Frauen sind zu allem fähig, hatte Doll gesagt. Der Gedanke wollte Heller nicht aus dem Kopf gehen. War das so? Keiner der Frauen, die er kannte, würde er so etwas zutrauen. Aber er hatte natürlich schon von Ilse Koch gehört, bekannt als die Bestie von Buchenwald. Es hieß, sie habe Lampenschirme aus tätowierter Menschenhaut besessen.

»Also für mich sieht die aus wie eine Nutte«, sagte Doll. »Rote Schuhe, das Kleid. Nur das Gesicht ist ein bisschen eklig. Müsste man ein Handtuch drüberlegen.« Er lachte.

Heller ging voran, ohne die Bemerkung zu kommentieren. Er kam mit Doll nicht zurecht. Zu laut, zu ordinär, zu voreilig in seinen Urteilen. Doll blieb ein paar Schritte hinter ihm.

»Jede Wette, dass das eine vom Stutti ist. Vielleicht auch aus der Handjery«, sagte Doll.

Heller blieb stehen, drehte sich zu Doll um.

»Was war das eben?«

Seit Jahren kursierte in der Keithstraße das Gerücht, dass Hellers Mutter eine Prostituierte gewesen sei, die 1948 unter mysteriösen Umständen in der Nähe eines Privatbordells in der Handjerystraße ums Leben gekommen war. Vor allem Doll hatte Spaß daran, immer wieder entsprechende Andeutungen zu machen.

»Noch einmal so eine Bemerkung, und ich schlage dir deine dumme Visage ein. Hast du verstanden?«

Doll grinste angestrengt.

»Ob du das verstanden hast.«

»Ist ja gut. Beruhig dich wieder. War doch nur ein Witz.«

Heller ging weiter.

Als sie das Eingangsgebäude erreichten, blätterte der junge Streifenpolizist in einer Zeitschrift und rauchte.

»Wo ist er?«, fragte Heller.

»Wer?«

»Der Mann, der sie gefunden hat.«

»Auf'm Klo.«

Heller nickte Doll kurz zu, woraufhin der die Treppe hinunter zu den sanitären Anlagen nahm.

»Was rauchen Sie?«

»Roth-Händle.«

»Schmecken die?«

»Besser als die amerikanischen.«

Heller ließ sich eine Zigarette und Feuer geben.

Kurz darauf kam Doll zurück.

»Da ist er nicht, verdammte Scheiße!«, herrschte er den jungen Polizisten an.

»Er hat gesagt, er geht aufs Klo.«

»Dann muss er sich da runtergespült haben.«

»Es gibt unten noch einen zweiten Ausgang«, sagte Heller. »Haben Sie die Personalien aufgenommen?«

»Ich dachte, das machen Sie.«

Heller warf die Zigarette zu Boden und trat sie aus. Sie hatte ihm sowieso nicht geschmeckt. Aber das konnte auch mit dem Anblick der Leiche zu tun haben.

»Wie heißen Sie?«

»Klaus Gerber.«

»Dienstnummer?«

Gerber nannte seine Dienstnummer und das Revier Wannsee, zu dem er gehörte.

»Hören Sie gut zu, Klaus Gerber. Sie suchen den Kerl. Und wenn Sie ihn gefunden haben, bringen Sie ihn in die Keith. Da fragen Sie nach Wolf Heller. Und das Ganze bis morgen. Verstanden?«

Der junge Polizist nickte eingeschüchtert.

Heller ging zurück zu seinem Wagen. Seine Lederschuhe waren durchnässt. Er setzte sich fluchend auf die Motorhaube des Karmann-Ghia, zog Schuhe und Socken aus, klopfte den Sand ab und wrang das Wasser aus den Socken. Dann stieg er ein und fuhr über die Avus zurück in die Keithstraße.

Unterwegs bekam er die Bilder der toten Frau nicht aus dem Kopf. *Wer macht so was? Wer hat so viel Hass in sich, dass er ein Menschenleben derart brutal auslöscht?*

In den sechsundvierzig Fällen von Mord und Totschlag, die sich im laufenden Jahr ereignet hatten, waren vierundvierzig von Männern begangen worden und zwei von Frauen. Wer genau hinsah und zuhörte, wusste, dass die Frauen in Notwehr gehandelt hatten. Wie die Unternehmergattin. Die Männer hatten aus allen anderen möglichen Gründen gemordet.

Der Berliner Winter, der in manchen Jahren von Oktober bis April dauerte, kündigte sich mit einem heftigen Sturm an. Der Karmann wurde in der Höhe der Avus-Zuschauertribüne kräftig durchgeschüttelt. Als kleiner Junge war er ab und zu mit seinem Vater hier gewesen und hatte den Rennfahrern zugeschaut, die ihre Wagen durch die steile Nordkurve heizten. Vor einem Jahr hatte man begonnen, die gefährliche Kurve abzureißen. Im Radio lief *Good Vibrations* von den Beach Boys. Heller dachte darüber nach, einen Urlaubsantrag zu stellen. Paula hatte von Mallorca geschwärmt. Fliegen war zu teuer, aber vielleicht konnte er mit dem Karmann nach Italien fahren. Nach Rimini, wo es warm war. Und die Menschen freundlich.

Er zeigte dem Pförtner in der Keithstraße seine Marke. Der nickte und wunderte sich, dass Heller barfuß war. Handwerker reparierten im Treppenhaus eine Lichtleitung. Sie hatten ein Gerüst so umständlich aufgebaut, dass man kaum vorbeikam.

Ohnehin war andauernd irgendetwas kaputt. Heizung, Telefone, Fenster. Berlin war notorisch pleite, und die Polizei musste es ausbaden. Sie fuhren Sonderschichten und hatten Überstunden zuhauf. Natürlich ohne Bezahlung. Es gab noch nicht mal eine Kantine, worüber sich der Leiter der Keithstraße, Kriminalrat

Anton Lieblich, regelmäßig beschwerte. Und egal, wer gerade Innensenator war, immer wurde hoch und heilig versprochen, dass sich etwas ändern würde, aber es änderte sich nie etwas.

In seinem Büro im zweiten Stock angekommen, stellte er die durchnässten Schuhe auf den Heizkörper. Nahm eine Tasse kalten Kaffee. Dann diktierte er der Schreibkraft Frau Grimm ein kurzes Protokoll in die Maschine, bevor er sich früher als gewöhnlich in nassen Schuhen und ohne Socken auf den Heimweg machte. Er hatte noch etwas Wichtiges zu erledigen.

Seine Vermieterin Paula hatte vierunddreißigsten Geburtstag, und Heller wollte ihr ein ganz besonderes Geschenk machen. Einen Schwarz-Weiß-Fernseher. Seit es Farbfernsehen gab, waren die alten Geräte gebraucht günstig zu haben. Dreihundertfünfzig D-Mark verlangte der Händler am Moritzplatz für ein Modell der Marke Körting. Heller drückte ihm zweihundert in die Hand. Einpacken ging nicht, aber wenigstens eine rote Schleife sollte es sein.

Heller parkte in der Luckauer Straße. Auf dem Bürgersteig hielten türkische Frauen mit schweren Einkaufstaschen ein Schwätzchen. Zwei Männer taumelten aus der *Bierklause*. Heller hob den Fernseher vom Beifahrersitz und schleppte ihn hundert Meter weit bis zur Sebastianstraße 85. Seit die Mauer gebaut worden war, bestand die Straße nur noch aus einem Bürgersteig. Hier war die Welt zu Ende. Wie immer um diese Jahreszeit zog aus dem Osten ein schwefeliger Gestank herüber, der sich als feiner Staub auf die Hauswände setzte. Irgendwann würden die Fassaden schwarz sein.

Paulas Kinder Astrid und Jochen spielten auf dem Bürgersteig Hüpfkästchen. Heller rief nach den Zwillingen und ließ sich von ihnen die Haustür öffnen.

»Das ist ein richtiger Fernseher!«, staunte Astrid.

»Ist der für uns?«, fragte Jochen.

»Für eure Mama.«

»Dürfen wir auch gucken?«, wollte Astrid wissen.

»Müsst ihr sie fragen.«

Die Vierzimmerwohnung befand sich im dritten Stock. Wohnzimmer, Paulas Schlafzimmer, Kinderzimmer und Hellers Zimmer. Bis auf das Schlafzimmer waren alle Räume nach Nordosten ausgerichtet mit Blick über die Mauer auf trostlose, leere Häuser mit zugemauerten Fensteröffnungen.

Paula war noch nicht zuhause. Ihre Arbeitszeiten in der Kantine bei Siemens waren unregelmäßig, weil hin und wieder die Chefetage bei wichtigen Sitzungen bedient werden musste. Manchmal kam sie erst nach zehn Uhr heim. Sie hatte Heller erzählt, dass sie eigentlich eine Lehre als Automechaniker hatte machen wollen. Aber zuerst fand sie keinen Betrieb, der sie einstellen wollte. Und als sie einen gefunden hatte, war sie von einem amerikanischen Offizier schwanger geworden. Sie hatten nicht geheiratet. Er hatte sie verlassen, noch bevor sie danach fragen konnte.

Viel mehr wusste Heller nicht von ihrem Leben. In der Miete, die er ihr für das Zimmer zahlte, waren Wäsche, Frühstück und Benutzung der Küche und des Badezimmers enthalten. Nur sein eigenes Zimmer musste er selbst sauber halten. Paula wollte keine Dinge darin finden, die sie nicht finden sollte. Was das sein konnte, hatte sie ihm nicht gesagt.

Zusammen mit den Kindern bereitete Heller das Abendbrot vor. Dann aßen sie, starrten auf das Tuch, unter dem sich der Fernseher verbarg, und warteten. Die Kinder hatten Bilder gemalt, und das Blumengeschäft in der Luckauer hatte einen Strauß Nelken gestiftet. Sogar eine Flasche Henkell Trocken stand im Kühlschrank bereit. Kurz nach sechs wurde die Wohnungstür geöffnet. Paula war beinahe pünktlich. Die Kinder sprangen von den Stühlen auf, versteckten sich unter dem Tisch.

»Du musst dich auch verstecken«, raunte Astrid Heller zu.

»Hinter der Tür!«, flüsterte Jochen aufgeregt.

Heller stellte sich hinter die Tür und wartete.

Als Paula in die Küche kam, hielt sie einen Apfelkuchen von der Konditorei Seifert in der Urbanstraße in den Händen.

»Komisch, ich hab doch heute Geburtstag, und niemand ist da?«, wunderte sie sich gespielt. »Haben die kleinen Satansbraten mich etwa vergessen?«

»Ja«, meldete sich eine dünne Stimme unter dem Tisch.

»Wusste ich's doch. Na, dann gehe ich jetzt einfach aus, mach mir einen schönen Abend und esse den Geburtstagskuchen alleine.«

Sie tat so, als wollte sie die Küche verlassen.

»Nein, nicht weggehen«, rief Jochen. Er und seine Schwester stürmten unter dem Tisch hervor und umarmten ihre Mutter. Ein Geburtstagsständchen wurde gesungen, die selbst gemalten Bilder wurden überreicht. Heller gab Paula die Hand und wünschte ihr alles Gute, Glück, Gesundheit und die große Liebe. Die letzten Worte waren ihm so herausgerutscht.

»Schau mal, was wir haben!«, rief Jochen.

Er deutete auf das Tuch auf der Anrichte. Astrid zog es herunter und sah ihre Mutter freudestrahlend an.

»Was ist das denn?«, fragte Paula bestürzt.

»Ein Fernseher!«

»Aber nur in Schwarz-Weiß«, erklärte Astrid.

Paulas Miene verfinsterte sich. Sie guckte Heller streng an.

»Das Ding kommt wieder weg.«

»Wieso, Mama?«, riefen Astrid und Jochen unisono.

»Vielleicht lässt du es mich erst mal erklären«, sagte Heller. »Ein Viertel davon ist zu deinem Geburtstag. Ein Viertel ist ein vorgezogenes Weihnachtsgeschenk für die Zwerge. Und die übrige Hälfte ist für mich.«

Erstaunte Gesichter.

»Damit ich samstags die *Sportschau* sehen kann.«

Stille. Paula brauchte eine Weile, bis sie sich mit der Erklärung zur Aufteilung des Geschenks zufriedengeben konnte. Schließlich lächelte sie, die Kinder jubelten, und gemeinsam aßen sie vom Geburtstagskuchen. Heller trank Bier, Paula den Sekt und die Kinder Limonade. Um zehn vor sieben wurde *Sandmännchen* geschaut. Heller sah, wie Paula sich über die strahlenden Gesichter ihrer Kinder freute.

Eine Stunde später lagen Astrid und Jochen im Bett. Heller erzählte ihnen eine Geschichte aus seinem aufregenden Leben als Kommissar. Es war eine erfundene Geschichte, aber das war egal. Die Kinder freuten sich, dass er die Bösen gefangen hatte. Als er aufstehen wollte, hielt Jochen ihn fest.

»Warum kannst du nicht unser neuer Papa sein?«

»Mama findet das bestimmt auch gut«, ergänzte Astrid.

»Ich bin doch schon so was wie euer Papa.«

»Aber nicht richtig.«

»Und was wäre richtig?«

»Papas schlafen bei der Mama.«

Die Zwillinge kicherten, und Heller wusste nicht, was er darauf antworten sollte. Er versprach, darüber nachzudenken.

Später saß er in der einen Ecke von Paulas Sofa, Paula in der anderen, im Fernsehen lief *Mit Schirm, Charme und Melone*. Zwischen ihnen döste Penelope, eine getigerte Katze, die ihnen vor einem Monat zugelaufen war und beschlossen hatte zu bleiben. Heller kraulte ihr Fell. Die Flasche Henkell Trocken war leer und die Atmosphäre aufgeladen.

Heller wusste, dass die zweite Hälfte von Paulas Bett still auf ihn wartete. Ich bin zu jung, um keinen Sex mehr zu haben, hatte sie vor ein paar Wochen gesagt. Vielleicht würde sie sich einen Gastarbeiter nehmen. Aber so weit sei sie noch nicht. Da hatte sie bereits eine Flasche Eierlikör zur Hälfte ausgetrunken. Später hatte sie geweint.

Plötzlich stand Paula auf und schaltete den Fernseher aus. Sie schwankte ein wenig.

»Bringen wir es hinter uns«, sagte sie.

Heller sah sie verwundert an.

»Was bringen wir hinter uns?«

»Warum du das Ding gekauft hast.«

»Was?« Heller lachte ungläubig.

Sie begann sich auszuziehen, zog den Pullover über den Kopf, knöpfte den Rock auf, er fiel ihr auf die Knöchel. Schlüpfte aus den Schuhen. Sie war auf einmal klein. Und hinter dem trotzigen Stolz unsäglich verletzlich.

»Paula, hör auf. Ich kaufe keinen Fernseher, damit jemand mit mir ins Bett geht.«

»Was meinst du damit? Dass du es nicht nötig hast oder dass ich noch nicht mal so viel wie ein Fernseher wert bin?«

»Warum sagst du so was?«

»Weil es so ist. Redest du nicht mit deinen Kumpels bei der Kripo darüber?«

»Du bist betrunken.«

»Umso besser.«

»Zieh dich wieder an. Bitte.«

Die Tür wurde geöffnet, Astrid schaute herein.

»Mama, ich kann nicht einschlafen.«

Als Astrid ihre Mutter halb nackt sah, erschrak sie.

»Ab ins Bett, Fräulein! Sofort.«

Das Kind trat den Rückzug an. Ihre tapsenden Füße waren durch den ganzen Flur zu hören.

Paula stand vor Heller und zitterte. Presste die Lippen zusammen, bis das Blut daraus entwich. Es schien, als wartete sie darauf, aus der Situation erlöst zu werden, in die sie sich selbst gebracht hatte. Heller wollte aufstehen und sie trösten, aber er wagte nicht, sie anzufassen. Tränen liefen ihr über die Wangen, verschmierten das Rouge. So verharrte sie eine Weile.

»Ich weiß jetzt gerade nicht, was schlimmer wäre, wenn du mit mir schläfst oder wenn du es nicht machst.«

Sie raffte eilig Pullover und Rock zusammen und verließ die Küche. Heller nahm ein weiteres Bier aus dem Kühlschrank. *Warum ist das nur so kompliziert mit Frauen*, dachte er. Und dann war er unsicher, ob er nicht doch mit ihr hätte schlafen sollen. Vielleicht wollte sie es wirklich. Aber jetzt war es zu spät.

Dienstag, 29. Oktober

Vor der Besprechung mit seinem Chef Holzinger fuhr Heller ins Leichenschauhaus in der Invalidenstraße. Ein hässlicher Kasten. Sie nannten es das Grüne Haus. Dabei war es noch nicht mal grün. Woher der Name kam, wusste niemand. Die Fenster waren undicht. Im Treppenhaus blühte der Schimmel. Heller hoffte, dass Dr. Kemper ihm einiges über die Tote vom Wannsee erzählen könnte.

Ein leicht süßlicher Geruch schlug ihm entgegen, als er den großen Sektionssaal betrat. Da er außer Paulas Kaffee noch nichts im Magen hatte, hielt er sich ein Taschentuch vor Mund und Nase. Dr. Kemper, Rechtsmediziner von der Freien Universität, begutachtete am letzten der fünf Seziertische den Schädel der Toten aus dem Wannsee. Neben ihm stand eine ältere Assistentin, die jedes seiner Worte in Steno notierte. Dr. Kemper winkte Heller herbei, ohne aufzusehen.

»Wenn Sie es bis hierher schaffen, ohne auf den Boden zu speien, habe ich was für Sie, Herr Kommissar.«

Heller ging an den Tischen vorbei und hielt den Blick stur geradeaus gerichtet. Trotzdem konnte er nicht verhindern, dass er aus den Augenwinkeln die Leichen auf den anderen Seziertischen sah. Wer hier lag, war kein Individuum mehr. Die Krone der Schöpfung bestand nunmehr nur noch aus Haut, Muskeln, Organen und Knochen. Das einzig Unverwechselbare, neben der Leichennummer, die am Unterschenkel angebracht war, war die Art, wie sie jeweils ums Leben gekommen waren. Eine verkohlte Leiche ohne Arme, die mumifizierte

Frau, die vor einer Woche in ihrer Wohnung gefunden worden war, ein uralter gelber Mann.

Heller grüßte Dr. Kemper mit einem knappen Kopfnicken. Als er das Gesicht der Toten sah, grauste es ihn erneut.

»Was ist, Heller? Die beißt nicht mehr.«

»Wie sieht's aus?«

»Sie hat auf alle Fälle nicht aus dem Wannsee getrunken, wovon ich ohnehin abrate«, sagte Dr. Kemper. »Einbringung ins Wasser post mortem. Multiple letale Stichverletzungen in Herz, Lunge, Milz.«

Er deutete auf den Torso. Ein Schnitt hatte den Oberkörper am Brustbein geöffnet, die Rippen waren zur Seite gebogen. Leber und Nieren lagen säuberlich getrennt in kleinen Metallschalen.

»Achtundzwanzig Einstiche«, sagte Dr. Kemper.

»Warum so viele?«

»Lust, Wahnsinn, Wut, Eifersucht, Unerfahrenheit. Suchen Sie es sich aus. Wir Menschen sind die kreativsten Geschöpfe auf Gottes kleiner Erde. In jeder Hinsicht. Die Mona Lisa und das hier kommen aus derselben Quelle.«

Dabei deutete er auf Hellers Stirn.

»Haben Sie das als Kriminalkommissar noch nicht gelernt? Wir sind nunmal potenzielle Nazis. Alles, was wir brauchen, ist der Moment, der uns erlaubt, unserem Hass freien Lauf zu lassen.«

Er nahm die rechte Hand der Toten hoch, betrachtete jeden einzelnen Finger.

»Sie hat Hautspuren unter den Fingernägeln. Wahrscheinlich hat sie sich gewehrt. Der Täter muss Verletzungen an den Armen oder Händen haben. Angeblich

31

arbeiten sie in Amerika an einer Methode, wie man erkennen kann, zu wem die Haut gehört.«

»Hilft uns das?«

»Fragen Sie mich in zwanzig Jahren noch mal.«

»Wann ist sie umgebracht worden?«

»Schwer zu sagen. Die Körpertemperatur lag gestern bei neun Grad, wie etwa die Umgebungstemperatur. Das lässt also keine Rückschlüsse mehr zu. Nach dem Gesamtzustand ist von drei bis vier Tagen auszugehen. Aber das hier ist interessant.«

Dr. Kemper zeigte auf die linke Schläfe der Toten.

»Sehen Sie?«

Heller beugte sich vor. Eine leichte Vertiefung, die in Höhe der Augen bis zu den Ohren verlief.

»Sie hat eine Brille getragen«, sagte Heller.

»Wusste ich's doch, dass Sie was taugen. Und was können Sie noch sehen?«

»Die Brille hat ziemlich dicke Gläser.«

»Und wieso?«

»Die Druckstelle am Nasenknochen.«

»Aber es gibt noch etwas, das Sie interessieren wird.«

Dr. Kemper rollte die Kopfhaut mitsamt Haaren von der Stirn nach unten.

»Sehen Sie das hier?«, fragte er.

Heller konnte nichts erkennen.

»Lassen Sie sich nicht von den Nähten irritieren.«

Kemper wies mit einem Skalpell auf zwei Stellen am Schädel.

»Das hier und das hier sind verheilte Brüche. Zwei, drei Jahre alt. Jemand hat versucht, der guten Frau das Denken beizubringen.«

Heller sah den Mediziner verwundert an.

»Schläge auf den Hinterkopf. Nur hat derjenige ein bisschen zu fest zugeschlagen.«

»Wie alt ist sie?«, fragte Heller.

»Mitte zwanzig. Hat geboren. Zähne in schlechtem Zustand. Fünf Plomben. Interessant ist der Ehering. Ich würde sagen, der hat bestimmt fünfhundert Mark gekostet. Das heißt noch nicht automatisch Dahlem. Auch im Wedding wollen die Leute zeigen, was sie haben.«

»Was ist das da?«, fragte Heller.

Die Stichkanäle im Gesicht der Toten verliefen alle von links nach rechts. Dr. Kemper sah den Kommissar erstaunt an. Dann hob er den Kopf der Frau hoch, betrachtete ihn konzentriert.

»Linkshänder«, murmelte Dr. Kemper. »Sie haben meinen vollständigen Bericht heute Nachmittag. Besprechen Sie mit der Staatsanwaltschaft, was mit ihr passieren soll.«

Als zwei Sektionsgehilfen die nächste Leiche in den Saal schoben, konnte Heller sehen, wie Hunderte kleiner Würmer aus den Körperöffnungen des Toten krochen. Wie ein Arzt die Obduktion von Leichen zu seinem Beruf machen konnte, war ihm unerklärlich.

Es hatte gerade aufgehört zu regnen. Heller blieb einen Moment neben seinem Wagen stehen. Er fühlte sich erschöpft, als hätte er Blut gespendet. Die Zigarette schmeckte süßlich, weil der faulige Geruch aus dem Sektionssaal sich in seiner Nase festhielt. Dr. Kemper hatte wie üblich wertvolle Hinweise über die Tote geliefert. Aber wie sie hieß und woher sie kam, wo sie ermordet worden war, warum sie so schick angezogen war und warum sie so grausam getötet worden war, blieb weiterhin ein Rätsel.

Heller brauchte eine Viertelstunde, bis er in der Keithstraße ankam. Zwei junge Polizisten versuchten gerade
unter Aufbringung all ihrer Kräfte, eine Frau aus dem
Streifenwagen zu ziehen und in das Polizeigebäude zu
bringen. Die Frau wehrte sich mit Händen und Füßen,
kratzte, spuckte und schrie, dass sie keine Prostituierte
sei. *Irgendwann werdet ihr es lernen*, dachte er. *Niemand ist
das, was er zu sein scheint.*

Er stieg die Treppen hinauf in den dritten Stock.
Lange Gänge mit hellgrünem Linoleum ausgelegt. An
den Wänden Fotos vom Berlin der Zwanzigerjahre.
Sie wollten an die glorreiche Zeit der Stadt erinnern.
Niemand beachtete sie. Es roch muffig. Nach Schweiß,
kaltem Zigarettenrauch und den langen Arbeitstagen
der zweihundert Beamten.

Heller betrat das Büro des Leiters der M I, blieb neben
der Tür stehen. Sein Blick streifte durch den Raum. Die
Einrichtung war praktisch und lieblos. Möbel, an deren
Kanten sich das Furnier löste. Ein Foto, das zwei Scotchterrier zeigte. Am Fenster die unvermeidlichen Gummibäume, die zu wenig Wasser bekamen. Das Licht, das
die Deckenlampe in den Raum warf, war ein Witz.

Die Kollegen aus den Inspektionen saßen im Kreis
um Holzingers Schreibtisch herum. Sie unterhielten
sich über den Frankfurter Brandstifterprozess, der im
ganzen Land für Schlagzeilen gesorgt hatte. Andreas
Baader, Gudrun Ensslin, Horst Söhnlein und Thorwald
Proll waren wegen Brandstiftung im Frankfurter Kaufhaus Schneider und im Kaufhof angeklagt. Deren Anhänger hatten im Gerichtssaal einen gewaltigen Tumult
veranstaltet. Doll sagte gerade, man müsse endlich wieder Arbeitslager einrichten.

Kriminaloberkommissar Holzinger blätterte mit der linken Hand in dem Bericht, den Heller am Vortag schnell zusammengestellt hatte. Seine Rechte steckte in einem ledernen Handschuh. Sie war aus Holz. Es wurde gemunkelt, ein russischer Soldat habe sie ihm weggeschossen. Aber so genau wusste das keiner, und nachfragen wollte auch niemand. Holzinger war mindestens zwei Zentner schwer. Die Weste über seinem Bauch spannte. Seine Haare sahen aus, als wäre er in der Mauser.

»Gestern gefeiert?«, fragte Holzinger in Hellers Richtung. Heller wusste nicht, worauf sein Chef hinauswollte.

»Der Bericht liest sich so, als hätten Sie es eilig gehabt.«

Die Kollegen feixten. Heller schwieg. Er wusste, es war nicht persönlich gemeint. Eher Ausdruck einer allgemeinen Abneigung des ehemaligen Soldaten gegen eine Behörde, die in seinen Augen zu lasch geführt wurde. Holzinger war im Krieg Mitglied eines Polizeibataillons gewesen, hatte 1947 die übliche Entnazifizierung durchlaufen, 3000 Reichsmark zahlen müssen und ein Entlastungszeugnis erhalten. Seitdem galt er wieder als ordentliches Mitglied der Gesellschaft.

»Doll war heute Morgen bei den Kollegen von der Wasserschutzpolizei«, sagte Holzinger. »Lassen Sie mal hören.«

»Die meinen, die Leiche ist südlich von Schwanenwerder in der Havel versenkt worden. Eigentlich hätte sie die Havel runtertreiben müssen. Kann aber sein, dass die Schiffe sie in Richtung Strandbad gedrückt haben.«

»Also, meine Herren, wenn die Frau schon tot war,

als sie im Strandbad angetrieben wurde, wo ist sie dann ermordet worden? Sie wissen, was zu tun ist. Fürs Erste klappern Sie das Ufer in Höhe Schwanenwerder ab. Hat der Täter ein eigenes Boot benutzt, hat er es ausgeliehen oder gestohlen? Der Kahn muss gefunden werden. Mit Blutspuren darin. Und am besten noch einen Zeugen, der beobachtet hat, von wem die Leiche in das Boot gelegt worden ist. Lamper, Danner, Mercier nehmen sich das rechte Havelufer vor, Koch, Kaminski und Wittek das linke, Heller und Doll gehen auf die Insel. Wenn Sie nichts finden, wird der Radius erweitert.«

Allgemeines Stöhnen. Die Chance, ein Boot zu finden, in dem die Spurensicherung eventuell noch Blutspuren entdecken konnte, vor allem bei dem Regen der letzten Tage, war äußerst gering.

Als die Kollegen ihre Jacken über die Schultern warfen und aufbrechen wollten, hielt Holzinger sie zurück.

»Moment, meine Herren. So schnell schießen die Preußen nicht. Vielleicht gehört die Tote zu den drei toten Prostituierten vom vergangenen Jahr. Wenn Heller und Doll mit Schwanenwerder fertig sind, gehen sie deshalb auch in die *Lolita-Bar* und hören sich da mal bei den Frauen um.«

»Auf Staatskosten?«, fragte einer der Kollegen. Allgemeines Gelächter.

»Wenn Ihnen irgendwas komisch vorkommt, und mit ›komisch‹ meine ich gewisse Verbindungen der Toten zu gewissen Kreisen, werde ich sofort informiert. Wenn ich erfahre, dass einer von Ihnen nach Grunewald oder Dahlem gefahren ist und an bestimmten Haustüren geklingelt hat, geht derjenige zurück auf die Straße, Fahrraddiebe jagen. Habe ich mich klar genug ausgedrückt?«

Das hatte er. Die Kollegen verließen das Zimmer.

»Doll, Heller, Sie bleiben hier. Sind Fotos an die Presse gegangen?«

»Noch gestern Abend«, erklärte Doll eilfertig. »Telegraf, Tagesspiegel, B. Z., Mopo und Abend, zusammen mit der Aufforderung an die Leser, sich zu melden, wenn jemand die Kleidungsstücke kennt.«

»Was ist mit dem Mann, der sie gefunden hat?«

»Der sitzt draußen«, antwortete Doll. »Ich hab ihn bereits vernommen.«

»Und?«

»Nichts. Er hat nur die Leiche entdeckt.«

Heller schaute seinen Kollegen verärgert an. Es war nicht das erste Mal, dass Doll Alleingänge machte, um im Erfolgsfall die Lorbeeren einzuheimsen. Er war nicht nur zu laut, zu ordinär und zu voreilig in seinen Urteilen, er war auch noch ein Arschkriecher. Jeder wusste das.

»Du warst ja heute Morgen nicht da, als Gerber den Mann angeschleppt hat«, verteidigte sich Doll.

»Was sagt Dr. Kemper?«, fragte Holzinger.

Heller lieferte einen knappen Bericht der rechtsmedizinischen Untersuchung. Danach scheuchte Holzinger die beiden Beamten mit einer knappen Handbewegung hinaus.

Postkarten, die die Kollegen von Sonnenuntergängen an italienischen und spanischen Stränden geschickt hatten. Eine Landkarte von Berlin. Ein paar Karikaturen an den Schranktüren. Ein Wimpel von Hertha BSC. Es war der vergebliche Versuch, dem Raum eine persönliche Note zu geben. Heller hatte Doll alleine nach Schwanenwerder geschickt. Er wollte selbst mit dem Zeugen reden und dabei ungestört sein.

»Zigarette?«, fragte er.

Der Mann stand unbeholfen in der Mitte des Raumes. Er nahm die angebotene Zigarette, ließ sich Feuer geben und rauchte hektisch, vermied es aber, den Rauch zu inhalieren. Er sah nach Mitte fünfzig aus, war grauhaarig, trug eine Brille, war ordentlich gekleidet. Heller zündete sich ebenfalls eine Zigarette an und blickte zum Fenster hinaus auf die Keithstraße. Es hatte wieder angefangen zu regnen. Der Himmel war grau, die Menschen wirkten genauso grau.

»Sie haben die Leiche gefunden?«, fragte Heller.

»Das habe ich Ihrem Kollegen schon gesagt.«

Heller setzte sich, blätterte in Dolls Notizen.

»Stimmt.«

»Geht das hier noch lange? Ich habe zu tun.«

»Wieso waren Sie da? Das Strandbad ist während der Wintermonate geschlossen. Da kommt niemand rein.«

»Ich habe einen Schlüssel zu der Anlage, weil ich im Vorstand des Schwimmvereins sitze.«

»Das ist eine Erklärung, aber kein Grund.«

»Ich hab meinen Hund gesucht.«

»Sie sind Arzt?«

»Orthopäde.«

»Wo wohnen Sie?«

»Teutonenstraße 4.«

»Die liegt zwischen Rehwiese und Nikolassee. Zu Fuß halbe Stunde?«

»Wie meinen?«

»Von der Teutonenstraße zum Strandbad?«

»Ungefähr.«

38

Heller drückte die Zigarette im Aschenbecher aus. Dann bedeutete er dem Mann, sich ebenfalls zu setzen.

»Was für eine Rasse?«

»Bitte?«

»Der Hund.«

Der Mann zögerte einen winzigen Moment lang, als könnte er sich nicht erinnern.

»Dackel.«

»Hat der die Leiche gefunden?«

»Ja. Dackel sind Jagdhunde. Wenn die Witterung aufgenommen haben, sind die nicht zu halten.«

»Ist das so?«

»Sie kennen sich nicht mit Hunden aus. Mein Dackel ist ein Verrückter.«

Heller lehnte sich zurück und verschränkte die Arme hinter dem Kopf.

»Es stimmt, ich kenne mich mit Hunden nicht aus, Herr …«

Heller blätterte in dem Bericht, den Doll geschrieben hatte.

»Bresser. Das ist doch Ihr Name?«

»Ja.«

»Gut. Also, Herr Bresser, ich kenne mich tatsächlich nicht mit Hunden aus. Aber ich weiß genug, um zu verstehen, dass Sie mir hier eine Geschichte auftischen, die nie und nimmer stimmt. Und wissen Sie, warum? Mein Vorgesetzter hat zwei Hunde. Keine Ahnung, was für eine Rasse. Ich glaube, Scotchterrier. Ich weiß nur sicher, dass die Hunde Max und Moritz heißen. Immer wenn er von den Hunden spricht, heißt es Max und Moritz. Er sagt nie Scotchterrier oder was für Viecher das auch immer sind. Sie reden von einem Dackel.«

Bresser ließ den Kopf hängen. Mit einem Taschentuch fuhr er sich über die schweißnasse Stirn.

»Sie waren nicht mit Ihrem Dackel unterwegs, weil es keinen Dackel gibt.«

Bresser nickte.

»Also?«

»Ich habe mich mit jemandem getroffen.«

»Mit wem?«

»Das kann ich nicht sagen.«

»Kann ich nicht sagen, gibt's nicht. Es sei denn, Sie können sich nicht mehr erinnern, wovon wir beide aber nicht ausgehen. Also wollen Sie es nicht sagen. Und dafür gibt es einen Grund. Sie haben sich mit einer Frau getroffen, die nicht Ihre Ehefrau ist.«

Bresser hielt die linke Hand, an der ein imposanter Ehering glänzte, mit der rechten umfasst.

»Zum Beispiel mit der Toten.«

Ein Schrecken durchzuckte Bresser. Sein Kopf fuhr hoch, der Rücken streckte sich.

»Nein, um Himmels willen.«

»Sie haben Streit gekriegt, und dann haben Sie mit einem Messer achtundzwanzigmal zugestochen. Erinnern Sie sich, oder wollen Sie die Fotos sehen?«

»Nein, nein, nein.«

»Also?«

Bresser fiel nun endgültig in sich zusammen. Er schüttelte den Kopf, als könnte er nicht glauben, in welcher Situation er sich befand.

»Bitte. Glauben Sie mir, ich habe die Frau nicht umgebracht. Aber ich kann Ihnen auch nicht sagen, mit wem ich mich getroffen habe.«

Heller lehnte sich zurück und betrachtete das Häufchen Elend auf der anderen Seite des Tisches. Stilvoll gekleidet und feingliedrige Bewegungen. Ein wenig feminin, selbst wenn Bresser sich alle Mühe gab, es zu verbergen.

»Wie heißt er?«

»Bitte?«

»Der Mann, mit dem Sie sich getroffen haben.«

»O Gott.«

Die Verzweiflung, die Bresser nun erfasste, war echt. Heller empfand sogar so etwas wie Mitleid. Er hielt den Paragrafen 175 für überholt, auch wenn der ein paar Jahre zuvor noch unter Kanzler Adenauer ausdrücklich bestätigt worden war, mit der Begründung, dass die Entartung des Volkes und der Verfall seiner sittlichen Kraft eine Folge von Homosexualität sei. Aber das war Blödsinn. Erstens gab es keine Entartung, und zweitens war das ein ekelhafter Begriff aus der Nazizeit.

»Hören Sie zu, Herr Bresser, ich sorge dafür, dass der Name hier in diesem Büro bleibt. Aber wer derjenige auch immer ist, er muss Ihre Aussage bestätigen. Andernfalls sind Sie dringend tatverdächtig.«

»Ich weiß nicht, wovon Sie sprechen.«

»Ich spreche von einem Namen.«

Es dauerte noch einen Moment, bis Bresser ihm den Namen nannte. Es handelte sich um einen Spieler von Hertha BSC, der in Berlin recht beliebt war. In letzter Zeit hatte er sich durch abfällige Kommentare über Schwule hervorgetan und damit auch noch viel Applaus von den Fans bekommen. Sein Name war Walter Menke.

»Na also. Und jetzt erzählen Sie mir, was tatsächlich passiert ist. Und nicht wieder eine Geschichte. Haben Sie verstanden?«

Heller erfuhr, dass Bresser sich mit Walter Menke gegen Mittag am Strandbad getroffen hatte. Sie waren spazieren gegangen und hatten die Leiche am Ufer entdeckt. Bresser schwor, dass er die Frau nicht umgebracht habe. Als Heller fragte, ob Bresser und Menke sich häufiger im Strandbad träfen, rutschte der Orthopäde nervös auf seinem Stuhl nach vorne.

»Vielleicht sollte ich jetzt besser meinen Anwalt anrufen.«

Heller zündete sich die nächste Zigarette an. Er sog den Rauch tief in die Lunge, hielt ihn dort einen Moment lang fest. Der Mann ihm gegenüber war so weit, dass er aussagen wollte. Und zwar alles, was er gesehen hatte. Es fehlte nur noch ein letzter Anstoß. Hellers Blick fiel auf ein Abzeichen an Bressers Jacke. Es war kleiner als ein Ein-Pfennig-Stück, gelb und blau, in der Mitte ein »L«.

»Das Ding an Ihrer Jacke, was bedeutet das?«

Bresser sah zu der Stelle hin, legte schnell die Hand darauf, als könnte er es auf diese Weise nachträglich verschwinden lassen.

»Lions Club?«, fragte Heller.

»Kann ich noch eine Zigarette haben?«

Heller erhob sich, hielt Bresser das Zigarettenpäckchen hin. Gab ihm Feuer. Bresser rauchte hektisch. Vielleicht wartete er auf die eine Idee, die ihn aus diesem Schlamassel herausbrachte. Er wartete vergeblich.

»Sie müssen mir versprechen, dass niemand aus dem Club erfährt, dass ich im Strandbad war.«

»Das hängt davon ab, was Sie mir noch alles erzählen wollen.«

Bresser gab auf.

42

»Vergangene Woche waren wir jeden Tag da.«

»Und da ist Ihnen etwas aufgefallen.«

»Ja. Letzten Freitagnachmittag haben wir ein Boot gesehen, südlich von Schwanenwerder. Jemand hat etwas über Bord geworfen.«

»Einen Menschen?«

»Möglicherweise.«

»Um wie viel Uhr war das?«

»Vier. Nein, eher halb fünf. Es ist langsam dunkel geworden.«

»Und Sie haben diesen Jemand erkannt?«

»Es war ein Mann.«

»Ein Mann. Und können Sie den auch beschreiben?«

»Ich bin kurzsichtig.«

»Aber Walter Menke, mit dem Sie zusammen spazieren waren, der ist nicht kurzsichtig, oder?«

»Nein.«

»Und er hat den Mann erkannt?«

Bresser nickte. Sein Kopf bewegte sich dabei vor und zurück wie bei einem von diesen dämlichen Wackel-Dackeln auf den Hutablagen der Autos.

Die waren momentan der letzte Schrei.

Leiche am Strandbad Wannsee gefunden. War es wieder der Nutten-Mörder? Die Schlagzeile auf der Titelseite der B. Z. sprang ihm förmlich ins Gesicht. Wieso war die Tote aufgetaucht? Er hatte das Seil zuerst um ihren rechten Fuß und dann um einen Stein gebunden. Dann war er mit dem Boot zweihundert Meter weit hinausgerudert. Vielleicht sogar dreihundert. Danach war er komplett durchgeschwitzt gewesen.

Der Fluss war an dieser Stelle ungefähr acht bis neun

Meter tief. Er hatte sich bei der Wasserwacht erkundigt. Das Seil war einen Meter lang, die Tote ungefähr eins sechzig groß. Also war ihr Kopf immer noch mehr als sechs Meter unter der Wasseroberfläche gewesen. Die Schiffe, die auf der Havel fuhren, durften einen maximalen Tiefgang von zwei Meter fünfzig haben. Einer der beiden Knoten musste sich gelöst haben. Das war die einzig mögliche Erklärung. Obwohl er sie doppelt und dreifach gebunden hatte. Aber er hatte ja keine Ahnung davon, wie man einen richtigen Knoten bindet. Wozu auch. Er war von seinem Naturell her eher ein Typ für das flache Land, Wälder und Wiesen. Seen, Flüsse und erst recht die Ostsee machten ihm Angst. Er spürte dann jedes Mal einen Sog und wusste nicht, ob er ihm standhalten konnte. Sie war an die Oberfläche gekommen. War nicht die Havel hinuntergetrieben, sondern war am Strandbad entdeckt worden. Ausgerechnet am Strandbad.

Er musste sofort nach Hause fahren. Er musste mit Helga besprechen, was nun zu tun war. *Ich werde krank,* entschuldigte er sich bei seinem Vorgesetzten. *Ich muss mich ins Bett legen.* Das war glaubhaft, weil das halbe Kommissariat krank war.

Sie war noch nicht da. Harry rief im Rathaus an, konnte sie aber nicht erreichen. Die Flasche Cognac war zur Hälfte geleert. *Im Asbach Uralt ist der Geist des Weines,* stand auf dem Etikett. Er erinnerte sich an die Werbung im Fernsehen, wo eine Frau im engen Ledereinteiler mit rauchiger Stimme hauchte, *Wenn einem so viel Gutes widerfährt: Das ist schon einen Asbach Uralt wert.* Und was ist, wenn einem nur Scheiße widerfährt. *Ich muss es melden,* dachte er.

Er ging ins Bad, um zu pinkeln. Als er sich die Hände wusch, blickte ihn im Spiegel ein alter Mann an. Er musste die Haare von links nach rechts kämmen, um die Glatze am Hinterkopf zu überdecken. Seine Augen hinter dicken Brillengläsern waren glasig. Aber daran konnte der Cognac schuld sein. Vielleicht sollte er sich einen runterholen. Er hatte ja noch zwei Stunden, bevor sie nach Hause kam. Im Wohnzimmer hatte er ein Heftchen hinter dem Schrank versteckt. Er fummelte es heraus und setzte sich in den Sessel. Blätterte hin und her, sah die nackten Männer. Alle gut bestückt. Er hatte gerade den Reißverschluss der Hose geöffnet, als er hörte, wie die Wohnungstür aufgeschlossen wurde.

»Bist du etwa schon da?«, rief sie.

Sie konnte in einem kurzen Satz so viel Verachtung unterbringen wie kein Schriftsteller in einem ganzen Buch. Er zog den Reißverschluss hoch, versteckte das Heft und ging in die Küche.

Sie hatte bei Bolle eingekauft. Wurst, Käse, Fisch in Dosen von Hawesta, seiner Lieblingsmarke.

»Im KaDeWe waren sie wieder so unfreundlich. Ich wollte Taft-Haarspray. Das hatten sie nicht. Hab ich gefragt, wann sie es wieder kriegen. Wusste sie nicht.«

Sie riss ein Päckchen schwarze Feinstrumpfhosen von Christian Dior auf, schlüpfte aus den Schuhen und probierte die Strumpfhosen an.

»Sie haben sie gefunden.«

Sie lief in der Küche ein paar Schritte auf und ab. Als würde Heidi Gent sie nichts angehen. Als wäre das alles alleine sein Problem. Aber das war es nicht. Wenn er unterging, würde sie mit ihm untergehen.

»Im Strandbad Wannsee.«

»Ich hab statt Schnitzel Kassler gekauft.«

»Hast du gehört, was ich gesagt habe?«

»Ich bin ja nicht taub. Im Auto ist noch ein Kasten Bier.«

Im Auto ist noch ein Kasten Bier. So war sie. Ignorierte ihn. Er ging zur Garage, wo sie den Wagen abgestellt hatte. Der Kasten Bier stand auf dem Rücksitz. Der BMW war abgeschlossen. Also wieder zurück ins Haus. Im Flur hing ihr Pelzmantel an der Garderobe. Eintausendzweihundert Mark bei Herczeg am Ku'damm. Sie hatte auf dem Pelz bestanden und ihm eine Szene gemacht, als er auf den Preis verwies. Immerhin war das ein Monatsgehalt.

»Wo ist der Autoschlüssel?«

»Der Wagen ist offen.«

»Ist er nicht. Hast du ihn in der Handtasche?«

Er nahm ihre Tasche.

»Moment!« Sie kam aus der Küche gestürzt und entriss ihm die Handtasche. Einen Moment lang wühlte sie darin herum, fand den Schlüssel aber nicht.

»Vielleicht im Mantel?«, fragte er.

»Ich weiß ganz genau, dass ich ihn in die Tasche getan habe.«

Natürlich war der Schlüssel im Mantel.

Eine Stunde später aßen sie Kassler, Sauerkraut und Pfanni-Kartoffelpüree.

»Ich muss es melden«, sagte er.

»Und dann?«

Über dieses *Und dann?* hatte er lange nachgedacht. Und dabei war ihm eine Antwort schrecklicher als die andere vorgekommen. Er war verantwortlich. Sie würden ihn fallen lassen. Oder irgendwohin versetzen, wo er langsam, aber sicher vor die Hunde gehen würde. Was mit ihr passieren würde, war nicht so klar. Aber wie er sie kannte, würde sie sich irgendeinem Vorgesetzten an die Brust werfen, würde ihn ins Bett ziehen und so lange ficken, bis der weich werden würde.

»Du wirst überhaupt nichts melden. Hast du verstanden?«, sagte sie in herrischem Ton. »Irgendjemand aus der feinen Gesellschaft ist durchgedreht und hat sie abgestochen. Wir haben nichts mit der Sache zu tun.«

Er räumte die Teller ab und stellte zwei Schälchen mit Pfirsichen aus der Dose auf den Tisch.

»Wieso ist sie überhaupt da angeschwemmt worden?«

Wieder dieser Tonfall.

»Das Seil muss sich gelöst haben.«

Sie schüttelte den Kopf.

»Harry, Harry, Harry, machst du irgendwann auch mal was richtig? Ist das Messer auch gefunden worden?«

Das Messer. Das hatte er ganz vergessen. Es musste noch im Kofferraum liegen. Er ging noch einmal zur Garage. Tatsächlich. Einen Moment lang überlegte er, es wegzuwerfen, dann aber dachte er, dass er es vielleicht noch brauchen konnte. Vielleicht sogar für sie. Bei dem Gedanken musste er laut lachen. Zurück in der Wohnung holte er die Flasche Cognac aus dem Wohnzimmer, schenkte sich und ihr einen doppelten ein. Sie stießen an und tranken. Dann zündete sie sich eine HB an, blies ihm den Rauch entgegen, obwohl sie wusste, dass er Zigarettenrauch verabscheute. *Irgendwann ist es so weit,* dachte er.

»Die Frage ist, was du jetzt mit ihrem Mann machst«, sagte sie.

Klaus Gent. An den hatte er bis jetzt nicht gedacht.

»Wie viel weiß der?«, fragte sie.

»Angeblich nichts.«

»Was heißt angeblich nichts?«

»Sie hat geschworen, dass er keine Ahnung hat.«

»Und was ist mit dem Geld, das sie gekriegt hat?«

»Sie hat es auf einem Sparbuch.«

Kaum hatte er den Satz ausgesprochen, wusste er, dass hier das Problem lag. Vielleicht wusste Gent tatsächlich nicht, was seine Frau in ihrer Freizeit getrieben hatte. Aber mit Sicherheit würde er irgendwann das Sparbuch finden. Und vielleicht auch den Pachtvertrag für die Laube. Und dann würde er sich fragen, wieso seine Frau ein paar Tausend Mark gespart hatte. Und wieso sie eine Laube angemietet hatte. Direkt an der Grenze. Harry spürte ihren Blick. Als ob sie seine Gedanken lesen könnte.

»Der darf jetzt nicht durchdrehen. Wenn er durchdreht, sind wir geliefert. Ist dir das klar? Verdammt noch mal, Harry.«

Er war sich ziemlich sicher, dass Klaus durchdrehen würde. Und er hatte keine Idee, was er dagegen machen konnte.

»Du bist so ein Versager.«

Sie stand auf, lief unruhig hin und her.

»Was ist mit seinen Kindern?«, fragte sie plötzlich.

Die Kinder. Er dachte einen Moment lang nach. Ja, das war die Lösung. Harry nahm ein Oktavheft und notierte, wie er vorgehen wollte.

Heller zeigte den Damen in der *Lolita-Bar* Fotos von dem roten Schuh und dem schwarzen Kleid. Das ist keine von uns, sagten sie übereinstimmend. Wenn überhaupt, müsste es sich um eine Amateurin handeln. Das Kleid war nicht für eine schnelle Nummer geeignet. Zu lang und zu eng. Sie fragten, was mit der Besitzerin des Kleides passiert sei. Er erzählte von der Toten im Wannsee, woraufhin die Damen sich beschwerten, dass die Polizei sie alleinließ und sich einen Scheiß kümmerte, wenn eine von ihrem Luden oder einem Freier fertiggemacht wurde.

Eine Stunde lang hörte er zu. Warum er das tat, war ihm nicht klar. *Vielleicht will ich herausfinden, wie es ist, wenn eine als Prostituierte arbeitet*, dachte er. Aber da war nichts herauszufinden. Es waren ganz normale Frauen, die keine Lust hatten, bei Bolle an der Kasse zu sitzen.

Er fuhr zurück in die Keithstraße.

Doll kam zwei Stunden später von Schwanenwerder zurück. Die Bewohner waren entweder nicht da gewesen oder hatten ihm den Zugang zu ihren Grundstücken verweigert. An der Brücke zum Festland hatte er ein Ruderboot gefunden. Schubert war auf dem Weg, um es zu untersuchen. Als Nächstes war Walter Menke dran. Von der Hertha-Geschäftsstelle erfuhr Heller, dass die Mannschaft gerade im Olympiastadion trainierte. Heller und Doll fuhren los.

Von der Südtribüne aus sahen sie eine Weile zu, wie die Spieler der Ersten Mannschaft auf dem Rasen hin und her rannten. Der Verein spielte in der laufenden Saison wieder in der Bundesliga. Es war kalt im Stadion.

»Wer ist es?«, fragte Doll.

»Der Große, neben dem Torwart.«

Der Trainer Fiffi Kronsbein brüllte und gestikulierte wild. Seine Stimme war rau, als hätte ihr das viele Schreien zugesetzt. Heller fühlte sich an seinen Vater erinnert. Ein Mann, der im Krieg bedingungslosen Gehorsam gelernt hatte und sich nicht vorstellen konnte, dass man auch auf andere Weise mit Untergebenen reden konnte. Irgendwas schien Kronsbein nicht zu gefallen. Vor allem Walter Menke, der jetzt vor ihm stand, bekam sein Fett weg. Ein vierschrötiger Kerl, blond, neunzig Kilo schwer, eckig. Vorstopper wie Wolfgang »Bulle« Weber bei der WM 1966 und für eine Spielweise berühmt, mit der er schon einige Stürmer ins Krankenhaus überwiesen hatte. Er ließ die Standpauke über sich ergehen. Die übrigen Spieler in ihren schwarzen Trainingsanzügen taten so, als wären sie nicht anwesend.

»Der soll ein 175er sein?«, wunderte sich Doll.

Heller sah ihn fragend an.

»So ein Bär von einem Kerl.«

»Das hängt nicht von der Körpergröße ab«, sagte Heller.

»Und der Bresser hat bei der Vernehmung gesagt, dass er sich mit dem im Strandbad trifft und die sich die Schwänze halten? Könnte ich das Kotzen kriegen.«

Seine Mundwinkel zeigten Ekel und Verachtung.

»Dem sollten wir mal die M II auf den Hals hetzen. Der Hoffmann freut sich bestimmt, wenn er bei der Hertha einen Schwulen hochgehen lassen kann. Der ist Tasmania-Fan. Wie du, Heller.«

»Er hat nur gesagt, dass sie dort spazieren gegangen sind.«

»Und dabei haben sie Händchen gehalten, oder was?«

Als Kronsbein mit seiner Predigt fertig war, trabte Menke in Richtung Umkleide, während die anderen Spieler weitertrainierten.

Heller und Doll verließen das Stadion und warteten

auf dem Parkplatz. Es dauerte eine halbe Stunde, bis Menke aus den Katakomben kam und zu einem Alfa Romeo Giulietta Sprint ging. Als er losfahren wollte, standen Heller und Doll ihm im Weg. Menke hupte. Dann kurbelte er das Fenster herunter.

»Macht mal Platz.«

»Schönes Auto«, sagte Heller.

Menke grinste, streichelte das Lenkrad.

»Deswegen hab ich ihn gekauft. Wollt ihr ein Autogramm?«

»Vielleicht später.« Heller zeigte seine Marke.

»Um was geht's? Bin ich auf dem Parkplatz zu schnell gefahren?«

»Würden Sie bitte aussteigen. Wir haben ein paar Fragen wegen gestern Mittag.«

Einen kurzen Moment lang schien Menke überrascht zu sein. Dann stellte er den Motor ab und schälte sich aus dem Wagen. Er lehnte sich an die Karosserie. Er gab sich sichtlich Mühe, Ruhe und Gelassenheit auszustrahlen. Seine Hände suchten in der Lederjacke nach Zigaretten. Das Päckchen Marlboro war leer. Heller bot ihm eine Zigarette an. Menke nahm sie, ließ sich Feuer geben.

»Sie waren gestern im Strandbad?«, fragte Heller.

»Und?«

»Was haben Sie da gemacht?«

Menke zog den Rauch tief in die Lungen.

»Spazieren gegangen.«

»Mit Dr. Bresser.«

Menke nickte.

»Ich muss barfuß im Sand laufen, weil das die Fußmuskeln stärkt. Ich hab mir letzte Saison den Mittelfuß gebrochen. War's das? Ich hab eine Verabredung.«

»Mit wem? Mit dem Orthopäden zum Schwanzlutschen?«

Doll grinste breit. Verbale Frontalangriffe waren seine Spezialität. Menke sah ihn wütend an. Heller rechnete damit, dass Menke sich im nächsten Moment auf den einen Kopf kleineren Doll stürzen würde. Doll offensichtlich auch. Jedenfalls trat er einen Schritt zurück.

»Mir ist es egal, was Sie im Strandbad treiben, Herr Menke. Von mir aus können Sie da nackt rumlaufen oder Sandburgen bauen. Aber Sie haben eine Leiche gefunden und es nicht der Polizei gemeldet«, sagte Heller.

»Bresser hat gemeint, er macht das.«

»Am Freitag vergangener Woche waren Sie ebenfalls im Strandbad. Gegen sechzehn Uhr. Bresser hat bei der Vernehmung gesagt, Sie hätten ein Boot draußen auf dem Wannsee gesehen.«

»Ja? Kann ich mich nicht erinnern.«

Menke ließ die Zigarette zu Boden fallen. Sein rechter Fuß zermalmte sie auf dem Teer. Dabei blickte er Heller an. Es sollte wohl eine Warnung sein.

»Bresser ist kurzsichtig, aber er hat gesehen, dass ein Mann einen Gegenstand aus dem Boot geworfen hat. So groß wie ein menschlicher Körper. Vermutlich war das die Frau, die wir gestern gefunden haben. Bresser sagt, Sie hätten den Mann erkannt.«

»Nein. Und wenn das alles ist, werde ich dann mal fahren.«

Menke grüßte militärisch, öffnete die Tür seines Wagens.

Heller schaute auf die Uhr. Halb fünf. Er spürte, dass er seit mindestens drei Stunden Hunger hatte. Und wenn er Hunger hatte, bekam er schlechte Laune. Dass Menke glaubte, er könne sich aus der Affäre ziehen, war ein Fehler. Heller warf Doll einen auffordernden Blick zu, und wie ein Kettenhund, der von der Leine gelassen wird, legte der los. Er machte einen Schritt nach vorne, drückte die Tür des Alfa zu und tippte mit dem Zeigefinger auf Menkes Brust.

»Hör mal zu, du Schwuli. Wenn du glaubst, du kannst uns verarschen, können wir auch andere Saiten aufziehen. Ist das klar?«

Der Finger tippte weiter auf die Brust.

»Ich kenne nämlich zufällig eine bei der Bild-Zeitung, die ganz scharf auf Skandale ist. Und die wird zufällig erfahren, dass ihr zwei perversen Schweine euch auf stadteigenem Gelände in die Ärsche fickt. Und wie ich deine Kollegen bei Hertha kenne, wollen die dann nicht mehr zusammen mit dir duschen.«

Der Schlag kam ansatzlos und schnell. Dolls Kopf flog nach hinten, die Knie knickten ihm weg, als hätte man ihm den Stecker gezogen. Noch bevor Heller reagieren konnte, hatte Menke ihn selbst am Mantelkragen gepackt und gegen den Wagen gedrückt. Heller zog seine Walther PPK aus dem Gürtelholster und hielt sie Menke unters Kinn.

»Loslassen. Sofort.«

Menke schnaufte wie ein Walross. Bei jedem Ausatmen spritzten kleine Tröpfchen in Hellers Gesicht.

»Ich sag es nicht noch mal.«

Heller entsicherte die Pistole. Das Klicken war laut und deutlich zu hören. Menke atmete tief ein und aus. Langsam wich der Zorn aus seinem Blick.

Als er Hellers Mantel losließ, fiel ein Schuss.

Mittwoch, 30. Oktober

Der Regierende Bürgermeister Klaus Schütz war außer sich. Ein Berliner Polizist hatte auf einen Spieler von Hertha BSC geschossen. Der Leiter des Kriminalreferats M Heinz Manteufel wollte sich erst äußern, wenn geklärt war, wie es zu dem Unfall hatte kommen können. Denn ein Unfall musste es sein. Die Berliner Presse war anderer Meinung. *Berliner Polizei schießt auf beliebten Fußballer. Unbewaffneter Hertha-Spieler bei Personenkontrolle angeschossen. Benno Ohnesorg, Walter Menke, wer ist der Nächste?* Vor allem der Telegraf und der Tagesspiegel sahen sich in ihrer Kritik an der Leitung der Polizei bestätigt. Seit Benno Ohnesorgs Tod fragte man sich ohnehin, was im Präsidium eigentlich los war. Zuerst war Polizeipräsident Erich »Leberwurst« Duensing in den Ruhestand versetzt worden, dann hatte sein Nachfolger Georg Moch nach acht Monaten im Amt einen Kreislaufkollaps erlitten. Und da man auf die Schnelle keinen Nachfolger fand, musste der Senatsrat Hans-Joachim Prill kommissarisch einspringen. Und der gab ordentlich Druck an seine Untergebenen weiter. Entsprechend hatte Kriminaloberkommissar Holzinger schlechte Laune und tobte in der Keithstraße. Man konnte das Gebrüll bis auf die Straße hören.

Natürlich musste es eine Untersuchung geben. Das war das normale Prozedere. Doll wurde vorübergehend vom Dienst suspendiert, bis geklärt werden konnte, wie es zu dem Schuss gekommen war. Menke war ins Krankenhaus eingeliefert worden. Die Kugel hatte ihn in der rechten Gesäßbacke getroffen und steckte im

Knochen fest. Heller hatte seine Version der Vorgänge bereits Manteufel gegenüber darstellen müssen.

»Tür zu!«, befahl Holzinger.

Heller schloss die Tür, ging zum Schreibtisch und setzte sich.

»Hab ich was von *setzen* gesagt?«

Hatte er nicht. Heller erhob sich wieder.

»Was ist passiert?«

Heller erzählte zum zweiten Mal, wie es zu dem Schuss gekommen war. Holzinger hörte genau zu, machte sich Notizen.

»Menke hat den Kerl auf dem Boot gesehen?«

»Sagt zumindest Bresser.«

»Und warum behauptet Menke dann, dass er sich nicht erinnern kann?«, fragte Holzinger.

»Weil er den Mann wahrscheinlich kennt.«

Holzinger nickte. Das war die logischste Erklärung.

»Der Menke hat Sie also am Mantelkragen gepackt.«

»Ja.«

»Was haben Sie gemacht?«

»Die Walther gezogen und ihm unters Kinn gehalten.«

»Aber das hat Doll nicht mitgekriegt.«

»Wahrscheinlich nicht.«

»Das heißt, Doll hat gedacht, der will Sie umbringen.«

»Ich weiß nicht, was Doll gedacht hat. Ich weiß noch nicht mal, ob er überhaupt denkt, bevor er handelt.«

Holzingers linke Hand krachte auf den Schreibtisch.

»Seien Sie vorsichtig, Heller. Das hier ist die letzte Frontlinie vor den Wahnsinnigen da draußen. Deshalb sind wir hier loyal. Falls Sie wissen, was das heißt.«

Er atmete schwer, sah Heller grimmig an. Es dauerte einen Moment, bis er sich wieder unter Kontrolle hatte.

»Haben Sie eine Zigarette?«

Heller hielt ihm ein Päckchen hin.

»Ich dachte, Sie hätten aufgehört«, sagte Heller.

Holzinger ignorierte die Bemerkung.

»Sobald der Menke aus dem Krankenhaus raus ist, knüpfen Sie sich ihn noch mal vor.«

Heller nickte. Holzinger nahm zwei Züge, drückte die Zigarette schnell wieder aus.

»Wenn Sie hier rausgehen, wird die Journaille über Sie herfallen. Sie sagen kein Wort. Nichts. Sie verweisen auf mich. Verstanden?«

Als Heller in seinem Büro angekommen war, klingelte das Telefon. Holzinger bat ihn noch einmal zu sich. Eine Rechtsanwaltsgehilfin aus der Kanzlei Horst Mahler hatte inzwischen angerufen und gesagt, die Beschreibung der Toten könnte auf ihre Kollegin Heidi Gent passen. Eine entsprechende Vermisstenanzeige, die am Samstag eingegangen war, hatten sie noch nicht bearbeitet.

Heller fuhr in die Kanzlei Mahler in der Konstanzer Straße 59. Horst Mahler war ein bekannter Wirtschaftsanwalt, der inzwischen die Bewohner der Kommune 1 verteidigte. Sogar ziemlich erfolgreich. Mahler war zu einem Termin aushäusig, wie die Rechtsanwaltsgehilfin Erika Stroh erklärte. Sie war höchstens zwanzig, roch nach Patschuli und war wie ein Hippiemädchen gekleidet. So, wie sie über ihren Chef sprach, schien sie in ihn verliebt zu sein.

Als Heller ihr die Fotos der Toten zeigte, brach sie in Tränen aus. Das Kleid und die Schuhe konnte sie eindeutig identifizieren. Heller reichte ihr ein Taschentuch.

»Ich muss Ihnen ein paar Fragen stellen, Frau Stroh.«

Erika nickte.

»Frau Gent hat ziemlich schick ausgesehen. War sie im Büro immer so angezogen?«

»Nein. Ich glaube, sie wollte am Freitag ins Kino. *Die Reifeprüfung* im MGM am Ku'damm.«

»Hatte sie mit jemandem Ärger?«

»Hier in der Kanzlei?«

»Zum Beispiel.«

»Nein.«

»Außerhalb? Hat sie Ihnen etwas erzählt?«

»Nein.«

Heller machte Notizen.

»Was war ihre Aufgabe in der Kanzlei?«

»Sie hat am Telefon gesessen.«

»Ist sie gut mit Ihrem Chef klargekommen?«

Erika Stroh schnäuzte sich und hörte abrupt auf zu weinen.

»Wieso fragen Sie das?«

»Mahler gilt als ziemlich unfreundlich.«

Aus dem Hippiemädchen wurde von einer Sekunde auf die andere eine Furie.

»Horst Mahler ist der liebenswerteste Mensch, den ich kenne. Einer der wenigen in dieser Stadt, die es wagen, der herrschenden Klassenjustiz mitsamt ihrer prügelnden und mordenden Polizei die Stirn zu bieten.«

Das war deutlich. Auch wenn es auswendig gelernt klang.

»Wann haben Sie Frau Gent zum letzten Mal gesehen?«

»Weiß ich nicht.«

»Uhrzeit?«

»Weiß ich nicht.«

»War sie an dem Freitag anders als sonst?«

»Weiß ich nicht.«

Erika Stroh verschloss sich wie eine Auster. Heller atmete tief durch.

»Frau Stroh. Wenn Sie nicht mit mir reden, wie soll ich dann den Mörder finden?«

Das klang einleuchtend. Erika Stroh wurde weich.

»Sie hat sich fürchterlich aufgeregt, weil Horst in einem Ehrengerichtsverfahren die Zulassung entzogen werden soll. Es ist ja wohl klar, warum das passiert.«

»Ich vermute, weil er bei der Randale vor dem Springer-Hochhaus an vorderster Front dabei war.«

»Nein, weil er sich auf die Seite derer stellt, die den faschistischen Senat und die Springer-Presse wegen Rudi zur Rechenschaft ziehen wollen.«

Sie hatte sich jetzt so sehr erregt, dass sie rote Flecken an Hals und Gesicht bekam.

»Soweit ich mich erinnere, hat ein gewisser Josef Bachmann auf Herrn Dutschke geschossen«, sagte Heller.

»Ja, aber die eigentlichen Mörder sind der Innensenator Neubauer, der Regierende Bürgermeister Schütz und die Springer-Presse.«

An einer politischen Schulung hatte Heller gerade kein Interesse. Er bedankte sich und ließ sich die Adresse von Heidi Gent geben. Damit begann der Teil seiner Arbeit, vor dem er sich drückte, so oft es ging.

Auf der Treppe nach unten hörte er, wie jemand heraufgerannt kam. Auf dem nächsten Absatz fiel ihm eine junge Frau in die Arme. Sie war an einem Treppenläufer hängen geblieben.

»Hoppla«, rief er überrascht aus.

»Fucking carpet«, fluchte sie im schönsten Ostküs-

tenslang, während sie sich mit Hellers Hilfe wieder auf-
richtete.

Also eine Amerikanerin. Kurze blonde Harre, breit-
krempiger Hut, ein grüner Parka und schwere Stiefel.
Eine runde Brille. Das gleiche Modell, das John Lennon
auf dem Plattencover von *Sgt. Pepper* trug. Allerdings
hatte ihre Brille rote Gläser.

»Haben Sie sich wehgetan?«

Sie sah Heller erstaunt an.

»Oh! Nein, alles okay, danke ...«, stotterte sie. »Ich
hab eben gedacht, du bist, du siehst aus wie ...«

»Wie wer?«

»Ah, forget about.«

Dann eilte sie weiter.

»Ich würde die Sonnenbrille absetzen«, rief er ihr hinterher.

Eine Treppe höher fluchte sie immer noch über den
fucking carpet.

Heller kletterte in den Karmann und fuhr los. Auf
der Masurenallee staute sich der Verkehr, weil ein Be-
tonmischer mit Motorschaden stehen geblieben war.
Direkt vor dem neuen Fernsehzentrum des Senders
Freies Berlin, dessen Stockwerke unermüdlich in die
Höhe wuchsen. Die Bauarbeiter versuchten hektisch,
den Beton in Schubkarren umzuladen, bevor er in der
großen Trommel fest wurde. Ein Schupo lenkte den
Verkehr um den Lkw herum.

Als Heller schließlich die Dallgower Straße in Spandau erreichte, parkte er den Karmann schräg gegenüber
dem Haus Nummer drei. Alte Reichsbahnwohnungen,
drei Stockwerke, im ersten und zweiten Stock halbrun-
de Balkone. Am Klingelschild standen sechs Namen.

Bei Gent im ersten Stock öffnete niemand. Er versuchte es im Erdgeschoss bei Mazur. Kurz darauf hörte er, wie Kinderfüße über Holzdielen polterten. Die Kinder riefen etwas, das er nicht genau verstand. Dann wurde die Tür geöffnet. Die Rufe erstarben, die Blicke wurden skeptisch. Heller war nicht der, den der Junge und das Mädchen erwartet hatten.

»Wer ist es?«, rief eine Stimme von irgendwoher.

Kurz darauf kam eine ältere Frau zur Tür.

»Sie sind Frau Gent?«

»Nein, Mazur. Warum?«

»Kennen Sie Heidi Gent?«

»Sie ist meine Tochter.«

Er zeigte seine Marke. Ihr Blick wurde fahrig. Ihre Gesichtszüge weich. Sie konnte es in seinem Gesicht lesen.

»Mein Name ist Heller, Mordinspektion. Kann ich reinkommen?«

Louise Mackenzie war von den Jungs aus der Wielandkommune in die Kanzlei geschickt worden, um Mahler zu sagen, dass sie *was* machen würden. Worin genau dieses *was* bestehen sollte, blieb vorerst noch ein Geheimnis. Geklärt werden musste vor allem, ob Mahler befreit werden wollte oder nicht. Da Mahler bei Gericht war, hatte Louise nur mit Erika Stroh gesprochen. Aber Erika hatte gesagt, sie würde die Sache mit ihrem Chef klären und sich dann melden.

Danach war Louise mit dem Fahrrad zu Karstadt gefahren, um ihre Einkaufsliste abzuarbeiten. Lachs, italienischer Schinken, französischer Käse und Sekt. Natürlich war sie nicht so spießig und bezahlte für die Lebensmittel. Die verschwanden einfach in den Innen-

taschen, die sie in ihren Parka eingenäht hatte. »Einklauen« nannte Bakunin diese Art der Versorgung. Sie
lebten dadurch ziemlich gut in ihrer Kommune in der
Wielandstraße 13. Wie die fetten großbürgerlichen Fein-
schmecker.

Es gab sogar ein Buch, das explizit zum Diebstahl
aufrief. Es hieß *Klau Mich* und war von Rainer Langhans und Fritz Teufel geschrieben worden. Alles, Essen,
Klamotten, Schallplatten, sogar Bücher wurden ein-
geklaut. Deshalb stattete Louise nun der Buchhandlung
Kiepert in der Knesebeckstraße einen Besuch ab und
marschierte schnurstracks zu dem Regal mit den englischen Büchern. Das philosophische und politische Zeug
von Adorno, Habermas und Marcuse sollten Bakunin,
Rolli und die anderen besorgen. Sie schwärmte zwar für
den politischen Kampf, aber die Bücher, aus denen ihre
Leute die Theorie entlehnten, interessierten sie nicht.
Überhaupt war dieser ganze ideologische Kram in ihren
Augen nicht mehr als intellektuelle Wichserei. Die Kerle
vom Sozialistischen Studentenbund holten sich bei den
Veranstaltungen im Audimax der TU regelmäßig einen
runter, wenn sie so geschraubt redeten, dass niemand
im Publikum hinterherkam. Vermutlich noch nicht einmal sie selbst.

Außer ihr weilte nur noch eine Kundin mit einem
kleinen Jungen vor dem Regal. *One Flew Over The
Cuckoo's Nest* von Ken Kesey hatte Louise noch nicht
gelesen. Blitzschnell verschwand es in ihrem Parka. Ein
kurzer Blick zur Kasse, die Verkäuferin war mit einer
weiteren Kundin beschäftigt. Eine zweite Verkäuferin
stand neben der Tür und sortierte Bücher auf einem
Tisch. Hatte die etwas bemerkt? Die Kasse lag rechts

vom Eingang. Die Verkäuferin stand links daneben. Sie war einen Kopf größer als Louise und mindestens fünfzehn Kilo schwerer. Was nun? Sie könnte von der Beauvoir *Das andere Geschlecht* nehmen, zur Kasse gehen und es bezahlen. Die Verkäuferinnen würden es nicht wagen, eine Kundin anzuhalten, die gerade ein Buch kaufen wollte. Oder doch? Es war einen Versuch wert. Louise ging zur Kasse, legte *Das andere Geschlecht* auf die Theke und zog ihr Portemonnaie hervor.

»Wollen Sie das kaufen?«, fragte die Verkäuferin. Sie war schmal, hatte ein Mausgesicht und trug eine Brille mit Goldrand, die ihr weit vorne auf der Nasenspitze hing.

»Ja«, antwortete Louise. Sie lächelte und tat bemüht harmlos, obwohl ihr das Herz bis zum Halse schlug. Wer gute Ohren hatte, hätte jeden Herzschlag hören können.

»Und was ist mit dem Buch in Ihrem Mantel?«

Shit.

»Das ist kein Mantel, das ist ein Parka.«

»Und?«

Louise stand wie festgenagelt vor der Theke.

»Sie haben drei Möglichkeiten«, sagte die Verkäuferin. »Erstens, Sie kaufen beide Bücher, zweitens, Sie legen beide Bücher wieder zurück, drittens, ich rufe die Polizei.«

Louise spürte, wie ihr der Schweiß den Rücken hinunterlief. Bisher hatte es jedes Mal geklappt, wenn sie einklauen ging. Noch nie hatte jemand was gemerkt. Und ausgerechnet hier drohte sie aufzufliegen. In einem Buchladen. Wo Bücher ihr Allerliebstes waren. Sie dachte, dass es das Beste wäre zu bezahlen, das würde am wenigsten Ärger machen. Das Mausgesicht schien nett und nachsichtig zu sein. Andererseits gab es da aber auch diesen verdammten Ehrgeiz, mit den Büchern in die Wieland zurückzukommen und zu zeigen, dass sie erfolgreich gewesen war.

»Sie sollten sich entscheiden«, sagte Mausgesicht.

Inzwischen war auch die zweite Verkäuferin zur Unterstützung an die Kasse gekommen. *Jetzt habt ihr einen Fehler gemacht*, dachte Louise. Denn jetzt war der Weg zur Tür frei.

»Okay«, sagte Louise. »Ich wähle die vierte Möglichkeit.«

Sie rannte los, kurvte wie ein Slalomfahrer um die Büchertische herum auf die Eingangstüren zu, griff nach der rechten. Verschlossen. Genauso wie die linke. Louise rüttelte an den Türgriffen. Und dann hörte sie, wie Mausgesicht den Telefonhörer abnahm und wie die Wählscheibe sirrte. Zweimal kurz, einmal lang.

»Buchhandlung Kiepert«, sagte sie nach einem kurzen Moment. »Wir haben eine Diebin gefasst.«

Louise zitterte vor Wut und Angst. Zum zweiten Mal innerhalb einer Woche hatte sie mit den Bullen zu tun. Wenn ihr Vater davon Wind bekam, war Schluss mit Berlin. Er würde die Apanage einstellen und sie zurück nach Boston beordern. Als die Buchhändlerinnen sie hämisch musterten, fluchte sie leise.

Heller blickte auf das Porträt des Bundespräsidenten. Es hieß, dass Heinrich Lübke im Dritten Reich an der Planung von KZ-Baracken beteiligt gewesen sei. Jedenfalls behaupteten das die Illustrierte Stern und das Ost-Berliner Parteiblatt Neues Deutschland. Heller mochte den kleinen Mann, auch wenn der manchmal ziemlichen Blödsinn redete. Neben ihm stand Kommissar Gernot Danner, der vorübergehend sein Partner war. Er sah gut aus. Das half, wenn es darum ging, Zeuginnen zum Reden zu bringen. Holzinger saß hinter seinem Schreibtisch. Man konnte den Eindruck gewinnen, er sei dort festgeschraubt.

»Heidi Gent ist am Freitag nicht heimgekommen«, sagte Heller. »Ihre Mutter Gertrude Mazur hat gedacht, sie wäre im Kino. Als sie am Samstagmorgen immer noch nicht zuhause war, hat die Mutter bei uns angerufen.«

»Wieso ist die Vermisstenmeldung nicht bearbeitet worden?«

»Weil die Kollegen am Wannsee unterwegs waren«, nuschelte Danner kleinlaut. Er war ein fleißiger Polizist, aber nicht gerade mit einem Ego ausgestattet, das es mit Holzinger aufnehmen konnte. Heller zwinkerte ihm aufmunternd zu.

»Ist sie verheiratet?«

»Mit Klaus Gent«, antwortete Heller.

»Und?«

»Er ist verschwunden.«

»Fahndung?«

»Ist raus.«

»Was haben wir sonst noch?«

Heller berichtete, dass die Kollegen zuerst jeden Segelverein und jeden Bootsverleih abgeklappert hatten. Ohne Erfolg. Bis der Hafenmeister des Berliner Yacht-Club in einer Mülltonne ein blutbeflecktes Wachstischtuch gefunden und die Polizei alarmiert hatte. Schubert hatte dann auch noch Blutspuren in dem Ruderboot entdeckt, das sie an der Brücke nach Schwanenwerder gefunden hatten. Die Blutgruppe war identisch mit der von Heidi Gent. Also lag der Verdacht nahe, dass der Täter die Leiche in dem Boot auf den Wannsee hinaustransportiert haben musste. Danner hatte sich die Mitgliederliste des Clubs aushändigen lassen und nicht schlecht über die illustren Namen darauf gestaunt. Politik, Wirtschaft, Kultur. Eigentlich hätten die alle befragt werden müssen, ob sie am 25. Oktober auf dem Gelände des Yacht-Clubs gewesen waren. Aber wie schon auf Schwanenwerder würde auch das eine mühsame und ebenso vergebliche Arbeit werden.

Dann hatte Schubert auch noch Kratzer am Schloss des nördlichen BYC-Tors entdeckt. Hier musste sich jemand Zugang verschafft haben. Obwohl der Regen den Boden aufgeweicht hatte, war immer noch deutlich erkennbar, dass dieser Jemand ein Boot durch das Tor gezogen hatte. Etwas näher zum See hin fanden sich sogar trotz des Regens einige Reifenspuren, die erst wenige Tage alt sein konnten. Der hintere rechte Reifen hatte eine kleine Kerbe im Profil. Vermutlich von einer Scherbe. Vielleicht gaben die Reifenspuren Hinweise auf das Fahrzeug, in dem der Täter die Tote transportiert hatte.

Holzinger war unzufrieden.

»Vom Yacht-Club hat niemand was gesehen?«

»Bis jetzt nicht«, sagte Heller.

»Hier steht, auf der Brücke nach Schwanenwerder ist eine Baustelle.« Holzinger blätterte in dem Bericht, den Heller geschrieben hatte.

»Die sind fertig. Wir sind morgen bei der Baufirma.«

»Wieso erst morgen? Machen wir hier jetzt Dienst

nach Vorschrift, oder was? Verdammt noch mal. Wir müssen Ergebnisse liefern.«

Holzinger tippte auf die Zeitungen vor sich auf seinem Schreibtisch. Dann lehnte er sich in seinem Stuhl zurück. Sein Blick war finster. Er hielt die hölzerne Hand mit der linken fest. Manchmal schien es, als würde die Hand leben. Kleine Zuckungen von den Handnerven, die kein Ziel mehr hatten. Holzinger brauchte unbedingt einen Erfolg, das wussten sie alle. Immerhin hatte die Interne Doll inzwischen angehört. Und wenn Menkes Homosexualität unterm Tisch bliebe, würde der auf eine Anzeige verzichten. Sie könnten es dann so darstellen, dass Doll in Abwehr einer Bedrohungslage gehandelt hatte. Er würde sich vielleicht noch nicht mal ein Disziplinarverfahren einhandeln.

Nach der Besprechung ging Heller in sein Büro. Der Tisch, an dem Doll normalerweise saß, war noch leer. Danner sollte am nächsten Tag hierher umziehen. Heller setzte sich und ergänzte die Notizen, die er sich beim Besuch der Familie Gent gemacht hatte. Er wollte, wenn er Frau Grimm seinen Bericht diktierte, nicht zeigen, wie sehr die Vernehmung der Mazurs ihn berührt hatte.

Er kam normalerweise einigermaßen damit zurecht, wenn eine Mutter um ihr Kind weinte. Aber Frau Mazur war einfach in der Tür zusammengebrochen, nachdem er seine Marke gezeigt hatte. Hilflos hatte Heller sich neben sie gehockt. Herr Mazur war ein paar Minuten später von der Arbeit nach Hause gekommen und hatte Heller angegriffen in der Annahme, Heller habe die Familie überfallen. Nachdem Heller auch ihm erzählt hatte, was passiert war, hatte Mazur die Kontrolle

66

über sich verloren. *Sie ist mein einziges Kind,* hatte er geschrien. Dann hatte er das Kruzifix von der Wand genommen und es an der Tischkante zerschlagen. Heller hatte noch nie einen Mann so weinen sehen.

Als Mazur sich wieder beruhigt hatte, saßen sie alle auf dem Sofa. Sie schwiegen eine Weile. Frau Mazur hatte Kaffee gekocht. Die beiden Kinder Bettina und Ralf kauerten in einem Sessel nebeneinander und schauten Heller an, als wäre er der Herr über Leben und Tod. *Das war Gent,* hatte Mazur nach einer endlosen Weile des Schweigens gesagt. *Hundert Prozent.* Damit war Klaus Gent gemeint, Heidis Ehemann, der Vater der Kinder. Er war bei der S-Bahn angestellt, arbeitete im Schichtdienst bei der Bahnmeisterei in der Sophie-Charlotten-Straße. Auf die Frage, wieso Mazur so sicher war, dass Klaus Gent seine Frau umgebracht habe, hatte Heller keine Antwort erhalten. Er hatte den Kaffee getrunken, um ein Foto von Gent für die Fahndung gebeten und sich verabschiedet. Bei der Bahnmeisterei hatte er Klaus Gent nicht angetroffen. Der Schichtführer wusste auch nicht, wo Gent sich aufhielt, hatte ihn sogar selbst schon vermisst. Das waren die Notizen.

Heller rief nach Frau Grimm. Die schmale Frau mit den großen Zähnen setzte sich auf Dolls Stuhl und legte ihren Stenoblock vor sich.

»Na, dann fangen Sie mal an. Und Sie wissen ja: immer schön langsam und in der richtigen Reihenfolge. Der Kollege Doll macht mich jedes Mal wahnsinnig, weil ihm bei seinen Berichten immer noch was einfällt, das er vergessen hat.«

»Ich werde mich anstrengen.«

»Anstrengungen machen gesund und stark, sagt mein

Mann. Und der hat es von Luther. Und Luther muss es ja wissen.«

Heller lächelte. Er mochte Barbara Grimm. Es gab keinen Tag, an dem sie ihn nicht mit einem Kalenderspruch aufmunterte. Er diktierte jede Einzelheit, Namen und Uhrzeiten. Er ließ lediglich den Moment aus, als er bei den Mazurs das Haus verlassen hatte. Der kleine Ralf war ihm hinterhergelaufen. *Ist meine Mama jetzt im Himmel,* hatte der Junge gefragt. *Ja,* hatte Heller geantwortet. *Sie ist im Himmel und passt von da oben auf dich und deine Schwester auf.* Der Junge hatte gelächelt. *Und kommt sie von da wieder zurück, so wie Jesus?*

»Sie sehen müde aus. Wollen Sie einen Kaffee?«, fragte die Grimm.

»Ja, gerne. Und wie immer schwarz wie meine Füße.«

»O Gott«, lachte Frau Grimm, »meiner war früher auch mal so wie Sie. Hat seine Socken im Waschsalon zusammen mit den Unterhosen gewaschen, bei sechzig Grad. Machen Sie das auch?«

»Woher wollen Sie wissen, dass ich Unterwäsche trage?«, fragte Heller grinsend.

»Bitte, aufhören, davon will ich nichts hören.«

Kaum hatte sie kichernd den Raum verlassen, klingelte das Telefon. Eine Funkstreife hatte jemanden auf dem Spandauer Damm in der Nähe vom Schloss Charlottenburg gesichtet, auf den die Beschreibung von Klaus Gent passte. Heller griff nach seinem Mantel.

Das Tor stand offen, die beiden Bronzefiguren mit Schwert und Schild beugten sich über den Besucher. Das Schloss Charlottenburg strahlte wie in alten Zeiten. Auf dem Platz vor dem Hauptgebäude mit der imposanten Kuppel parkten drei Streifenwagen. Die VWs waren leer, die Blaulichter auf den Dächern kreisten. Keine Spur von den Beamten. Heller ging in Richtung Schlossgarten, als er auch schon den ersten Polizisten erblickte. Er kam auf Heller zugelaufen, stoppte und grüßte knapp.

»Er ist in Richtung Mausoleum, ich ruf Verstärkung.«

»Seid ihr sicher, dass es Gent ist?«

»Nicht ganz, er hat sich der Überprüfung seiner Personalien entzogen. Aber Polizeiobermeister Frei meint, dass er es ist«, stotterte der Polizist atemlos, dann lief er weiter.

Heller blickte in den Park. Vor dem Krieg war er ein botanisches Meisterwerk gewesen. Bis die alliierten Bombengeschwader am 22. November 1943 nicht mehr viel davon übrig gelassen hatten. Die Gärtner hatten nun die Bäume notdürftig für den Winter vorbereitet. Als er klein war, war seine Mutter sonntags mit ihm zum Entenfüttern hierhergekommen. Das war lange her.

Sollte er sich an der Suche beteiligen? Sechs Schutzpolizisten rannten durch den Park. Es war unwahrscheinlich, dass sie Gent erwischten. Der Park war stolze fünfundfünfzig Hektar groß. Außerdem konnte man im Norden und Westen über den Zaun klettern und verschwinden.

Auf der Turmkuppel des Schlosses triumphierte die Göttin Fortuna. Heller hatte gelesen, dass in der amerikanischen Unabhängigkeitserklärung das Streben nach Glück verankert ist. Das kam ihm seltsam vor. Konnte man nach Glück streben? Kam es nicht eher zufällig über einen Menschen? Genauso wie das Unglück. Und er, war er glücklich? Im Vergleich zu Mazur und den Kindern von Heidi Gent sicherlich. Streben nach Glück. Darüber wollte er nachdenken. Aber nicht jetzt. Denn als er sich eine Zigarette anzünden wollte, fiel ihm eine Bewegung im Rosengarten auf.

Ein Mann kam auf die Orangerie zu. Er ging gebückt, blieb ab und zu stehen. Das war mit Sicherheit kein Polizist. Heller ließ die Zigarette fallen und lief am Schloss entlang nach links. Der Mann hatte ihn noch nicht gesehen. Jetzt war er nur noch fünfzig Meter von Heller entfernt.

»Herr Gent?«

Der Mann zuckte zusammen. Er sah sich um. Sein Blick suchte zwischen den Bäumen nach dem Rufer. Dann entdeckte er Heller.

»Mein Name ist Heller, Kripo, Inspektion M I. Ich muss mit Ihnen über Ihre Frau sprechen.«

Es war, als hätte Heller einen Startschuss abgefeuert. Gent rannte auf den Zaun zu, der westlich den Park begrenzte.

»Bleiben Sie stehen. Sie haben keine Chance, hier sind überall Polizisten.«

Von wegen *überall Polizisten*. Wo war eigentlich der Schupo, der die Verstärkung holen wollte? Heller nahm die Verfolgung auf. Über den Zaun hinweg, den Spandauer Damm entlang, zwischen den Autos hindurch, die mit wütendem Hupen und quietschenden Bremsen auswichen. Auf den Klausenerplatz. Dann rechts in die Neufertstraße. Als Heller die Schloßstraße erreichte, hatte er Gent aus den Augen verloren. Er blieb schwer atmend stehen, stützte die Hände auf den Oberschenkeln ab. Wo war Gent hingelaufen? Nach Süden in Richtung Sophie-Charlotte-Platz? Oder hatte er die Schloßstraße überquert?

Heller bog nach links ab, wollte zurück zum Schloss gehen, als er plötzlich einen Schrei hörte. Er fuhr herum. In einem Vorgarten stand eine Frau. Sie hielt einen Rechen hoch, als würde sie jemandem drohen. Neben ihr waren Blätter zu einem Haufen aufgetürmt.

»Kommen Sie nicht näher!«, schrie die Frau.

Langsam ging Heller auf die Frau zu, nahm die Pistole aus dem Gürtelholster. Er konnte noch nicht sehen, wem sie drohte.

»Nicht erschrecken«, flüsterte er, als er sich nur noch wenige Meter hinter ihr befand.

Natürlich erschrak die Frau trotzdem. Sie drehte sich um, sah die Pistole und schlug mit dem Rechen nach Heller.

»Hören Sie auf! Ich bin von der Polizei.«

Er kramte seine Marke aus der Jackentasche, hielt sie der Frau entgegen.

»Wer ist da?«, fragte Heller.

Die Frau deutete in Richtung einer Hecke.

»Ein Mann mit einer Waffe.«

»Keine Sorge. Gehen Sie einfach nur zur Seite«, sagte Heller.

Die Frau gehorchte, lief rückwärts, bis sie den Bürgersteig erreichte. Heller ging weiter. Die Waffe im Anschlag. Sein Blick huschte hin und her. Und dann sah er ihn. Klaus Gent hockte hinter einer dicht gewachsenen Hecke. Sein Gesicht war schmerzverzerrt. Mit der rechten Hand umklammerte er den linken Fußknöchel. In der linken hielt er eine Luger Parabellum.

»Herr Gent, legen Sie die Waffe weg.«

»Was wollen Sie von mir?«

»Kommen Sie heraus, dann reden wir.«

»Über was denn?«

»Ihre Frau.«

»Was gibt's denn da zu reden?«, schrie Gent. »Sie ist tot. Aber ich hab sie nicht umgebracht.«

»Ich glaube Ihnen, Herr Gent. Und deswegen müssen Sie die Waffe wegwerfen und mir helfen, den Mörder Ihrer Frau zu finden.«

Gent stöhnte. Die Schmerzen im Knöchel mussten erheblich sein.

»Werfen Sie die Waffe hier rüber.«

Schweigen.

Heller blickte zu der Frau mit dem Rechen, die immer noch auf dem Bürgersteig stand.

»Haben Sie Telefon?«

Die Frau nickte.

»Na los, worauf warten Sie noch.«

Die Frau lief ins Haus. Heller machte einen weiteren Schritt auf Gent zu.

»Herr Gent, in ein paar Minuten ist ein Krankenwagen hier. Wir bringen Sie in die Westend-Klinik, die ist gleich da drüben. Und dann reden wir über das, was passiert ist.«

Keine Antwort. Heller trat an die Hecke. Er hatte Gent einen Moment lang aus den Augen gelassen, und jetzt war er weg.

»Scheiße!«

Wo war Gent? Heller sah sich um. Lief in den nächsten Hinterhof. Da entdeckte er ihn. Gent humpelte auf eine Mauer zu.

»Herr Gent! Bleiben Sie stehen.«

Gent schleppte sich weiter. Erreichte die Mauer, zog sich daran hoch. Heller entsicherte seine PPK. Das Klicken hallte von der Mauer wider. Gent hing immer noch an der Mauerkrone.

»Herr Gent, zwingen Sie mich nicht zu schießen.«

Eine endlose Weile verging, bis Gent sich von der Mauer wieder herabließ. Er stand mit dem Rücken zu Heller. Die Waffe in der linken Hand neben dem Körper. Die Mündung zeigte zu Boden.

»Werfen Sie die Waffe weg.«

»Ich hab sie nicht umgebracht«, stammelte Gent jetzt.

Langsam drehte er sich herum. Sein Gesicht war rot wie die Mauer aus Ziegelsteinen, vor der er stand.

»In Ordnung. Wir werden den Mörder Ihrer Frau finden. Aber Sie müssen die Waffe wegwerfen.«

»Ich soll die Waffe wegwerfen? Sie haben doch keine Ahnung, was hier läuft.«

»Dann sagen Sie es mir.«

Gent grinste verächtlich.

»Versuchen Sie es.«

»Egal. Ich werde das hier sowieso nicht überleben.«

»Das kann durchaus sein, wenn Sie die Waffe nicht weglegen.«

Gent hob die Pistole.

»Die Waffe runter!«

Hielt sie sich an die linke Schläfe.

»Nehmen Sie die Waffe runter!«

Gent schloss die Augen. Heller schoss.

Halb neun abends. Heller saß alleine in Holzingers Büro und wartete, dass sein Chef endlich auftauchte. *Der Herr Holzinger und der Herr Manteufel sind immer noch beim Polizeipräsidenten, aber sie sind in einer halben Stunde da*, hatte Barbara Grimm gesagt. Das war vor einer Stunde gewesen. Heller konnte sich vorstellen, was die beiden sich von Prill anhören mussten.

Es roch nach Bohnerwachs. Die Gummibäume waren verschwunden. Heller hatte sich aus Holzingers Cognac-Vorrat bedient, um sich zu beruhigen. Die Flasche war halb voll gewesen, und jetzt war sie bis auf einen letzten Schluck leer. Er wurde trotzdem nicht ruhiger. *Du hast auf einen Menschen geschossen.* Das zweite Mal, seit er bei der Mordinspektion war. *Du hast ihn nicht getötet, aber verletzt.*

Die Sanis hatten Gent in die Westend-Klinik eingeliefert. Heller hatte mit dem Arzt gesprochen. Der Knöchel war nicht das Problem. Aber die Hand würden sie vielleicht nicht mehr hinkriegen. *Du hast verhindert, dass er sich erschießen konnte. Das war richtig und notwendig gewesen.* Viertel vor neun. Heller musste pinkeln. Er ging zur Toilette, betrachtete sich im Spiegel. *Du hast ihm das Leben gerettet. Aber wer kann das schon sicher sagen. Und vielleicht wollte Gent ja gar nicht gerettet werden. Im Grundgesetz heißt es, dass die Würde des Menschen unantastbar ist. Gehört dazu nicht auch, über das eigene Leben zu entscheiden? Zu bestimmen, wann man leben will und wann nicht? Darf der Staat einen Menschen zwingen, am Leben zu bleiben, egal, wie beschissen dieses Leben ist? Nur weil der Selbstmord eine Sünde ist und die Bibel mit der Hölle droht?* Heller sah zur Decke hoch, gewissermaßen durch das Dach hindurch in Richtung Himmel. *Wenn du nicht willst, dass jemand sich umbringt, warum lässt du ihn dann allein? Du siehst alles, du hörst alles, du machst alles. Und dann lässt du zu, dass die ganze Scheiße passiert?*

Der Raum drehte sich. Heller machte den Wasserhahn auf und spritzte sich kaltes Wasser ins Gesicht. Als er sich abtrocknen wollte, war kein Handtuch da. Klopapier fehlte auch. Er rieb sich das Gesicht mit dem Hemdärmel ab.

Auf dem Weg zurück in Holzingers Büro hörte er eine Stimme im Treppenhaus. Es war eindeutig Holzingers rauer Bass. Heller ging in Richtung Treppen, stoppte aber, als er Holzinger im Gespräch mit einem Mann sah. Heller kannte ihn flüchtig, konnte sich aber nicht mehr an die Begegnung erinnern. Der Mann war klein, hatte eine Halbglatze, über die er von links nach rechts die Haare kämmte. Er trug eine schwarze Hornbrille. Seine Stimme war leise und schneidend, sein rechter Zeigefinger tippte ununterbrochen auf Holzingers Brust. Heller konnte nicht hören, worüber gesprochen wurde. Aber es wirkte nicht freundlich. Vielleicht war es besser, sich zurückzuziehen und weiter in Holzingers Büro zu warten.

Zehn Minuten später kam Holzinger herein. Er lächelte angestrengt.

»Haben Sie lange gewartet?«

»Schon okay.«

Holzinger deutete auf die Cognacflasche.

»Wenigstens haben Sie mir einen letzten übrig gelassen.«

»Sie kriegen eine neue.«

»Du.«

Heller verstand nicht. Holzinger reichte ihm die Hand.

»Karl.«

Das Angebot zum *Du*. Heller wäre lieber beim offiziellen *Sie* geblieben, aber das *Du* zurückzuweisen, wäre ein Affront. Wieso Holzinger mit einem Mal so vertraulich war, als wären sie alte Freunde, verstand er nicht. Er ergiff Holzingers Hand.

»Draußen und vor den Kollegen bleiben wir natürlich beim *Sie*«, sagte Holzinger.

Er schob in dem Regal rechts von seinem Schreibtisch ein paar Aktenordner beiseite und holte eine weitere Flasche hervor. Zwei Gläser wurden eingeschenkt und auf ex getrunken. Dann ließ Holzinger sich auf seinen Stuhl fallen. Er sah Heller eindringlich an. Schwieg eine Weile.

»Was hat Prill gesagt?«, fragte Heller schließlich.

»Nicht wichtig. Das Einzige, was den interessiert, ist seine Karriere. Wenn es sein muss, lässt der jeden von uns über die Klinge springen. Das muss man so machen, wenn man nach oben will. Irgendjemand hat mal gesagt, wenn du in dem Geschäft einen Freund brauchst, kauf dir einen Hund. Deswegen hab ich Max und Moritz.«

Er lachte angestrengt.

»Egal. Damit muss man umgehen. Was hätten wir für ein Leben, wenn die da oben sich hinter uns stellen würden. Was Neues von Gent?«

»Er wird operiert«, antwortete Heller. »Sobald er wach ist, rufen sie uns an.«

»Was meinst du? Hat er sie umgebracht?«

»Er sagt, er war's nicht.«

»Da wär er ja auch der Erste, der es zugibt. Wegen dem Schuss musst du dir keine Sorgen machen. Du hast völlig richtig gehandelt.«

»Ich weiß nicht.«

»Was hättest du denn tun sollen? Er hat versucht, sich eine Kugel in den Kopf zu jagen. Mach dir keine Gedanken. Wenn er sich umbringen will, soll er es machen, wenn wir nicht in der Nähe sind.«

Heller nickte. Er war letztendlich froh, dass Holzinger ihm den Rücken stärkte.

»Hat er gesagt, warum er sich umbringen will?«

»Nein.«

»Weil er nicht in den Knast will.«

Vielleicht.

»Er hat gesagt, ich hätte keine Ahnung, was hier läuft. Und dass er es sowieso nicht überlebt.«

»Das sagt er, weil er Angst hat. Wenn ihr ihn morgen in die Mangel nehmt, wird der schon singen.«

Heller nickte. Er erhob sich von dem Stuhl.

»Ich muss mich mal ein paar Stunden hinhauen. Danke, dass Sie mich bei Prill in Schutz genommen haben.«

Er war unbewusst wieder ins *Sie* gerutscht.

»Warte mal«, rief Holzinger ihm hinterher.

Heller drehte sich, den Türgriff schon in der Hand, noch einmal um.

»Ich hab mit Manteufel drüber gesprochen, dass ich nächstes Jahr aufhöre«, sagte Holzinger.

Heller war überrascht. Das war neu.

»Du bist erst achtundfünfzig.«

»Und ich hab eine Prostata so groß wie eine Apfelsine.«

»Oh.«

»Ja, oh. Ich habe ihnen gesagt, dass jemand mein Kommissariat übernehmen muss. Und dass ich dich für den Richtigen halte.«

Was? Heller traute seinen Ohren nicht. Holzinger wollte ausgerechnet ihn zu seinem Nachfolger machen?

»Das heißt, du machst die Ochsentour, dann Beförderung zum Oberkommissar. Vielleicht wäre auch der Hauptkommissar drin. Du wärst der Jüngste auf dem Posten.«

Heller ließ den Türgriff los und kam zurück zum Schreibtisch. Holzinger schaute ihn ernst an.

»Wieso ausgerechnet ich?«, fragte Heller.

»Weil du anders bist. Du hast keine Familie, du schiebst dauernd Bereitschaft, weil du dich zuhause langweilst. Und du bist ehrgeizig.«

»Und wo ist der Haken?«

»Siehst du, das ist ein weiterer Grund. Wolf Heller, immer auf der Hut vor dem Feind. Es gibt keinen Haken. Nur das Angebot. Überleg es dir. Schlaf drüber. Red mit deinem alten Herrn. Übrigens hat der heute Mittag angerufen. Sollst dich mal wieder bei ihm melden.«

Heller zog die Stirn in Falten.

»Ich weiß, der alte Siegfried Heller ist manchmal schwer zu ertragen«, sagte Holzinger. »Denk immer dran, er hat nicht nur im Krieg einiges durchgemacht. Er hat auch deine Mutter beerdigen müssen und dich alleine großgezogen.«

Holzinger reichte Heller die Linke. Hielt Hellers Hand länger als nötig fest.

»Wenn du dich für das Angebot entscheidest, würde ich an deiner Stelle die Gent-Geschichte Doll oder Danner überlassen. Irgendwas an dem Fall ist faul. Und nicht gut für eine Beförderung.«

Er zwinkerte Heller zu.

»Und jetzt raus hier. Ich muss auch irgendwann mal nach Hause.«

Heller verließ das Büro. Das war der Haken. Den Fall Gent an Doll abgeben. Warum? Hatte es mit dem Mann im Treppenhaus zu tun? Wer war das? Und warum konnte der Holzinger Befehle geben?

Und jetzt? Nach Hause? Wozu? Heller fuhr ziellos durch die Stadt. Um nicht an den Fall zu denken. An die tote Frau. Die verzweifelten Eltern. Um abzuwarten, bis Paula eingeschlafen war, weil er nicht darüber reden wollte, was an ihrem Geburtstag passiert war. Um nicht die Akten über den Tod seiner Mutter zu durchforsten. Um sich aus der Welt zu träumen. Er sah unzählige beleuchtete Fenster, hinter denen sich die Komödien und Tragödien des Lebens abspielten. *Was macht ihr gerade in euren Wohnzimmern, Schlafzimmern, Kinderzimmern? Welche Verbrechen begeht ihr? Denn dass ihr Verbrechen begeht, ist unausweichlich. Schließlich seid ihr Menschen.*

Seit ein paar Tagen schlief er wieder schlecht. Lag lange wach und las alles, was ihm in die Finger kam. Wenn er irgendwann endlich einschlafen konnte, schreckte er nach zwei Stunden auf. An manchen Tagen half es, wenn er ein paar Whiskey kippte. In den letzten Tagen aber hatte auch das nicht mehr gewirkt.

Es war kurz nach Mitternacht, als Heller leise in die Wohnung schlich. In seinem Zimmer öffnete er den Kleiderschrank, nahm aus dem obersten Fach die Akte, die er aus dem Keller in der Keithstraße geholt hatte. 25. Juli 1948 stand auf dem Deckel.

Damals war seine Mutter unter ungeklärten Umständen ums Leben gekommen. Weil die Russen alle Versorgungswege durch die DDR gesperrt hatten, in der Hoffnung, sie könnten dadurch die Berliner im Westteil der Stadt zum Sozialismus bekehren, hatten die Alliierten West-Berlin aus der Luft versorgt. Alle paar Minuten landete eine Maschine und brachte Kohlen, Lebensmittel oder Benzin. Und dann war ganz früh an diesem 25. Juli ein sogenannter Rosinenbomber abgestürzt. Beim Landeanflug auf Tempelhof hatte er den Giebel eines Hauses in der Handjerystraße gestreift. Der Dachstuhl und das Obergeschoss waren in Brand geraten, der Rumpf der C-47 vor dem Haus Nummer zwei zerschellt. Die Feuerwehr hatte den Brand gelöscht, die beiden toten Piloten waren geborgen worden. Seine Mutter hatte man vierundzwanzig Stunden später in den Trümmern gefunden. Unter einem verkohlten Balken. Seitdem beschäftigten Heller zwei Fragen. *Wieso haben die dich erst vierundzwanzig Stunden später gefunden? Und was hast du in der Handjerystraße gewollt? Zehn Kilometer von zuhause weg.*

Während er darüber nachdachte, wurde er müde und schlief schließlich ein. Aber es war kein erholsamer Schlaf. Überhaupt hatte er den Eindruck, er würde nicht wirklich schlafen, sondern eher von einem Albtraum in den nächsten hetzen. Gegen zwei Uhr nachts wachte er auf und fühlte sich wie gerädert. *Schlafentzug ist das perfekte Folterinstrument. Irgendwann bist du bereit, alles zu sagen und zu tun. Auch, dir eine Kugel in den Kopf zu jagen.*

Als er schon einmal durch so eine Phase gegangen war, ungefähr ein Jahr zuvor, hatte er einem Arzt, der gelegentlich in der *Elefanten-Bar* am Stuttgarter Platz verkehrte, von seinen Schlafproblemen erzählt. Der

Arzt hatte ihm Hustensaft gegeben. *Romilar* stand auf
der Verpackung. Er war nach Hause gefahren, hatte
einen ordentlichen Schluck genommen, sich in den
Sessel gesetzt und war innerhalb von zehn Minuten eingeschlafen. So tief, dass er sich am nächsten Morgen
an nichts mehr erinnern konnte. Dafür hatte er Kopf-
schmerzen gehabt, als würde jemand mit einem Hammer seinen Schädel bearbeiten.

Sein Freund Ryan King, Ex-Sergeant der 287th Military Police Company und seit vier Jahren stolzer Besitzer des *Kings-Club* in der Charlottenburger Knesebeckstraße, hatte ihm einmal erzählt, dass im *Zodiak* ein Stoff
verkauft wurde, der schon im Berlin der Zwanzigerjahre für Furore gesorgt hatte. Das Zeug wurde aus den
Blütenständen der weiblichen Hanfpflanze gewonnen.
Es sollte Leute geben, die das Zeug rauchten. Andere
backten es in Plätzchen.

Heller fuhr am Landwehrkanal entlang in Richtung
Westen, lieferte sich ein kleines Rennen mit der U1,
die hoch über dem Kanal auf einem Viadukt zwischen
Kreuzberg und dem Wittenbergplatz verkehrte. Direkt
in der Großbeerenstraße lagen rechts die *Schaubühne*
und darunter das *Zodiak*. Heller parkte hinter dem
Theater, neben einem roten Citroën 2 CV. Der Wagen
schaukelte eigenartig hin und her. Die Scheiben waren
beschlagen, und eine Frauenstimme rief etwas, das er
nicht verstand, aber durchaus einordnen konnte. Er
ging zur Beifahrertür, öffnete sie und wurde sofort von
einer süßlichen Rauchwolke eingehüllt. Eine junge Frau
saß nackt auf einem jungen Mann. In der Hand hielt sie
eine Zigarette, die wie eine Tüte geformt war. Sie zog
daran, schaute zu Heller und lächelte.

»Willst du?« Sie hielt ihm die Zigarette hin.

Heller war von dem Anblick derart überrascht, dass er ein kaum hörbares *Nein* stammelte.

»Dann mach die Tür bitte wieder zu«, hauchte sie. »Es wird sonst kalt.«

Heller schlug die Tür zu. Er trat ein paar Schritte zurück. War in dieser eigenartig geformten Zigarette das Zeug, von dem Ryan ihm erzählt hatte?

Heute Nacht: Agitation Free, stand auf einem Plakat neben dem Eingang. Heller stieg die dunkle Treppe ins *Zodiak* hinab. Zahlte drei Mark Eintritt und landete in Räumen, die abwechselnd in Schwarz und Weiß gestrichen waren. Aus dem größten Raum drang psychedelische Musik. Und dazu derselbe Nebel, der ihm schon aus der Ente entgegengeschlagen war. Ein seltsames Kribbeln erfasste Heller.

Das *Zodiak* war allerdings an diesem Abend der denkbar ungeeignetste Ort, um nach Substanzen zu fragen, die offiziell verboten waren. Kaum war Heller nämlich am Tresen gelandet, erkannte ihn der Barkeeper und rief *Bullen!* in den Raum. Fünfzig Köpfe drehten sich kollektiv zu Heller herum. Fünfzig Mittelfinger wurden ihm entgegengestreckt, begleitet von Pfeifen und Buhrufen. Sogar die Band unterbrach ihre Darbietung. Heller sah sich konsterniert um. Er hob kurz die Hand und verschwand wieder. Es war zwei Uhr. *Also der* Kings-Club. Die Straßen waren leer. Hin und wieder eine Polizeistreife mit Blaulicht, die Feuerwehr im Großeinsatz, ein paar Männer, die durch die Straßen schlichen, auf dem Ku'damm lärmten Touristen, die Leuchtreklamen von *Marmorhaus* und *Filmbühne Wien* wurden ausgeschaltet.

Im *Kings-Club* kam es ihm vor, als hätte jemand zu

einer religiösen Versammlung gerufen. Dreißig Gäste drängten sich vor der Bühne und lauschten einem jungen Mann mit Gitarre, der etwas von einem gewissen Orpheus sang. Heller schob sich durch die Gäste bis zum Tresen vor.

Ryan war einen Kopf größer als Heller. Ein Redneck aus Dallas, Texas. Seine Vorfahren waren aus Belfast nach Amerika übergesiedelt. Er hatte rote Haare, Sommersprossen, besaß eine enorme Trinkfestigkeit, und seine Stimme klang, als würde er immer noch jeden Morgen seine Soldaten zusammenbrüllen. Ryan hatte mit fünfundvierzig die Military Police Company verlassen und beschlossen, in Berlin eine Bar zu eröffnen.

»Bist du sicher?«

»Warum soll ich nicht sicher sein?«

»Cause you are a fuckin' cop.«

»Und?«

»Gibt es bei euch nicht ein Gesetz, das es Vertretern der Staatsmacht verbietet, so ein Zeug zu nehmen?«

»Kann sein, aber wer liest schon Gesetze.«

Heller ließ sich einen Bushmills geben und nahm auf einem Barhocker Platz. Der junge Mann mit der Gitarre sang immer noch. Er war schmal und hatte eine markante Stimme. *Meine Lieder sing' ich Dir, von Liebe und Ewigkeit, und zum Dank teilst Du mit mir meine Mittelmäßigkeit.* Die Frauen hingen an seinen Lippen. Und vermutlich musste der junge Mann sich keine Gedanken darüber machen, wo er den Rest der Nacht verbringen würde. *Wahrscheinlich wirst du Karriere machen, wenn die Frauen so auf dich stehen,* dachte Heller. Der Mann hieß Reinhard Mey. Heller hörte eine Weile zu, bis Ryan ihm signalisierte, ins Büro neben der Bar zu kommen.

Dort stellte Ryan ihm einen jungen Mann vor. »Das ist Bakunin.«

»Verstehe.«

»Weißt du, wer Bakunin war?«, fragte der junge Mann.

Heller wusste es nicht.

»Bakunin war ein russischer Anarchist. Wenn du verstehen willst, was in den nächsten Monaten hier in Berlin passiert, musst du sein Buch *Gott und der Staat* lesen.«

Heller und Bakunin standen sich gegenüber, musterten sich, als würden sie von verschiedenen Planeten kommen. Der eine lange Haare, zotteliger Bart, weiter grüner Parka, ausgelatschte Stiefel, die amtliche Uniform, mit der man zeigte, dass man nicht dazugehörte. Und dann der andere, immer im Anzug, mit Hut, Krawatte und Lederschuhen unterwegs.

»Das ist doch ein Bulle, oder?«, fragte Bakunin. Er sah Ryan grimmig an.

Ryan kratzte sich am Hinterkopf. Es schien ihm unangenehm zu sein, dass der junge Mann sofort erkannt hatte, wer Heller war.

»Tagsüber. Nachts ist er ein fuckin' good piano player.«

Bakunin taxierte Heller. Es war ihm sichtlich unangenehm, seine Ware an einen Polizisten zu verkaufen.

»Was ist das denn für ein komischer Hut. Sieht aus wie von Buster Keaton.«

Heller nahm den Hut ab.

»Das ist ein Porkpie. So einen hat mein Großvater getragen. Und Lester Young. Kennst du Lester Young?«

Bakunin schüttelte den Kopf.

»Lester Young war einer der besten Saxofonisten aller

Zeiten. Und das Ding hier heißt Porkpie, weil es rund ist und aussieht wie eine gestürzte Schweinefleischpastete.«

Das klang wohl so absurd, dass Bakunin nickte und Vertrauen zu fassen schien.

»Wie willst es haben?«, fragte er.

»Was haben?«

»He, Mann, du hast absolut keine Ahnung, oder? Wo lebt ihr Bullen eigentlich? Du kannst Haschisch rauchen oder essen. Es gibt auch Typen, die trinken es in Kakao.«

»Keine Ahnung.«

In Polizeikreisen ging es hin und wieder um Drogen. Aber niemand nahm das Thema wirklich ernst. Heller fühlte sich wie ein Depp.

»Er kann nicht schlafen«, erklärte Ryan.

»Wozu schlafen? Schlafen kannst du, wenn du tot bist.« Bakunin lachte, als hätte er den Witz des Jahrhunderts gerissen.

Schlafen kannst du, wenn du tot bist. In manchen Momenten, wenn er stundenlang wach gelegen hatte, war das ein tröstender Gedanke gewesen.

»Okay. Ich geb dir einen Keks. Und du guckst mal, was passiert. Wenn es knallt, kannst du mehr haben. Wenn nicht, versuchst du es mal mit einer Tüte.«

Heller nahm den Keks entgegen. Als er bezahlen wollte, winkte Bakunin ab.

»Ist erst mal gratis. Ich hab kein Bock, dass du mich morgen hochgehen lässt, weil ich gedealt hab.«

Er drückte Ryan ein kleines braunes Päckchen in die Hand, kassierte ein paar Scheine und verschwand.

»Wann soll ich das Zeug nehmen?«, fragte Heller.

»Wenn du im Bett liegst. Es sei denn, du willst auf allen vieren nach Hause kriechen.«

Heller probierte trotzdem von dem Keks. Später saß er am Klavier und improvisierte Melodien, die sich strikt weigerten, irgendeinen Sinn zu ergeben. Ryan schloss den Laden, nahm seinen Kontrabass und gesellte sich zu ihm, damit sie gemeinsam die Grenzen der Tonalität austesten konnten. Hauptsächlich kicherten sie. Und wenn ein Akkord so schrecklich klang, dass es in den Ohren wehtat, brüllten sie vor Lachen. Sie spielten, bis es draußen hell wurde.

Als die Wirkung des Kekses nachließ, sagte Heller wie aus dem Nichts: »Er hat sie nicht umgebracht.«

»Wer?«, fragte Ryan.

»Kennst du nicht.«

»Wen hat er nicht umgebracht?«

»Kennst du auch nicht.«

Heller schlief auf zwei zusammengeschobenen Sesseln so tief wie seit Monaten nicht mehr.

Donnerstag, 31. Oktober

Der Du die Menschen sterben lässt und sprichst: Kommt wieder, Menschenkinder! Denn tausend Jahre sind vor Dir wie der Tag, der gestern vergangen ist, und wie eine Nachtwache. Lehre uns bedenken, dass wir sterben müssen, auf dass wir klug werden. Das hatte der Pfarrer bei der Beerdigung gesagt. Damals war Wolf Heller zwölf Jahre alt gewesen, und er erinnerte sich noch immer an jedes Wort, jedes Gesicht, jeden Händedruck, jedes stumme Kopfnicken. Und er kannte jede Träne, die er vergossen hatte, als seine Mutter beerdigt wurde.

Jetzt war er mit seinen zweiunddreißig Jahren Kommissar zur Anstellung bei der Mordinspektion in der Keithstraße. Gefangen in der Treue zum Gesetz und dem Aufbruch, der Berlin überrollte. Eingeschnürt in das Korsett eines Staatsapparats, der es zuließ, dass alte Nazis sich vor ihrer Vergangenheit versteckten, und gelockt von der sexuellen Befreiung, die in den studentischen Kreisen propagiert wurde. Er hörte *Hey Jude* von den Beatles und *Light My Fire* von den Doors, hatte Dutzende Schallplatten in einem Regal stehen, las in Büchern, die gerade in Mode waren: Frantz Fanon, Herbert Marcuse. Ohne zu verstehen, was die meinten.

Seit zwanzig Jahren kam er immer donnerstags, dem Tag ihrer Beerdigung, hierher. Friedhof Heerstraße, Feld IX, Reihe A, Grab Nummer 23 direkt neben der Friedhofskapelle. Dann stand er unbewegt, starrte auf den Grabstein und versank in einer dunklen Welt. Nachts sah er manchmal seine Mutter in dem Erdloch liegen. Sie lächelte und streckte die Arme nach ihm aus.

Eine Antwort auf die Frage, wie sie gestorben war, bekam er allerdings von der Toten so wenig wie von seinem Vater. Und die Erklärung, die auch die Akte lieferte, weigerte er sich zu glauben. Seine Mutter in einem Bordell? In anderen Familien waren die Väter in russischer Kriegsgefangenschaft, und die Mütter stellten ihre Körper den alliierten Soldaten zur Verfügung. Aber seine Familie hatte genug Geld, sein Vater war ein kleiner Bauunternehmer gewesen, der Behelfsbauten in den Berliner Außenbezirken errichtete. Nein, sie war keine Prostituierte gewesen. Niemals.

»Heulst du schon wieder?«

Heller heulte nicht, aber er brauchte sich auch nicht

umzudrehen, um zu wissen, wer das fragte. Er hatte gehofft, er könnte der Begegnung mit dem Alten zur Abwechslung mal entgehen. Seinem schneidenden Hohn.

»Das ist doch nicht normal«, murmelte der Alte. Er kniete am Grab nieder und riss die zarten Unkrauttriebe heraus.

»Was ist nicht normal?«

»Du musst dir endlich eine Frau suchen. Oder bist du auch einer von denen?«

Einer von denen. Jetzt ging das wieder los.

»Hast du gelesen, was in der B. Z. steht? Die machen dem Mahler, diesem Dreckskommunisten, endlich den Prozess. Das muss man sich mal vorstellen. Ist Rechtsanwalt und macht beim Krawall vor Springer mit. Dieses ganze Pack müsste man ins Arbeitslager stecken, damit die mal Zucht und Ordnung lernen. Nix als demonstrieren und rumbumsen.«

Der Alte war im Krieg gewesen und als Polizist dem Polizei-Reserve-Bataillon Nummer drei zugeordnet worden. In der väterlichen Wohnung hatte lange ein gerahmtes Foto gehangen, auf dem Siegfried Heller zusammen mit Karl Holzinger, Wolf Hellers Vorgesetztem, und weiteren Uniformierten zu sehen war. Es hieß, dass dieses Bataillon eine Mordeinheit gewesen sei, ausgebildet zur Menschenjagd und mit mehreren Zehntausend Menschen auf dem Gewissen. Aber darüber schwieg Siegfried Heller. *Männer posaunen ihren Scheiß nicht in die Welt hinaus.* Das war das Prinzip. Damit hielt er das Grauen von sich fern.

Wenn überhaupt, dann erzählte er, dass er dabei gewesen sei, als die Heeresgruppe Mitte eine Offensive der Roten Armee abgewehrt hatte. Und er erzählte von der Gefangenschaft. Wie sie Ratten essen und Wasser aus einem Fass trinken mussten, in das die russischen Offiziere hineingepinkelt hatten.

Mit einer kleinen Harke rechte er saubere Linien in die Erde.

»Wir müssen die Pacht verlängern. Du musst was dazugeben.«

Heller nahm sein Portemonnaie aus der Hosentasche.

»Wie viel?«

»Zwanzig.«

Heller reichte dem Alten einen Zwanziger.

»Ich hab die Akte gelesen«, sagte er.

»Was für eine Akte?«, fragte der Alte.

Es war klar, welche Akte Heller meinte.

»Kannst du nicht endlich damit aufhören? Immer in den alten Geschichten rumzuwühlen? Sie haben sie erst einen Tag später entdeckt, weil sie unter einem verkohlten Balken gelegen hat.«

Es war die Erklärung, die Heller schon hundertmal gehört und ebenso oft nicht geglaubt hatte.

Der Alte erhob sich schwerfällig, holte in einer Gießkanne Wasser für die rote Teppichbeere und die Erika. Heller beobachtete, wie es in feinen Rinnsalen über die steinerne Umrandung lief und in dem sandigen Boden versickerte.

»Du hast sie gesehen, als sie tot war.«

»Und?«

»Was hat sie angehabt?«

»Hellrotes Kleid und Mantel. Du musst irgendwann mal damit klarkommen, dass sie eine Hure war. Ich hab es ja auch nicht gewusst. Sie hat mit allem gebumst, was da rumgelaufen ist, Engländer, Franzosen, Neger. Das hat sie wahrscheinlich auch schon gemacht, als ich an der Front war. Vielleicht bist du ja gar nicht mein Sohn. Vielleicht hat sie sich sogar unter einen Juden gelegt.«

Das war er. Siegfried Heller mit seiner unbändigen Verachtung. Verschlossen, selbstgerecht, mit bitterem Spott als Rüstung. In solchen Momenten wünschte Wolf Heller sich tatsächlich, nicht der Sohn dieses Mannes zu sein. Er wusste, dass der Alte log. Oder dass er ihm zumindest nicht die ganze Wahrheit erzählte. Wie schlimm musste die wohl sein, wenn er sie hinter der Geschichte, seine Frau sei eine Nutte gewesen, versteckte.

»Wenn sie wirklich so war, dann verstehe ich eins nicht.«

»Was verstehst du nicht?«

»Dass du dich so um das Grab kümmerst. Jeder, der dich sieht, denkt, dass du sie geliebt hast.«

»Was weißt du denn schon?«

Sie schwiegen. Als der Alte gehen wollte, hielt Heller ihn auf.

»Du bist doch mit Holzinger ziemlich gut.«

»Und?«

»Gestern war jemand in der Keithstraße. Er hat Holzinger ganz schön in den Senkel gestellt. So ein Kleiner mit Halbglatze und einer dicken schwarzen Hornbrille. Kennst du den?«

Der Alte schüttelte den Kopf.

»Was hat er zu Karl gesagt?«

»Habe ich nicht gehört.«

»Du musst dich nicht um alles kümmern.«

Der Alte ließ Heller zurück und marschierte in Rich-

90

tung Ausgang Olympische Straße. Heller stand noch eine Weile am Grab. Er hatte das Gefühl, der Keks würde sich noch in seinem Kopf festhalten. Ein Nebel, der das Denken schwer machte. Aber vielleicht hatte er auch endlich nur mal wieder gut geschlafen.

Doll war immer noch vom Dienst suspendiert, saß von morgens bis abends in der *Dicken Wirtin* am Savignyplatz und fragte jeden Polizisten, der zum Mittagessen oder nach Dienstschluss auf ein Bier hereinkam, ob etwas Besonderes vorgefallen sei. Danner, der ihn vertreten sollte, hatte sich mit Erkältung krankgemeldet. Lamper, Mercier und Kaminski waren mit einer Prostituierten beschäftigt, die in der Nacht einen Freier auf dem Ku'damm vor ein Taxi gestoßen hatte. Die M I war derart unterbesetzt, dass es schon lachhaft war. Holzinger hatte sich mal wieder über die Personalpolitik des Senats beschwert, hatte Innensenator Neubauer mit einem Schwall von Flüchen bedacht und dann Heller alleine losgeschickt. Weil zwei der Mercedesse, mit denen die Kommissare zu den Tatorten und Zeugenvernehmungen gefahren wurden, in der Werkstatt waren, musste Heller wie so oft seinen Karmann-Ghia nehmen. Das war ihm ohnehin das Liebste. Er musste während der Fahrt mit niemandem reden. Im Autoradio sang Jimi Hendrix: *Hey Joe, I said where you goin' with that gun in your hand.*

Klaus Gent war noch am Abend an der Hand operiert worden. Er würde Gymnastik machen müssen, damit er sie wieder wie früher bewegen könnte, erfuhr Heller von dem diensthabenden Arzt. Vor dem Krankenzimmer grüßte er den Polizisten, der dort zur Bewachung postiert worden war. Heller überlegte kurz, was er Gent sagen wollte. Ihm fiel nichts Passendes ein.

Gent saß auf seinem Bett. Es stand direkt neben dem Fenster. Mit ihm lagen fünf andere Männer in dem Zimmer. Ein alter Mann atmete so laut, dass man denken konnte, er würde jeden Moment ersticken. Ein anderer pinkelte in eine Flasche.

»Herr Gent?«

Klaus Gent reagierte nicht, als Heller neben sein Bett trat. Sein Blick lag auf den Bäumen, die ihre letzten Blätter abwarfen.

»Um diese Jahreszeit ist Berlin einfach eine scheiß Stadt«, sagte Gent.

»Wie geht es Ihnen?«

Gent sah auf seine linke Hand. Sie war bis zum Ellbogen eingegipst.

»Keine Ahnung. Der Doktor sagt, ich kann sie irgendwann wieder wie früher bewegen. Wäre nicht schlecht. Sonst schmeißen die mich bei der Reichsbahn raus. Ist aber auch egal. Die Bezahlung ist sowieso scheiße. Wissen Sie, dass wir in ganz Berlin fahren? Und dann bezahlen die Arschlöcher uns in Ost-Mark.«

»Auf dem Gang gibt es einen Cola-Automaten«, sagte Heller.

Gent nahm seinen Mantel aus dem Schrank und legte ihn sich mit Hellers Hilfe um die Schultern. Der Cola-Automat stand in einer Nische des Flurs. Ein Tisch, vier Stühle. Heller kaufte zwei Flaschen, gab eine Gent.

»Tut mir leid mit Ihrer Hand.«

Gent hob die Schultern, als würde ihn die Verletzung nicht kümmern. Er trank die Cola in einem Zug leer.

»Warum wollten Sie sich umbringen?«

Gent sah die leere Flasche lange an.

»Was würden Sie denn machen, wenn Ihre Frau ermordet wird? Kann ich noch eine haben?«

Heller zog eine zweite Cola aus dem Automaten.

»Ich würde mich nicht erschießen. Ich würde versuchen, den Mörder zu finden, und ihn erschießen.«

»Ja, gute Idee. Sollte ich auch machen.«

»Sie haben gesagt, ich hätte keine Ahnung, was hier läuft. Und dass Sie das sowieso nicht überleben würden. Was haben Sie damit gemeint?«

Gent trank auch die zweite Flasche auf einen Zug leer.

»Das hab ich nicht gesagt.«

»Doch. Haben Sie. Und das wissen Sie.«

Gent war mit einem Mal nervös, spielte mit der Cola-Flasche. Warf sie in die Luft und fing sie wieder auf. Vermutlich wollte er Heller zeigen, dass er die Sache im Griff hatte.

»Gibt's noch eine Cola?«

»Später. Woher wussten Sie eigentlich, dass Ihre Frau tot ist?«

»Ich hab die Alte angerufen.«

»Ihre Schwiegermutter.«

»Ja. Ich wollte ihr sagen, dass ich erst spät komme. Abends haben sie im Clubhaus einen Film über Kongo-Müller gezeigt. Kennen Sie den?«

»Nein.«

»Das ist so ein Söldner, der im Kongo die Schädel von den Negern an seinen Jeep gebunden hat. Guter Film.«

Sie schwiegen eine Weile. Heller kaufte die dritte Cola. Hielt sie aber noch in der Hand. Gent verstand das Signal.

»Sie haben Ihre Frau nicht sehr geliebt, oder?«

»Klar. Was denn sonst?«

»Sie haben sie nicht vermisst gemeldet. Das hat Ihre Schwiegermutter gemacht.«

»Ich hab der Alten gesagt, dass sie es machen soll. Weil ich die ganze Nacht rumgerannt bin.«

»Und wo genau sind Sie rumgerannt?«

»Was soll'n die Frage?«

Heller sah auf seinen Notizblock.

»Wo waren Sie am vergangenen Freitag nach dreizehn Uhr?«

»In der Bahnmeisterei.«

»Ihr Schichtleiter hat etwas anderes gesagt.«

»Ronny ist ein scheiß Lügner. Da haben mich mindestens drei Kumpels gesehen.«

Gent nannte drei Namen, die Heller per Telefon in die Keithstraße weitergab. Mercier sollte die entsprechenden Personen nach Gent befragen.

»Na gut, Herr Gent, nehmen wir mal an, die Kollegen, die Sie mir genannt haben, bestätigen, dass Sie in der Bahnmeisterei waren. Das würde heißen, Sie haben Ihre Frau nicht umgebracht. Aber wer war es dann?«

»Woher soll ich das wissen?«

»Sie hat ein ziemlich schickes Kleid angehabt. Und rote Schuhe.«

»Ja, so ist sie rumgewackelt. Hat gedacht, sie wär was Besseres. Weil sie bei dem Mahler gearbeitet hat. Den sollten Sie mal fragen. Das ist ein Chaot.«

»Sie meinen, der hat sie umgebracht?«

»Nein.«

»Wer dann?«

Gents Grinsen sollte überheblich wirken. Aber Heller

sah die Angst in seinen Augen. Er packte Gent im Nacken.

»Du musst mit mir reden, Klaus Gent. Hier und jetzt. Hast du verstanden? Ich will den Mörder deiner Frau finden. Und wenn ich erfahre, dass du damit zu tun hast, bist du reif. Ich bin ein Bulle. Ich kann dir Dinge antun, von denen träumst du nicht mal. Und niemand wird mich dafür zur Rechenschaft ziehen.«

Gent befreite sich mit einem heftigen Ruck aus Hellers Griff. Er sprang auf, ging zum Cola-Automaten, suchte in der kleinen Geldrückgabeklappe nach Münzen.

»Sie haben keine Ahnung. Null. Und den Polizisten können Sie sich hinten reinstecken. Das, was hier läuft, ist fünf Nummern zu groß für euch Wichser.«

Danach war das Gespräch beendet, die Visite kam. Heller gab seine Cola einem kleinen Jungen, der das linke Bein eingegipst hatte. *Das, was hier läuft, ist fünf Nummern zu groß für euch Wichser.*

Auf dem Weg in die Dallgower Straße zu Heidi Gents Eltern genehmigte Heller sich in einer Kneipe am Spandauer Marktplatz eine Kartoffelsuppe. Ein Mann mit einer riesigen Delle im Schädel setzte sich zu ihm. Einer von denen, die niemand mehr sehen wollte. Menschliche Trümmer, die an eine furchtbare Zeit erinnerten, die erst zwei Jahrzehnte zurücklag. Heller gab dem Mann ein Bier aus und ließ ihn reden. Nickte ab und zu. Es waren Geschichten, die er von seinem Vater kannte. Heldentaten voller Blut, Kameradschaft und Sterben. Als der Mann ging, saß Heller noch eine Weile da.

Er dachte wieder an Heidi Gent. Es gibt Fälle, die sind wie eine Herde wild gewordener Kühe. Die Beweise und Indizien trampeln dich nieder. Du kommst überhaupt nicht hinterher, wenn du versuchst, alles in eine halbwegs vernünftige Ordnung und den richtigen zeitlichen Ablauf zu bringen. Das hier war ein anderer Fall. Der war eher wie ein Vogel, eine Amsel oder ein Sperling. Hüpft eine Weile vor dir herum, und wenn du auch nur eine Bewegung machst, verschwindet er.

Das *Eldorado* hatte ab Mittag geöffnet. Für diejenigen, die es eilig hatten und nicht bis zum Abend warten wollten oder die grünen Toilettenhäuschen verabscheuten. Er hatte sich mit dem Hinweis auf dringende Ermittlungen aus dem Büro geschlichen. Die Klingel sah nur, wer von ihrer Existenz wusste. Sie befand sich an der rechten Seite des Türrahmens. Zweimal klingeln, dann öffnete sich nach einer Weile eine kleine Klappe. Man blickte in völlige Dunkelheit. Wenn man bekannt war, wurde man eingelassen. Wenn man von der Sitte war, nicht. Wenn es eine Razzia gab, wurden die Gäste durch einen Glockenschlag gewarnt. Dann mussten sie den Hinterausgang benutzen und hoffen, dass die Polizei sich nicht auch bereits dort postiert hatte.

Harry war bekannt. Ohne dass sie im *Eldorado* wussten, wer er eigentlich war. Und selbst wenn es jemand gewusst hätte, gab es ein ungeschriebenes Gesetz. Du verrätst keinen aus der Gemeinde. Egal ob derjenige ein Politiker, ein Fußballspieler, ein Pfarrer oder ein Nazi war. In der DDR war der 175er mehr oder weniger abgeschafft. Nur in der Bundesrepublik brauchte man immer noch einen Damm gegen die Ausbreitung des lasterhaften Treibens, wie es offiziell hieß. Dabei wusste man, dass mindestens dreißig Bundestagsabgeordnete heimlich hier verkehrten. Harry hatte vor ein paar Monaten sogar ein Mitglied des Senats im *Eldorado* getroffen. Jemand hatte morgens um fünf in einem prall mit Leibern gefüllten Hinterzimmer das Licht angeschaltet. Angeblich aus Versehen. Wahrscheinlich aber, um den Senator bloßzustellen. Der fuhr nämlich offiziell eine harte Linie gegen die Schwulen. Von dem Tag an stellte er die Hetze ein.

Nachdem Harry sich entspannt hatte, setzte er sich an den Tresen. Die Barhocker waren mit rosa Plüsch überzogen. An den Wänden hingen Fotos berühmter Männer, die zur Gemeinde gehörten oder von denen man glaubte, dass sie dazugehörten. Oscar Wilde, Thomas Mann, Rock Hudson, Cary Grant. Jemand hatte sich einen Spaß gemacht und dem amtierenden Finanzminister Strauß in einer Fotomontage einen Lederanzug verpasst. An der Decke schwebte ein rosa Drache. Walter Menke wollte kurz vor eins kommen.

Der Hertha-Verteidiger war ein Koloss und zugleich eine Heulsuse. Am Telefon hatte er gejammert, dass seine Karriere beendet sei, wenn die Mitspieler erfuhren, dass er schwul war. *Die werden mir die Fresse einschlagen.* Harry musste ihn beruhigen. Vielleicht sollte er ihm vorschlagen, zum BFC Dynamo zu wechseln. Der Verein war in dieser Saison in die Oberliga der DDR aufgestiegen. Es wäre der erste Wechsel eines Sportlers von West nach Ost. Und weil der Minister für Staatssicherheit Erich Mielke der Ehrenvorsitzende war, konnte man davon ausgehen, dass die nötige Unterstützung für den sportlichen Erfolg garantiert war.

Zehn vor eins. Bis Menke auftauchte, hatte Harry noch Zeit, um für Kramer einen Bericht zu schreiben, in dem er genau erklärte, was passiert war. Jetzt, wo Heidi Gent tot war, konnte er die Geschichte so hinbiegen, dass er keine andere Wahl gehabt hatte, als sie verschwinden zu lassen. Kramer würde die Aktion mit Sicherheit verstehen. Er hatte ohnehin keine gute Meinung von weiblichen Mitarbeitern. Die waren zwar perfekt, wenn es darum ging, gewisse Leute auszuhorchen. Sie öffneten die Bluse, lockten die Zielpersonen ins Bett und kamen am nächsten Tag mit umfangreichen Informationen zurück. Aber hin und wieder verliebten sie sich, und dann mussten sie eben schnellstens abgezogen werden.

»Was machen wir, wenn die es rauskriegen?«

Menke hatte unbemerkt neben Harry Platz genommen. Er war bleich, sein rechtes Auge zuckte. Während er Harry ungeduldig ansah, knetete er sich die Hände, als wären sie ein Hefeteig.

»Niemand kriegt es raus.«

»Und wenn die Bild-Zeitung weiter so Andeutungen macht?«

»Dann müssen Sie die eben verklagen.«

»Ich soll die verklagen? Sind Sie verrückt? Das kostet ein Arsch voll Geld.«

Daher wehte der Wind. Menke wollte finanzielle Unterstützung haben. Aber so leicht würde Harry sich nicht erpressen lassen. Natürlich wäre es für ihn eine mittlere Katastrophe, wenn Menke erzählen sollte, was er auf der Havel beobachtet hatte. Andererseits wäre damit aber auch seine Karriere als Hertha-Spieler beendet.

»Ich kann Ihnen kein Geld geben. Sie müssen das alleine regeln.«

»Wie denn?«

»Was ist mit heiraten?«

»Ich soll heiraten?«

»Sie wären nicht der Erste. Nehmen Sie sich ein Beispiel am Alten Fritz.«

»Der war schwul?«

Harry nickte.

»Aber der war ja auch kein Fußballer.«

Was für ein Idiot, dachte Harry.

»Nein, soweit bekannt, war er das nicht.«

Jetzt fing Menke auch noch an, auf seinen Fingernägeln herumzukauen.

»Kennen Sie eine, die ich heiraten kann?«

Vielleicht sollte ich ihm Helga unterjubeln, dachte Harry. Dann wäre er zwei Probleme mit einem Schlag los. Der Gedanke amüsierte ihn.

»Wenn Sie hier rumsitzen, werden Sie garantiert keine finden. Gehen Sie aus. Was ist mit dem *Big Eden?*«

»Da war ich schon mal. Kennen Sie den Besitzer?«

»Rolf Eden? Wer kennt den nicht.«

»Vielleicht frag ich Rolf mal, ob er eine für mich hat.«

»Das hört sich doch nach einer guten Idee an.«

»Aber dann muss ich die auch bumsen, oder?«

»Wäre bestimmt hilfreich.«

Menke verzog das Gesicht.

»Am besten ich nehm eine, die wie ein Kerl rüberkommt.«

»Zum Beispiel.«

Menke gefiel die Idee.

»Na also«, sagte Harry. »Das wird schon klappen. Reißen Sie sich zusammen, Mann. Sie sind doch ein harter Bursche. Wenn Sie drauf verzichten, im Tutu rumzulaufen, wird niemand erfahren, was mit Ihnen los ist. Und jetzt verschwinden Sie. Ich hab zu tun.«

Menke humpelte auf Krücken aus dem Laden. *Wenn er keine Ruhe gibt, muss er auch verschwinden,* dachte Harry.

Louise hatte auf dem Revier in der Pestalozzistraße ihre Personalien angeben und eine Aussage zum Diebstahl machen müssen. Ihre Eltern in Boston würden wahrscheinlich nichts von dem Ärger mit der Polizei erfahren. Sie hatte sich dann noch darüber ausgelassen, dass die deutschen Polizisten im Vergleich zu ihren amerikanischen Kollegen richtig niedlich seien, wenn sie nicht gerade Studenten verprügelten. Die Polizisten hatten nicht recht gewusst, ob sie das als Kompliment nehmen sollten. Danach war Louise nach Hause geradelt.

Sie war vierundzwanzig und studierte bei Professor Richter an der Freien Universität in Dahlem Biologie. Sie untersuchte, ob biologische oder eher soziale Gründe für den Zwang zur Monogamie verantwortlich waren. Und vor allem, wie dieser zu überwinden war. Dazu führte sie Feldstudien über die sexuellen Reaktionen der Kommunarden durch. Über den Beischlaf zu zweit, zu dritt, zu viert, über Reflexe wie Eifersucht, über Erektionsstörungen und Orgasmusprobleme. Später wollte sie ihren Doktor machen und so berühmt werden wie Masters und Johnson.

Jetzt allerdings stand sie am Herd der Wielandkommune und kochte für neun Personen Spaghetti. Sie war für die Verpflegung zuständig, was ihr gehörig auf den Geist ging, weil die Kerle die gleiche Rollenverteilung verfügt hatten wie ihr Vater zuhause. Die Männer verändern die Welt, die Frauen kümmern sich um das Nest, lautete immer noch die Devise.

An der Decke hingen chinesische Lampions. Die Regale aus Brettern und Ziegelsteinen brachen unter der Last der Bücher, die ihre Mitbewohner aus der Amerika-Gedenkbibliothek ausgeliehen und vergessen hatten zurückzugeben, beinahe zusammen. Marx-Engels-Gesammelte-Werke, Lenin, Mao, Anarchisten wie Proudhon, Bakunin und Kropotkin. Flugblätter stapelten sich in einer Ecke. An den Wänden hingen Porträts von Che Guevara, Ho Chi Minh und Stalin neben selbst gemalten Plakaten mit Sprüchen. *Eigentum ist Diebstahl. Revolution ist machbar, Herr Nachbar. Enteignet Springer. Wer zweimal mit derselben pennt, gehört schon zum Establishment.*

Den letzten Spruch hatte jemand mit roter Farbe durchgestrichen.

»Erzähl doch mal. Was hat Mahler gesagt?«, fragte Bakunin. Die Kommune bestand zurzeit neben Bakunin aus den Haschrebellen Roland *Rolli* Rübsam, Detlev Wohlleben, Dirk Otto und ein paar anderen, die eher als Trabanten um den harten Kern kreisten. Sie waren hungrig.

»Wenn ihr Chauvis denkt, es wäre hier wie bei Mama, habt ihr euch geschnitten. Teller, Besteck, Gläser auf den Tisch. Los, los, los.«

»Jetzt fängt sie wieder mit diesem langweiligen Emanzipationsscheiß an«, nörgelte Detlev.

Die anderen lachten.

»Du kapierst das nicht, Louise. Die Emanzipation kommt automatisch, sobald wir mit der Revolution die kapitalistischen Besitzverhältnisse beseitigt und eine kommunistische Gesellschaft von gleichen Fähigkeiten und Bedürfnissen errichtet haben.«

»Von mir aus«, antwortete Louise. »Aber dann warte ich mit dem Essen eben so lange, bis der Kommunismus da ist.«

Sie warf den Kochlöffel in die Tomatensoße, drehte die Gasflamme aus und setzte sich mit demonstrativ verschränkten Armen an den Tisch. Acht Männer sahen sie fassungslos an. Es dauerte eine Weile, bis sie verstanden, dass Louise es ernst meinte.

»Das ist so eine revisionistische Scheiße, verdammt noch mal«, ereiferte sich Detlev. »Deine amerikanische Regierung, diese scheiß Verbrecher, haben durch Flächenbombardements zwei Millionen Vietnamesen umgebracht. Zwei Millionen, das ist mal eben West-Berlin. Seit 1964 sind doppelt so viele Bomben über Vietnam abgeworfen worden wie im gesamten Zweiten Weltkrieg. Die amerikanischen Faschisten wollen Vietnam in die Steinzeit zurückbomben. Die treffen die einfachen Bauern, Frauen, Kinder. Das ist denen scheißegal. Und jetzt fängst du, eine Tochter der amerikanischen Bourgeoisie, an, von Emanzipation zu quatschen. Spinnst du eigentlich?«

»Das ist nicht meine Regierung, genauso wenig wie der Nazi Kiesinger dein Bundeskanzler ist«, ereiferte sich Louise zurück. »Und wieso fängst du immer mit fucking Vietnam an, wenn ich nur sage, dass ihr den Tisch decken sollt. Oder kochen. Oder einkaufen. Oder dass ihr wenigstens eure Haare aus der Badewanne rausmacht und das Klo putzt, wo alles vollgespritzt ist, weil ihr ja unbedingt im Stehen pinkeln müsst.«

»Im Stehen pinkeln? Was ist das denn für ein kleinbürgerlicher Scheiß? Es geht hier darum, den US-Imperialismus mit allen Mitteln anzugreifen, die Befreiungsbewegungen in der Dritten Welt und vor allem die Palästinenser mit militanten Aktionen hier bei uns solidarisch zu unterstützen«, sagte Rolli.

»Worüber die Berliner sich ja wahnsinnig freuen, wie wir am letzten Montag gesehen haben. Die sind stinksauer, weil wir andauernd den Ku'damm blockieren«, entgegnete Louise.

»Na und, sollen sie doch«, lachte Bakunin. »Wir können in dieser frühen Phase der Revolution keine Rücksicht darauf nehmen, was die Berliner Spießer denken. Die sind doch immer noch im total falschen Bewusstsein gefangen und denken, dass sie durch den verblödeten Konsum ihre ursprünglichen Bedürfnisse befriedigen könnten.«

Die Jungs besaßen eine stabile Immunität. Vor allem gegenüber Louises ursprünglichen Bedürfnissen. Aber das war nichts Besonderes. Sie hatte es genauso schon im SDS erlebt. Egal, was eine Frau sagte, egal, wie wahr und richtig es war – es hatte keine Bedeutung. Manchmal kam es auch vor, dass einer der Kerle den Beitrag einer Frau später als seine Idee ausgab.

Es war die Art von Gesprächskultur, die Louise auch an zuhause erinnerte. Wenn ihr Vater samstags die intellektuellen Geistesgrößen aus Harvard einlud, befand sich darunter keine einzige Frau. Selbst wenn ihre Mutter, die immerhin zwei hochgelobte Bücher über den Amerikanischen Bürgerkrieg verfasst hatte, sich in die Diskussion einmischte, wurde sie mit einem gönnerhaften Lächeln korrigiert und in die Schranken gewiesen.

»Ich finde, Rolli hat total recht«, ereiferte sich Detlev. »Wir dürfen jetzt nicht zurückweichen. Was wir im April gegen Springer aufgefahren haben, dass wir die Lieferwagen angezündet haben, dass wir es beinahe geschafft hätten, den scheiß Laden zu stürmen, das war doch erst der Anfang einer konsequent leninistischen Aktion.«

Er war der radikalste Kopf in der Wielandkommune. Eine riesige Stirn, hinter der die gesammelten Werke des Marxismus-Leninismus gespeichert schienen. Die Augen lagen tief in den Höhlen.

»Und der gemeine Berliner scheißt sich in die Hose, weil er Angst hat, dass wir hier so was wie die DDR errichten wollen«, sagte Bakunin.

Sie lachten, weil Rolli nun auf den Tisch sprang und so tat, als würde er in den Aschenbecher kacken.

»Genossen, wir haben die einmalige Chance, Teil einer weltweiten Revolution zu sein, die das Leben der Massen für immer verändern wird«, trompetete er. »Aber das geht nur, wenn unsere süße kleine Imperialistin mit den richtigen Maßen und dem falschen Bewusstsein uns mit den weltbesten Spaghettis versorgt.«

»Ihr seid einfach nur verdammte Arschlöcher.«

»Das stimmt nicht«, meinte Bakunin. »Wir sind einfach nur verdammt hungrige Arschlöcher. Und außerdem haben wir was extrem Wichtiges vergessen.«

»Lambrusco?«, fragte Detlev.

»Nein, wir wissen immer noch nicht, was Mahler dazu gesagt hat, dass wir ihn aus dem Gericht befreien wollen.«

Alle Blicke waren auf Louise gerichtet. Sie hielt die Arme weiterhin vor der Brust verschränkt und schmollte demonstrativ.

»Ruf ihn an, wenn du es wissen willst.«

»Komm schon, Louiselchen.«

»Er hat nichts gesagt.«

»Wieso nicht?« Rolli geriet schon wieder in Rage. »Findet er die Aktion scheiße?«

»Hab ich doch von Anfang an gesagt, Mahler ist auch nur ein scheiß Anwalt, der mit seiner Arbeit dazu beiträgt, die Klassenjustiz zu unterstützen«, nörgelte Dirk. Er war der schüchternste und anscheinend ruhigste in der Gruppe. Hinter seiner Schüchternheit versteckte sich allerdings eine unbändige Wut.

Mahler war nicht da gewesen. Er hatte deshalb nichts zu dem großartigen Plan sagen können. Mit einem Mal fiel der aufständische Furor in sich zusammen. Louise bekam Mitleid mit ihren Revolutionären und stellte die Töpfe auf den Tisch. Bakunin holte Besteck und Teller, Rolli erklärte sich für die Gläser zuständig, musste sie aber vorher abspülen.

Während sie nun ihren Blutzuckerspiegel regulierten, wurde festgelegt, dass auf alle Fälle Flugblätter gedruckt und Plakate gemalt werden mussten. Vorschläge, welche Slogans man verwenden wollte, wurden in die Runde geworfen und wieder verworfen. *Berliner, lasst das Glotzen sein, kommt herunter, reiht euch ein. Bürger, unterstützt den Vietcong, stürzt euch runter vom Balkon.* Eine eigenartig heitere Stimmung hatte die Wielandkommune erfasst. So, als hätte man den Sieg gegen die Polizei, die am 4. November das Landgericht am Tegeler Weg absichern sollte, schon in der Tasche. Vielleicht lag es aber auch an dem Joint, der durch die Reihen zog.

Nach der zweiten Flasche Lambrusco wurden für die Zeit nach der Revolution die Ressorts verteilt. Der Posten des Regierenden Bürgermeisters sollte für Rudi Dutschke reserviert bleiben, auch wenn es nach dem Attentat vom April noch ziemlich schlecht um ihn stand. Kunzelmann und Teufel aus der Kommune 1 könnten sich um Polizei und Verfassungsschutz kümmern, Bakunin würde die Universitäten umkrempeln und in exzellente Forschungseinrichtungen für Marxismus-Leninismus verwandeln, Roland Rübsam durfte den bürgerlichen Kulturapparat zerschlagen, und Detlev Wohlleben würde sich der Finanzen und der kommunistischen Wirtschaft annehmen. Die Jungs lachten sich kaputt, weil die Ideen für die Umwandlung der Gesellschaft immer grotesker wurden. Für Louise als Amerikanerin blieb immerhin noch das Ressort »Alliierte«. Sie sollte die Imperialisten davon überzeugen, dass sie Berlin verlassen mussten, weil sie ja nicht mehr gebraucht wurden.

Mitten hinein in den glückseligen Traum einer neuen, besseren Gesellschaft meldete sich Ulf Kainer zu Wort. Er war eine brave Erscheinung. Seitenscheitel, schlank, sportlich, gekleidet in Jeans und kariertem Hemd. Er passte nicht so recht in die Welt der Wielandkommune. Dafür gehörte er als gelernter Elektriker zur vergötterten Arbeiterklasse.

»Ich hab mit ein paar Rockern gesprochen. Einer von denen arbeitet bei einer Baufirma. Er sagt, wenn es so weit ist, kann er einen Lastwagen mit Pflastersteinen in den Tegeler Weg bringen.«

Jetzt lachte niemand mehr. Die Idee war brillant. Und im Gegensatz zu all der verquasten Theorie war sie konkret.

»Das ist genial«, rief Bakunin. »Die Bullen rechnen damit, dass wir ein Sit-in machen und wieder nur rumschreien. Aber das hier ist eine echte Propaganda der Tat. Wir hauen denen so was von aufs Maul.«

»Wir brauchen Helme. Motorradhelme, falls die scheiß Bullen die Steine zurückwerfen«, meinte Detlev.

»Das ist noch nicht alles«, sagte Kainer.

Er stellte eine braune Aktentasche auf den Tisch und zog vier Weinflaschen ohne Etikett hervor, kurze Stofffetzen lugten aus den Hälsen.

»Was ist da drin?«, fragte Dirk.

»Zwei Drittel Petroleum, ein Drittel Benzin und Sägespäne.«

»Hast du noch mehr davon?«

Die Runde griff nach den Flaschen, wog sie in den Händen und roch an den Stofffetzen.

»Wie viele braucht ihr?«

Alle schwiegen. Louise musterte einen nach dem anderen an. *Wie viele* hing davon ab, was man alles in Brand stecken wollte.

»Hundert«, sagte Bakunin, »zuerst muss das Landgericht brennen, dann das Schöneberger Rathaus, dann Springer ...« Er kicherte, erhob sich von seinem Stuhl, breitete die Arme aus und brüllte: »Und dann ganz Berlin.«

Die anderen verfielen in einen ekstatischen Jubel. Louise wusste nicht, wie ernst sie das meinten.

Ein neues Kreuz hing an der Wand. Der Gekreuzigte sah noch elender aus als sein Vorgänger, den Mazur an der Tischkante zerschlagen hatte. Heller verstand nicht, wie jemand glauben konnte, dass ein anderer für die eigenen Sünden sterben konnte. Für die musste man selbst geradestehen. Jeden Tag. So lange, bis sie gesühnt waren. Und die, die nicht gesühnt werden konnten, die schleppte man eben mit sich herum. Wie die Kugel, mit der er Gents Hand fast zertrümmert hätte. Oder wie das, was sein Vater und Holzinger und andere im Zweiten Weltkrieg getan hatten. In dem schmalen Heftchen, das Paula abonniert hatte, es nannte sich *Das Beste aus Reader's Digest*, hatte er einen Satz gefunden, der ihn nicht mehr losließ. *Einem Menschen mehr Schaden zugefügt zu haben, als man wiedergutmachen kann, veranlasst den Täter, den Geschädigten zu hassen.* Ob er Gent hasste, wusste er nicht. Aber auf alle Fälle machte der ihn wütend mit seiner Geheimniskrämerei.

Heller hatte bis nachmittags halb vier warten müssen, bevor er Gertrude Mazur noch einmal vernehmen konnte. Er fragte sie nach Klaus Gent, wollte wissen, vor wem der Angst hatte.

»Wovor der Angst hat? Vor dem Gefängnis. Weil er sie umgebracht hat. Der und kein anderer. Das kann ich beweisen. Wollen Sie noch einen Kaffee?«

»Nein, danke.«

»Kuchen? Der ist selbst gebacken.«

»Und wie wollen Sie das beweisen?«

»Dass er selbst gebacken ist?«

»Nein, dass Klaus Gent …«

»Sie haben nie erlebt, wie sie oben gejammert hat. Die Wohnung ist genau über unserer. Wir haben immer gehört, wenn sie vor ihm geflohen ist. Von einem Zimmer zum anderen. Die Kinder haben jedes Mal geweint, dass es einem das Herz gebrochen hat. Nur wenn er besoffen war, hat er sie nicht gekriegt. Sie ist dann runter zu mir, und ich hab die Tür zugeschlossen. Aber da war es noch nicht vorbei. Er hat dann gegen die Tür getreten und gesagt, sie soll rauskommen, weil er sie umbringen will.«

»Wieso haben Sie nicht die Polizei gerufen?«, wollte Heller wissen.

»Hab ich doch. Die haben mit ihm geredet, und er hat sich entschuldigt. Da war dann eine Woche Ruhe. Manchmal auch zwei. Und dann ist es wieder losgegangen. Er hat sie mit allem verdroschen, was er in die Finger gekriegt hat. Die Kinder haben dann immer bei mir geschlafen. Sie haben ja keine Ahnung, wozu ein Mann fähig ist, wenn er säuft.«

»Warum hat er Heidi verprügelt?«

»Da braucht ein Mann keinen Grund. Aber bei ihm war es wegen Geld. Er hat gesagt, dass sie ein Sparbuch hat, wo sie Geld vor ihm versteckt.«

»Und gibt es dieses Sparbuch?«, fragte Heller.

»Er ist sogar zu mir gekommen und hat gesagt, ich soll es ihm geben. Aber ich hab kein Sparbuch. Alles, was ich hab, ist meine Rente. Zweihundertsechzig Mark.«

Gertrude begann zu weinen. Heller ließ sich den Schlüssel für Heidis Wohnung geben.

Erster Stock. Drei Zimmer, Küche, Diele, Bad. Im Schlafzimmer ein Bett mit gehäkelter Tagesdecke. Zwei Nachttische. Über dem Bett ein gerahmtes Foto von New York an der Wand. Hier träumte jemand offensichtlich von einem besseren Leben, weit weg. Er öffnete einen Kleiderschrank. Wie aus dem Katalog von Neckermann. Unauffällige Kleider. Zwei Blusen. Die eine ein wenig zu frech für eine Kanzleigehilfin, ungetragen. Auf der linken Seite Sommer, rechts Winter. In einem zweiten Schrank Hosen und Hemden. Eines mit einer kleinen schwarzen Rose. Für Offizielles. In dem

Schminktisch eine Broschüre von Beate Uhse über Verhütung nach Knaus-Ogino. Präservative. Vielleicht vertrug sie die Pille nicht.

In der Küche stand Geschirr im Waschbecken. Bilder von Tieren, die die Kinder gemalt hatten, waren mit Reißzwecken an der Wand neben dem Esstisch angebracht. Ebenso hing da ein gerahmtes Foto von Heidi mit den Kindern im Strandbad Wannsee. Alle drei lachten. Was für ein absurder Zufall, dachte Heller. Ein Kasten Berliner Kindl stand neben der Tür. Die Flaschen waren leer. Wenn Heller die Augen schloss, konnte er das Unglück sehen, das hier wohnte.

Im Kinderzimmer ein Doppelstockbett. Legos auf dem Boden verteilt. Ein Haus, noch nicht fertig gebaut. Zwei Puppen. An den Wänden ein Poster von einem Pferd.

Im Wohnzimmer ein Sofa in Blau, ein Sessel in Rot und einer in Gelb. Ein Wohnzimmertisch, in den eine Bar integriert war, die mit einer Kurbel an der Seite ausgefahren werden konnte. An den Fenstern Gardinen und in der Mitte des Zimmers ein Schrank mit zwei Glastüren in der Mitte. Darunter drei Schubladen. Heller öffnete die linke und fand Papiere. Reisepässe, Geburtsurkunde, Heiratsurkunde. Zwei Bücher über San Francisco. In einem stand *Von Klaus für Heidi* auf der zweiten Seite.

Die Schublade in der Mitte war mit Kinderkram gefüllt. Buntstifte, Malbücher. Die rechte ließ sich nur schwer öffnen. Heller musste rütteln, bis er sie herausziehen konnte. Er fand Fotoalben, die die Familie beim Schlittenfahren zeigten. Im Hintergrund auf dem Teufelsberg die Abhörantennen der Amerikaner. Die Kinder mit dem ersten Fahrrad, die Hochzeit. Da trug Heidi noch keine Brille und sah glücklich aus. Als Heller die Schublade wieder zurückschieben wollte, klemmte sie erneut. Und dann fiel etwas zu Boden. Das Sparbuch, von dem Gertrude gesprochen hatte. Heidi hatte es offensichtlich mit Klebestreifen an der Unterseite der Schublade befestigt. Heller schlug es auf. *Schau mal einer an,* dachte er. *Das passt ja nun gar nicht hierher.* Heidi Gent hatte zwölftausend Mark gespart. Eingezahlt in vierundzwanzig Monatsraten à fünfhundert Mark. Woher hatte sie das Geld? Und warum versteckte sie es vor ihrem Mann?

Als Heller Gertrude Mazur auf das Sparbuch ansprechen wollte, fand er sie nicht in der Wohnung. Aber die Haustür war weit geöffnet. Gertrude lief davor auf und ab. Sie war sichtlich nervös.

»Wollten Sie weg, Frau Mazur?«

»Wieso? Nein, ich wollte nur …«

Sie beendete den Satz nicht, schaute die Straße hinunter in Richtung Norden. Heller hielt ihr das Sparbuch hin.

»Kennen Sie das?«

Gertrude schaute kurz auf das kleine rote Heft, dann schüttelte sie den Kopf. Es schien sie nicht sonderlich zu interessieren.

»Das gehört Ihrer Tochter.«

Immer noch keine Reaktion.

»Da sind zwölftausend Mark drauf.«

Jetzt hatte Heller Gertrudes ungeteilte Aufmerksamkeit.

Sie sah ihn erstaunt an, nahm ihm das Büchlein aus der Hand. Blätterte es auf und machte große Augen.

»Wo haben Sie das denn her?«

»Es war unter einer Schublade festgeklebt.«

»Zwölftausend Mark.« Gertrude Mazur war sichtlich erregt. »Woher hat sie so viel Geld?«

»Ich hab gehofft, dass Sie mir das sagen, Frau Mazur.«

Gertrude blickte von dem Sparbuch zu Heller und wieder zurück.

»Hat sie es vielleicht von ihrem Gehalt beiseitegelegt?«, fragte Heller.

»Von ihrem Gehalt? Machen Sie Witze? Heidi hat neunhundertzehn Mark bei ihrem Rechtsanwalt verdient. Das geht alles für die Miete und Essen und die Kinder drauf. Wie soll sie denn da so viel sparen? Der Säufer hat doch nichts verdient bei der Reichsbahn.«

»Aber irgendwoher muss sie das Geld haben.«

Sie schüttelte den Kopf, als könnte sie es nicht fassen, blätterte weiter in dem Buch.

»Freunde?«

Jetzt sah sie auf.

»Ein paarmal war einer hier. In einem BMW. Franz sagt, der wär was Besonderes.«

»Inwiefern?«

»Ich kenn mich mit Autos nicht aus.«

»Kennen Sie den Mann?«

»Der ist nie reingekommen. Hat immer nur da drüben gewartet. Heidi ist dann eingestiegen, und weg waren sie.«

»Haben Sie sie nach dem Mann gefragt?«

»Ja. Aber sie hat gesagt, es wär ein … von der Kanzlei. Wie heißt das?«

»Klient?«

»Ja.«

»Und das Nummernschild haben Sie sich aber gemerkt?«

»Ich kann mir keine Zahlen merken.«

Als Heller das Sparbuch wieder zurückhaben wollte,
hielt Gertrude es fest.

»Was wird aus dem Geld?«, fragte sie.

»Ich brauche das Sparbuch vorerst, weil ich bei der
Sparkasse hören will, ob die etwas über die Einzahlun-
gen wissen.«

»Und dann?«

»Dann steht das Geld dem Ehemann zu.«

»Er kriegt das alles? Dieser Drecksack?«

»Es gibt ein Erbschaftsgesetz, darin ist so was geregelt.«

Bevor Gertrude sich noch weiter empören konnte,
verabschiedete Heller sich und ging zu seinem Wagen.
Als er losfahren wollte, sah er, dass Gertrude Mazur gerade die Dallgower Straße bis zur Kreuzung Senefelder
lief. Unruhig schaute sie nach rechts und links. Hielt die
Hand vor den Mund, rief etwas.

Heller fuhr bis zur Kreuzung vor, kurbelte das Fenster auf der Fahrerseite herunter.

»Ist was nicht in Ordnung?«

In Gertrude Mazurs Gesicht stand Angst geschrieben.

»Die Kinder sind noch nicht da.«

»Wo sind sie?«

»Im Kindergarten. Aber die müssten längst wieder
hier sein. Der geht nur bis um drei.«

Im selben Moment schlug die Uhr der Katholischen
Kirchengemeinde St. Markus zu vier Uhr.

»Kann ich Ihr Telefon benutzen?«, fragte Heller.

Zwei Stunden später suchte eine Hundertschaft nach Bettina und Ralf Gent. Die Hundestaffel stieß gegen acht Uhr abends dazu und durchkämmte den nahen Park und das Ufer des großen Spektesees. Sie hatten auf dem Spielplatz, im Kindergarten, bei Freunden der Kinder, im Sportverein nachgefragt, hatten auf der U-Bahn-Baustelle gesucht, die mitten in der Stadt wie ein aufgerissenes Maul lag. Heller war mit Gertrude Mazur dreimal durch Spandau gefahren. Vergeblich. Gertrude hatte geweint. Die Hoffnung, dass sie die Kinder unbeschadet finden würden, hatten sie längst aufgegeben. Ein furchtbarer Verdacht legte sich auf die Gemüter.

Immer wieder verschwanden Kinder. Rissen von zuhause aus, wurden entdeckt und zurück zu ihren Eltern gebracht. Einige fand man im Wald oder in Kellern. Tot und missbraucht. Andere tauchten gar nicht mehr auf. Wo waren Ralf und Bettina? Die Stadt war von einer Mauer umschlossen, die Kontrollen waren seitens der DDR streng. Einen Menschen über die Zonengrenze zu schmuggeln war eine äußerst riskante und gefährliche Angelegenheit. Wer erwischt wurde, wanderte für viele Jahre in ein DDR-Gefängnis.

Die werden schon wieder auftauchen, hatte Heller zu Gertrude Mazur gesagt und selbst nicht daran geglaubt.

Als er sie gegen neun Uhr nach Hause brachte und in die Obhut ihres Mannes gab, sah Franz Mazur ihn an der Wohnungstür mit festem Blick an.

»Ich weiß, wo sie sind«, sagte er. »Erst hat er Heidi umgebracht, und jetzt hat er mit den Kindern dasselbe gemacht.«

Er sagte es so, als wäre es bereits Wirklichkeit. Heller legte ihm die Hand auf den Arm.

»Es sind seine Kinder, warum sollte er so was machen?«
Heller wollte Mazur beruhigen. Aber da war nichts
zu beruhigen. Es war im Grunde ein einfacher, nach-
vollziehbarer Reflex. Wenn die Kinder tot waren, musste man sich keine Sorgen mehr machen. Dann würde
man trauern.

»Er ist im Krankenhaus«, sagte Heller.

»Wollen wir wetten, dass der abgehauen ist.«

Heller schüttelte den Kopf. Er rief von Mazurs Telefon aus in der Westend-Klinik an. Am Empfang wusste
niemand, ob ein Herr Gent noch in Behandlung oder
schon entlassen worden war. Heller verabschiedete sich
und fuhr zum Spandauer Damm. Unterwegs dachte er
daran, was der Junge ihn gefragt hatte. *Kommt meine
Mama aus dem Himmel zurück so wie Jesus?* Heller hatte
nicht gewusst, was er antworten sollte.

Er parkte den Karmann neben dem Haupteingang
des Krankenhauses. Aus einem Krankenwagen wurde
eine hochschwangere Frau ausgeladen. Sie schrie und
stöhnte, und die Sanitäter beeilten sich. *Ein Kind wird
geboren, und zwei Kinder verschwinden*, dachte Heller und
hoffte, dass das kein Zeichen war.

»Der Herr Gent ist nicht mehr da«, sagte die ältere
Dame am Empfang, nachdem sie Hellers Dienstmarke
eingehend betrachtet hatte.

Heller lief die Gänge entlang, bis er Gents Zimmer
erreichte. Kein Polizist vor der Tür. Er stieß die Tür auf.
Fünf Männer lagen in den Betten, das sechste Bett am
Fenster war leer.

»Wo ist der Polizist?«, fragte Heller, als er wieder an
der Empfangstheke stand.

»Woher soll ich das wissen?«

Noch aus dem Krankenhaus verständigte Heller die Mordinspektion und ließ erneut nach Gent fahnden. Bei der Gelegenheit erfuhr er von Danner, dass Gent am 25. Oktober tatsächlich auf der Bahnmeisterei gewesen war. Allerdings gab es keine Zeugen für die Zeit zwischen dreizehn und siebzehn Uhr.

Heller setzte sich auf eine Parkbank neben dem Haupteingang, zündete sich eine Zigarette an. Er war fix und fertig. So war es immer, wenn Kinder bei den Ermittlungen eine Rolle spielten. Als würde dann alle Kraft aus ihm herausfließen. Er verstand nicht, wieso das so war. Er hatte mit Ryan darüber gesprochen, und der hatte gemeint, dass Kinder uns an uns selbst erinnern. Mit einem Mal wurde er unruhig. Hastig warf er die Zigarette weg. Stürzte zum Wagen.

Es wäre gut, wenn in jedem Auto ein Telefon wäre, dachte Heller. *Oder wenigstens ein Funkgerät.* Zwanzig Minuten später parkte er in der Luckauer, rannte in die Sebastianstraße, stürzte die Treppen hoch in den dritten Stock, schloss mit zitternden Händen die Tür auf. Paula saß am Küchentisch und las in einem Reiseprospekt.

»Wo sind die Kinder?«, fragte Heller.

Seine Stimme überschlug sich.

»Im Bett, wieso?«

Heller ging zum Kinderzimmer, riss die Tür auf. Da lagen sie. In den Betten, die rechts und links an den Wänden standen. Sie schliefen. Jochen hatte einen Daumen im Mund, Astrid umarmte einen Teddybär. Heller atmete aus. Nickte. Sah kurz nach oben, als wollte er sich bei einem Gott, an den er nicht glaubte, bedanken.

»Was ist?«, fragte Paula hinter ihm. »Mach die Tür zu, du weckst sie noch auf.«

Sie zog Heller von der Tür weg, schloss sie leise.

»Ist was passiert? Du bist bleich wie die Wand.«

»Nein. Nichts ist passiert.«

Sie gingen zurück in die Küche. Heller nahm ein Schultheiss aus dem Kühlschrank. Setzte sich an den Tisch und trank.

»Weißt du, was ein Flug nach Amerika kostet?«, fragte Paula.

»Nein.«

»Nur noch siebenhundert Mark.«

Heller nickte.

»Ist trotzdem viel. Wer kann sich so was leisten?«

Sie blätterte weiter. Heller beruhigte sich langsam wieder. Er sah Paula an, die immerzu den Kopf schüttelte, während sie die Fotos von New York, Los Angeles, den Rocky Mountains betrachtete. In den ersten Wochen nach seinem Einzug hatte er sie immer wieder beobachtet. Wenn sie in der Küche stand und abwusch oder Gemüse schnitt und kochte. Jeder Handgriff war wohlüberlegt, ohne Schnörkel und überflüssigen Tand. Sie war eine Mutter von zwei Kindern. Verschwendung gab es nicht. Weder was Zeit anging, noch Geld, noch Liebe. Sie verhätschelte ihre Kinder nicht, weil die Welt sie später auch nicht verhätscheln würde. Denkt nicht, dass die Welt da draußen auf euch wartet, sagte sie immer. Ich liebe euch. Aber danach ist auch schon Schluss. Sie brachte sich und die Kinder durch, indem sie hart arbeitete. Es gab kein Geld fürs Kino, das Spielzeug und die Kleidung waren gebraucht. Die Kinder waren trotzdem zufrieden. Wenn jemand über sie lachte, sagten sie, dass es nicht auf das Spielzeug ankommt, sondern darauf, was man damit anstellt.

»Willst du nach Amerika fliegen?«, fragte er.

»Weiß nicht.«

»James suchen?«

»Nein. Was hätte ich davon. Er hat mich mit den zweien sitzen lassen. Und er kommt garantiert nicht zurück, wenn ich bei ihm an der Tür klingle. Ich weiß ja noch nicht mal, wo er wohnt.«

»Warum hast du nie bei den Amerikanern nachgefragt?«

»Hab ich. Die sagen, sie wissen nicht, wo er ist. «

Heller nickte wieder. Er starrte auf die Bierflasche. In Gedanken weit weg.

»Jetzt sind auch noch ihre Kinder verschwunden.«

»Welche Kinder?«

»Ich hab dir von der Frau erzählt, die wir am Strandbad Wannsee gefunden haben.«

Paula schaute ihn verwundert an.

»Deswegen hast du gefragt, wo Jochen und Astrid sind?«

Heller trank das Bier leer.

»Du bist ein komischer Mensch. Die meiste Zeit schweigst du, dass man denkt, was so alles passiert, interessiert dich überhaupt nicht. Und dann machst du dir Sorgen um meine Kinder.«

Heller zuckte mit den Schultern.

»Hättest du gerne Kinder?«

»Ich hab ja noch nicht mal eine Frau.«

»Warum nicht? Hast du Angst?«

»Angst? Wovor?«

»Vor der Verantwortung. Verheiratet zu sein und Kinder zu haben ist eine große Verpflichtung. Es gibt Leute, die nehmen das nicht ernst. Aber wenn du es ernst nimmst, ist dein Leben nicht mehr nur dein Leben.«

»Ja, vermutlich.«

»Hättest du gerne eine Frau?«

Er sah sie erstaunt an.

»So haben wir noch nie geredet«, sagte er.

»Dabei wohnst du schon seit drei Jahren hier.«

»Manchmal denke ich, es wäre gut, wenn ich eine Frau hätte.«

»Ich weiß.«

Sie stand auf, streckte die Hand aus. Es war wie ein feiner elektrischer Schlag. Er hatte sie nie gefragt. Er zögerte. Er wusste, warum.

»Komm. Lass mich nicht hier stehen wie so eine alte Schabracke, die keiner mehr haben will.«

In dieser Nacht schlafen sie miteinander. Zum ersten Mal. Zuerst vorsichtig, zärtlich. Hände tasten über die Körper, Härchen stellen sich auf, winzige Wasserperlen sammeln sich und werden zu Rinnsalen. Irgendwann zieht Paula Heller aus dem Bett heraus, weil das Möbel quietscht und rumpelt. Dann machen sie auf dem Läufer vor dem Bett weiter. Es wird wilder. Paula kreischt auf. Er fragt sie, ob er ihr wehgetan habe. Du weißt nicht, was ich alles aushalte, antwortet sie und hält sich den Mund zu, damit die Kinder im Zimmer nebenan nicht geweckt werden. Zuletzt bleiben sie erschöpft auf dem Teppich liegen. Paula schläft ein. Heller liegt noch eine Stunde wach neben ihr, sieht zu, wie ihre Brust sich hebt und senkt, hört ihren gleichmäßigen Atem, riecht ihren Schweiß. Er mag den Geruch, was schon mal ein gutes Zeichen ist. Gegen zwei Uhr morgens steht er auf, hebt sie vom Boden hoch und legt sie ins Bett. Paula wacht kurz auf.

»Was ist?«, fragt sie im Halbschlaf.

»Nichts. Schlaf weiter.«

»Ja«, sagt sie und ist bereits wieder in ihre Träume eingetaucht.

Heller zieht sich an und fährt in den *Kings-Club*.

Vielleicht hat Ryan ja noch was von diesem besonderen Schlafmittel.

Ryan hatte. Er schaute Heller verwundert an, wie er da so vor dem Tresen stand.

»Alles okay?«, fragte er.

»Ja«, antwortete Heller.

»Du siehst so aus, als hättest du im Lotto gewonnen.«

Heller lachte.

»Du warst mit ihr im Bett?«

»Mit wem?«

»Du weißt genau mit wem.«

Heller nickte und grinste.

»Und jetzt?«

»Was *und jetzt*?«

»Was wird jetzt?«, fragte Ryan.

»Nichts. Wir haben gevögelt, und das war's.«

Ryan schüttelte den Kopf.

»Du bist ein Arschloch.«

»Wieso bin ich ein Arschloch?«

»You don't fuck a mom.«

»Was soll das denn heißen?

»Man vögelt keine Frau mit zwei Kindern, die keinen Mann hat, und verpisst sich dann wieder.«

»Ich verpiss mich nicht.«

»Nein? Und wieso sitzt du dann hier?«

»Weil ich nicht schlafen kann.«

»Weil du nicht schlafen kannst. Du kannst mich anlügen, du kannst sie anlügen. Aber lüg dich nicht selbst an. Und jetzt raus hier, ich muss abschließen.«

Heller ging. Wütend. *Ich habe mich nicht verpisst*, dachte er. Aber er wusste auch nicht, wie es weitergehen sollte. Er fuhr zurück nach Kreuzberg. Am Moritzplatz hielt er neben einer Telefonzelle. In der M I hatte der dicke Koch Bereitschaft.

»Was Neues über die Gent-Kinder?«, fragte Heller.

Es gab nichts Neues. Die Suche war um ein Uhr nachts abgebrochen worden. Um sechs Uhr morgens sollte es weitergehen. Heller legte auf und blieb noch eine Weile in der Telefonzelle stehen. Auf der anderen Seite des Platzes befand sich eines der grünen Toilettenhäuschen. Sechseckig mit Eingängen für Männer und Frauen. Zwei Männer standen davor und taxierten die Umgebung. Als sie sich unbeobachtet wähnten, verschwand zuerst der eine, dann der andere in dem Häuschen. Heller wusste, was da drinnen ablief. Einen Moment lang überlegte er, ob er die beiden Männer hochnehmen und der Sitte übergeben sollte. Er war wütend und wusste nicht, wieso. Seine Pistole saß in dem Gürtelholster. Er verließ die Telefonzelle und schritt auf das grüne Häuschen zu.

Zwei

Freitag, 1. November

Es gab vonseiten der Männer Beschwerden gegen im Saal quäkende Babys. Eine Studentin aus dem *Aktionsrat zur Befreiung der Frauen* ließ sich davon nicht stören. Sie hielt ein Flugblatt in der Hand und schimpfte inmitten einer Gruppe von Frauen gegen die Männerriege auf dem Podium des Audimax der Technischen Universität.

»Wir machen das Maul nicht auf! Wenn wir es doch aufmachen, kommt nichts raus! Wenn wir es auflassen, wird es uns gestopft, mit kleinbürgerlichen Schwänzen, sozialistischem Bumszwang, sozialistischer Kinderliebe!«

Eine andere, mit einem Baby an der Brust, erhob sich.

»Genossen, wenn ihr zu dieser Diskussion, die inhaltlich geführt werden muss, nicht bereit seid, dann müssen wir allerdings feststellen, dass der SDS nichts weiter ist als ein aufgeblasener konterrevolutionärer Hefeteig. Die Genossinnen werden dann die Konsequenzen zu ziehen wissen.«

Die Frauen um sie herum klatschen frenetisch Beifall.

»Um gehört zu werden, muss man sich in der Hierarchie der Männer hochschlafen«, rief eine dritte.

»Tampons! Hat eine Tampons?«, eine vierte.

Um zehn Uhr morgens war das Audimax brechend

voll. Die Stimmung war euphorisch und von einem unbedingten Siegeswillen erfüllt. Gerald Winkler mit einem Bart, der an Rübezahl erinnerte, trat ans Mikrofon und las aus einem Notizbuch vor, warum es wichtig sei, am kommenden Montag zum Tegeler Weg zu gehen und dem Senat mitsamt der herrschenden Klasse zu zeigen, dass man bereit sei, die faschistische Politik zu beenden und eine neue Regierung auszurufen.

»Und dafür müssen in einem ersten Schritt die Büttel der Reaktion, also die Bullen, überwunden werden, bis sie irgendwann einsehen, dass sie historisch auf der falschen Seite stehen und die falschen Kräfte beschützen, nämlich genau die Kräfte, die sie ausbeuten und sie verraten.«

Er erhielt überbordenden Applaus. Als eine rothaarige Studentin darauf hinwies, dass sie sich auch ausgebeutet fühle, und zwar von den Männern des SDS, die sie als Tippse, Putzfrau und Fickmatratze benutzten, wurde sie ausgebuht. Winkler ließ sich davon in seinem Furor nicht beeindrucken. Er las weiter aus seinem Notizbuch vor.

»Genossen, wir dürfen den Einsatz von Gewalt nicht länger den faschistischen Institutionen überlassen. Mao Tse-tung hat es 1967 gesagt. Jeder Kommunist muss diese Wahrheit begreifen, die politische Macht kommt aus den Gewehrläufen. Lasst uns also eins, zwei, viele Vietnams errichten.«

Jemand auf dem Podium begann die Internationale zu singen. Eintausendfünfhundert Studenten fielen ein und sangen sich in einen Rausch, in dem es keinen Zweifel am Sieg des Sozialismus mehr geben konnte.

Louise fand es albern, dass die Revolutionäre ein

Lied aus dem 19. Jahrhundert sangen, um sich Mut für ihren politischen Kampf zu machen. Wieso nicht was von den Rolling Stones oder von Grateful Dead. Sie zwängte sich aus der Sitzreihe hinaus. Als jemand das Wort Fickmatratze wiederholte, drehte sie sich um und gab dem Studenten, der sie beleidigt hatte, eine Ohrfeige.

Sie fuhr mit dem Fahrrad in die Wielandstraße, weil Ulf Kainer die Mollis für die Demo vor dem Landgericht abliefern wollte. Louise war immer noch unsicher, ob das die richtige Aktion war.

Als sie in der Wohnung ankam, war von Kainer nichts zu sehen. Rolli hatte tatsächlich Motorradhelme besorgt, damit die erste Frontlinie der Steinewerfer geschützt war, falls die Bullen die Steine zurückwerfen sollten. Den Lastwagen mit den kleinen Pflastersteinen hatte Dirk auf Kainers Empfehlung hin klargemacht. Junge Arbeiter und Lehrlinge hatten angekündigt, ebenfalls zu kommen. Das war der Beweis, dass der Protest auch die progressiven Kräfte in der Gesellschaft infiziert hatte. Rolli wurde unruhig. Immer wieder sah er auf die Uhr.

»Der Penner kommt schon wieder zu spät«, schimpfte er.

»Was machen wir, wenn er nicht kommt?«, fragte Dirk.

»Der kommt schon noch«, meinte Bakunin. Er saß am Küchentisch und kritzelte in einer Berliner Morgenpost herum.

Eigentlich war Louise ganz froh, dass Kainer nicht erschien. Sie schaute aus dem Fenster die Straße entlang. Ein weißer BMW 2000 C bog ziemlich forsch in

125

die Wielandstraße ein. Es war ein extravagantes Auto. Der Wagen hielt an der Ecke Mommsenstraße. Jemand stieg aus, ging zum Kofferraum, nahm einen Umzugskarton heraus. Dann klopfte er kurz auf das Dach des BMW und lief mit dem Karton in Richtung Hausnummer 13. Jetzt erkannte sie ihn. Kurz darauf klingelte es.

»Das ist er«, sagte Louise. Sie ging zur Wohnungstür.

»Bin ein bisschen zu spät«, sagte Kainer.

»Allerdings.«

»Ich hab ein Taxi genommen, weil ich das Zeug ja schlecht in der U-Bahn transportieren kann.«

Taxi? Louise wunderte sich. Wieso erzählte er was von einem Taxi?

Kainer stellte den Umzugskarton im Berliner Zimmer ab.

»Reichen dreißig Mollis auch?«, fragte er. Er grinste breit, als Bakunin, Rolli und Dirk staunend einige Flaschen aus dem Karton herausnahmen.

»Und wie soll das jetzt ablaufen?«, fragte Louise.

Kainer setzte sich an den Küchentisch, nahm ein Papier und malte den Schlachtplan auf. Sie würden auf ein Ausflugsboot gehen, das Boot kapern und auf der Spree in Höhe des Landgerichts ankern. Dann sollten von dem Boot aus die Mollis auf die Bullen geworfen werden. Das allgemeine Chaos sollte ein kleiner Stoßtrupp ausnutzen, um von Norden her über die Herschelstraße und durch die Fenster im Hochparterre in das Landgericht einzudringen und dort Feuer zu legen.

Bakunin, Rolli und Dirk nickten anerkennend. Ein Boot zu kapern klang nach Piraten und Rebellion. Und dann von hinten in das Landgericht einzusteigen, während die Bullen an der Vorderseite abgelenkt waren, war geradezu brillant. Jetzt musste nur noch festgelegt werden, wer das Boot entern sollte und wer zu dem Stoßtrupp gehören konnte.

»Wie weit ist es vom Ufer bis zur Straße?« Louise nahm den Plan hoch und deutete auf die benannte Stelle.

»Keine Ahnung. Dreißig Meter«, meinte Bakunin.

»Ihr wollt die Flaschen dreißig Meter weit werfen?«

»Wieso nicht? Ich werfe die Dinger fünfzig Meter weit, wenn es sein muss«, prahlte Dirk.

»Damit ist schon mal klar, dass keine Frauen auf das Schiff gehen«, sagte Bakunin. »Ich meine das jetzt nicht machomäßig, aber ihr könnt nicht so weit werfen.«

Rolli schrieb ein paar Namen auf, die für die Aktion infrage kamen. Dann wurden die Aufgaben eingeteilt. Louise sollte herausfinden, welches Ausflugsschiff am 4. November auf der Spree vor dem Landgericht vorbeifuhr. An der Anlegestelle Schlossbrücke würden die Piraten dann zusteigen und sofort das Ruder übernehmen.

»Du hast doch einen Segelschein. Kannst du nicht das Steuer übernehmen?«, wandte Bakunin sich an Louise.

»Mit einem Segelschein kannst du keinen Ausflugsdampfer fahren. Außerdem will ich mit den Mollis nichts zu tun haben«, antwortete Louise.

Also musste jemand gefunden werden, der das Schiff steuern konnte. Notfalls würde man den Kapitän mit einer Knarre zwingen, am Landgericht zu halten. Die Fahrgäste mussten natürlich informiert werden, warum das Schiff gekapert wurde. Zwei Leute sollten abgestellt werden, um zu diskutieren. Man könnte auch ein paar Flugblätter verteilen. Und die *Mao-Bibel* verkaufen.

»Und einen Joint rumgehen lassen, damit die Spießer sich mal ein bisschen entspannen«, meinte Bakunin.

Sie machten einen genauen Schlachtplan. Entwarfen Angriffsformationen und malten Rückzugsrouten auf. Sie fühlten sich wie kleine Generäle auf den Schlachthügeln, die ihre Truppen befehligten. Bis das Telefon klingelte und Mahler mitteilte, dass er die Idee für hirnrissig und aktionistisch hielt. Er wollte nicht befreit werden, zumal ihm keine Haft, sondern lediglich der Ausschluss aus der Anwaltskammer drohte. Außerdem vertraute er darauf, dass seine beiden Anwälte Otto Schily und Josef Augstein ihn vor dem Berufsverbot bewahren konnten.

Was jetzt? Die Aktion trotzdem durchführen? Kainer drängte darauf, die Mollis auf jeden Fall zu werfen, weil er sie ja schon gebaut hatte. Wo sollten die sonst hin? Er konnte sie unmöglich in seiner Wohnung zwischenlagern. Bakunin wog einen Molli in der Hand.

»Das Landgericht wird brennen«, sagte er.

Damit war die Diskussion beendet.

Heller hatte in der Nacht die beiden Männer in dem Toilettenhäuschen mit heruntergelassenen Hosen vorgefunden. Sie hatten ihn zuerst erschrocken angesehen und dann gefragt, ob er mitmachen wolle. Heller hatte einfach nur seine Marke gezeigt und die beiden laufen lassen. Dann war er nach Hause gefahren. Als das Telefon ihn weckte, hatte er gerade mal drei Stunden geschlafen. Heinz Manteufel, Leiter des Kriminalreferats M, hatte zum Rapport in die Keithstraße befohlen.

Gegen Mittag saß Heller zusammen mit Holzinger in Manteufels Büro im dritten Stock. Ein schwerer Schreibtisch, ein Regal voller Aktenordner, ein paar Bilder von Berlin vor dem Krieg, Alexanderplatz, Gendarmenmarkt, Unter den Linden. Und dann Manteufel. Ein Mann wie ein Klotz. Der kahl rasierte Schädel saß wie ein Pfropf auf dem Körper, als hätte sein Schöpfer kein Material mehr für den Hals übrig gehabt. Doll kam ein paar Minuten später. Das Verfahren war eingestellt worden. Er hatte glaubhaft darstellen können, dass er in Notwehr gehandelt hatte, um einen Kollegen zu beschützen.

Kaum hatte auch er Platz genommen, brüllte Manteufel los.

»Was ist das hier eigentlich für ein Irrenhaus? Der eine ballert dem Menke in den Hintern, und der andere schießt einem S-Bahner in die Hand. Haben Sie gelesen, was Bild und B. Z. schreiben? Und wie ich heute Morgen von Holzinger gehört habe, sind der Hauptverdächtige Klaus Gent und jetzt auch noch seine beiden Kinder verschwunden. Haben die Herren tatsächlich ein ernsthaftes Interesse daran, den Mordfall aufzuklären, oder fahren wir lieber mit unserem blauen Karmann-Ghia durch die Gegend?«

Natürlich der Karmann-Ghia. Als würden die Ermittlungen davon abhängen, mit welchem Wagen Heller umherfuhr. Ohne seinen Privatwagen würde er kaum vom Fleck kommen, da er manchmal Stunden auf den Fahrdienst warten musste. Heller, Holzinger und Doll ließen das Gewitter über sich ergehen. Es war nicht die erste Standpauke, die sie von Manne erhielten, und es würde auch nicht die letzte sein. Der Chef betrachtete solche Ansprachen als Motivationshilfe, damit die Kommissare sich in eine Sache so richtig reinhängten. Sobald er das Gefühl bekam, seine Männer hatten verstanden, schaltete er wieder auf besonnenen Polizeiführer um.

»Wie geht's jetzt weiter?«, fragte Manteufel.

Holzinger blätterte eine Akte auf, legte sie auf den Schreibtisch.

»Wir haben Reifenspuren und einen Zeugen, der angeblich nichts gesehen hat …«

»Das ist der Menke?«, fragte Manteufel.

»Ja.«

»Er ist ein 175er«, sagte Doll.

Manteufel hob den Blick von den Akten.

»Und was heißt das jetzt? Dass einer, der schwul ist, nicht gut sieht?«

Ein leises Schmunzeln allseits.

»Es sind ungefähr zweihundert Meter vom Ufer bis zu der Stelle, an der der Mörder Heidi Gent ins Wasser geworfen hat«, sagte Heller. »Menke ist für seine weiten Pässe berühmt. Das heißt, er sieht, wohin er den Ball schlägt. Also gehen wir davon aus, dass Menke den Mann erkannt haben könnte. Die Frage ist jetzt, warum er behauptet, es wäre nicht so.«

»Und wie lautet die Antwort?«

»Er kennt den Mann entweder aus seinem beruflichen oder seinem privaten Umfeld. Und wenn Menke aussagt, wen er da gesehen hat, dann wird garantiert irgendjemand fragen, woher Menke den kennt.«

Das war logisch und clever gedacht. Manteufel nickte Heller anerkennend zu.

Holzinger blätterte die nächste Seite der Akte auf.

»Dann haben wir zweitens noch den Hauptverdächtigen Klaus Gent. Er ist eindeutig Linkshänder und hat für die Tatzeit bisher kein Alibi. Seine Schwiegereltern sind überzeugt, dass er ihre Tochter umgebracht hat.«

»Was meinen die? Aus Eifersucht?«

Es klang so, als wäre das Manteufels liebste Erklärung.

»Vielleicht. Aber es gibt auch ein Sparbuch mit zwölftausend Mark«, sagte Heller.

Manteufel kam aus dem Staunen nicht mehr heraus.

»Zwölftausend Mark ist ziemlich viel für eine Rechtsanwaltsgehilfin.«

»Als wir sie gefunden haben, hat sie wie eine Nutte ausgesehen mit ihrem Kleidchen und dem roten Schuh. Wenn Sie mich fragen, die war eine für die oberen Etagen. Das Geld hat sie von ihren Freiern«, sagte Doll.

»Vielleicht hat sie das Geld aber auch für Mahler deponiert«, meinte Heller.

Mahler. Der Rechtsanwalt, der die Chaoten verteidigte. Manteufel nestelte an seiner Krawatte, als würde er nicht genügend Luft bekommen.

»Der hat doch ein Ehrengerichtsverfahren am Hals wegen der Krawalle im April bei Springer. Wann ist das?«, fragte er.

»Montag«, sagte Heller.

Holzinger hob die Hände.

»Moment. Wenn der Mahler da drinhängt, ist es nicht mehr unsere Baustelle. Das gehört in den Staatsschutz.«

»Ist diese Heidi Gent eine von den Radikalen?«, fragte Manteufel.

»Bis jetzt ist sie nicht auffällig geworden.«

Manteufel schüttelte entnervt den Kopf.

»Solange wir nicht zweifelsfrei wissen, dass der Mordfall Gent eine politische Sache ist, konzentrieren wir uns auf die Fakten. Hier steht, dieser Gent wollte sich eine Kugel in den Kopf jagen, deswegen haben Sie geschossen.«

Heller nickte.

Manteufel sah Heller skeptisch an, so als würde sich gerade ein neuer Abgrund öffnen.

»Hat er gesagt, warum er sich umbringen wollte?«

»Nein. Er hat nur gemeint, ich hätte keine Ahnung, um was es hier geht, und er würde das hier sowieso nicht überleben.«

»Was meint er damit?

»Keine Ahnung.«

»Sie haben doch einen Kollegen vor sein Zimmer gestellt, wie kann Gent da aus dem Krankenhaus verschwinden?«

»Der Kollege musste pinkeln.«

»Das heißt, Gent ist abgehauen, weil er Angst gehabt hat, dass ihm im Krankenhaus was passiert?«

Manteufels Laune verdüsterte sich mit jeder neuen Information weiter.

»Verdammt noch mal. Was ist das hier für ein Sumpf?«

Sie rauchten alle vier. Der Qualm hing über ihren Köpfen wie eine drohende Wolke.

»Er ist ein S-Bahner«, meldete sich Doll. »Vielleicht ist er rübergemacht.«

»Mit seinen Kindern?«

»Kann doch sein.« Doll zuckte mit den Schultern.

»Oder jemand hat die Kinder entführt«, warf Holzinger ein.

Der berühmte Gordische Knoten war ein Kinderspiel gegen das, was die Kommissare Manteufel auf den Tisch packten.

»War's das?«, fragte er in die Runde.

»Noch nicht ganz«, sagte Holzinger. »Das Boot, mit dem Heidi Gent auf der Havel versenkt worden ist, stammt vom Berliner Yacht-Club.«

Auch das noch. Manteufel drückte die Zigarette im Aschenbecher aus.

»Soll das heißen, dass wir da ermitteln?«, fragte er.

Manteufel zündete sich die nächste Zigarette an. Alle wussten, dass er sich in einem Dilemma befand. Wenn er erlaubte, dass ein einfacher Beamter der Mordinspektion in dem Club auftauchte, würde das bei seinen Freunden dort keinen guten Eindruck hinterlassen.

»Ich übernehme das«, sagte er.

»Zumindest sollten wir das Reifenprofil, das wir da in der Nähe gefunden haben, mit den Fahrzeugen der Mitglieder vergleichen«, beharrte Heller.

»Hören Sie schlecht, Heller? Ich habe gesagt, dass ich das übernehme.«

Damit war klar, wie es lief. Vielleicht war der Mörder im Yacht-Club zu finden. Vielleicht würden sie denjenigen irgendwann überführen. Bis dahin würden einige Karrieren auf der Strecke bleiben. Aber wer wollte das schon? Die Zukunft für einen Mordfall riskieren? Manteufel nicht, Holzinger nicht, Doll auch nicht. Das war offensichtlich. Und er, Heller? War er bereit, für einen Mordfall seine Zukunft zu riskieren? Wenn er ganz vernünftig über die möglichen Folgen seines Handelns nachdachte, dann sähe er das ähnlich wie die Kollegen. *Aber wann geht es schon um Vernunft?*, fragte er sich. *Wie entscheiden wir wirklich, was zu tun und nicht zu tun ist? Was leitet uns? Unser Verstand oder eher Gier, Eifersucht, Eitelkeit? Und jetzt vor allem Wut.* Er spürte es überdeutlich. Er war wütend. Und der Grund dafür lag für jeden, der genau hinschaute, sichtbar in seiner Vergangenheit. Aber das wusste er nicht. Noch nicht. Die Besprechung war zu Ende.

Manteufel und Holzinger gingen zu der Pressekonferenz, die für vierzehn Uhr angesetzt war. Der verantwortliche Erste Staatsanwalt Karl-Heinz Dobbert hatte sich krankheitsbedingt entschuldigen lassen. Sein Ersatz war erbärmlich vorbereitet. Fünfzehn Journalisten hatten in dem Pressezimmer Platz genommen. Eine Kamera lief, ein Dutzend Mikrofone reckten die Hälse, Notizblöcke lagen bereit. Die beiden Polizeibeamten hatten hinter dem schweren Tisch Platz genommen, der sie wie ein Verteidigungswall vor der Meute schützen sollte. Sie kannten dieses Prozedere seit Jahren. Sie hatten jeden Typ Reporter erlebt. Die Cleveren, die Terrier, die Verschlagenen und diejenigen, die ihnen hinten reinkriechen wollten. Entsprechend beantwortete Manteufel die Fragen mit der Gelassenheit eines tausend Jahre alten Buddhas. Gibt es neue Hinweise? Nein. Hat man eine Spur der Kinder gefunden? Nein. Weiß man, wo der geflüchtete Ehemann sich aufhält. Bis jetzt noch nicht.

Als eine Reporterin von der Bild-Zeitung wissen wollte, ob Horst Mahler bei dem Mordfall eine Rolle spiele, wurde es doch noch unangenehm. Immerhin habe Heidi Gent in der Kanzlei von Mahler gearbeitet, erklärte die Reporterin. Manteufel wiegelte ab. Mahler habe nichts mit dem Mord zu tun, sagte er. Einfach weil er nichts damit zu tun haben durfte. Andernfalls würde es bedeuten, dass Heidi Gent in das radikale Umfeld gehörte. Und dann würde ihr Tod garantiert das Wiederaufflammen der Unruhen bedeuten. Die Studenten hatten sich radikalisiert, Gewalt gegen Sachen galt jetzt als legitim. Von Spitzeln, die der Staatsschutz in die Studentenschaft eingeschleust hatte, wusste man, dass über Sprengstoffanschläge gesprochen wurde. Als die Reporterin nach der Herkunft der zwölftausend Mark auf Heidi Gents Sparbuch fragte und ob Gent eventuell für den Staatsschutz unterwegs gewesen sei, um den Anwalt Mahler auszuspionieren, war die Pressekonferenz beendet.

Auf dem Weg zurück in sein Büro schnauzte Manteufel seinen Oberkommissar an.

»Woher weiß diese blöde Kuh von dem Sparbuch?«

»Na, woher wohl. Die Bild war bei den Eltern und hat denen einen Fünfziger auf den Tisch gelegt.«

Manteufel trat an eines der Fenster. Auf der Straße quoll ein Gully über, ein Bach aus schmutzigem Wasser bahnte sich einen Weg in Richtung Kleiststraße.

»Wenn die für den Staatsschutz gearbeitet hat, muss ich das wissen. Dann ist das nicht mehr unser Fall. Und wenn sie eine von der Stasi ist ... Herrgott noch mal, was ist das hier für eine Scheiße.«

Es hatte Komplikationen gegeben. Die Ärzte hatten zwar die Kugel entfernt, aber ein Stück abgesplitterten Knochen übersehen. Menke hatte also wieder ins Krankenhaus gemusst. Die Saison war für ihn gelaufen. Als Heller und Doll das Einzelzimmer betraten, lag Menke auf dem Bauch. Er las seinem Anwalt Christoph Jux vor, was das Kicker-Sportmagazin über ihn als unerbittlichen Vorstopper schrieb. Kaum standen Heller und Doll im Zimmer, sprang der Anwalt auf und stellte sich zwischen Menke und die Polizisten.

»Ich kann mich nicht erinnern, dass wir Ihnen eine Besuchsgenehmigung erteilt haben«, blaffte er.

Jux war eine Institution. Brille mit Goldrand, Dreiteiler in Fischgrätenmuster, rotes Einstecktuch. Ein Gesicht wie ein Pfannkuchen. Wer in der Berliner Gesellschaft mit der Justiz Ärger bekam und über genügend Geld verfügte, konnte sich darauf verlassen, dass Christoph Jux alle Hebel in Bewegung setzte, damit derjenige die Konflikte ohne großen Schaden überstand. Heller kannte Jux. Ein paarmal war er mit ihm vor Gericht aneinandergeraten. Seitdem hatte er den Anwalt gefressen.

»Dann werden wir Herrn Menke ein paar Fragen stellen, bis Sie sich wieder erinnern.«

Doll legte einen Strauß Blumen, den er als Entschuldigung mitgebracht hatte, auf den Tisch neben Menkes Bett.

»Was ist das denn? Ein Strauß Blumen dafür, dass Walter Menke den Rest der Saison auf der Bank sitzen wird?«

»In seinem Zustand wird er wohl eher stehen«, meinte Doll.

Heller grinste. Manchmal hatte sein Kollege lichte Momente.

»Ich darf das gegenüber der Presse zitieren?«

»Das können Sie gerne machen«, sagte Heller. »Aber dann erzählen Sie auch, dass Ihr Mandant Zeuge in einem Mordfall ist, bei dem eine siebenundzwanzigjährige Mutter von zwei Kindern brutal niedergestochen und in den Wannsee geworfen wurde, und dass Herr Walter Menke sich weigert, der Polizei den Mörder zu beschreiben.«

Die Stimmung wurde nicht besser.

»Herr Menke hat Ihnen dazu nichts mehr zu sagen.«

Heller stellte sich neben Menke, nahm ihm das Magazin aus der Hand.

»Ist das so, Herr Menke? Was schreiben die Jungs denn über Sie?«

Heller blätterte das Sportmagazin auf. Ein Foto von Menke, wie er einen gegnerischen Spieler mit einer Grätsche zu Fall brachte.

»Ich sage es noch einmal. Wenn Sie dabeibleiben, nichts gesehen zu haben, widerspricht das den Aussagen von Dr. Bresser. Demnach haben Sie sich sogar darüber unterhalten, dass der Mann in dem Boot einen Gegenstand, eventuell einen Menschen aus dem Boot ins Wasser geworfen hat. Dr. Bresser hat ebenfalls angegeben, Sie hätten den Mann erkannt. Und das wiederum bedeutet, dass es sich entweder um jemanden von Hertha BSC oder aus Ihrem Milieu handelt.«

»Walter Menke leidet unter Fehlsichtigkeit«, antwortete Jux. »Ab einer bestimmten Entfernung sieht er Doppelungen. Damit ist ja wohl klar, dass er wen auch immer auf die Entfernung von zweihundert Metern niemals erkennen könnte.«

»Ist das so?«, fragte Heller.

Menke nickte angestrengt.

Jux drückte Heller ein ärztliches Attest in die Hand.

Heller warf einen kurzen Blick darauf, gab es an Doll weiter. *Privatklinik Prof. Dr. Dr. Gebauer* stand auf dem Briefkopf.

»Das können Sie sich sonst wo hinstecken. Wenn schon, dann bringen Sie eins vom Amtsarzt an«, sagte Doll.

Er zerknüllte das Attest und drückte es Jux gegen die Brust.

»Viel Spaß!«, rief Jux, als Heller zusammen mit Doll das Zimmer verließ.

»Was steht jetzt an?«, fragte Doll, als sie am Parkplatz ankamen.

»Du kümmerst dich um die Reifenspuren. Schubert soll uns sagen, was für ein Modell solche Reifen hat. Dann fährst du zur Zulassung in die Jüterboger. Die sollen dir eine Liste geben.«

»Das können Hunderte sein.«

»Dann langweilst du dich wenigstens nicht.«

»Und du?«

Heller fuhr nach Spandau. Wappnete sich unterwegs gegen das Drama, das ihn in der Dallgower Straße erwartete. Eine aufgewühlte Gertrude Mazur, die ihre Tochter verloren hatte und ihre Enkelkinder vermisste. Etwas, das der Pfarrer bei der Trauerfeier für seine Mutter gesagt hatte, kam ihm erneut in den Sinn. *Da stand Hiob auf und zerriss sein Kleid und schor sein Haupt und fiel auf die Erde und neigte sich tief und sprach: Ich bin nackt von meiner Mutter Leibe gekommen, nackt werde ich wieder dahinfahren. Der Herr hat's gegeben, der Herr hat's genommen.* Hiob, 1, 20. Würde das Gertrude Mazur trösten? Er selbst hatte sich lange an dem Satz festgehalten. Bis er seinen Vater gefragt hatte, ob seine Mutter nackt im Sarg liege. Der Alte hatte ihm eine Ohrfeige gegeben. Von da an trösteten ihn solche Sprüche aus der Bibel nicht mehr.

Als er Gertrude Mazur sah, erschrak er. Sie schien über Nacht um Jahre gealtert. Die Haare hingen ihr ins Gesicht. Die Haut war grau. Statt einer Begrüßung erzählte sie ihm, dass sie zwei Söhne im Krieg verloren hatte. In den letzten Tagen hatten sie sich freiwillig zum Volkssturm gemeldet und waren von den Russen erschossen worden. Da war Bernd sechzehn und Volker siebzehn Jahre alt gewesen. Und jetzt die Tochter. Und die Enkelkinder.

Heller tat etwas, was er noch nie zuvor bei seinen Ermittlungen gemacht hatte. Er umarmte die fremde Frau, während sie schluchzte. Strich ihr über den Rücken und schwieg. Was sollte er auch sagen? Er kannte den Schmerz und wusste, dass es lange dauert, bis der sich zurückzieht. Und ebenso wusste er, dass Worte ihn nicht heilen konnten. Als er sich nach einer Weile von ihr lösen wollte, klammerte sie sich an ihn wie eine Ertrinkende an ein Stück Holz. Irgendwann befreite er sich von ihr.

»Ich brauche noch mal den Schlüssel.«

Gertrude Mazur begleitete ihn nach oben. Jemand hatte das Siegel, das er am Vortag an der Wohnungstür angebracht hatte, gebrochen. Gertrude Mazur schwor, dass sie die Wohnung nicht betreten hatte. Außer ihr hatte nur noch Klaus einen Schlüssel. Und eventuell der Mörder.

Heller schickte Gertrude nach unten. Er wollte ungestört sein, wenn er sich umsah. Die Wohnung war noch so, wie er sie am Vortag verlassen hatte. Keine Spuren eines nächtlichen Besuchers. In der Küche nahm er das Bild von Heidi und den Kindern, das am Wannsee aufgenommen worden war, von der Wand, und setzte sich an den Tisch. Schob ein kleines Ensemble aus Salz- und Pfefferstreuer und einer Flasche Maggi zur Seite. *Du hast Geheimnisse vor deinem Mann und deinen Eltern gehabt, Heidi.* Er strich über das Foto. *Zwölftausend Mark. Wofür hast du die gebraucht? Wolltest du verschwinden? Nach San Francisco? Ohne Klaus? Mit den Kindern ein neues Leben beginnen?* So, wie Gertrude und ihr Mann Klaus

Gent beschrieben hatten, und so, wie Heller ihn erlebt hatte, war es nachvollziehbar. *Dafür hast du zwölftausend gespart, richtig? Aber wo hast du das Geld her? Bist du doch anschaffen gegangen? In der feinen Welt? Oder ist das Geld aus dem Osten? Hast du es für Mahler zur Seite geschafft? Über zwei Jahre hinweg? Und wozu? Sag es mir. Sonst kann ich den Kerl nicht finden, der dir das angetan hat. Komm schon, zeig mir, ob du hier noch was versteckt hast.*

Der Kaffee vom Morgen meldete sich. Heller ging ins Badezimmer, um zu pinkeln. Der Klodeckel war mit einem gehäkelten Überzug verkleidet. Über dem Waschbecken hing ein Spiegel. Davor auf einer Ablage ein Rasierer, Rasierpinsel, Seife. Eine flache Dose Nivea, Sonnenöl von Piz Buin, eine Flasche Parfüm. *Emotion* von Helena Rubinstein. Heller roch daran. *Das Zeug ist teuer. Für wen hast du das gebraucht? Einen Liebhaber? Gibt es jemanden, der dich ausgehalten hat? Fünfhundert Mark im Monat? Sag mir, dass das nicht wahr ist.*

Im Schlafzimmer lag die Tagesdecke unordentlich auf dem Bett. Ungewöhnlich. Anscheinend hatte jemand hier etwas gesucht. Heller schlug die Decke zurück, zog die Bettdecken und Kopfkissen beiseite. Die Laken waren nachlässig unter die Matratzen gestopft worden. Er hob die Matratzen hoch. Beide waren an der Unterseite aufgeschnitten. *Was hast du gesucht?* Er riss die Matratzen weiter auf. Da war nichts. Nur die Stahlfedern und das Füllmaterial. Erst als er die Matratzen wieder zurücklegte, fiel sein Blick auf etwas, das sich unter dem Bett befand. Am Kopfende, hinter einem der Bettpfosten. Er kroch unter das Bett, fingerte das Etwas hervor. Es war eine Fotografie des Grenzzauns, den die DDR um West-Berlin herum errichtet hatte. Er betrachtete die Aufnahme genau. Es gab keinen Hinweis darauf, wo das Bild aufgenommen worden war. Schemenhaft war ein Wachturm zu erkennen. Und ebenfalls nur schemenhaft am linken Rand eine Schulter aus einiger Entfernung aufgenommen. Hatte der Besucher dieses Bild gesucht? Oder war es nur eines von mehreren, und er hatte das hier übersehen? *Was ist so besonders daran? Warum hast du es gemacht, Heidi Gent? Und warum hast du es versteckt? Du machst es mir verdammt noch mal nicht leicht.*

Als er Gertrude die Fotografie zeigte, wusste die nichts damit anzufangen.

»Aber Sie wissen, wo das aufgenommen worden ist.«

»Nein.« Ihre Stimme war brüchig, die Augen verquollen. Rotz lief ihr aus der Nase.

»Warum hat Ihre Tochter das Bild in der Matratze versteckt?«

»Ich weiß es nicht«, schrie sie plötzlich. »Lassen Sie mich in Ruhe.«

Als er die Fotografie umdrehte, sah er auf der Rückseite den blassgrauen Schriftzug von *Photo Porst.*

»Gibt es hier in der Nähe einen Laden von Porst?«

Wir treffen uns um halb fünf, hatte Gent am Telefon gesagt. Damit war klar, dass er nicht nur die Telefonnummer gefunden hatte, sondern auch seinen Namen kannte. Was sonst noch? Das Sparbuch? Die Laube? Wusste Gent, dass Heidi ihm geholfen hatte, Dokumente durch die Schleuse in die DDR zu schaffen? Harry sah auf die Uhr. Zehn vor fünf. Der Pistolengriff fühlte sich warm an. Seit einer halben Stunde hielt er ihn in der Hosentasche umklammert. Er war schon um vier hierhergekommen, um den Ort auszukundschaften. Dabei gab es nichts auszukundschaften.

Der Teufelsberg war ein riesiger Schutthaufen, auf dem man das, was nach 1945 von Berlin noch übrig geblieben war, abgeladen hatte. Man konnte in alle Richtungen sehen und aus allen Richtungen gesehen werden. Südwestlich lag die Abhöranlage, mit der mehr als hundert Agenten der amerikanischen NSA und des britischen GCHQ rund um die Uhr in Richtung Osten horchten.

Wir müssen ihn loswerden, hatte Helga gesagt. Mit *wir* war natürlich er gemeint. Daraufhin hatte er sie gefragt, wie das gehen solle. Aber das hatte sie nicht interessiert. Wahrscheinlich plante sie schon längst ihre weitere Karriere ohne ihn. So war sie. So war sie schon gewesen, als er sie auf dem Ball der Gewerkschaft der Berliner Polizei kennengelernt hatte. Er hatte sie bei Freddys *Ein Himmel voller Sterne* zum Tanz aufgefordert, aber sie hatte ihn ignoriert. Erst kurz vor zwölf, als sie offensichtlich keinen Besseren gefunden hatte, war sie zu ihm an die Bar gekommen und hatte gefragt, wie lange sie noch auf ihn warten solle. Er hatte ihr ein Glas Sekt spendiert, um Mitternacht hatte sie ihn geküsst und ihm in den Schritt gefasst. Einen Monat später hatten sie geheiratet. Nicht aus Liebe, sondern weil es üblich war und er sich etwas beweisen wollte. Ihr hatte sein Name gefallen. Harry. Sie fand, dass Helga und Harry gut zusammenklangen. Außerdem meinte sie, dass Skorpion und Fisch zueinanderpassten. Doch das war ein Irrtum. Nichts passte zueinander. Nach einem halben Jahr hatten sie aufgehört, miteinander zu schlafen. Anfangs dachte sie, er habe eine andere. Später vermutete sie, Heidi sei die andere. Bis sie herausfand, dass er auf Männer stand. Frische, saubere, junge Männer.

Gent kam nicht. Als er den Hügel wieder verlassen und zur Straße hinuntergehen wollte, wo er den BMW geparkt hatte, hörte er jemanden rufen.

»Na, Angst gehabt, ich wär von der Polizei?«

Klaus Gent näherte sich von Norden. Er trug den linken Arm in einer Schlinge, einen Hut und eine Sonnenbrille. Was für eine alberne Aufmachung, dachte Harry. Es dämmerte.

Gent schaute ihn gequält an. »Ab und zu war ich mit den Kindern hier zum Rodeln.«

»Ich hab keine Zeit, was willst du?«

»Ich will wissen, was mit meinen Kindern ist, du Arschloch!«

Er zitterte vor Wut. In seinen Mundwinkeln bildete sich weißer Schaum.

Harry holte zur Sicherheit die Pistole aus der Tasche, hielt sie neben dem Körper auf den Boden gerichtet. Es genügte, dass Klaus Gent sie sah.

»Kannst du dir doch denken, wo deine Kinder sind, oder?«

»Du hast sie rübergebracht«, sagte Gent. Er klang, als würde er gleich anfangen zu weinen.

»Sagen wir mal so. Sie sind in Sicherheit. Und sie freuen sich, wenn du keinen Mist baust.«

»Du bist so ein verdammtes Stück Scheiße.«

Gent machte einen Schritt vorwärts. Harry nahm die Pistole hoch, richtete sie auf Gent. Er würde schießen. Auch wenn es die schlechteste aller schlechten Möglichkeiten war.

»Ich weiß«, sagte er. »Aber sieh es mal so. Ich will

dir nur helfen. Es wäre doch traurig, wenn du etwas machst, was dir und mir schaden könnte.«

»Ich will meine Kinder wiederhaben«, schrie Gent. »Und dann will ich Geld.«

Geld. Natürlich wollte er Geld.

»Was ist mit den zwölftausend?«, fragte Harry.

»Ja, was ist mit den zwölf Riesen. Bis gestern hab ich keine Ahnung gehabt, dass die blöde Kuh so viel Geld hat. Und jetzt haben die Bullen das Sparbuch. Und wann die das Scheißding rausrücken, weiß niemand. Außerdem denken die, dass ich es war.«

»Natürlich denken die das.«

»Ich hab sie aber nicht umgebracht.«

»Die haben sie im Strandbad gefunden. Vielleicht war es einer von den reichen Säcken, die da gegenüber auf Schwanenwerder wohnen. Der Springer zum Beispiel. Der hat doch andauernd Affären.«

»Springer.« Gent lachte höhnisch.

»Du warst es. Du hast sie umgebracht. Weißt du, was ich jetzt am liebsten tun würde? Dir deinen verdammten Schädel einschlagen.«

»Versuch es, und ich schieß dir die Eier weg.«

Gent lachte. »Du willst mir die Eier wegschießen? Und dann?«

»Dann schlepp ich dich in den Wald da unten, hol den Benzinkanister aus dem Auto und mach ein schönes Feuer.«

»Und die Fotos?«

»Was für Fotos?«

Hatte Heidi Fotos von ihm gemacht? Nein. Wieso hätte sie das tun sollen? Oder hatte etwa Klaus Gent sie beobachtet? Helga hatte ihn gewarnt. Der ist nicht blöd, hatte sie gesagt. Du musst sichergehen, dass er nichts gegen uns in der Hand hat.

»Siehst du?«, sagte Gent. »Das hat dich jetzt überrascht. Ich hab Fotos von dir und Heidi. Wie ihr euch in der Laube trefft. Wie oft habt ihr es da getrieben?«

Das kann nicht wahr sein, dachte Harry. Er hatte Heidi in den knapp drei Jahren, die sie für ihn gearbeitet hatte, nur ein paarmal getroffen. Beim letzten Mal vor einer Woche war sie bereits tot gewesen.

Gent nahm ein Foto aus der Armschlinge, hielt es Harry hin. Heidi und er. Harry spürte, wie sich das Blut aus seinen Händen zurückzog. Wenn bekannt wurde, dass Gent ihn erpressen wollte, war es sein Ende. Kramer würde ihn sofort fallen lassen. Nein, der würde ihn nicht fallen lassen, der würde ihn bestimmt gleich umbringen.

»Weißt du, wann das war?«, fragte Gent. Sein Gesicht war eine Fratze aus Triumph und Angst zugleich. »An ihrem Geburtstag. Ich hab gedacht, ich schenk ihr eine Kamera. So eine von Porst. Und dann ist sie mit dem Fahrrad losgefahren. Ich hab gedacht, wo fährt die denn hin. Ich also hinterher. Bis zur Kolonie Gartenbauverein Staaken. Und was sehe ich da. Ihr zwei vor der Laube. Ich hab ihr das Ding dann nicht geschenkt, sondern lieber ein bisschen geknipst. Dafür hat sie aber zuhause dann eine Tracht Prügel gekriegt, das Miststück.«

Harry deutete auf das Bild.

»Wie viele hast du davon?«

»Genug, dass es bis an mein Lebensende reicht.«

»Und was willst du dafür?«

»Ich bin bescheiden. Zehn.«

»Was *zehn?*

»Zehntausend.«

»Spinnst du?«

»Und meine Kinder. Und wenn du auf irgendeine bescheuerte Idee kommst, werden die Fotos am nächsten Tag automatisch an die Bild-Zeitung geschickt.«

Automatisch an die Bild-Zeitung geschickt. Niemals. Wie soll das denn gehen? Du bluffst, Klaus Gent. Was aber, wenn er nicht bluffte? Harry dachte fieberhaft nach. Zehntausend Mark für ein Foto. Das war absoluter Wahnsinn. Und irgendwann würde Gent noch mit den anderen Fotos ankommen.

»So viel Geld hab ich nicht.«

»Dann schick deine Alte am Stutti auf den Strich. Du hast doch eine, oder? Wenn du nach Bernd Termer fragst und ihm einen schönen Gruß von mir sagst, läuft das.«

Gent zwinkerte ihm zu, drehte sich um und ging. Harry sah ihm einen Moment hinterher. Dann nahm er die Pistole erneut hoch. Zielte auf Klaus Gent. Für einen winzigen Moment dachte er, es wäre ein Leichtes, ihn zu erschießen, und alle Probleme wären gelöst. Aber dann fiel ihm ein, dass es noch einen viel besseren Weg gab, den Scheißkerl loszuwerden. Wie hatte sein Führungsoffizier Kramer gesagt? *Niemand ist unangreifbar.*

Eingeklemmt zwischen Woolworth und Bolle stand *Porst* in großen Buchstaben über dem Laden in der Potsdamer Straße. *Bin gleich wieder zurück,* verkündete ein Schild an der Tür. Heller parkte in der Einfahrt zu einem Hinterhof. Im Radio liefen die letzten Takte von *Strawberry Fields* von den Beatles. Er mochte das Stück. Auch wenn er nicht alles kapierte, was John Lennon sang.

No one I think is in my tree. Was sollte das heißen? Dass niemand ihn verstand? Während er der Musik lauschte, postierten sich zwei besonders hübsche Damen rechts und links neben dem Wagen. Lächelnd beugten sie sich herab und ließen tief blicken. Heller hob abwehrend die Hände. Er kurbelte das Fenster herunter.

»Tut mir leid, ihr Hübschen, aber ich hab noch ein bisschen was zu tun.«

»Ist schon in Ordnung, Süßer«, sagte die Blonde auf der Fahrerseite. »Wir wollten dich auch nur warnen. Es sind gerade zwei Schupos in den zweiten Hinterhof gefahren. Wenn die wieder rauswollen und du stehst hier mit deinem tollen Auto im Weg, lassen die dich garantiert abschleppen. Dabei ist das doch eigentlich unser Vergnügen.«

»Danke.«

»Gern geschehen. Du kannst uns im Gegenzug ja mal mit auf eine Spritztour nehmen.«

Die Blonde zwinkerte ihm zu und strich ihm sanft über die Wange. *Sie ist höchstens Mitte zwanzig. Vielleicht eine Studentin, die sich was dazuverdient,* dachte Heller.

»Ich bin Angélique, ich mache französisch. Das Wunder der Natur auf der rechten Seite heißt Tamara, sie macht russisch.«

Ein schwarzhaariger Bubikopf, eine feine Nase und rote, feuchte Lippen, die so breit lächelten, dass er zwei Reihen strahlend weißer Zähne bewundern konnte.

»Wir könnten zu dritt das Wunder des Hauses Brandenburg nachexerzieren, wenn du weißt, was ich meine«, hauchte die Blonde.

Heller wusste nicht, was sie meinte. Er grüßte, setzte

zurück und parkte den Wagen in der Kurfürstenstraße. Als kurz darauf der Verkäufer wie angekündigt das Geschäft aufschloss, trat Heller ein und legte das Foto, das er unter Heidis Bett gefunden hatte, auf die Ladentheke.

»Das ist die Grenze zur DDR«, sagte der Porst-Verkäufer.

»Ja. Ist das bei Ihnen entwickelt worden?«, fragte Heller.

»Sieht so aus. Aber ob das hier im Laden war, kann ich Ihnen nicht sagen. Ich bin nur die Vertretung. Der wo normalerweise hier arbeitet, ist gerade in Urlaub. Eine Woche Mallorca. Waren Sie schon mal auf Mallorca?«

»Wann kommt Ihr Kollege wieder zurück?«

»Moment.«

Der Verkäufer ging zu einem Wandkalender, blätterte vor und zurück. Der Laden quoll über von Fotoapparaten, Super-8-Kameras, Bilderrahmen in allen Größen und Preisklassen. Rechts hinter dem Tresen hing eine Fotografie des Firmeninhabers Hannsheinz Porst. Es ging das Gerücht um, dass er für die SED spionieren würde.

»Am vierten«, sagte der Verkäufer. »Oder fünften. Kann ich nicht so genau sagen.«

»Wie heißt er?«

»Renée.«

»Und weiter?«

»Das ist der Nachname. Vorname Rita.«

»Der Kollege heißt Rita Renée?«

»Ja.«

»Soll mich anrufen.«

Heller diktierte dem Mann seine Telefonnummer in der Keithstraße. Als er den Laden verließ, schloss der

Verkäufer hinter ihm die Tür ab. Es war inzwischen dunkel geworden. Innerhalb weniger Minuten hatte die Potse, wie die Potsdamer Straße von den Berlinern genannt wurde, ihr Gesicht geändert. Die Straßenlaternen wetteiferten mit den Lichtern in den Schaufenstern der Geschäfte und Kneipen um die angemessene Beleuchtung. Hinter den Fenstern des Tagesspiegel würde noch lange Licht brennen. Die letzten Kundinnen schleppten ihre Einkaufstaschen von Aldi nach Hause. Ein paar von ihnen trugen Kopftücher. Zwei Kinder auf Tretrollern lieferten sich ein Wettrennen. Tauben stürzten sich auf einen Haufen Körner, die eine alte Frau neben einen Baum geschüttet hatte. Die beiden Schönheiten waren verschwunden. Heller zündete sich eine Zigarette an. Noch mal in die Keithstraße? Vielleicht hatte Doll inzwischen etwas über die Reifenspuren erfahren. Und mit seinem Bericht hing er auch hinterher.

Als er zu seinem Auto in der Kurfürstenstraße kam, saß ein Mädchen auf dem Heck seines Wagens. Die weißen Lackstiefel bis zu den Knien, ein Minirock und nichts darunter außer einem Büschel Haare. Die Bluse war durchsichtig. Sie war höchstens sechzehn. Ihr Blick war zwanzig Jahre älter. Sie gehörte nicht an diesen Ort, sondern in eine ordentliche Familie, in die Schule, zu Menschen, die sich um sie kümmerten.

»Runter da«, befahl Heller.

»Wieso? Hier ist es schön warm.«

»Runter.«

»Kennst du das Zauberwort mit den zwei ›t‹?«

»Ja, aber flott.«

Sie rutschte vom Heck herunter, stellte sich an die Tür auf der Beifahrerseite.

»Ich machs dir im Auto für einen Zehner. Da drüben auf'm Parkplatz.«

Sie schaute zu einer Freifläche, auf der einige Autos parkten. Opel, Ford, Mercedes.

»Wie alt bist du?«

»So alt, wie du mich haben willst.«

Sie leckte sich über die Lippen, grinste und zeigte eine Reihe gelber Zähne. *So alt, wie du mich haben willst.* Was für ein Abgrund tat sich in diesem Satz auf. Heller holte seine Dienstmarke hervor.

»Deinen Ausweis.«

»He, Scheiße. Du bist ein Bulle. Ausweis hab ich nicht dabei.«

»Dann hol ihn.«

»Der ist bei meiner Mutter.«

»Wo wohnt die?«

»Wedding.«

»Wedding. Steig ein.«

»Wieso? Meine Mutter bläst auch nicht besser als ich. Außerdem ist die jetzt nicht zuhause. Und ich hab keinen Schlüssel.«

»Steig ein«, herrschte er sie an.

»Mach nicht so 'nen Stress.«

Ehe Heller sichs versah, schlug sie ihm mit ihrer Handtasche ins Gesicht und rannte in Richtung der Freifläche davon. Als er ihr hinterherlaufen wollte, rief jemand seinen Namen.

»He, Heller, lass sie!«

Claudia Müller stand auf der anderen Seite der Kurfürstenstraße. Dort, wo es etwas teurer war. Sie trug eine Korsage, einen engen Rock, Handschuhe und Reitstiefel. Alles in Leder und alles schwarz. Sie kam auf ihn zugestöckelt, drückte ihm einen Kuss auf die Wange. Heller war verwundert, sie hier anzutreffen.

»Wenn du ihr hinterherläufst und sie erwischst, musst du sie deiner Kollegin Menzel übergeben. Und dann steht sie zwei Tage später wieder hier. Das heißt, entweder du kümmerst dich um sie, oder du lässt sie in Ruhe. Alles andere ist sentimentaler Mist.«

»Warum bist du nicht mehr am Stutti?«

»Seit Garstig die Nummer mit dem Beil gebracht hat, hab ick einen schlechten Ruf.«

Sie sahen beide der Kleinen zu, die sich bereits einem anderen Kunden widmete.

»Lädst du mich auf einen Kaffee ein?«, fragte Claudia.

»Keine Zeit.«

»Aber du weißt, ick bin der beste Seelendoktor, den du für kein Geld kriegen kannst.«

Heller wusste es.

In den Zimmern schliefen oder rauchten oder vögelten irgendwelche Leute. Besucher aus Westdeutschland, zwei Kommunisten aus Italien, drei Spanier. Louise und Bakunin hatten die riesige Badewanne besetzt. Räucherstäbchen kohlten vor sich hin. Louise hielt eine Ausgabe des Pardon in den Händen. Fritz Teufel hatte der Zeitschrift ein Interview gegeben.

»Hast du das gelesen?«, fragte sie. »*Es ist wie bei der Pferdedressur. Erst muss man das Tier einreiten, dann steht es allen zur Verfügung. Erst ist es Liebe oder so was Ähnliches, dann nur noch Lust.*«

»Meint der das ernst?«

»Weißt du bei Fritz und beim Pardon nie«, antwortete Bakunin.

Louise las weiter vor: »*Der Trick ist schrecklich ein-fach: Man macht ein Mädchen verliebt, schläft mit ihr und markiert nach einer Weile den Enttäuschten oder Desinte-ressierten. Dann überlässt man sie der Aufmerksamkeit der anderen, und das Ding ist gelaufen.* Der ist so ein Arsch.«

»Du kapierst das nicht, Louise. Damit hat er die bür-gerliche Presse verarscht«, sagte Bakunin und tauchte unter.

Um die Badewanne herum waren Kerzen in Bierfla-schen platziert. Auf einem Stuhl stand ein Plattenspie-ler von Dual, bei Karstadt am Hermannplatz geklaut. Louise legte *A Whiter Shade of Pale* von Procol Harum auf. Die Stimmung war angespannt. In den Nächten zuvor war Louise mit Dirk und Rolli im Bett gewesen. Und obwohl sie angetreten waren, die bürgerlichen Be-sitzverhältnisse zu überwinden, vor allem was die Be-ziehungen untereinander anging, hatte Bakunin mit ei-ner kaum zu übersehenden Eifersucht reagiert. Es war für ihn nicht so einfach, zwanzig Jahre Erziehung aus seinen Zellen zu eliminieren. Später lagen sie in dem großen Schlafzimmer nebeneinander wie eine Sechs in einer Neun. Aber Bakunin war nicht so recht bei der Sache. Im Badezimmer hing die Platte, und Gary Broo-ker sang immer wieder dieselben Zeilen. *She said, »there is no reason, and the truth is plain to see.« But I wandered through my playing cards and would not let her be.* Louise schlug vor, ins *Zodiac* oder ins *Pan* zu gehen.

Auf dem Weg dorthin schimpfte Bakunin die ganze Zeit über den Stress, den die Bullen machten. Und dass dieselben Leute, die sechs Millionen Juden vergast hat-ten, jetzt wieder an der Macht seien.

»Weißt du«, sagte er, »mir ist das völlig klar. Die Kleinfamilie ist einfach aufgrund ihrer autoritären Struktur nicht in der Lage, freie Persönlichkeiten zu entwickeln. Deswegen sind die Massen auch so in dem System gefangen. Schuften und konsumieren. Einfach weil sie es nicht anders kennen. Und daraus entsteht dann Faschismus. Siehst du ja überall. Und deswegen musst du zuerst die alte Gesellschaft restlos zerstören, bevor du eine neue aufbauen kannst.«

Er fing an zu weinen. Als Louise ihn fragte, warum er weine, wusste er keine Antwort. Sie kamen am Stuttgarter Platz vorbei, wo die Kommune 1 eine Weile residiert hatte. Die berühmte Kommune 1 im dritten Stock. Ein Zettel an der Tür verwies darauf, dass Fotos und Interviews nur gegen Geld gemacht werden durften. *Erst blechen, dann sprechen.* Louise war nur einmal in der K1 gewesen. Und zwar an dem Tag, an dem Rainer Langhans, Fritz Teufel und Dieter Kunzelmann das Pudding-Attentat auf den amerikanischen Vizepräsidenten Humphrey geplant hatten. Die K1 hatte eine besondere Ausstrahlung. Das berühmte Foto, auf dem die Bewohner nackt mit dem Rücken zum Betrachter an eine Wand gelehnt standen, erzählte alles darüber, wie man zuerst sich und dann die Welt verändern wollte. Oder umgekehrt. Oder beides zur gleichen Zeit. Louise wusste es nicht so genau. Und die Bewohner der K1 waren sich auch nicht mehr sicher.

Aus dem *Golden Gate* drangen deutsche Schlager. Und dann kamen Uschi Obermaier und Rainer Langhans aus dem *Western-Club* an der Ecke Kaiser-Friedrich-Straße. Sie wurden gerade interviewt. Der Journalist erkannte Bakunin und wollte, dass er und Louise sich für ein Gemeinschaftsfoto neben Rainer und Uschi stellten. Aber

Bakunin war nicht in Stimmung. Als der Reporter nicht lockerließ, brüllte Louise ihn an, er solle sich verpissen. Dann zogen sie weiter.

»Warum hast du vorhin geweint?«, fragte Louise.

»Keine Ahnung. Weil ich so wütend bin.«

»Du weinst, weil du wütend bist?«

»Fängst du jetzt wieder mit diesem Psychoscheiß an?«

»Ich will nur verstehen, was in dir vorgeht.«

»Wir reden nächtelang über uns und unsere Macken. So lange, bis alle total fertig sind. Ich will das nicht mehr.«

»Was willst du dann?«

»Ich will, dass diese ganze verdammte Stadt brennt.«

Er wollte zu Ulf Kainer gehen und ein paar Mollis holen und die in die Filialen der Morgenpost werfen. Louise wollte nicht.

»Na gut«, sagte sie. »Kannst mir ja Bescheid sagen, wenn du über uns reden willst und nicht immer nur über Mollis und den Faschismus und dass alles brennen muss.«

Sie ging noch eine Weile neben ihm her, wartete auf ein Wort von ihm, das sie aufhalten würde. Aber es kam nicht. Noch nicht einmal ein Blick.

Die Nacht war mild. Louise setzte ihre rote Sonnenbrille auf und zog alleine weiter. Es war inzwischen kurz vor Mitternacht. Sie hätte nach Hause gehen können. Schlafen, weil der Schlaf ein Versprechen barg, wonach die Welt am nächsten Tag wieder wie neu war. Oder wie ihre Oma immer gesagt hatte: Bis du heiratest, ist alles wieder gut. Aber sie würde ja nicht heiraten.

Sie stieg in die U-Bahn der Linie 7 ein. Wechselte am Bahnhof Mehringdamm in die U6. Sah die Geisterbahnhöfe, an denen die Züge seit dem Bau der Mauer die

Fahrt verlangsamten, aber nicht mehr hielten. Stadt-
mitte, Französische Straße. Die Bahnsteige starrten
vor Dreck. Die Treppenaufgänge waren zugemauert.
Die Fliesen an den Wänden waren verstaubt und lösten
sich von den Wänden. Die Scheiben eines alten Telefon-
häuschens waren zersplittert. Der Schriftzug *Mitropa*
zierte einen jetzt ungenutzten Kiosk. Es war eine un-
wirkliche Szenerie wie nach einem Atomkrieg. Louise
schauderte. Zwei Volkspolizisten mit Maschinenpisto-
len schauten grimmig. Sollte jemand unerlaubterweise
die U-Bahn verlassen, würden sie schießen. Der einzige
Halt im Osten war der U-Bahnhof Friedrichstraße.

Als der Zug die Station Oranienburger Tor passierte,
riss ein betrunkener Mann während der Fahrt die Tür
auf. *Scheiß DDR*, brüllte er den Vopos zu. Ein älteres
Pärchen beschwerte sich, weil es zog. Eine Schulklasse
auf Abiturfahrt lärmte. *Wissen Sie, wo die* Eierschale *ist?*,
fragte der Lehrer. Louise wunderte sich über die förm-
liche Ansprache. Sie erklärte den Weg. Die Einladung,
dorthin mitzukommen, wies sie zurück. Irgendwann
war sie in der Knesebeckstraße angekommen und wusste nicht, was sie hier sollte. Es war ein gebrauchter Tag.
Dann erinnerte sie sich, dass Bakunin von einer Kneipe
gesprochen hatte, in der es bis spät in die Nacht gute
Musik gab. *Kings-Club.* Sie spürte eine Weile ihrer Lust
nach. *Kings-Club.* Warum nicht.

Heller war in die Keithstraße gefahren, um dort von
seinem Kollegen Kaminski zu hören, dass die Kinder
immer noch nicht aufgetaucht waren. Manteufel hatte
zudem angeordnet, dass die Suche eingestellt wurde.
Stattdessen sollten in Spandau Plakate mit den Fotos

von Bettina und Ralf Gent aufgehängt werden. Heller hatte Mercier gefragt, warum die Suche nach den Kindern beendet worden war. *Angeblich, weil sie die Jungs von der Bereitschaft brauchen, um den Chaoten aufs Maul zu hauen*, hatte Mercier geantwortet. Doll hatte noch nichts über die Reifenabdrücke herausgefunden. Sie kamen nicht voran.

Vielleicht sollte er nach Hause zu Paula fahren. Er fühlte eine seltsame Verpflichtung. Immerhin war er mit ihr im Bett gewesen, und Ryan hatte ihm gehörig den Marsch geblasen. *You don't fuck a mom.* Was hieß das? Dass er sie heiraten sollte? Wenn er jede, mit der er im Bett gewesen war, heiraten würde, könnte er einen Harem aufmachen. Nein, nicht heiraten. Heller fuhr nicht nach Hause.

Im *Kings-Club* war nicht viel los an dem Abend. Ein Dutzend Gäste hockte an den kleinen Tischen und hielt sich an Bierflaschen fest. Eigenartig für einen Freitag. Heller setzte sich ans Klavier, klimperte eine Melodie, die an *Light My Fire* von den Doors erinnerte. Ryan entfernte alte Plakate von der Wand hinter der Bühne. Er versuchte, Heller zu erklären, warum es wichtig war, dass seine Landsleute in Vietnam waren und Charlie in den Hintern traten.

»Das sind Kommunisten. Und wenn wir die nicht aufhalten, dann breiten die sich immer weiter aus. Was das bedeutet, kannst du ja sehen, wenn du mal über die Mauer nach drüben schaust. Das ist eine Seuche, Heller. Wie die Pest.«

Heller klimperte weiter.

»Trotzdem werdet ihr den scheiß Krieg verlieren«, sagte er.

»Wir? Die United States of fuckin' America? Niemals. Und weißt du auch, warum?«

Dann wurde Ryan abgelenkt, weil sich die Tür öffnete und eine junge Frau hereinkam. Die kurzen blonden Haare ließen auf eine Elfe schließen. Der Rest, Parka mit *Enteignet Springer*-Anstecker, Minirock und Stiefel, eher auf eine aus der Riege der Steinewerfer. Was davon wohl stimmte? Die Frau nahm die rote Brille ab, schaute sich um. Zog die Stirn kraus. Offensichtlich hatte sie etwas anderes erwartet. Sie wollte schon wieder kehrtmachen, als Ryan sie aufhielt.

»Kommst du wegen dem Job?«

Die junge Frau stutzte.

»Was für ein Job?«

»Also nicht.«

Sie ging in Richtung Bühne und hörte Heller einen Moment lang zu, wie er mit dem Rücken zum Publikum spielte.

»Was für ein Job?«, fragte sie noch einmal.

»Ich brauche jemanden für die Bar«, sagte Ryan.

Die Elfe schaute zum Tresen hin. Sie schien einen Moment lang zu überlegen, ob sie einen Job nötig hatte.

»Aber du siehst nicht so aus, als ob du Geld brauchst.«

Ohne sein Spiel zu unterbrechen, blickte Heller von den Tasten auf und zu der Elfe hin. Eine eigenartige Spannung lag in der Luft. Er war der jungen Frau schon einmal begegnet, konnte sich aber nicht mehr erinnern, wo das gewesen war. Auf alle Fälle gehörte sie einer Generation an, die nicht mehr wie ihre Eltern sein wollte. *Die tun alles, um anders auszusehen und sich anders zu benehmen, zu denken, zu lieben, Hauptsache, ausschweifend und exzessiv sein,* hatte Ryan gesagt. Sie erinnerte Heller an den Song *Lucy in the Sky with Diamonds.* Zumindest stellte er sich Lucy so vor. Er klimperte ein paar Takte aus dem Lied, was aber niemand zu bemerken schien.

»Wieso sehe ich nicht so aus, als ob ich Geld brauche?«, fragte sie.

»Die Stiefel«, antwortete Ryan.

»Was ist damit?«

»Das sind Italiener. Ziemlich teuer. Es sei denn, du hast sie geklaut.«

Heller unterbrach sein Klavierspiel.

»Woher weißt du, dass das italienische Stiefel sind?«

Alle Blicke klebten an den Stiefeln der jungen Frau.

»Kannst du dich an Dorothea erinnern?«, fragte Ryan Heller.

»Die Rothaarige?«

»Die Blonde. Von Karstadt am Hermannplatz. Aus der Schuhabteilung. Hat mir nächtelang die Kataloge vorgeführt. Die Kleine wäre die Erlösung für jeden Schuhfetischisten.«

Heller spielte weiter. Jetzt war *Sexy Sadie* an der Reihe. Ebenfalls von den Beatles. Die Elfe stemmte die Hände in die Hüften.

»Ich will hier mal was klarstellen. Wenn du denkst, dass man einen Job nur wegen Geld macht, hast du null Fantasie.«

»Hört sich nach Ostküste an. New York?«

»Boston.«

»Was ist dein Vater? Banker?«

»William Mackenzie ist Professor für englische Literatur, du Blockhead.«

»Siehst du?«

»Was sehe ich?«

»Nur wer sich keine Gedanken um Geld machen muss, kann von Fantasie reden.«

»Und du machst diesen Laden hier nur wegen Geld?«

»Nein, weil er hier sonst in der Gosse liegt.«

Ryan deutete auf Heller. Die Gäste lachten. Heller nickte.

»Weißt du, was Sigmund Freud gesagt hat?«, fragte die Elfe.

»Du wirst es mir gleich sagen.«

»Geld macht nicht glücklich, weil es kein Kindheitstraum ist.«

»Der Punkt geht an sie«, sagte Heller.

»Was weißt du schon von Träumen, und wer ist überhaupt dieser Sigmund Freud?«, fragte Ryan.

»So eine Frage kann nur einer stellen, der aus dem Süden stammt. Mississippi? Alabama?«

»Dallas, Texas.«

»Dann hast du wohl Jack Kennedy erschossen?«

»Nein, aber ich hätte es getan. Oswald war einfach schneller.«

Heller unterbrach erneut sein Spiel, das das Gespräch wie ein junger, tollpatschiger Hund begleitete. Es begann interessant zu werden.

»O Gott, wo bin ich hier gelandet?«, stöhnte die Frau. »Ich werde dir jetzt mal erklären, warum John F. Kennedy der beste Präsident war, den wir je hatten, du blöder Redneck, und warum die CIA und die Mafia ihn loswerden wollten.«

Das Telefon klingelte. Ryan ließ sich davon nicht stören.

»Du kommst mir jetzt doch nicht etwa mit diesem Verschwörungsmist«, knurrte er.

»Das ist kein Verschwörungsmist.«

»Lee Harvey Oswald war ein verdammter Kommunist. Und die Russen haben ihm gesagt, er soll Kennedy erschießen, damit sie ihre Raketen auf Kuba installieren können.«

Das Telefon klingelte immer noch.

»Bullshit! Oswald war nicht der Einzige, der geschossen hat. Schau dir die Bilder aus dem Zapruder-Film an.«

»Der Zapruder-Film ist eine Fälschung. Heller, kannst du mal ans Telefon gehen?«

Ryan und die Frau waren inzwischen auf Betriebstemperatur. Er stand auf der Bühne, sie davor. Er blickte auf sie herunter, sie zu ihm hinauf. Aber das schien sie nicht zu stören. Heller verließ die Bühne und trottete langsam zum Tresen hin.

»Das hättest du wohl gerne. Gouverneur Connally reagiert viel später auf den Schuss auf Kennedy. Und damit ist klar, dass der Warren-Bericht totaler Bullshit ist.«

»Hör zu, Sweetheart, ich hab mich sehr genau mit der Sache beschäftigt …«

»Nenn mich nicht Sweetheart!«

Jetzt fiel es Heller ein. Die rote Sonnenbrille. Das Haus, in dem Mahler seine Kanzlei hatte. Da waren sie sich schon einmal begegnet. Sie war auf der Treppe gestolpert, und er hatte sie aufgefangen. Heller nahm den Hörer ab, sah zu Ryan und der Frau hin. Obwohl sie sich inzwischen anbrüllten, kam es ihm so vor, als würden die beiden gut zueinanderpassen.

»*Kings-Club*«, sagte Heller ins Telefon.

Am anderen Ende der Leitung war Mercier. Er war so aufgeregt, dass er stotterte.

»Woher weißt du, dass ich hier bin?«

»Von deiner Vermieterin. Du musst sofort hierherkommen.«

Warum Heller um ein Uhr morgens in die Keithstraße kommen musste, wollte Mercier nicht sagen. Nur dass Doll Klaus Gent gefunden hatte. Und dass Doll niemanden in das Büro hineinließ.

Heller kam nur langsam voran. Am Savignyplatz feierten die ganze Nacht hindurch die Nachtschwärmer. Taumelten von der *Dicken Wirtin* zum *Zwiebelfisch*, von da zum *Schotten* in die Schlüter, der wie die meisten anderen Lokale bis um drei Uhr morgens geöffnet hatte. Er fuhr vorbei an der Gedächtniskirche, durch die Unterführung am Bikinihaus und dann in die Keithstraße. Wenn Mercier stotterte, musste etwas Beunruhigendes vorgefallen sein. Er war der älteste Polizist in der Mordinspektion, leise, loyal und besonnen.

Heller stürmte die Treppe hoch in den zweiten Stock. Vor seinem und Dolls Büro standen Mercier und der schöne Danner und hielten die Ohren an die Tür.

»Was ist los?«, fragte Heller.

»Er ist seit einer Stunde mit Gent da drin. Ich glaub, er hat ihn ziemlich vermöbelt«, sagte Danner.

Heller klopfte gegen die Tür.

»Doll? Mach die Tür auf.«

Nichts geschah.

»Doll! Entweder du machst die Tür auf, oder ich trete sie ein.«

Keine Reaktion. Heller drehte sich zu Mercier um.

»Weiß Holzinger Bescheid?«

»Der geht nicht ans Telefon.«

»Und Manne?«

»Hab ich noch nicht versucht. Soll ich ihn anrufen?«

Heller schüttelte den Kopf.

»Erst mal sehen, was da drin los ist. He, Doll! Ich zähl jetzt bis drei. Eins … zwei …«

Ein Schlüssel drehte sich von innen im Schloss. Dann wurde die Tür geöffnet. Doll grinste Heller an.

»Warum machst du so einen Aufstand?«

Heller schob den Kollegen beiseite und betrat das Büro. Klaus Gent saß auf einem Stuhl, den Blick auf den Boden gerichtet, das Kinn auf der Brust. Die Hände waren hinter seinem Rücken mit Handschellen gefesselt. Ein großer Blutfleck glänzte auf seinem Hemd. Auf dem Tisch stand ein Kassettenrekorder, daneben ein Mikrofon. Mercier und Danner schüttelten die Köpfe.

»Na, dann viel Spaß. Wenn Manne das sieht, macht er dir einen Einlauf bis Oberkante Unterlippe«, sagte Danner.

»Jaja, schon gut. Raus hier.«

Doll schob die beiden Kommissare aus dem Büro und warf die Tür zu. Er setzte sich an seinen Schreibtisch.

»Was guckst du so, Heller? Willst du nicht wissen, was passiert ist?«

Heller hob Gents Kopf hoch. Das linke Auge war zugeschwollen, aus der Nase tropfte Blut. Bis jetzt hatte er seinen Kollegen Doll für einen Dummkopf mit Polizeimarke gehalten. Nach dem Schuss auf Menke war er nicht mehr sicher, ob das stimmte. Und das hier war die Bestätigung, dass Doll eine tickende Zeitbombe war.

»Bist du jetzt völlig durchgedreht?«

»Dieser Drecksack hat versucht, mich abzustechen.«

Doll krempelte den rechten Ärmel seines Hemdes hoch. Unterhalb des Ellbogens war eine Schnittwunde zu sehen, ungefähr drei Zentimeter lang, nicht tief, sie blutete kaum.

»Hier im Büro. Ich dreh ihm den Rücken zu, und da holt er das hier raus.«

Doll nahm mit seinem Taschentuch ein Messer vom Tisch hoch. Er hielt es Heller hin. An der Spitze klebte Blut.

»Was hätte ich denn machen sollen? Mich von dem Scheißkerl abstechen lassen?«

Heller sah ihn ungläubig an.

»Ich gehe jede Wette ein, dass er sie mit dem Ding umgebracht hat«, sagte Doll.

Heller betrachtete das Messer.

»Wie kommt er überhaupt hierher.«

»Ich bin zu seinen Schwiegereltern gefahren.«

»Wann?«

»Gegen sieben.«

Gent hustete. Blut tropfte aus seinem Mund. Heller öffnete die Tür. Mercier und Danner standen immer noch davor.

»Ein Glas Wasser.«

»Soll ich einen Sani holen?«

»Nein, Christiaan Barnard.«

»Wer ist das denn?«

»Seht zu, dass ihr Holzinger hierher kriegt.«

»Und wie?«

»Von mir aus klebt eine Briefmarke drauf.«

Mercier lief los. Heller schloss die Tür wieder.

»Wieso fährst du zu den Schwiegereltern?«, fragte er Doll.

»Hätte ja sein können, dass denen noch was einfällt. Wegen den Kindern oder der Nutte.«

Heller löste Gents Handschellen. Der Mann befand sich in einem elenden Zustand.

»Auf einmal hör ich ein Poltern in der Wohnung oben drüber. Da wo Heidi Gent wohnt. Die alte Mazur kriegt sofort einen Anfall. Ich geh also hoch, und da sehe ich diesen Schwachkopf, wie er die halbe Wohnung auf den Kopf stellt. Also pack ich ihn ein, damit wir uns hier ein bisschen unterhalten können.«

Es klopfte an der Tür. Mercier streckte den Kopf herein. Er reichte Heller ein Glas Wasser.

»Danner hat Holzinger erreicht. Er ist in einer halben Stunde hier.«

»Danke.«

Heller schloss die Tür und reichte Gent das Glas.

»Und weil ihr euch hier ein bisschen unterhalten habt, sieht er aus, als wäre er unter einen Lastwagen gekommen?«

»Ich hab ihn gefragt, wieso er abgehauen ist. Und ob er seine Frau umgebracht hat. Kann sein, dass ich ihn da ein bisschen härter angefasst hab.«

Gent hatte bis jetzt noch kein Wort gesagt. Sein Blick blieb auf den Fußboden vor ihm gerichtet, als würde dort das Urteil geschrieben stehen.

»Ich war es nicht. Ich hab Heidi nicht umgebracht. Der da will mir den Mord anhängen.«

Er schaute langsam zu Doll hin. Er atmete röchelnd aus. Es klang wie Spott.

»Erzähl ihm, wo du vor einer Woche zwischen dreizehn und vierzehn Uhr warst«, sagte Doll.

»Auf Arbeit.«

Doll schaute Heller herausfordernd an. *Er lügt.*

»Wir haben Ihre Kollegen gefragt«, sagte Heller. »In der Zeit hat Sie niemand gesehen.«

»Weil ich am Bahnhof Wannsee war. Das hab ich vergessen zu sagen. Da hat sich eine vor die Bahn geworfen.«

»Mir haben Sie gesagt, Sie wären bei der Bahnmeisterei gewesen.«

»Sag ich doch. Zuerst. Und dann sind wir nach Wannsee gerufen worden.«

»Alleine?«

»Wie, alleine?«

»Waren noch andere Bahnmitarbeiter da?«

»Ja, klar. Und da waren Trapos und Sanis und ... Was glauben Sie, was da los war. Das war richtig schlimm. Die war erst zwölf oder dreizehn. Ein Bein ab. Unterm Knie. Das arme Ding. Wer macht so was? Ich hab sogar mit der Kommissarin geredet. Die hat so eine schiefe Nase.«

Marianne Menzel. Die Leiterin der M III, Delikte an Kindern, Abtreibung und Sittlichkeitssachen.

Gegen halb drei kam Holzinger in die Mordinspektion. Es war ihm anzusehen, dass er aus dem Bett geholt worden war. Er trug Anzug, keine Krawatte und hatte zwei unterschiedliche Socken an. Ein Sanitäter verband Dolls Arm und untersuchte Gent. Holzinger fragte Gent, ob er eine Anzeige wegen Körperverletzung im Amt erstatten wolle. Das könne er durchaus machen. Aber die Interne würde das ohnehin untersuchen. Gent winkte ab.

»Kann ich jetzt gehen?«

Holzinger deutete wortlos zur Tür. Die Hand, die Gent ihm entgegenstreckte, ließ er in der Luft hängen.

»Um zehn habe ich zwei Berichte auf dem Tisch«, sagte Holzinger zu Heller und Doll. Er schrie nicht, er schlug nicht mit der Faust auf den Tisch, wie er es sonst gelegentlich tat. Er stand einfach nur da. *Das ist kein gutes Zeichen,* dachte Heller. So wütend hatte er seinen Chef schon seit Jahren nicht mehr erlebt. Es wäre ihm lieber gewesen, Holzinger wäre aus der Haut gefahren. Damit konnte er umgehen. Das hatte er zuhause gelernt. Holzinger ließ sich die Kassette aus dem Rekorder geben. Doll bestand darauf, dass er in Notwehr gehandelt habe. Sobald Menzel wieder im Dienst war, würden sie sie nach Gent fragen. Das Messer musste von Schubert auf Fingerabdrücke und dann von der Rechtsmedizin untersucht werden. Doll wollte es den Kollegen übergeben.

Als sie alle im Hof standen, fragte Doll, wer dieser Christiaan Barnard sei, den Danner holen sollte.

»Ein Arzt aus Südafrika.«

Heller hatte vor ein paar Wochen in der Quick über den südafrikanischen Arzt gelesen, der die erste Herztransplantation der Welt durchgeführt hatte. *Was passiert mit einem Menschen, wenn er das Herz eines anderen erhält,* hatte er sich gefragt. *Wird dann alles, was den anderen gequält oder erfreut hat, auch transplantiert?*

»Südafrika? Also ein Neger?«

Heller antwortete nicht.

»Du denkst, du bist was Besseres.«

»Hm.«

»Warum bist du dann bei der Mordinspektion?«

»Weil ich den Laden nicht Leuten wie dir überlassen will.«

Heller stieg in seinen Wagen und fuhr nach Hause.

Samstag, 2. November

Sie hatten bis sechs Uhr morgens gestritten. Als sie nicht mehr weiterwussten, erinnerte Louise sich an einen Satz, den ihr Vater oft benutzte. *We agree to disagree.* Während Ryan die letzten Gläser wusch und die Stühle für die Putzfrau hochstellte, erzählte er ihr Geschichten aus seiner Kindheit, von seinem Vater, der ein Rodeo-Reiter gewesen war und sich das Genick gebrochen hatte, von seiner Mutter, die in dem Trailerpark den Frauen die Haare schnitt und nachts für ein paar Dollar mit Männern ins Bett ging. Er malte die erbärmliche Armut und den Hunger, den er und seine Brüder manchmal geschoben hatten, mit einem derart zynischen Humor aus, dass Louise Tränen lachte.

Dann berichtete sie von ihrem Studium der Biologie und von der Wielandkommune und dass sie mit jedem schlafen würde, der ihr gefiel. Sie wusste, dass sie Ryan damit schockierte, und prompt fragte er, ob sie dafür Geld nähme. Da lachte sie und meinte, es würde ihr nicht um Geld, sondern um den sexuellen Genuss gehen, und dass die sexuelle Befreiung schon in ihrem Elternhaus erprobt worden sei. Freilich nur im Geheimen. Ihre Mutter hatte auf Partys nach dem vierten oder fünften Martini mit jedem geschlafen, der gerade zur Verfügung stand, während ihr Vater seine Literaturstudentinnen bevorzugte. Ihre Eltern betrogen einander und verurteilten sich gegenseitig dafür.

»Eure Probleme möchte ich haben«, sagte Ryan.

»Nein, das möchtest du nicht. Jeder baut sich seine Hölle, so gut er kann.«

»Kommst du noch mit zu mir?«, fragte Ryan.

Louise dachte einen Moment über das Angebot nach.

»Ich glaube nicht«, antwortete sie.

»Du musst ja nicht mit mir ins Bett gehen.«

»Und warum soll ich dann mitkommen?«

»Ich meinte, du musst ja nicht gleich mit mir ins Bett gehen.«

»Das klingt noch besser. Außerdem wärst du der erste Mann, der so alt ist wie mein Vater. Ich glaub nicht, dass ich das will.«

Sie ließ Ryan stehen, winkte ihm zum Abschied zu und verließ die Bar. Machte einen Umweg über den Ku'damm, um an dem Kiosk Ecke Uhlandstraße die extra für sie bestellte New York Times zu kaufen. Ihr wöchentlicher Trost gegen das Heimweh. Im *Zwiebelfisch* setzte sie sich ans Fenster. Sie bestellte einen Tee und las die Zeitung. Heimlich, weil das Blatt in der Wielandkommune als Teil der imperialistischen Propagandamaschine galt.

Als sie gegen zehn Uhr in der Wieland ankam, saßen sie zu sechst um den großen Tisch herum. Sie schwiegen, und Louise hatte das Gefühl, einer von ihnen sei mitten im Satz verstummt, als sie hereingekommen war. Auf dem Tisch lag ein Stadtplan. Das Gebiet um das Landgericht am Tegeler Weg war von Strichen und Kreisen überzogen. Louise betrachtete die Zeichnung.

Die Lage war offensichtlich ernst. Sie spürte die wütende Entschlossenheit, die wie eine giftige Wolke über den Köpfen hing. Rolli ging es mal wieder um Rudi und Benno und darum, dass die Bullen bald jeden von ihnen abknallen würden, weil der Senat den Studenten den Krieg erklärt hätte. Louise hörte eine Weile zu. Und je länger sie zuhörte, umso mehr hatte sie den Eindruck, als stünde mit Rudi Dutschke endlich der Märtyrer zur Verfügung, den sie gebraucht hatten, um sich noch einmal aufzuraffen und weiterzumachen.

»Die Jungs vom Bau bringen den Lkw mit den Pflastersteinen pünktlich in die Osnabrücker. Da sind mindestens zweitausend Stück drauf«, sagte Dirk mit einem verschmitzten Lächeln. »Und unser fleißiger Bakunin hat achtzig weitere Helme organisiert. Kannst du dir vorstellen, was passiert, wenn die mit ihren scheiß Tschakos antreten, und es regnet Pflastersteine?«

»Ja, kann ich«, antwortete Louise. »Die werden uns vor Gericht zerren, wir wandern in den Knast.«

»Jetzt hör mal auf mit deiner Bedenkenträgerei«, sagte Rolli. »Was ist, bist du dabei? Wenn nicht, wäre es gut, wenn du dir die Nase pudern gehst. Wir wollen dich ja nicht als Mitwisserin in Gefahr bringen.«

Louise dachte kurz nach. Jetzt zu gehen bedeutete, auszusteigen. Nicht mehr dazuzugehören. Die Wieland zu verlassen. Allein zu sein. Sie könnte sich dann zwar auf ihr Studium konzentrieren, aber wollte sie das? Eine von den fachidiotischen Akademikerinnen werden, die sich für nichts interessierten außer für ihre Scheine? Sie zog einen Stuhl heran und setzte sich an den Tisch. Damit war es entschieden.

Sie hatten von Ulf Kainer erfahren, dass die Einsatzleitung zwar mit einer Demo rechnete, aber keine Vorstellung hatte, was die Beamten erwartete.

»Die postieren eine Staffel hier im Norden.«

Rolli deutete auf eine Stelle unweit der Brücke über die Spree.

»Die zweite Staffel steht an der Schlossbrücke, weil

sie denken, dass wir vom Schloss kommen. Und dann haben sie noch ein paar Bullen vor dem Landgericht postiert. Die an der Schlossbrücke sind viel zu wenig, um uns aufzuhalten. Das heißt, wir brechen hier durch, biegen in den Tegeler Weg ein und stürmen bis zum Gericht. Da kommt der Lkw mit den Pflastersteinen hin, und dann geht's rund.«

»Und wenn wir nicht durchkommen?«, fragte Louise.

»Wir kommen durch. Wir haben ja immer noch die Mollis«, strahlte Bakunin.

Louise starrte auf den Stadtplan. Wenn alles so funktionierte, wie es der Generalstab Wielandstraße 13 wollte, würden sie nicht mehr zu harmlosen Demos zurückkehren können. Dann wäre eine Grenze überschritten.

»Und wie viele Leute machen jetzt wirklich mit?«, fragte Louise.

»Fünftausend, vielleicht zehn«, sagte Rolli.

Zehntausend Menschen würden das Landgericht am Tegeler Weg stürmen. Es war unvorstellbar.

»Und Mahler?«

»Der Arsch will immer noch nicht befreit werden. Aber das ist jetzt nicht mehr seine Sache. Wir müssen endlich ein Zeichen setzen. Und Horst muss sowieso sein Verhältnis zur Frage der Gewalt klären. Wenn er weiter dem System dienen will, dann hat er verschissen.«

Bakunin zündete einen neuen Joint an. In den nächsten Stunden steigerten sie sich wieder in die absurdesten Fantasien hinein, wie sie das Landgericht in Brand setzen würden und wie Berlin in ein paar Jahren aussehen könnte. Terror, freie Liebe, Drogen für alle.

Heller hatte bis sieben Uhr morgens wach gelegen und dann den letzten Krümel Keks gegessen, den er im *Kings-Club* geschenkt bekommen hatte. Es war bereits Nachmittag, als er unruhig aufwachte. Paula war von ihrer Samstagssonderschicht noch nicht zuhause. Die Kinder rannten durch die Wohnung und stritten um ein Stück Schokolade.

Als er aufstand, spürte Heller, dass ihm die letzten Tage in den Knochen steckten. Die Gent-Kinder waren immer noch verschwunden. Menke hatte inzwischen ein Attest vom Amtsarzt vorgelegt, das ihm Fehlsichtigkeit bescheinigte. Dennoch war Heller sicher, dass der Hertha-Spieler den Mann auf dem Boot gesehen hatte. War es tatsächlich eine Geschichte, die ins Homosexuellenmilieu führte? Und vor wem hatte Gent so viel Angst, dass er sich beinahe in den Kopf geschossen hätte? Und angenommen, er wäre der Mörder, die Indizien reichten bisher nicht aus, um ihn dem Ermittlungsrichter vorzuführen. Heller nahm das Foto vom Grenzzaun in die Hand. Vielleicht gehörte die Schulter zu dem Mann mit dem BMW? Laut Gertrude Mazur hatte jemand Heidi Gent ein paarmal abgeholt. Wer war das? Handelte es sich wirklich um eine Eifersuchtsgeschichte? Oder hatte es etwas mit der Grenze zu tun?

Heller öffnete das Fenster, ließ die feuchte, kühle Luft herein. Der Blick aus seinem Zimmer über die Mauer in den Ostteil der Stadt machte ihn jedes Mal wütend. Wie konnte ein Staat seine Bürger mit Stacheldraht und schussbereiten Grenzsoldaten davon abhalten, so zu leben, wie es ihnen behagte? Er war dabei gewesen, als der achtzehnjährige Peter Fechter am 17. August 1962 in der Zimmerstraße nahe am Checkpoint Charlie über die Mauer klettern wollte und niedergeschossen worden war. Fechter war auf Ost-Berliner Gebiet im Todesstreifen liegen geblieben. Fast eine Stunde lang. Zusammen mit ein paar Polizisten war Heller in die Zimmerstraße beordert worden. Fechter hatte um Hilfe geschrien, und er und seine Kollegen hatten sich an der Mauer hochgezogen. Er hatte dem jungen Mann ein Verbandspäckchen zugeworfen. Verbandspäckchen! Für einen Schwerverletzten, der nach seiner Mutter rief. Aber was hätte er tun sollen? Fechter lag auf dem Gebiet der DDR, und Heller und seine Kollegen durften nicht helfen. Irgendwann hatten die Ost-Berliner Grenzsoldaten genug. Sie holten Fechter aus dem Todesstreifen. Er war dann im Krankenhaus gestorben. Achtzehn Jahre alt.

Heller schloss das Fenster. Er zog alte Klamotten an, weil samstags Kohlen geliefert wurden und er die Aufgabe übernommen hatte, sie in den Keller und die Wohnung zu schleppen. Zwanzig Eimer für eine Woche. Wenn es im Dezember richtig kalt werden sollte, wären es dreißig oder sogar vierzig Eimer. Er trank einen Schluck kalten Kaffee, schnappte sich zwei Metalleimer und machte sich an die Arbeit.

»Kann ich dir helfen?« Jochen hockte neben dem Haufen Kohlen, den der Händler an der Ecke Luckauer und Sebastianstraße abgeladen hatte.

»Klar. Hol bei Frau Hempel noch zwei Eimer. Dann haben wir vier. Die einen lädst du voll, während ich die anderen in den Keller trage.«

Jochen machte sich sofort an die Arbeit. Astrid beobachtete ihn und schien zu überlegen, ob sie mitmachen sollte. Es war offensichtlich, dass ihr Bruder Punkte bei

Heller sammelte. Aber sie hatte eine saubere Schürze an und entschied sich dagegen. Nachdem Heller und Jochen die Kohle von der Straße aufgelesen und verstaut hatten, waren sie stolz. Für einen Moment fühlte es sich an wie Vater und Sohn. Als er Jochen in die Badewanne stellte, um mit der Brause den Kohlenstaub von ihm abzuwaschen, kam Astrid in die Wohnung gestürzt und meinte, Heller müsse sofort nach unten kommen. Sie war aufgeregt, wollte aber nicht sagen, wieso.

Der Grund war ein Kinderfahrrad, das in der Nummer 87 im Hausflur stand. Frau Bertold wollte das Fahrrad für zehn Mark verkaufen.

»Können wir das Fahrrad haben?«, fragte Astrid. Ihre Augen leuchteten. Sie nickte ununterbrochen, als könnte sie Heller dadurch hypnotisieren.

»Ihr wisst, was eure Mutter sagt, wenn ich das mache. Sie war schon wegen dem Fernsehgerät ziemlich sauer.«

»Wir können doch sagen, dass Frau Bertold es uns geschenkt hat.«

»Du meinst, wir sollen lügen?«

Astrid hob die Schultern. Es war eine Möglichkeit zu bekommen, was man wollte.

»Komm mal her.«

Heller winkte Astrid herbei, ging in die Hocke, damit er auf Augenhöhe mit ihr war.

»Ich verstehe, dass du das Fahrrad haben willst. Aber du musst eines wissen: Nur feige Leute lügen. Und warum lügen sie? Weil sie Angst davor haben, für das zu kämpfen, was ihnen wichtig ist, oder was sie für richtig halten. Wer lügt, mogelt sich irgendwie durch. Aber wer die Wahrheit sagt, kann immer stolz auf sich sein. Auch wenn er nicht kriegt, was er haben möchte.«

»Wir können doch Mama fragen«, sagte Jochen. Er hatte sich inzwischen wieder angezogen. »Wir sagen, dass wir mit dem Rad viel schneller sind, wenn wir einkaufen gehen. Und dass wir dann nicht mehr so viel Lärm machen, wenn sie schlafen muss.«

Es war eine gute Idee. Astrid sah Heller erwartungsvoll an.

»Kannst du Frau Bertold sagen, dass sie das Fahrrad nicht an jemand anders verkaufen darf?«

»Warum macht ihr das nicht selbst?«

Astrid und Jochen liefen los. Eine halbe Stunde später standen sie mit ihrer neuen Eroberung vor Heller, der auf ihr Klingeln nach unten gekommen war. Frau Bertold hatte ihnen das Fahrrad zur Probe überlassen. Das Problem war nur, dass die Kinder noch nie auf einem Fahrrad gesessen hatten. Heller schickte Jochen los, einen Besenstiel aus der Wohnung zu holen. Den klemmte er in den Rahmen hinter dem Sattel.

»Wer will zuerst?«

»Ich!«, rief Jochen.

»Das ist ungerecht«, beschwerte sich Astrid. »Ich hab das Fahrrad entdeckt, also darf ich auch zuerst.«

»Du brauchst aber viel länger, bis du es kannst.«

Astrid durfte als Erste fahren. Heller lief nebenher, hielt das Rad mit Hilfe der Stange aufrecht. Schon nach ein paar Minuten hatte Astrid den Dreh raus. Sie trat in die Pedale und fuhr, als hätte sie nie etwas anderes in ihrem Leben getan. Jochen tat sich schwerer. Auch weil er beweisen wollte, dass er schneller und wagemutiger als seine Schwester war. Er stürzte zweimal auf dem Kopfsteinpflaster. Dabei schürfte er sich die rechte Hand und das linke Knie auf. Aber er biss die Zähne zusammen und tat so, als würde es nicht wehtun. Heller nahm auch ihn beiseite.

»Es ist nicht wichtig, dass man alles kann. Niemand kann alles. Das Einzige, was zählt, ist, dass man sich anstrengt und ehrgeizig ist und vor allem nicht aufgibt. Verstanden?«

Jochen nickte.

»Ich glaub, das ist unser Telefon«, sagte Astrid.

Heller hatte es schon die ganze Zeit gehört. Zehnmal klingeln und dann Ruhe. Drei Wiederholungen. Aber weil er dachte, es sei ein Kollege aus der Keithstraße, hatte er es ignoriert.

»Soll ich drangehen?«, fragte Astrid.

»Ich geh schon«, sagte Heller. Er lief die Treppen hinauf in den dritten Stock, zog sich am Geländer hoch, damit er zwei Stufen auf einmal nehmen konnte. Eine eigenartige Unruhe hatte ihn erfasst. Als ob das Läuten ein Menetekel sei. Der hölzerne Handlauf ächzte jedes Mal, wenn Heller ihn griff und wieder losließ. Irgendwann wird das Geländer auseinanderbrechen, dachte er. Als er in der Wohnung ankam, hatte das Läuten gerade aufgehört. Er blieb neben dem Apparat stehen und wartete. Nach zwei Minuten läutete es wieder. Er nahm den Hörer ab.

»Heller.«

Paula war auf der Arbeit zusammengebrochen. Sie hatten sie zuerst zum Betriebsarzt gebracht und von dort ins Westend-Krankenhaus. Heller packte die Zwillinge in den Wagen und fuhr los. Astrid fragte, ob es ihrer Mutter gut gehe.

»Ja, es ist bestimmt nichts Schlimmes. Manchmal macht der Kreislauf nicht mit, wenn man zu viel arbeitet und zu wenig schläft«, antwortete Heller.

Aber das schien Astrid nicht zu beruhigen. Sie sah ihn zweifelnd an, als wüsste sie, dass er lügt. Ihr Bruder neben ihr schwieg. Schaute auf die Straße hinaus und hatte die Stirn in Falten gelegt. Nach einer Weile fragte er, ob sie das Fahrrad trotzdem behalten dürften.

Wie sollte er das mit Klaus Gent anstellen? Harry saß am Küchentisch und betrachtete das Foto, das Gent ihm gegeben hatte. Es zeigte ihn und Heidi vor der Laube. Eine Affäre, wie Gent vermutet hatte? Wenn man das Bild sah, vielleicht gar nicht mal so abwegig. Aber es war natürlich absurd, weil er mit Frauen nichts mehr anfangen konnte. Weder sexuell noch sonst. Sie widerten ihn geradezu an. Helga insbesondere.

Dieser spezielle Körpergeruch, den sie mit allerlei Eau de Toilette abzumildern versuchte. Dann ihre Attitüde, dieses Gekünstelte, Großspurige. Als wäre sie etwas Besseres, als müsste sich ständig alles um sie drehen. Dabei stand sie im Rang sogar unter ihm. Er hätte ihr Befehle geben und sie hätte sie befolgen müssen. In Wirklichkeit aber war es genau umgekehrt.

Eine Weile noch hatte er mit Helga das Schlafzimmer teilen müssen, weil es sonst keine andere Schlafstatt gab. Dann war er ins Wohnzimmer auf den Fußboden umgezogen. Ein paar Wochen später hatte er günstig eine Klappcouch erstanden. Seitdem konnte er alleine schlafen und musste nicht länger ihre Nähe ertragen.

Zehntausend Mark hatte Gent verlangt.

Lächerlich.

Es musste auf alle Fälle eine Lösung für das Problem her, bevor Ost-Berlin von der ganzen Sache erfuhr.

Er dachte noch einmal darüber nach, was Kramer dann wohl machen würde, als er hörte, wie Helga den BMW in die Garage fuhr. Schon an ihrem Schritt konnte er erkennen, dass etwas passiert war. Sie stürmte in die Küche und baute sich vor ihm auf. Stand da in Hut und Mantel, die Handtasche am linken Handgelenk. In der rechten Hand hielt sie einen Briefumschlag.

»Wieso hast du …«

Sie ließ ihn nicht ausreden.

»Halt den Mund. Weißt du, was da drinsteht?«

»Woher soll ich das wissen? Wie kommst du überhaupt dazu, den Brief entgegenzunehmen?«

Nachrichten aus Ost-Berlin von einer Kurierin entgegenzunehmen war seine Aufgabe. Er kannte die beiden Rentnerinnen, die über die Friedrichstraße Befehle von Kramer nach West-Berlin brachten. Manchmal benutzten sie auch die Schleuse in der Nähe von Heidis Laube, dann aber für den Weg von West nach Ost.

»Gib her«, sagte er.

Er wollte ihr den gefalteten Brief aus der Hand nehmen, sie zog die Hand zurück. Gräuliches Papier, wie üblich bei der MfS-Verwaltung Groß-Berlin, Abteilung VII. Ein paar Dutzend vierstellige Ziffergruppen, getippt. Aber darunter standen Buchstaben, von Hand geschrieben. Immer einer unter jeweils zwei Ziffern. Sie hatte die Nachricht bereits entschlüsselt.

»Er will wissen, was mit Heidi Gent passiert ist«, sagte sie in einem derart vorwurfsvollen Ton, dass er am liebsten aufgesprungen wäre und ihr ins Gesicht geschlagen hätte.

»Er ist stinksauer, weil du noch keinen Bericht geschrieben hast.«

»Ich hab keinen Bericht geschrieben, weil dafür noch keine Zeit war. Du hättest den Bericht ja auch schreiben können.«

»Ich bin nur für den Senat zuständig, falls du das vergessen hast.«

»Was schreibt er?«

Helga reichte ihm den Brief, als handelte es sich um ein Todesurteil. Er las: *Dringend über Ableben Berta berichten. Sesam noch sicher?*

Ob die Schleuse noch sicher war, wusste er nicht. Immerhin hatte Klaus Gent ihn dort fotografiert. Es konnte also sein, dass er auch von dem Durchgang auf das Gebiet der DDR wusste.

Harry spürte, wie ihm kalter Schweiß den Rücken hinunterlief. Auf der Stirn sammelten sich kleine Perlen zu einem winzigen Rinnsal. Er wischte es weg. Wieso war Kramer stinksauer? Bisher hatte es doch nie Kritik an seiner Arbeit gegeben. Er hatte mehr als einhundert Berichte nach Ost-Berlin geliefert. Er war es gewesen, der *Berta* als Kontaktperson in der Kanzlei Mahler angeworben hatte. Sie bewachte nicht nur die Schleuse an der Grenze, sondern lieferte auch noch Informationen über den berühmten Rechtsanwalt. Und er hatte über Ulf Kainer, einen V-Mann des West-Berliner Verfassungsschutzes, Zugang zu den inneren Kreisen des Sozialistischen Deutschen Studentenbundes. Er hatte sogar dafür gesorgt, dass die Demonstration vor dem Landgericht eskalieren würde, so wie Kramer es von ihm verlangt hatte. *Wir müssen West-Berlin destabilisieren,* hatte Kramer gesagt. *Wir müssen den Senat in eine*

Situation bringen, wo er mit nackter Gewalt gegen die Studenten reagiert. Der Tod von Ohnesorg ist zwar ein Desaster, weil Kurras als IM verbrannt ist, aber das wird uns noch in die Hände spielen, da müssen wir weitermachen. Und er hatte genau da weitergemacht. Er hatte Kainer gesagt, er solle dafür sorgen, dass die Studenten aus der Wielandkommune das Landgericht in Brand stecken. Was wollte Kramer denn noch?

»Woher weiß er überhaupt, dass sie tot ist?«, fragte er.

»Was schaust du mich so an? Denkst du ich hätte … Du bist ja paranoid.«

Helga nahm eine Flasche Eierlikör aus dem Kühlschrank und goss ein Schnapsglas voll. Mit einem Mal war auch sie nervös geworden. Er konnte es sehen.

»Schreib ihm, dass die Polizei ihren Mann im Verdacht hat. Das ist doch so, oder?«

»Ja. Momentan ist das so. Allerdings gibt es da einen Kommissar Heller, der die ganze Zeit dazwischenfunkt.«

»Was ist mit Viktor?«, fragte sie.

Viktor Wagner, der Mann fürs Grobe.

»Kannst du ihn nicht auf diesen Heller ansetzen?«

»Und was soll er machen?«

»Rausfinden, ob dieser Heller Dreck am Stecken hat. Irgendwas, womit wir ihn in der Hand haben.«

Manchmal hatte sie gute Ideen.

»Gent hat zu Heller gesagt, dass er das nicht überleben würde«, sagte Harry.

»Dass wer was nicht überleben würde?«

»Dass Gent das hier nicht überlebt.«

»Was meint er damit? Weiß er von uns? Weiß er, dass

Heidi für uns gearbeitet hat? Hat er … weiß er von Ost-Berlin?«

»Er hat Fotos.«

»Was für Fotos?«

Helgas Stimme überschlug sich. Sie bekam rote Flecken am Hals. Ihr Blick flackerte. Ihre Überheblichkeit war mit einem Mal wie ausgelöscht. Sie hatte Angst. Eindeutig. Es dauerte einen Moment, bis er verstand, was das hieß. Endlich war die Ordnung wiederhergestellt. Was für eine Genugtuung. Er beschloss, ihre Angst auszunutzen.

»Von mir und von dir.«

Sie trank noch einen zweiten Eierlikör.

»Wir müssen Kramer schreiben, dass wir glauben, dass es eine Eifersuchtsgeschichte ist«, sagte sie.

»Und du glaubst allen Ernstes, Kramer kauft uns das ab? Der denkt doch, dass irgendwas schiefgelaufen ist und wir sie deshalb …«

»Harry, hör auf. Wir müssen es so erklären, dass es mit uns nichts zu tun hat. Du musst genau das schreiben.«

Wenn sie den Verdacht nicht eindämmen konnten, würde Kramer sie zurück nach Ost-Berlin beordern. Dann war Schluss mit dem Leben im Kapitalismus. Kein KaDeWe mehr, kein Essen in den Restaurants, kein BMW, keine Pelzmäntel.

»Natürlich schreibe ich ihm, dass wir mit Heidis Tod nichts zu tun haben. Die Frage, ob sie mit jemandem geredet hat, lass ich vorerst offen. Und dann warten wir ab, wie er reagiert.«

»Kannst du nicht auch irgendwas mit diesem Kommissar Heller machen?«

Sicher konnte er das. Er war ja sogar schon aktiv

geworden. Aber das musste sie nicht wissen. Sie sollte noch eine Weile in ihrer Verzweiflung schmoren.

»Was soll ich denn da machen? Das fällt doch sofort auf«, sagte er.

»Ja, du hast recht.«

Du hast recht. Das hatte sie noch nie gesagt.

»Und was machen wir mit Gent?«, fragte sie.

Das war die Frage. Was sollte mit Gent geschehen?

Als das Telefon klingelte, erschraken sie beide. Sie starrten den Apparat an, als würde hinter dem Klingeln ihr Todesurteil lauern. Er nahm den Hörer ab.

»Ja?«

Gent war am anderen Ende der Leitung. Als hätte er gespürt, dass sie über ihn sprachen. Er nannte das *Hotel Zoo* am Kurfürstendamm. Dorthin sollten um elf Uhr abends die Kinder und die Tasche mit dem Geld gebracht und in dem Zimmer Nummer 207 deponiert werden. Sobald er beides entgegengenommen hatte, wollte Gent ihm sagen, wo er die Abzüge und die Negative aufbewahrte.

»Wie kann ich sicher sein, dass du mir tatsächlich die Fotos gibst?«

»Das kannst du nicht. Aber du hast auch keine andere Wahl, oder?«

Dann war das Gespräch beendet. Helga sah Harry besorgt an. Er erzählte ihr, was Klaus Gent vorgeschlagen hatte.

»Der muss verschwinden«, sagte sie.

»Das gibt zu viel Aufsehen.«

»Was denn sonst?«

»Mach dir keine Sorgen«, sagte er. »Ich kümmere mich darum.«

Er nahm den Telefonhörer vom Apparat, wählte eine Nummer. Am anderen Ende meldete sich jemand aus der Keithstraße.

»Kann ich bitte Kriminaloberkommissar Holzinger sprechen.«

Es dauerte einen Moment, bis Harry verbunden wurde. Er erzählte Holzinger von Klaus Gent und dem *Hotel Zoo*. Er überließ es dem Oberkommissar, wie Klaus Gent in die Falle gelockt werden konnte. Dann legte er auf. Er atmete tief ein und aus. Zum ersten Mal seit Monaten fühlte er sich wieder stark und selbstsicher. Als Helga zu ihm trat und seine Hand in ihre Bluse führte, dort an ihre Brust legte, lachte er sie aus.

Paula schlief. Er hatte sie um acht Uhr abends vom Krankenhaus nach Hause gebracht. Es sei nur ein Kreislaufkollaps gewesen, hatte sie behauptet, um die Kinder zu beruhigen. Er hatte nichts gesagt, obwohl er die Medikamente gesehen hatte, die ihr vom Krankenhaus ausgehändigt worden waren. Wieso Schmerztabletten, wenn es nur ein Kreislaufkollaps war? In den nächsten Tagen würde er sie fragen, was wirklich mit ihr los war. Er hatte Astrid und Jochen ins Bett gebracht und ihnen noch eine Geschichte von einem Einbrecher erzählt, den er nach einer langen Verfolgungsjagd über die Dächer Berlins erwischt hatte. Die Kinder hatten atemlos gelauscht und beschlossen, dass sie später auch Polizisten werden wollten. Er musste ihnen versprechen, dass er sie mit in die Keithstraße nehmen würde, wo es sogar eine Inspektion gab, die von einer Frau geleitet wurde. Weil die sich hauptsächlich um Delikte an Kindern zu kümmern hatte, wollte Astrid unbedingt bei ihr anfangen. Jochen sah sich eher als ein Kommissar, der Mörder und Räuber mit dem Wagen verfolgte und sie im Duell erschoss.

Es war kurz nach zehn, als das Telefon klingelte. Holzinger selbst war am Apparat. Es gehe um Klaus Gent. Er habe in der Keithstraße angerufen und gesagt, er habe seine Frau umgebracht und dass seine Schwiegereltern die Kinder irgendwo vor ihm versteckt halten würden. Wenn er sie sehen könnte und wüsste, dass es ihnen gut gehe, würde er sich der Polizei stellen. Da man aber immer noch nicht wusste, wo die Kinder waren, wollte Holzinger Gent eine Falle stellen. Heller sollte die Kinder seiner Vermieterin als Lockvogel einsetzen. Heller dachte *Nein*.

»Wieso das Hotel?«

»Was weiß ich. Bring die Kinder mit, dann kannst du ihn fragen.«

Heller wusste, dass er das nicht tun durfte.

»Da stimmt doch was nicht.«

»Das weiß ich auch. Aber Gent hat gesagt, dass seine Schwiegereltern die Kleinen versteckt hätten. Er will, dass sie in ein Heim kommen. Oder zu Pflegeeltern.«

»Warum fahrt ihr nicht zu Mazur und holt die Kleinen?«

»Ich hab Doll hingeschickt. Die Mazur sagt, sie haben die Kleinen nicht. Und dass Gent ein Lügner ist und der ganze Sermon.«

Heller versuchte zu begreifen, was hier vor sich ging. Wieso wollte Klaus Gent sich stellen? Und wieso machte er seine Festnahme durch die Polizei so kompliziert? Zumal Heller ihn nach wie vor nicht für den Mörder hielt. Auch wenn Marianne Menzel von der M III Gents Alibi nicht bestätigt hatte. Aber es standen immer noch die Befragung der Rettungskräfte und eines Kollegen von Gent aus.

»Es ist deine Entscheidung«, sagte Holzinger. »Aber wenn wir uns diese Chance durch die Lappen gehen lassen ... ich glaube nicht, dass wir dieses Dreckschwein so schnell wieder in die Finger kriegen.«

»Gib mir eine halbe Stunde«, sagte Heller.

Dann legte er auf. Jochen und Astrid schliefen fest. Es dauerte eine Weile, bis er sie wach hatte.

»Ich brauche euch als meine Hilfspolizisten«, sagte er. »Aber ihr müsst leise sein.«

Die Kinder waren sofort Feuer und Flamme. Im Nu hatten sie sich angezogen und löcherten Heller während der Fahrt in die Keithstraße mit Fragen zu dem Verbrecher, den sie fangen würden. Holzinger erwartete ihn in seinem Büro. Der Plan sah vor, dass die Kinder in Begleitung von Heller in das *Hotel Zoo* am Ku'damm gebracht werden sollten. Gent würde vermutlich den Eingang beobachten und kurze Zeit später ebenfalls in das Hotel kommen. Dann würden sie ihn festnehmen. Die Aktion war für elf Uhr geplant.

Zehn vor elf brachte sie ein schwarzer Mercedes vor das Hotel. Jochen war ein wenig enttäuscht, dass sie nicht mit Blaulicht und Sirene vorgefahren waren. Aber Heller erklärte ihm, dass es sich um einen Geheimauftrag handle und sie so tun müssten, als wären sie Agenten. Er klappte die Mantelkrägen der Kinder hoch, zog ihnen die Mützen tief ins Gesicht. Sollte Gent sie beobachten, durfte er keinesfalls merken, dass es nicht seine Kinder waren.

»Ihr müsst die Köpfe gesenkt halten. Schaut auf den Boden, sonst merkt der Verbrecher, dass ihr nicht die Kinder seid, die er erwartet.«

Die Zwillinge nickten. Eine Wolke aus Sprühregen hüllte die drei ein, als sie aus dem Mercedes ausstiegen. Die Neonreklame der *Filmbühne Wien* ließ die Regentropfen in einem rot-grün-gelben Licht aufleuchten. Nach ein paar Metern erreichten sie den Eingang zum Hotel. In einer Ecke der Lobby saßen Mercier und Koch. Heller nannte dem Portier die Zimmernummer 207. Der Schlüssel wurde gereicht, eine gute Nacht gewünscht. War der Portier eingeweiht? *Hoffentlich*, dachte Heller. Sie gingen zum Aufzug. Bisher hatten die beiden Kinder kein Wort gesagt, hatten die Köpfe unten gehalten. Erst als die Kabinentür sich hinter ihnen schloss, war es, als würden sie aufwachen. Ihre Gesichter waren bleich.

»Darf ich drücken?«, fragte Jochen.

»Die Zwei«, sagte Heller.

Jochens Zeigefinger berührte vorsichtig den gelb leuchtenden Knopf.

»Wir sind noch nie in einem Hotel gewesen«, sagte Astrid. »Aber Mama hat gesagt, wir fliegen nach Mallorca, und da wohnen wir dann in einem Hotel direkt am Meer.«

Die verspiegelten Kabinenwände multiplizierten ihre Gesichter ins Unendliche. Sie schnitten Fratzen und lachten. Heller musste sie ermahnen, leise zu sein. Astrid durfte die Tür aufschließen. Zimmer 207 war dunkel. Heller zögerte kurz. Waren die Kinder wirklich sicher?

»Setzt euch aufs Bett und wartet. Ich hole euch spätestens in einer halben Stunde wieder ab.«

Es gab keinen Fernseher, aber ein Radio. Heller suchte

einen Sender, auf dem ein Hörspiel lief. Dann ging er nach nebenan. In 209 warteten Holzinger, Doll und Wittek. Über einen Lautsprecher konnten sie das Radio hören.

»Was ist mit dem Hintereingang?«, fragte Heller.

»Da steht Müller«, antwortete Holzinger.

»Gibt es eine Tür zum Dach?«

»Da wartet Kaminski.«

Heller stellte sich neben den Lautsprecher. Leise war das Flüstern der Kinder zu hören.

»Was ist, wenn er schon im Hotel ist?«, fragte er.

»Ich hab alle Namen überprüft«, sagte Doll. »Im Hotel ist niemand mit dem Namen Gent abgestiegen.«

»Und wenn er einen falschen Namen angegeben hat?«

Im selben Moment war ein Schrei aus Zimmer 207 zu hören. Die Männer erschraken. Heller rannte los, über den Flur, riss die Tür auf. Die Kinder saßen immer noch auf dem Bett. Im Radio sagte ein Kommissar, dass man den Frauenmörder geschnappt habe. Musik setzte ein. Das Hörspiel war zu Ende. Für die kommende Woche wurde die nächste Episode angekündigt. Heller atmete aus.

»Hast du ihn schon gefangen?«, fragte Jochen. Er sah Heller erwartungsvoll an.

»Nein, aber bald.«

»Wie lange noch?«, fragte Astrid.

»Nicht mehr lange.«

»Können wir was zu trinken haben?«

»Im Badezimmer ist ein Wasserhahn.«

Die Enttäuschung stand ihnen ins Gesicht geschrieben.

»Eben im Radio haben sie Cola getrunken«, sagte Astrid.

Heller stellte das Radio aus.

»Ihr kriegt nachher Cola, wenn der Einsatz fertig ist. Einverstanden?«

Die Kinder reagierten nicht. Ihr Blick war auf etwas hinter Heller gerichtet.

»Was wollen Sie hier?«

Eine Stimme. Laut und verwundert.

Die Wendung um die eigene Achse und der Griff zur Pistole im Gürtelholster waren für Heller eins.

Gent stand ungelenk in der Tür, als wäre sein Körper inmitten einer Bewegung eingefroren. Die Augen waren weit aufgerissen. Er starrte Jochen und Astrid an.

»Das sind nicht meine Kinder. Was ist hier los?«

Bevor Gent noch kehrtmachen konnte, waren Holzinger und Doll aus dem Nachbarzimmer herbeigeeilt und warfen ihn zu Boden. Er schrie und trat um sich. Auf dem Flur hatten sich ein paar Hotelgäste versammelt. Sie trugen Ausgehkleidung. Ein Mann fotografierte mit einer kleinen Kodak. Als er die Kamera auf Jochen und Astrid richtete und der Blitz über ihre Gesichter zuckte, nahm Heller dem Mann die Kamera aus der Hand. Mit einem schnellen Griff riss er den Film heraus. Dann gab er die Kamera wieder zurück.

»Kommt«, sagte er zu den Kindern. Er nahm sie an den Händen und ging an Holzinger vorbei, der sich ächzend erhoben hatte.

»Habt ihr gut gemacht«, sagte Holzinger zu Jochen und Astrid. Er strich ihnen über die Köpfe.

»Wir müssen über Gent reden«, sagte Heller.

Holzinger nickte.

Später, auf dem Weg nach Kreuzberg, hielten Astrid und Jochen ihre Cola-Flaschen fest in den Händen.

Heller beobachtete im Rückspiegel, wie sie immer nur winzige Schlucke tranken.

»Ihr dürft eurer Mama nicht erzählen, was heute Abend passiert ist.«

Jochen nickte.

»Aber du hast doch gesagt, wir sollen nicht lügen.«

»Wenn man etwas nicht sagt, ist es keine Lüge.«

Astrid nickte. Sie sah auf die Flasche in ihren Händen.

»Dürfen wir die behalten?«

»Ja, klar.«

»Und wenn Mama fragt, woher wir die haben?«

Du bist ein cleveres Kind, dachte Heller.

»Dann sagt ihr, dass ich es ihr erkläre.«

»Und wirst du dann lügen?«

Heller dachte einen Moment lang nach. Ja, er würde lügen.

»Nein, natürlich nicht.«

Sonntag, 3. November

Der amtierende Polizeipräsident Prill hatte für den folgenden Dienstag zu einer Pressekonferenz geladen und sich ausbedungen, dass Kriminalrat Lieblich sowie Polizeihauptkommissar Manteufel und Polizeioberkommissar Holzinger dabei sein sollten, um der Journaille Rede und Antwort zu stehen. Nach der ganzen Häme wegen der Schüsse auf Menke und Klaus Gent konnten sie nun einen Erfolg melden. Die Inspektion M I hatte den mutmaßlichen Mörder von Heidi Gent festgenommen. Um für die Pressekonferenz auf dem neuesten Stand zu sein, hatte Anton Lieblich kurzfristig die gesamte M I an diesem Sonntag zum Rapport in die Keithstraße bestellt. Als er vorfuhr, erwartete ihn Manteufel bereits am Eingang. Es regnete, als hätte der liebe Gott Waschtag ausgerufen. Die wenigen Meter vom Wagen bis zur Tür genügten, um Lieblichs Mantel zu durchnässen.

»Alle angetreten?«, fragte Lieblich etwas unsicher.

»Im zweiten Stock«, antwortete Manteufel. Er folgte seinem Vorgesetzten die Treppen hinauf in das große Besprechungszimmer.

Dort saßen sie. Holzinger, Heller, Doll und die restliche Mannschaft der M I. Lieblich bückte sich, als er das Zimmer betrat. Bei mehr als zwei Metern Körpergröße hatte er sich über die Jahre eine gebeugte Haltung angewöhnt, die zugleich eine seltsame Vorsicht ausstrahlte. Er erinnerte Heller an eine Weide. Sanft, beweglich, anpassungsfähig. Ihm fehlte die Härte und Entschlossenheit, die in seiner Position zu erwarten war. Aber vielleicht hatte er gerade deswegen Karriere gemacht. Die Polizisten erhoben sich.

»Tag, meine Herren. Wer von Ihnen hat Bereitschaft?«

Koch und Danner meldeten sich.

»Gut. Sie müssen also sowieso hier sein. Den anderen danke ich, dass Sie bei dem Wetter hierhergekommen sind. Setzen Sie sich wieder. Wir sind hier nicht bei der Wehrmacht, auch wenn manche dieser Zeit nachtrauern.«

Man nickte zustimmend. Holzinger hatte von Barbara Grimm Kaffee kochen lassen. Etwas Gebäck stand bereit. Niemand wagte davon zu nehmen, solange Lieblich nicht das Büfett eröffnete. Und Lieblich schien satt zu sein.

»Wie sieht's aus?«, fragte er in die Runde.

Holzinger schob eine Akte über den Tisch. Lieblich nahm das Polizeifoto von Klaus Gent hoch.

»Ein S-Bahner?« Lieblich schien überrascht zu sein. »Ist der von drüben?«

»Spandau. Hat neunundvierzig nach dem Ende der Blockade als Lehrling bei der Reichsbahn angefangen«, antwortete Holzinger.

»Kommunist?«

»Möglich. Er streitet es ab.«

Ein weiteres Foto zeigte das Messer, das Klaus Gent bei der nächtlichen Vernehmung durch Doll bei sich gehabt hatte.

»Das ist die Tatwaffe?«, fragte Lieblich.

»Schubert hat die Schneide mit den Verletzungen verglichen. Es gibt am Schaft eine kleine Scharte. Die hat Spuren bei den Einstichkanälen hinterlassen. Und Gent hat für die Tatzeit kein Alibi«, sagte Doll. »Angeblich war er am Bahnhof Wannsee, weil es da einen Unfall gegeben hatte. Er sagt, die Menzel hätte ihn gesehen, aber die Menzel bestreitet das.«

Lieblich blätterte weiter in der Akte.

»Seine Frau hat ein Sparbuch mit zwölftausend Mark? Woher hat sie so viel Geld?«

»Wissen wir noch nicht.«

»Klaus Gent hat seine Schwiegereltern mehrmals nach dem Geld gefragt. Der Schwiegervater ist überzeugt, dass Gent seine Frau umgebracht hat. Er hat sie mehrmals verdroschen.«

»Wer? Der Schwiegervater?«

»Nein, Klaus Gent.«

»Die Kinder sind immer noch verschwunden?«

Lieblichs Gesicht verriet, dass er bereits jetzt den

Entschluss bereute, in die Keithstraße gekommen zu sein. Holzinger und Manteufel reihten die Indizien aneinander, verwiesen darauf, dass die Staatsanwaltschaft im Kriminalgericht Turmstraße aufgrund der Akten Anklage erheben wollte. Der Ermittlungsrichter hatte sich wegen der dünnen Beweislage allerdings geweigert, einen Haftbefehl für Gent auszustellen. Für die Pressekonferenz am Dienstag sollten die Indizien aber ausreichen. Lieblich musterte die Kommissare der Reihe nach.

»Hat jemand noch was zu ergänzen, bevor wir uns den Geiern stellen?«

Schweigen.

»Na, dann wünsche ich Ihnen noch einen schönen Sonntag«, sagte Lieblich.

Er erhob sich schwer von seinem Stuhl, die anderen Polizisten ebenso. Ein belangloses Tuscheln erfüllte den Raum. Lieblich ging geradewegs zur Tür, als Hellers Stimme ihn bremste.

»Er sagt, er war es nicht«, murmelte Heller.

Lieblich drehte sich herum.

»Das ist ja wohl nichts Besonderes. Man muss als Mörder schon reichlich blöde sein, um sich noch vor dem Gerichtsurteil ans Messer zu liefern«, sagte Lieblich.

Dasselbe hatte Heller auch schon von Holzinger gehört.

Jetzt nicht, Heller. Holzingers Blick war eine Drohung.

»Und er wollte sich umbringen«, fuhr Heller fort.

Lieblich ging auf Heller zu. Stoppte vor ihm. Sah auf ihn herab.

»Woher wissen Sie das?«

»Ich war dabei. Steht in meinem Bericht vom dreißigsten Oktober.«

»Warum wollte er sich umbringen?«

»Weil er Angst hat. Er hat gemeint, ich hätte keine Ahnung, was hier läuft.«

Lieblich sah Holzinger entnervt an.

»Wieso ist der Bericht nicht in der Akte?«

»Weil er nicht relevant für die Ermittlungen ist«, schaltete sich Manteufel ein. »Und weil es alles Mögliche heißen kann. Dass Gent verzweifelt ist, weil er Angst vor dem Gefängnis hat. Dass er verrückt ist. Solange wir die Gründe nicht kennen, werden wir da kein Fass aufmachen.«

Lieblich schüttelte den Kopf. Dann wandte er sich wieder Heller zu.

»Ist da noch etwas, das nicht in der Akte steht und das ich wissen sollte?«

Heller tastete in seiner Jackentasche nach dem Foto, das er in Heidis Schlafzimmer gefunden hatte und das einen Ausschnitt der Grenze zeigte. Sollte er es herausnehmen? Sollte er Lieblich sagen, dass es vermutlich noch andere Fotos gab? Vielleicht war es besser, es nicht zu tun.

»Bis jetzt nicht«, sagte Heller.

Lieblich nickte und ging wortlos. Manteufel und die Kommissare folgten. Zum Schluss waren nur noch Holzinger und Heller in dem Zimmer.

»Was heißt das, bis jetzt nicht? Hast du noch was?«

Heller schüttelte den Kopf. Eine Weile sahen sie sich prüfend an. Wer würde als Erster den Blick senken? Holzinger. Er bedeutete Heller, sich neben ihn zu setzen.

»Hast du drüber nachgedacht?«

»Worüber?«

»Die Leitung des Kommissariats. Lieblich ist eben-

falls einverstanden. Oberkommissar. Hundertfünfzig
Mark mehr im Monat.«

Heller blätterte in seinem Notizbuch. Er musste seine Hände beschäftigen, sonst hätte er das Foto aus der
Jacke genommen und auf den Tisch gelegt. Aber das
durfte er auch jetzt nicht tun. Da war nämlich immer
noch die Frage, warum Holzinger ihn auf diesem Posten haben wollte.

»Ich weiß, dass es dich in den Fingern juckt. Ich be-
wundere das. Du bist wie ein verdammter Terrier, der
nicht loslassen kann. Den Viechern muss man den Kie-
fer brechen, wenn die sich irgendwo festgebissen haben.
Ich war nie so ehrgeizig. Vielleicht hab ich es deswegen
nicht weiter gebracht. Aber ich kann dir sagen, es gibt
auch eine Verbissenheit, die führt dich geradezu in die
Scheiße. Wir sind hier eine Handvoll Polizisten, die
die Aufgabe haben, Mord und Totschlag aufzuklären.
Alles, was sich jenseits davon abspielt, ist nicht unsere
Sache. Das ist eine andere Gehaltsklasse. Da gibt es eine
Grenze, und ab da sind andere zuständig.«

Er erhob sich, rückte den Stuhl umständlich zurecht.

»Weißt du, Heller, man denkt immer, die guten Jahre kommen noch. Bis du irgendwann merkst, dass da
nichts kommt. Und wenn du dann zurückschaust, verstehst du, dass der ganze Dreck, den du erlebt hast, der
ganze Ärger, die ganzen Enttäuschungen, dass das die
guten Jahre waren.«

Er schlug Heller hart mit der linken Hand auf die
Schulter.

»Ein Haus, dessen dunkelste Winkel hell ausgeleuch-
tet sind, wird unbewohnbar, mein Junge. Ich brauche
eine Entscheidung von dir.«

Bevor Heller noch antworten konnte, stürzte Doll in den Raum. Er trug ein kaum sichtbares Lächeln auf den Lippen.

»Was ist?«, fragte Holzinger.

»Gent.«

»Was ist mit ihm?«

»Hat sich in Moabit erhängt.«

Heller atmete tief ein und hielt einen Moment lang die Luft an, als könnte er damit die Zeit anhalten. Gents Vorhersage, dass er *das hier* nicht überleben würde, hatte sich bewahrheitet.

»Was für ein Zufall, oder?«, sagte Doll.

Heller strich mit den Fingern über die Akte. *Was wir wissen ist ein Tropfen. Was wir nicht wissen, ein Ozean.* Wer hatte das gesagt?

Der riesige rote Klinkerbau in Moabit hatte schon 1919 als Gefängnis für Karl Liebknecht und unter den Nazis für den jetzigen Bundespräsidenten Heinrich Lübke gedient. Außerdem für Tausende Mörder, Vergewaltiger, Einbrecher und Betrüger. Ein Abgrund an Gewalt, Größenwahn und Verzweiflung. Heller meinte, man könnte das spüren. Holzinger hielt das für Spinnerei. Doll reinigte seinen rechten Schuh von Hundekacke.

»Wenn es nach mir ginge, würde ich die Köter allesamt vergiften lassen.«

Holzinger, der Hundenarr, sah ihn entnervt an.

»Zum Glück geht es nicht nach dir.«

Sie mussten fünf Minuten vor dem Eingang in der Straße Alt-Moabit warten, bis sie das Untersuchungsgefängnis betreten durften.

In der Folge von Gents Tod war es zu einem kleinen Aufstand gekommen. Die Insassen hatten bei der Essensausgabe die Zellen verwüstet und mussten erst wieder beruhigt werden, bevor Besucher in das Gefängnis gelassen werden konnten. Der Leiter des Untersuchungsgefängnisses Hartmut Mattusek holte die drei Polizisten persönlich am Eingang ab. Er war klein und schmächtig, schlurfte beim Gehen und wirkte müde. Auf dem Weg zu seinem Büro wurde kein Wort gesprochen. Endlose Gänge, in denen ferne Rufe widerhallten. Sie klangen wütend, manche boshaft. Bevor Mattusek die Tür zu seinem kargen Büro schloss, bat er seine Sekretärin um Kaffee und vier Tassen.

»Nehmen Sie bitte Platz«, sagte er.

Vor seinem Schreibtisch standen zwei Stühle, deren Polster durchgesessen waren. Holzinger und Heller folgten der Aufforderung. Doll blieb stehen. Die Wände waren hellgrün gestrichen. Der Aktenschrank war mit Ordnern vollgestellt. Auf einem kleinen Tisch neben dem Schreibtisch ruhte eine Olympia-Schreibmaschine aus Vorkriegszeiten. Das Foto des Bundespräsidenten hing schief. Eine tiefe Melancholie hatte sich in den Räumen eingenistet.

»Es ist eine Katastrophe«, sagte Mattusek. »Schon der Vierte seit Dezember letzten Jahres. Manchmal ist es wie eine Seuche.«

»Was wissen Sie über den Vorfall?«, fragte Holzinger.

»Einer unserer Beamten hat Gent gegen zwölf Uhr dreißig leblos in den Waschräumen gefunden.«

»Das sehen wir uns mal an.« Holzinger erhob sich und ging zur Tür.

Mattusek war einen Moment lang verwundert. Vermutlich war er es nicht gewohnt, dass jemand außer ihm Anweisungen gab. Bevor die Sekretärin den Kaffee bringen konnte, verließen sie das Büro und gingen in den Zellentrakt. Marschierten erneut endlose Gänge entlang, passierten vergitterte Türen, die Mattusek auf- und wieder abschließen musste. Die grün gestrichenen Zellentüren links des Ganges waren aus Holz und mit Eisen armiert.

»Wie viele sind derzeit inhaftiert?«, fragte Heller.

Es dauerte einen Moment, bis Mattusek antwortete. So als ob sein Gehirn zwischen zwei Sätzen kurz abschalten würde.

»Tausendzweihundertvierzehn, davon vierzig Frauen.«

»Mit wem von denen hatte Gent Kontakt?«

Wieder die Pause.

»Nur ein paar. Beim Duschen.«

Es roch faulig und schimmlig, als wäre in den Duschräumen seit Wochen nicht mehr sauber gemacht worden. Die Wände waren gelb gefliest, aus der Decke ragten zwölf Duschköpfe. Ein vergittertes Fenster stand weit offen. Gedämpft drang der Lärm der Stadt herein. Klaus Gent lag nackt seitlich auf dem gefliesten Fußboden des Waschraumes. Der Bereich war von den Justizbeamten abgesperrt worden. Um Gents Hals war ein dünnes Seil geschlungen. Direkt neben seinen Füßen befand sich ein dreibeiniger Schemel. Er war auf die Seite gekippt.

Ein Justizvollzugsbeamter stand neben der Leiche. Seine Uniform hing an ihm herunter, als müsste er erst noch in sie hineinwachsen. Seine Haare waren fettig, aber ordentlich nach hinten gekämmt.

»Sie haben Klaus Gent gefunden?«, fragte Holzinger.

Der Beamte nickte. Er vermied dabei, die Polizisten anzuschauen. Er sah auch nicht auf die Leiche. Sein Blick war auf seine Hände gerichtet.

»Da lag er so wie jetzt?«

»Nein. Er hing.«

»Was haben Sie dann gemacht?«

»Das Seil abgeschnitten. Ich hab ja nicht gewusst, ob er noch lebt.«

»Wo ist eigentlich die Spurensicherung?«, fragte Doll, ohne jemanden anzusehen. Er erhielt keine Antwort.

Heller trat näher an Gent heran. Es waren keine Spuren von Gewaltanwendung zu erkennen. Lediglich eine leichte Schwellung an Gents Hinterkopf.

»Was ist passiert?«, fragte Holzinger.

»Laut Aussagen von drei Häftlingen, die zusammen mit Gent geduscht hatten, war er noch etwas länger in dem Duschraum geblieben. Er hat wohl irgendwoher ein Seil gehabt, damit muss er sich erhängt haben«, sagte der Beamte.

»Und wie soll das gehen?«

Der Beamte schaute Hilfe suchend zu Mattusek. Mattusek hob die Schultern und ließ sie müde wieder fallen.

»Er hat den Schemel benutzt.«

Mattusek nahm den Schemel und wollte ihn neben Gents Füße stellen.

»Liegen lassen«, herrschte Holzinger den Mann an. Dann wandte er sich an den Beamten, der Gent gefunden hatte.

»Wie heißen Sie?«

»Ich bin seit zwanzig Jahren hier im Dienst. So was hab ich noch nie erlebt.«

»Wie Sie heißen.«

»Schlosser.«

»Wo waren Sie, als es passiert ist?«

»Vor dem Duschraum. Weil ein Häftling randaliert hat.«

»Wir haben in Gents Zelle einen Brief gefunden«, sagte Mattusek.

Holzingers Blick erzählte davon, dass er den Gefängnisleiter am liebsten unter die Dusche stellen würde, damit er aus seinem Halbschlaf aufwachte.

»Und wo ist der?«

»In meinem Büro.«

Es wurde nicht besser. Der Justizvollzugsbeamte wurde noch für den Abend in die Keithstraße bestellt, wo er eine Zeugenaussage machen sollte. Holzinger befahl den Abmarsch.

Der Brief steckte in einem verschlossenen Umschlag. Holzinger las laut vor.

Ich bin kein guter Mensch. Ich weiß es. Kein guter Ehemann und kein guter Vater. Der Tod von Heidi hat mich kaltgelassen. Ich hab nichts gespürt. Ich weiß, warum. Weil sie mich belogen und betrogen hat. Die Nutte. Zwölftausend Mark. Jetzt denkt die Polizei, dass ich sie umgebracht hab. Doch das stimmt nicht. Ich hab sie nicht umgebracht. Aber ich weiß auch nicht, wer es war. Nur die Kinder hab ich weggemacht. Ich hab es nicht ausgehalten, dass sie weinen. Jetzt bin ich im Gefängnis. Wenn ich rauskomme, werde ich bei der Bahn entlassen, das weiß ich. Die wollen keinen, der mit der Polizei zu tun hat. Deswegen hat es keinen Sinn mehr, dass ich weiterlebe. Gott wird mir verzeihen. KG

Holzinger guckte Mattusek skeptisch an. Dann gab er den Brief an Doll weiter.

»Fahr zu Mazur, schau nach, ob es noch andere Schriftstücke von Klaus Gent gibt.«

»Wieso?«

»Weil ich wissen will, ob das seine Handschrift ist.«

»Was für eine Handschrift soll es denn sonst sein.«

»Mach es einfach!«

Holzinger war laut geworden. Man sah ihm an, wie sehr er sich zusammenreißen musste. Hier tat sich ein Morast auf, in dem sie langsam, aber sicher zu versinken drohten. Während Doll sich auf den Weg machte, vernahmen Holzinger und Heller die drei Insassen, die zusammen mit Gent in dem Duschraum gewesen waren. Sie hatten nichts gesehen. Allerdings, so sagte einer der drei, sei Gent davon überzeugt gewesen, dass er beim Prozess freigesprochen und anschließend reich sein würde. Er hätte Fotos erwähnt. Welche das waren, wussten die Untersuchungshäftlinge nicht.

Als die Vernehmung beendet war, traf Schubert endlich in Moabit ein. Er hatte sich verspätet, weil alle Wagen im Einsatz waren. Daraufhin hatte er ein Taxi genommen. Die Quittung drückte er Holzinger in die Hand.

Holzinger und Heller verließen das Gefängnis. Die Sonne brach durch einen Spalt in der Wolkendecke. Heller empfand das als höhnischen Kommentar.

»Das ist eine Finte. Den Brief hat Gent nie und nimmer selbst geschrieben«, sagte er. »Es war kein Selbstmord.«

»Und woher weißt du das so genau?«, fragte Holzinger.

»Die Zeugenaussagen, dass Gent geprahlt hat, er würde reich werden, wenn er rauskommt. Der Schemel. Das Holz ist trocken. Wenn der von Anfang an da gestanden hätte, wäre er vom Duschen nass geworden. Den hat jemand nachträglich da hingelegt.«

Holzinger winkte den Mercedes herbei, der sie zurück in die Keithstraße bringen sollte. Während der Fahrt schwiegen sie. Meistens, so lautete eine alte Polizeiweisheit, führen die einfachen Erklärungen zur Lösung eines Falles. Aber wie passte das alles zusammen? Heidi Gents Tod, die zwölftausend Mark auf dem Sparbuch, der BMW, der in der Dallgower Straße gesehen worden war, Heidis Arbeit für Horst Mahler, das Verschwinden ihrer Kinder und Klaus Gents angeblicher Selbstmord.

»Wenn Schubert nichts findet, das auf Fremdeinwirkung schließen lässt, und wenn die Rechtsmedizin derselben Meinung ist, wird die Akte geschlossen«, sagte Holzinger. »Die Staatsanwaltschaft kann dann entscheiden, wie es weitergeht.«

»Das ist nicht dein Ernst«, sagte Heller entsetzt. Sie waren meilenweit davon entfernt, den Fall abschließen zu können.

»Das ist mein voller Ernst.«

»Und was ist mit dem Schemel?«

»Der ist aus Fichte. Fichte trocknet schnell.«

Fichte trocknet schnell? Was wollte Holzinger ihm da erzählen?

»Falls du nicht noch andere Spuren hast, Indizien, Zeugen, die uns sagen, dass jemand anders Heidi Gent umgebracht hat, bleibt es dabei. Gent hat kein Alibi für die Tatzeit. Er wollte die zwölftausend von dem Sparbuch haben. Er hat seine Frau verprügelt und dann mit einem Messer auf sie eingestochen. Was willst du mehr?

Und weil er gewusst hat, dass er für zwanzig Jahre in den Bau geht, hat er sich vorher verabschiedet.«

»Und die Kinder?«, fragte Heller.

»Die sind jetzt Menzels Fall. Morgen Mittag hab ich deinen Abschlussbericht auf dem Tisch. Schönen Sonntag noch.«

Mehr kam nicht.

Heller fuhr nach Hause.

Der Kachelofen im Wohnzimmer qualmte mal wieder. Wie immer, wenn ein Tiefdruckgebiet auf den Schornstein drückte. Paula musste die Fenster schließen, damit ein Zug zustande kam. Obwohl dann das Zimmer voller Rauch war. Sie fluchte, weil sie sich schon ausgehfertig gemacht hatte. Die Haare toupiert, Rouge und Eau de Toilette aufgelegt und ihr bestes Kleid angezogen. Bei Woolworth für achtzehn Mark im Sonderangebot. Sie strahlte wie eine Königin, die sich herabgelassen hatte, ihre Untertanen zu erfreuen. Das hatte Heller irgendwann mal zu ihr gesagt, und sie hatte den Kopf geschüttelt. Komplimente waren ihr offensichtlich peinlich. Sie verunsicherten sie, das mochte sie nicht. Vielleicht dachte sie aber auch nur, sie habe Komplimente nicht verdient. Ihr Selbstbewusstsein ankerte nicht besonders tief.

»Gehst du aus?«, fragte Heller.

»Du hast es vergessen«, sagte sie.

Natürlich hatte er es vergessen. Er war so sehr in den Fall Heidi Gent eingetaucht, dass alles um ihn herum verschwand.

»Die *Wühlmäuse*!«

Paula war über Siemens billiger an Karten für das Kabarett in der Nürnberger rangekommen. Sie hatte ihn eingeladen. Vorher wollte sie mit ihm noch in einem chinesischen Lokal essen gehen. Pekingente. Es sollte eine Art Gegenleistung für den Fernseher und das Fahrrad sein. Aber es war ja noch nicht zu spät. Wenn er sich beeilte, konnte er es noch schaffen. Waschen, rasieren, frische Unterwäsche, sauberes Hemd. Alles zusammen eine Viertelstunde. Dann war er so weit.

»Wo sind die Kinder?«, fragte er.

»Willst du sie mitnehmen?«

»Nein, aber lässt du sie alleine hier, während wir weg sind?«

»Sie sind bei Frau Bertold.«

Er nickte. Paula lächelte. Es gefiel ihr, dass er an Astrid und Jochen dachte. Weil es ein weiteres Zeichen dafür war, dass er vielleicht doch der Richtige sein könnte. Obwohl er die Kinder nachts zu einem Einsatz mitgenommen hatte. Sie wusste es, Jochen hatte es ihr voller Stolz erzählt. Und obwohl er nachts noch verschwunden war, nachdem sie miteinander geschlafen hatten. Sie hatte sich gefragt, wohin er wohl gefahren war. Sie war sogar in sein Zimmer gegangen, um zu sehen, ob es irgendwo in den Schubladen Bilder einer anderen Frau gab. Aber sie hatte nur Fotos seiner Mutter gefunden. Bestimmt schlief er mit anderen Frauen. Er sah ja gut aus, war so ein Typ, auf den Frauen standen. Stark, kinderlieb, zärtlich. Mit einem Geheimnis, das ihn interessant machte und das eine Frau unbedingt lüften wollte, um ihn zu erlösen.

Er hatte in den drei Jahren, die er bei ihr wohnte, nur einmal ein Mädchen mit nach Hause gebracht. Sie hatte ihm am nächsten Morgen sofort gekündigt, weil sie keine Lust hatte, wegen Kuppelei ins Gefängnis zu kommen. Er hatte sich entschuldigt und versprochen, keine Frauen mehr mit in die Wohnung zu bringen. An dieses Versprechen hatte er sich seitdem gehalten.

Sie fuhren mit dem Taxi zum Restaurant *San Lingnan,* das vor Kurzem unweit der Gedächtniskirche eröffnet hatte. Das Lokal war gut besucht. Ein kitschiger Tempel mit rot tapezierten Wänden, roten Stühlen und großen Tafeln, auf die furchterregende Drachen gemalt waren. Der Kellner, der sie mit einer tiefen Verbeugung begrüßte, bat sie, ihm zu folgen, und führte sie an einen Tisch neben der Toilette. Es war nicht das, was Paula sich vorgestellt hatte. Sie bat um einen anderen Tisch, insistierte eine Weile, und schließlich durften sie am Fenster Platz nehmen. Heller war beeindruckt. Die Speisekarten waren in roten Stoff eingeschlagen, neben den Namen für die Gerichte stand eine genaue Beschreibung, woraus sie bestanden.

»Ente Peking soll gut sein«, sagte Paula. »Meine Kollegin Bärbel war schon mal hier.«

Heller nickte, blätterte in der Karte vor und zurück.

»Magst du chinesisch?«, fragte Paula.

»Keine Ahnung, hab ich noch nie gegessen. Du?«

»Ich auch nicht.«

Sie lächelten.

Es wurde die Ente Peking.

»Bärbel sagt, das ist das chinesische Nationalgericht. Das Rezept ist fünfhundert Jahre alt, oder noch mehr.«

»Hoffentlich ist die Ente jünger.«

Bier wurde gebracht, und sie hielten sich an den Gläsern fest. Es wollte kein Gespräch aufkommen. Obwohl sie sonst immer ein Thema fanden, über das sie sich unterhalten konnten, waren sie jetzt von einer eigenartigen Beklemmung befallen. Paula versuchte es mit Hertha BSC, dann mit Autos, dann mit dem Osten. Eigentlich wollte sie ihn fragen, was die eine Nacht für ihn bedeutete, aber er schien weit weg zu sein.

»Gefällt es dir hier nicht?«

Heller sah sie an, als würde er seine Gedanken zurück an den Tisch befehlen müssen.

»Ich hab dir von den Kindern erzählt, die letzten Donnerstag verschwunden sind.«

»Ich hab's auch im Telegraf gelesen.«

»Der Vater ist heute im Knast in Moabit ums Leben gekommen.«

Ein zweites Bier wurde auf den Tisch gestellt. Heller starrte das Glas an.

»Ist das der, zu dem du Astrid und Jochen gestern Nacht mitgenommen hast?«

Heller sah überrascht von seinem Bier hoch. Sie wusste davon.

»Wenn du das noch mal machst, schmeiße ich dich raus«, sagte sie fast tonlos. Ihr Blick war kalt und kam aus einer fernen, mitleidlosen Vergangenheit.

»Es war völlig harmlos.«

»Jochen hat gesagt, da war ein Mann mit einer Pistole.«

»Das war mein Chef.«

»Dein Chef?«

Die Temperatur am Tisch fiel um mehrere Grad.

»Es hätte ihnen alles Mögliche passieren können. Sie hätten verletzt werden können. Sie hätten sterben können. Es sind meine Kinder. Sie sind alles, was ich habe. Und ich will nicht, dass irgendjemand sie nachts aus dem Bett holt und für seine Arbeit benutzt. Hast du das verstanden?«

Heller wollte zu einer Erklärung ansetzen, schüttelte aber nur den Kopf. Es war ein Fehler gewesen. Jeder würde es so sehen.

»Du hast recht. Es hätte ihnen was passieren können. Und ich hab nicht nachgedacht.«

»Warum hast du das gemacht? Sonst bist du nicht so. Du kümmerst dich um sie. Bringst ihnen Fahrradfahren bei.«

Sie schwiegen. Sie saßen in einem chinesischen Lokal und waren zugleich ganz woanders. In einer Gegend voller Vorwürfe, Schuld, Verteidigung, Enttäuschung. Irgendwie mussten sie wieder zurückkommen.

»Ist es wegen den verschwundenen Kindern?«, fragte Paula.

»Vielleicht. Aber das hat sich jetzt ohnehin erledigt. Die Ermittlungen sind abgeschlossen. Ich leg morgen meinen Bericht vor, die Akte geht an die Staatsanwaltschaft, und die stellt den Fall ein. Tut mir leid, dass ich Astrid und Jochen da hineingezogen habe.«

Paula nickte. Sie nahm die Entschuldigung an und schien ihm seine Reue zu glauben.

Als die Pekingente serviert wurde, schwiegen sie wieder. Der Kellner zerteilte sie am Tisch. Es gab dazu Sojasauce, Lauch, Gurken und Pfannkuchen. Paula sah zu, wie er aß. Konzentriert und aufmerksam. Sie wusste nicht viel über seine Arbeit, weil er kaum darüber sprach. Er dürfe das nicht, hatte er gesagt. Aber wenn er seine Arbeit so gründlich machte, wie er aß, dachte sie, dann konnte er doch jetzt nicht einfach aufgeben.

»Für dich ist der Fall noch nicht abgeschlossen, oder?«

»Beobachtest du mich, wie ich esse?«

»Ja.«

»Doch, der Fall ist abgeschlossen.«

»Ich würde mich fragen, was mit den Kindern ist.«

»Dafür ist jetzt eine andere Inspektion zuständig.«

»Ich sage ja auch nur, dass ich es mich fragen würde.«

»Ja.«

»Du hast Jochen erklärt, wie wichtig es ist, dass man nicht aufgibt.«

Sie spürte, wie er mit sich rang. Schließlich legte er Messer und Gabel beiseite.

»Was willst du von mir?«

Sie aß weiter. Jetzt war er es, der sie beobachtete.

»Ja, ich will was von dir«, sagte Paula nach einer Weile. »Ich will, dass du selbst das tust, was du den Kindern erzählst.«

Später bestellte sie die Rechnung. Heller griff nach seinem Portemonnaie, aber Paula bestand darauf, dass es ihre Einladung war. Weil noch Zeit war, schlenderten sie über den Tauentzien, betrachteten die Auslagen bei Goldpfeil, Mädler und dem Kaufhaus des Westens. Standen auf der Fußgängerbrücke und betrachteten die große Werbetafel des *Royal Palast*. *Man lebt nur zweimal* mit Sean Connery. Die Eisbahn im Europacenter war wegen Überfüllung geschlossen. Als sie nach einer Weile die *Wühlmäuse* erreichten, blieb Heller plötzlich stehen. Schräg gegenüber lag das *Eldorado,* ein Lokal, das von Homosexuellen frequentiert wurde.

»Was ist?«, fragte Paula.

»Das da drüben ist ein Club, in dem Schwule verkehren.«

»Willst du lieber da rein?« Sie schmunzelte.

»Der Mann vor der Tür. Der war vor Kurzem in der Keithstraße.«

»Und?«

»Nicht wichtig.«

Paula zog einen nachdenklichen Heller ins Kabarett. Sie sahen sich das Stück an. Dieter Hallervorden konnte Grimassen schneiden, als wäre sein Gesicht aus Gummi. Dann nahmen sie eine Taxe nach Hause. Sie nutzten die Gelegenheit und schliefen wieder miteinander. Diesmal floh Heller nicht. Er blieb liegen und starrte an die Decke.

»Was denkst du?«, fragte sie ihn.

»Dass ich noch mal zu Photo Porst gehen muss. Der Angestellte, der den Film entgegengenommen hat, soll morgen zurück sein. Vielleicht weiß der, wo das Foto aufgenommen worden ist und was auf den anderen Bildern drauf ist. Und das erzählt mir vielleicht, wieso jemand Heidis Wohnung durchsucht hat.«

Sie blickte ihn an, während er die Augen schloss. Im Halbschlaf murmelte er etwas von einem Holzinger und dass etwas zum Himmel stank. Paula strich ihm über den Kopf. Dann schlief auch sie ein. In Hellers Arm.

Drei

Montag, 4. November

Seit acht Uhr drängen sie sich in den Straßen rund um das Landgericht. Tegeler Weg, Osnabrücker Straße, Brahestraße. Ein wildes Tier mit Hunderten Beinen und Hunderten Armen, das ungeduldig darauf wartet, loszustürmen und alles niederzutrampeln, was sich ihm in den Weg stellt. Niemand sagt ein Wort. Es ist die berühmte gespenstische Ruhe vor dem Sturm. Zumindest nach außen hin. Innendrin dreht sich in jedem von ihnen ein Karussell aus Euphorie, Wut und Zweifeln. Louise steht ganz vorne. Sie hat sich ein Tuch vors Gesicht gebunden, das sie mit Zitronensaft getränkt hat, falls die Polizei wieder Tränengas einsetzt. Ihre Beine zittern. Sie ist so aufgeregt, dass sie glaubt, sie wird im nächsten Moment umkippen. Ihr Blick huscht nach links und rechts. Um sie herum ist es nicht anders. Man nickt sich mit zusammengepressten Lippen zu, macht sich Mut und versucht, die eigene Angst so wenig wie möglich zu zeigen. Jetzt muss sie schon wieder pinkeln, obwohl sie sich bereits zweimal hinter einen Baum gehockt hat. Aber um noch einmal irgendwo zu verschwinden, ist es zu spät. In wenigen Augenblicken wird jemand das Kommando zum Sturm geben.

Sie haben den ganzen Sonntag damit verbracht, Waffen zu organisieren. Eisenstangen, Stöcke, Holzlatten,

Ketten. Einige Studenten haben Farbeier, Kanonenschläge, Leuchtkugeln und Pyrotechnik in ihren Rucksäcken. Die in den vorderen Reihen tragen Motorradhelme auf dem Kopf. Mit den Mollis hat es doch nicht geklappt, weil der Staatsschutz am Sonntagabend überraschend in der Wielandkommune aufgetaucht ist, die Wohnung durchsucht und vierundzwanzig Flaschen mit Benzin und Petroleum beschlagnahmt hat. Sogar den Film, in dem gezeigt wird, wie man Farbeier herstellt und die Sperrgitter, die die Polizei vor dem Landgericht aufgebaut hat, auseinanderziehen kann, haben sie beschlagnahmt. Und Bücher und Flugblätter. Die Personalien haben sie auch aufgenommen.

Wieso sagt niemand, dass es losgeht, denkt Louise. *Haben die Angst, dass wir nicht genug sind?*

Es sind statt der erwarteten zehntausend nur tausend Demonstranten erschienen, darunter tatsächlich ein paar Lehrlinge und sogar fünfzig Rocker aus dem Märkischen Viertel. Der »Ermittlungsausschuss« der ASten von FU und TU hat die Hausfrauen, Arbeiter, Schüler, Studenten zur Solidarität aufgerufen. Niemand von denen ist gekommen. Aber das ist nicht tragisch. Die tausend, die sich jetzt rund um das Landgericht scharen, sind wild entschlossen, der Polizei und dem Senat eine krachende Niederlage zu bereiten. Detlev hat nämlich inzwischen einiges über Kriegstaktik gelesen. Über Kessel und Flanken und das ganze Zeug und dass der Alte Fritz Schlachten gewonnen hat, in denen er zahlenmäßig unterlegen gewesen war. Deswegen haben sie zwei Gruppen gebildet. Die eine ist auf dem Tegeler Weg südlich des Landgerichts postiert, während die zweite Gruppe in der Osnabrücker Straße bereitsteht. Kleine Einheiten von zehn, zwölf Studenten sollen schnell aus den Seitenstraßen vorstoßen, die Polizisten in den Flanken angreifen und sich dann ebenso schnell wieder zurückziehen. Und dann gibt es noch die Gruppe *Che Guevara*, die den Auftrag hat, von der Brahestraße her über die Herschelstraße in das Landgericht einzudringen und Feuer zu legen.

»Gleich geht's los«, ruft jemand von der Spreeseite her. Einige Studenten sitzen auf den Sperrgittern und tun so, als würden sie sich langweilen. Die Bullen in Sicherheit wiegen, lautet ihre Aufgabe. Louise sieht zum Landgericht hin. In einem Saal im zweiten Stock des Kammergerichts wird zwischen halb neun und zwölf der Ausschlussantrag der Generalstaatsanwaltschaft gegen den Rechtsanwalt und Apo-Aktivisten Horst Mahler verhandelt. Würde er ausgeschlossen, würden sie ihren wichtigsten Rechtsbeistand verlieren. Bakunin hat Louise erzählt, dass der Anwalt vom Mahler derselbe Typ ist, der die Wieland 13 an sie vermietet. Louise ist Otto Schily einmal begegnet. Er war ihr nicht besonders sympathisch gewesen. Eben ein bürgerlicher Anwalt.

»Schaut mal da vorne!«, ruft ein Kommilitone.

Er deutet in nördliche Richtung, wo Polizisten die Hamburger Gitter beiseiteräumen, um einen Lkw durchzulassen.

»Das ist der mit den Pflastersteinen. Mann, sind die Bullen dämlich.«

Sie lachen. Auch Louise lacht. Und zugleich hat sie Angst, dass die Demo völlig aus dem Ruder läuft. Die Polizisten machen eine Gasse frei. Der Lkw hält hinter dem Pulk der Demonstranten an. Die Plane wird hochgehoben und zeigt einen Haufen Pflastersteine. Einige

Demonstranten klettern auf die Ladefläche. Jemand gibt das Signal zum Angriff. Und schon geht ein furchtbarer Regen aus Steinen auf die Polizei und die Wasserwerfer nieder. Die Polizisten sind völlig überrascht. Sie haben mit dieser Militanz nicht gerechnet. Die ersten zwei Reihen rennen um ihr Leben. Weg von dem Steinhagel. Die meisten haben lediglich diese lächerlichen Tschakos auf den Köpfen. Imposante Pappmützen, aber keine Helme, die sie schützen können. Regenmäntel, Halbschuhe, Hemden mit Krawatten. Sie sind nicht auf das vorbereitet, was jetzt auf sie zustürmt.

»Hier ist die Hölle los. Steine fliegen«, schreit ein Polizist, der unweit neben seinem VW-Käfer steht, das Mikrofon seines Funkgeräts in der Hand.

»Jetzt! Wir marschieren!«, brüllt jemand von hinten.

Ein Ruck geht durch die Menschenkette. Louise läuft los, gezogen von denen, die sie rechts und links untergehakt haben, geschoben von den Reihen hinter ihr. Sie stürmen auf die Gitter zu. Rufen *Ho, Ho, Ho Chi Minh.* Und *Nieder mit der Klassenjustiz! Hände weg von Mahler!*

Aus einem Polizei-Lautsprecher werden sie aufgefordert, die Umgebung des Gerichtsgebäudes zu verlassen. *Ho, Ho, Ho Chi Minh.* Weil die Polizisten sich immer weiter zurückziehen, können sie die Gitter aus den Verbindungsstücken herausheben und beiseiteziehen. *Ho, Ho, Ho Chi Minh.* Weiter. Weiter. Auch wenn Louise und die Demonstranten neben ihr von dem harten Strahl eines Wasserwerfers getroffen und zu Boden gedrückt werden.

Die Polizisten haben sich von dem ersten Angriff erholt, wieder gesammelt und schlagen nun mit den Gummiknüppeln auf die Demonstranten ein. Louise hält die Arme schützend über den Kopf. Ein Schlag trifft sie am rechten Ellbogen. Sie schreit auf. Der junge Polizist, der sie geschlagen hat, erschrickt. Er stammelt etwas, das wie *Entschuldigung* klingt. Er will ihr die Hand reichen, damit sie aufstehen kann. Im selben Moment trifft ihn ein Pflasterstein mitten im Gesicht. Er bricht zusammen, Blut fließt aus einer Wunde an seiner Stirn. Louise will ihm helfen, wird aber von anderen weggezogen.

»Wir müssen zurück«, schreit jemand. *Ho, Ho, Ho Chi Minh.*

»Nein, ich muss ihm helfen.«

Louise reißt sich los. Sieht den Demonstranten an, der sie immer noch an der Jacke festhält. Er starrt an ihr vorbei auf den Knüppel, der ihn am Hals trifft. Er fällt und reißt Louise mit sich. Ein unfassbares Tohuwabohu. Demonstranten und Polizisten steigen über Louise hinweg, treten ihr auf Hände, Beine, Rücken, auf den Kopf. Sie blutet aus einer Wunde, die sie nicht finden kann. Kriecht auf allen vieren vorwärts, während um sie herum geschrien und geschlagen wird. *Ho, Ho, Ho Chi Minh.* Erneut spritzt die waagerechte Fontäne eines Wasserwerfers über die Straße, und die Tücher über den Gesichtern der Demonstranten haben endgültig ausgedient. Steine zerschlagen die Reihen der Polizisten, treffen sie an Köpfen und Armen. Einige fallen und bleiben liegen. Kollegen packen sie an den Armen und ziehen sie hinter die Mannschaftswagen. Das Tuch, das Louise sich vors Gesicht gebunden hat, ist heruntergerutscht. Ihre Augen brennen vom Tränengas. Aber sie kann sehen, wie ein Demonstrant den riesigen Wasserwerfer erklimmt und die Kanone gegen die Polizisten richtet. Andere versuchen, mit Stangen die Schutzgitter vor den Wagenfenstern herauszubrechen und die Fahrzeugtüren gewaltsam zu öffnen. Der Wasserwerfer fährt rückwärts, bremst hart, schüttelt die Demonstranten ab. Sofort klettern sie wieder hoch. Gefolgt von Polizisten, die auf sie eindreschen.

Endlich ist genug Platz, dass Louise sich aufrichten kann. Blut rinnt ihr übers Gesicht, in die Augen, auf die Lippen. Ihre Zunge schmeckt Eisen. Ein seltsames Klappern hinter ihr. Als sie sich herumdreht, sieht sie Pferde und weiß nicht, ob sie halluziniert. Eines davon galoppiert auf sie zu. Ohne Reiter. Louise bleibt wie hypnotisiert stehen. Nur noch wenige Meter. Ein Demonstrant wirft eine Stange nach dem Tier. Genau zwischen die Vorderbeine. Das Pferd bäumt sich auf, stolpert. Louise kann das Brechen der Knochen hören, als wären es ihre eigenen. Im Fallen reißt das Tier die Augen auf. Ein entsetzter Blick, dann liegt es auf der Seite, und die Beine zucken.

Sie taumelt, ohne zu wissen, wohin. Das Beste ist, aus dem Getümmel herauszukommen und über die Osnabrücker und die Mierendorffstraße zurück zur Schlossbrücke zu laufen. Doch kaum ist sie in die Seitenstraße eingebogen, stolpert und stürzt sie auf ein Meer aus Pflastersteinen, reißt sich die Handflächen und Knie auf. Weil sie nun die Orientierung verloren hat, biegt sie nach links ab in die Herschelstraße. Geht wie in Trance den Bürgersteig entlang. So als würde sich all das, was um sie herum geschieht, in einer anderen Zeit abspielen.

»Louise!«

Jemand ruft nach ihr. Sie schaut sich um.

»Louise!«

Es ist Bakunin. Er versucht zusammen mit ein paar anderen Maskierten, durch die Fenster im ersten Stock ins Landgericht einzusteigen. Sie haben Leitern an die Mauer gestellt. Jetzt kommt er auf sie zugelaufen.

»Bist du verletzt?«

Er sieht das Blut in ihrem Gesicht, auf den Händen, den Beinen.

»Scheiß Bullen«, schreit er.

»Ist nicht so schlimm«, sagt Louise.

»Wie sieht's vorne aus?«

»Ich weiß nicht.«

»Auf jeden Fall kriegen die Bullen ganz schön was auf die Fresse. Rolli sagt, die kommen jetzt von Norden. Das müssen zwei oder drei Züge sein. Egal. Wir sind bald drin.«

Einer der Maskierten ruft nach Bakunin.

»He, was ist? Worauf wartest du?«

»Ich komme.«

Schon lässt er von Louise ab und läuft zurück. Sie beobachtet noch, wie er eine Fensterscheibe einschlägt, und dann ist er nicht mehr zu sehen.

Sie weiß nicht, ob sich das Ganze wirklich so ereignet oder ob es sich nur in ihrer Fantasie abspielt. Will er wirklich das Landgericht in Brand setzen? Da sind Menschen drin. Nicht nur Richter und Staatsanwälte und Bullen. Auch ganz normale. *Ho, Ho, Ho Chi Minh,* ruft eine ängstliche Frauenstimme.

Louise geht zurück. Immer noch fliegen Steine. Nicht nur von den Demonstranten, auch von den Polizisten, die sich nicht mehr anders zu helfen wissen. Über die Osnabrücker in die Kamminer Straße. Sie wankt über die Schlossbrücke. Ein Ausflugsboot durchquert das Bild. Von da hatten Rolli und Dirk die Mollis schmeißen wollen. Jetzt stehen die Passagiere an der Reling und glotzen, als würde es sich um ein für sie inszeniertes Schauspiel handeln. Ein Demonstrant rempelt sie an. Sie kennt ihn von den SDS-Versammlungen im Audimax. Aber sie kann sich nicht an seinen Namen erinnern. Eine alte Frau schaut aus einem Fenster herab.

»Euch sollte man alle vergasen«, ruft sie.

Diesmal gab es in der Potsdamer Straße einen Parkplatz direkt vor Photo Porst. Heller musste allerdings ein paar Minuten warten, bis der Laden öffnete. Er wusste, an einem Montagmorgen nahm man es in der Potse mit der Zeit nicht so genau. Das Wochenende war für die Bewohner anstrengend gewesen. Wie alle Wochenenden in Berlin. Heller lehnte an seinem Karmann-Ghia, zündete sich eine Zigarette an und betrachtete das Treiben in der ehemaligen Reichsstraße 1.

Die beiden Bordsteinschwalben, die er bei seinem ersten Besuch angetroffen hatte, waren noch nicht wieder im Dienst. Ein Bus der Linie A 48 hielt an und lud einen Schwarm Angestellte aus, die sich auf die umliegenden Büros und Geschäfte verteilten. Heller dachte, die Straße würde brummen. Aber es war das Blut in seinem Kopf. Musik wurde herbeigeweht. Er kannte den Song. *Pleased to meet you. Hope you guess my name.* Heller suchte nach der Quelle und fand sie auf der anderen Straßenseite. Die Fenster im dritten Stock eines Hauses waren weit geöffnet. Zwei junge Männer hielten ein Betttuch heraus. *Dieses Haus wird besetzt,* stand darauf geschrieben. Rote Buchstaben, rechts eine geballte

Faust, links Hammer und Sichel. Heller fragte sich, was damit gemeint war. Wollten die das Haus einfach so zu ihrem Eigentum erklären? Einer der Männer streckte der Potsdamer Straße den Mittelfinger entgegen.

Als Heller hörte, wie hinter ihm jemand an der Ladentür rüttelte, trat er die Zigarette auf dem Kopfsteinpflaster aus. Die Porst-Angestellte bückte sich mit dem Rücken zu ihm. Sie trug einen langen Pelzmantel, der schon bessere Zeiten gesehen hatte.

»Sie sind Rita Renée?«, fragte Heller.

»Wer will'n das wissen?«

Rita drehte sich herum, Heller zeigte seine Marke und staunte. Rita hatte nicht nur eine ziemlich tiefe Stimme, sondern auch einen rotblonden Oberlippenbart, und das lange, ebenfalls rotblonde Haar war eine Perücke, außerdem waren die Stöckelschuhe vermutlich jenseits von Größe vierundvierzig.

»Oh. Ein Ordnungshüter«, sagte Rita und schürzte die Lippen, als wollte sie Heller einen Kuss anbieten. »Dabei klingst du, als wärst du einer von diesen borstigen Immobilienhaien. Komm rein. Um was geht's denn, Schätzchen?«

Rita zog die Rollläden hoch und verschwand durch einen Vorhang im hinteren Teil des Ladens.

»Bin gleich für dich da!«, flötete sie.

Heller wartete. Rita fluchte aus dem Hintergrund irgendwas in Zusammenhang mit Papier. Dann war die Toilettenspülung deutlich zu hören. Als Rita kurz darauf zurückkam, waren ihre Hände feucht. Unwillkürlich starrte Heller die Hände an. Rita bemerkte es.

»Wir benutzen Papiertücher zum Händeabtrocknen. Jetzt sind schon wieder keine mehr da. Der Kerl, der mich hier vertritt, sollte welche kaufen. Aber der ist dumm wie Stroh. IQ auf Zimmertemperatur, wenn du verstehst, was ich meine. Es ist heutzutage ja so schwer, gutes Personal zu bekommen, findest du nicht auch?«

Sie setzte eine Fünfzigerjahre-Brille auf und betrachtete das Foto, das Heller auf die Theke gelegt hatte.

»Was ist damit?«

»Können Sie sich daran erinnern?«

»Ja, natürlich. Das war ein Film mit lauter grauenhaften Fotos. Schade um das Material. Immer nur Zäune.«

»Sonst nichts? Nur Zäune?«

»Nur Zäune. Zäune, Zäune, Zäune, Zäune.«

Heller wusste nicht so recht, wie er auf Rita reagieren sollte.

»Okay«, sagte er ein wenig hilflos. »Danke.«

Er war schon fast wieder zur Tür raus, als Rita ihn mit einem kurzen Pfiff aufhielt.

»Warte mal, Süßer, ich glaube, auf einem Foto war eine Laube zu sehen.«

Heller kam zurück.

»Was für eine Laube?«

»Woher soll ich das wissen? Eben eine Laube.«

»Von innen oder außen?«

»Außen.«

»Wie hat die ausgesehen?«

»Wie eine Laube eben aussieht. Spießerrotes Dach, spießergelbe Wände, spießergrüne Tür. Und Gartenzwerge.«

»Sonst nichts?«

»Und ein Pärchen. Also kein richtiges Pärchen. Der Typ ist eine Klemmschwester. Aber sie! Eine Beauty. Die Haare hochgesteckt und eine riesige Sonnenbrille. Wie Audrey Hepburn in *Frühstück bei Tiffany*. Hast du den Film gesehen? Die Stelle, wo sie im Taxi sagt: *Manche Nuancen von Rampenlicht ruinieren den Teint eines Mädchens.* Ich hab so geweint. Und dann die Musik. Kennst du die Hepburn?«

»Nicht persönlich.«

Rita verdrehte die Augen.

»Uralt, Schätzchen, uralt. Lass dir was Neues einfallen.«

»Können Sie sich noch daran erinnern, wer den Film abgegeben hat?«

»Du.«

»Wieso ich?«

»Du kannst *du* zu mir sagen.«

»Okay. Also kannst *du* dich noch daran erinnern, wer den Film abgegeben hat?«

»Nee. War ich auf Mallorca. Aber wer ihn abgeholt hat, kann ich dir sagen.«

Rita nahm einen Aktenordner hervor, blätterte darin und legte dann einen Abholzettel vor Heller auf die Theke. *Gent, Dallgower Straße 3* stand da in krakeligen Druckbuchstaben.

»Wo ist das denn?«, fragte Rita.

»Spandau«, sagte Heller.

»Wieso bringt er den Film hierher? Wir haben da eine Filiale.«

Die Fotos waren am 23. Oktober abgeholt worden. Ein Mittwoch. Zwei Tage bevor Heidi Gent umgebracht worden war.

»Wieso interessiert dich das?«, fragte Rita.

»Ich suche jemanden.«

»Verstehe. Mann oder Frau?«

»Beides.«

»Oh. Dann bin ich ja genau die Richtige für dich.«

Heller grinste. Rita war, was Flirten anging, ein Bulldozer.

»Lieber nicht.«

»Ich könnte es dir beweisen.«

»Nein, ist nicht meine Sache.«

»Was, französisch oder Kerle.«

»Kerle.«

»Du weißt nicht, was dir entgeht.«

»Möglich.«

»Nein, sicher.«

Es dauerte eine Weile, bis Rita einsah, dass sie bei Heller nicht landen würde.

»Dann jetzt aber husch, husch, raus hier«, sagte sie und wischte mit den Händen vor Hellers Nase herum. »Ich muss schließlich auch noch was arbeiten.«

Heller nahm Foto und Schein an sich.

»Der Abholschein muss hierbleiben, Schätzchen.«

»Du kriegst ihn wieder.«

»Das heißt, du kommst noch mal?«

»Wahrscheinlich.«

»Ruf vorher an, damit ich was Schönes anziehen kann.«

Als Heller die Tür erreicht hatte, fiel ihm noch etwas ein.

»Wieso hast du gesagt, dass der Kerl auf dem Foto eine Klemmschwester ist?«

»Das sieht man doch.«

Sie lachte. Ein wenig zu laut. Heller neigte den Kopf zur Seite, lächelte. Die wortlose Aufforderung, ihn nicht anzulügen.

»Schau mich nicht so an, ich werde ja schon ganz feucht.«

»Kennst du ihn?«, fragte Heller.

»Ja. Aber ich erinnere mich leider nicht daran.«

»Die Audrey Hepburn auf dem Foto ist ermordet worden. Wir haben sie am Strandbad Wannsee gefunden.«

Heller nahm ein Foto der Toten aus der Jacke und hielt es Rita hin. Sie warf einen Blick darauf. Wandte den Kopf ab. Dann trat sie einen Schritt zurück, als könnte sie dadurch das Grauen von sich fernhalten.

»Sie war die Mutter von zwei netten Kindern. Bettina und Ralf. Die sind verschwunden. Der Mann, der die Fotos abgeholt hat, war ihr Mann. Er ist gestern ums Leben gekommen. Und ich bin mir ziemlich sicher, dass der Kerl auf dem Foto etwas darüber weiß. Überleg dir, auf welcher Seite du stehst.«

Rita musste nicht lange überlegen. Sie kannte die Klemmschwester aus dem *Eldorado*. Heller erfuhr bei dieser Gelegenheit, dass eine Klemmschwester ein Mann ist, der nicht zu seinem Schwulsein steht, weil er sich schämt, oder nicht dazu stehen kann, weil ihm das beruflich oder sozial schaden würde. Sie beschrieb den Mann als eher klein, stark behaart, mit einer Glatze, über die er seine wenigen Haare kämmte, und einer schwarzen Brille. Manchmal kam er ins *Eldorado*, um Jungs aufzugabeln, die er dafür bezahlte, dass sie ihn verachteten.

Als Heller in seinem Wagen saß, dachte er, dass Ritas Beschreibung zu dem Mann passte, den er vor ein paar Tagen in der Keithstraße und dann vor dem *Eldorado* gesehen hatte. Vielleicht war es Zufall, und er irrte sich.

Aber wenn der Mann Heidi Gent kannte und wenn er mit Holzinger geredet hatte und Holzinger ihn, Heller, unbedingt von dem Fall abziehen wollte, dann war das mindestens verdächtig. Er startete den Karmann-Ghia, bog in die Kürfürstenstraße ab, in der schon am Vormittag die ersten Prostituierten auf Freier warteten. Nach einem kurzen Moment reihte er sich in den Verkehr in Richtung Westen ein. Er musste seinen Vater nach Holzinger fragen. Und nach dem Zaun auf dem Foto. Der Alte würde es mit hundertprozentiger Sicherheit wissen. Als Elvis Presleys *Jailhouse Rock* angekündigt wurde, drehte er das Autoradio laut.

Der Wasserwerfer, der Heller auf der Otto-Suhr-Allee entgegenkam, sah reichlich ramponiert aus. Die Gitter vor der Fahrkabine waren abgerissen oder zur Seite gebogen. Dahinter folgte eine Reihe von Mannschaftswagen mit Blaulicht und Martinshorn. Bei einigen waren die Scheiben eingeschlagen. Krankenwagen jagten über die abgesperrte Kreuzung vor dem Schloss Charlottenburg in Richtung Süden. Hier musste es ziemliche Randale gegeben haben. Dutzende Demonstranten und Polizisten kamen vom Luisenplatz her. Sie liefen einträchtig nebeneinander her, ließen die Köpfe hängen. Die langen Mäntel der Polizisten waren mit Farbe bespritzt, die Demonstranten waren bis auf die Haut durchnässt. Einige hatten die Köpfe verbunden. Heller wendete, um dem Stau zu entgehen, der sich vor der Kreuzung am Schloss gebildet hatte.

Als er die Wilmersdorfer Straße erreichte, musste er scharf bremsen, weil eine junge Frau wie aus dem Nichts vor dem Wagen stand. Sie sah ihn irritiert an.

Heller war einen kurzen Augenblick überrascht. Er hatte sie zuletzt im *Kings-Club* gesehen, bei einer verbalen Prügelei mit Ryan. Dabei hatte sie recht kampflustig ausgesehen. Jetzt war sie eine traurige Katze. Ihre Hände waren blutig. Sie hatte auch Blut im Gesicht. Die Haare klebten an ihrem Kopf. Sie zitterte und hatte rote Augen. Vermutlich vom Tränengas. Heller kurbelte das Seitenfenster herunter.

»Kann ich dir helfen?«

»Schon okay.«

»Sicher?«

»Ja.«

Sie wollte seine Hilfe nicht annehmen. Aber trotzdem blieb sie vor dem Wagen stehen. Heller wusste einen Moment lang nicht, was er tun sollte. Dann stieg er aus, zog seinen Mantel aus und legte ihn ihr über die Schultern.

»Danke«, sagte sie.

»Wie heißt du?«

»Louise.«

»Steig ein.«

Sie zögerte.

»Sonst muss ich dir den Mantel wieder abnehmen.«

Unwillkürlich hielt sie seinen Mantel fest.

»Na, komm schon. Wo wohnst du?«

»Wielandstraße.«

»Das liegt auf meinem Weg.«

Das war zwar gelogen, aber das musste sie ja nicht wissen. Louise stand immer noch unschlüssig da.

»Du kannst dich an den Spritkosten beteiligen, wenn dir das die Entscheidung leichter macht.«

Jetzt lächelte sie. Heller öffnete die Tür auf der Beifahrerseite. Louise stieg ein. Heller fuhr los. Die Wilmersdorfer Straße in Richtung Süden.

»Warst du bei der Demonstration?«

Louise nickte.

»Was war da los?«

»Nichts.«

Ein Krankenwagen drängte sie mit wütendem Hupen beiseite, überholte und raste weiter.

Louise schaute ihm hinterher.

»Ich kenn dich. Du warst am Freitag im *Kings-Club*«, sagte sie, ohne Heller anzusehen.

»Richtig.«

»Da warst du ziemlich unfreundlich.«

»War ein beschissener Tag.«

»Kenn ich. Was ist das für ein Auto?«

»VW Karmann-Ghia.«

»Ich hab zuhause einen Ford Mustang.«

Erneut wurden sie von einem Krankenwagen überholt. Louise zuckte zusammen.

»Da war ein Pferd«, sagte sie leise. »Und jemand hat ihm eine Stange zwischen die Vorderbeine geworfen. Ich hab gehört, wie die Knochen gebrochen sind. Dann ist es gestürzt und hat mich angesehen, als wollte es sagen: *Warum hilfst du mir nicht?* Es war schrecklich. Das arme Tier kann doch nichts dafür, oder?«

»Nein.«

»Hast du Pferde?«

»Nein.«

Tränen liefen ihr über die Wangen. Aus dem Weinen wurde Schluchzen, bis ihr Körper zu zittern begann, stärker und stärker. Es war, als ob der Gedanke an das Pferd etwas in ihr gelöst hätte. Heller wusste nicht, was er tun oder sagen sollte. Er fuhr einfach weiter. An der Kreuzung Kantstraße musste er anhalten. Eine Frau rannte aus dem Schuhgeschäft Leiser raus, eine Verkäuferin hinterher. Sie rief: *Haltet sie. Sie ist eine Diebin.* Aber niemand reagierte, und die Verkäuferin war zu dick und zu langsam, um die Diebin zu schnappen. Heller bog in die Kantstraße in Richtung Bahnhof Zoo ein.

»Links oder rechts?«

Louise sah ihn verwundert an.

»Was meinst du?«

»Die Wieland. Rechts oder links?«

Es schien, als würde Louise erst jetzt bemerken, dass sie fast schon am Ziel waren.

»Rechts.«

Heller bog ab.

»Hausnummer?«

Sie zögerte einen Moment lang. Dann deutete sie auf ein Haus auf der linken Seite. Es war offensichtlich, dass sie hier nicht wohnte. Sonst hätte sie die Hausnummer genannt. Heller hielt vor dem Haus an. Louise reichte ihm die Hand.

»Danke. Tut mir leid, dass ich geheult habe.«

»Schon gut. Dafür muss man sich nicht schämen.«

Sie stieg aus, ging um den Wagen herum zur Haustür und blieb davor stehen. Heller beobachtete sie. Wie sie tat, als würde sie in den Manteltaschen nach einem Schlüssel suchen. Aber da konnte sie keinen Schlüssel finden, weil es sein Mantel war. Sie drehte sich zu ihm um, lächelte, schüttelte den Kopf.

»Sorry.«

Sie zog den Mantel aus, reichte ihn Heller durch das geöffnete Seitenfenster. Dabei sah sie ihn skeptisch an.

»Was für einen Job machst du?«

»Ich?«

Heller hatte nicht mit der Frage gerechnet.

»Ich arbeite beim Finanzamt.«

Louise machte große Augen.

»Das stimmt genauso wenig, wie ich hier wohne. Was bist du wirklich? Ein Zuhälter?«

»Zuhälter fahren nicht solche Autos«, sagte Heller. »Zu niedlich.«

Sie lächelte, winkte ihm zu, überquerte die Straße und verschwand auf der gegenüberliegenden Seite in der Nummer 13. Heller wusste nicht, warum sie das Theater mit dem falschen Haus gemacht hatte. Aber er wollte sich erkundigen. Dann fuhr er nach Ruhleben.

Der Biedermannweg war eine Sackgasse. In jeder Hinsicht. Wer hier wohnte, am westlichen Rand von Berlin, bevor sich ein paar Kilometer weiter Spandau widerwillig anschloss, der verließ die kleine Siedlung nur noch mit Grieneisen. Holzinger hatte es ihm erklärt. Grieneisen war ein stadtbekanntes Beerdigungsinstitut, das 1830 als Sargfabrik Julius Grieneisen gegründet worden war. Als Heller vor dem Haus Nummer 17 hielt, sah er den Alten durch das Küchenfenster. Er telefonierte und gestikulierte dabei, als würde er Fliegen verjagen. Die Haustür war unverschlossen. Heller ging ins Haus und wartete im Wohnzimmer. Der Alte hatte die Fotos von Hellers Großvater Max wieder aufgehängt. Der war ein stadtbekannter Pianist und Dirigent gewesen. Hatte in den Zwanzigerjahren im *Apollo Theater* gespielt. Hatte Paul Lincke und Walter Kollo gekannt. Heller nahm ein Foto von der Wand und setzte sich in einen Sessel im Wohnzimmer. Opa Max wie aus dem Ei gepellt mit einer Zigarre im Mund und im Hintergrund eine Jazzband. Das war 1937 gewesen. Von ihm hatte Heller die Liebe zur Musik. *Ich muss wieder mehr spielen,* dachte er.

»Schon gehört, was am Landgericht los war?«

Der Alte brüllte aus der Küche. Sein Nachbar Emil Schreiber, Zugführer beim Einsatzkommando Reinickendorf, hatte ihm per Telefon Bericht erstattet. Heller bekam jetzt den Wutausbruch ab. Der Alte brauchte das mindestens einmal pro Woche als Bestätigung, dass die neue Zeit und er nicht dieselben Ziele hatten.

»Die haben einen Lastwagen mit Pflastersteinen da hinbestellt. Kannst du dir das vorstellen? Die haben von allen Seiten geschmissen. Das waren tausend Studenten. Und Rocker aus dem Märkischen Viertel. Drei von denen sind sogar ins Landgericht eingestiegen. Die wollten alles in Brand stecken. Ohne Rücksicht auf Verluste. Das sind doch Verbrecher. Das sind Schwerkriminelle. Die gehören ins Zuchthaus. Weißt du, wie viele von der Polizei verletzt sind?«

Der Alte kam aus der Küche. Er war wütend. Der Kopf hochrot. An den Schläfen wanden sich die Adern wie Würmer.

»Emil sagt, mehr als hundertdreißig. Die sind um ihr Leben gerannt. Weil die verdammten Tschakos nichts taugen. Aber das ist ja auch zu viel verlangt, dass man der Polizei eine ordentliche Ausrüstung spendiert. Das sind ja nur die dummen Polizisten, die die Köppe hinhalten, wenn's brennt.«

Der alte Heller ging zurück in die Küche, Heller folgte ihm.

»Weil der Funk ausgefallen war, hat die Einsatzleitung noch nicht mal mehr Befehle weitergegeben. Ich sag dir, was ich mit den Studenten machen würde.« Er hatte drohend den Zeigefinger der rechten Hand gehoben. »Alle ins Arbeitslager. So lange, bis sie kapieren, wie man sich als ordentliche Bürger benimmt. Was willst du eigentlich hier?«

»Du beschwerst dich doch immer, dass ich dich nicht besuche. Hier bin ich.«

»Aber heute ist Montag.«

»Und montags ist kein Besuchstag oder was?«

»Werd nicht frech. Willst du Kaffee? Setz dich.«

Die Küche war wie die anderen Zimmer sauber und aufgeräumt. Alles hatte seinen Platz. Salz, Pfeffer, Zuckerdose standen wie Soldaten aufgereiht. Drei Stühle waren in einem Neunzig-Grad-Winkel um den Tisch herum platziert.

»Ich sag nicht, dass es das bei Hitler nicht gegeben hätte«, murmelte der Alte.

Heller schüttelte entnervt den Kopf.

»Ich weiß schon. Aber bei Hitler hätte es das nicht gegeben«, machte er seinen Vater nach.

»So ist es.«

»Ich versteh nicht, wie du so was sagen kannst. Hitler hat fünfzig Millionen Tote auf dem Gewissen.«

»Manchmal muss es Krieg geben. Damit man wieder weiß, was das Leben wert ist.«

Damit war das Gespräch vorerst beendet. *Manchmal muss es Krieg geben.* Heller erinnerte sich, wie er zusammen mit seiner Mutter im Keller die Bombardierung Berlins erlebt hatte. Stundenlang hatten sie ausgeharrt. Seine Mutter war jedes Mal auf die Knie gefallen und hatte gebetet. Stundenlang. Einmal war sie nicht rechtzeitig nach Hause gekommen. Obwohl sie es ihm verboten hatte, war er nach draußen geschlichen. Hatte Stanniolstreifen aufgesammelt. Hatte das ferne Brüllen der Flugzeugmotoren gehört, die von Westen her kamen und über der Stadt ihre Bomben abwarfen. Scheinwerfer griffen wie Finger nach den Flugzeugen. Von überall her rasten zischend Lichtstreifen in den Himmel. Feuer, wohin er blickte. Detonationen und Feuer. Und Sirenen. Er war zum U-Bahnhof Ruhleben gelaufen, um nach seiner Mutter zu suchen. Menschen waren ihm entgegengetaumelt, blutend, schreiend. Kinder, die weinend neben den Toten saßen.

»Kekse?«

Siegfried Heller stellte die Kaffeekanne auf den Tisch, zwei Tassen, zwei Unterteller, zwei Löffel. Dazu eine Schale mit Keksen, die so alt waren, dass sie zu Krümeln zerfielen, wenn man sie in die Hand nahm. Heller griff sich zwei Stücke Zucker, der Alte stellte die Dose wieder zurück ins Glied. Sie tranken Kaffee und schwiegen, weil sie beide im Laufe der Jahre verstanden hatten, dass Schweigen ein sicherer Ort war. Nach einer Viertelstunde legte Heller das Foto, das er in Heidi Gents Schlafzimmer gefunden hatte, wortlos auf den Tisch. Er wusste, wenn jemand wissen konnte, wo das Foto gemacht worden war, dann sein Vater. Der Alte lief jeden Tag umher, patrouillierte durch Berlin, als müsste er kontrollieren, ob alles noch an seinem Platz war. Siegfried Heller griff sich das Bild, betrachtete es genau.

»Das ist hinten am Finkenkruger Weg«, sagte er. »Wo die Kleingärten sind.« Dann legte er das Foto wieder zurück. Richtete es so aus, dass die Seitenkanten parallel zur Tischkante verliefen.

»Bist du sicher?«

»Schau es dir genau an. Was siehst du?«

»Den Zaun.«

»Und was noch?«

»Könnte ein Wachturm sein.«

»Das ist ein Wachturm. Sieht aus wie der am Finkenkruger Weg. Kennst du die Kolonie Gartenbauverein Staaken?«

Heller kannte sie nicht. Er steckte das Foto wieder ein. Trank weiter seinen Kaffee. Er wusste, wenn er jetzt schwieg, würde der Alte neugierig werden.

»Wozu willst du das wissen?«

»Hast du von der Toten gelesen, die wir am Wannseebad gefunden haben?«

»Die hat bei dem Mahler gearbeitet. Wegen dem haben die Chaoten heute Rabatz gemacht.«

»Das Foto hab ich bei ihr im Schlafzimmer gefunden. Der Verkäufer bei Porst sagt, da gab es noch mehr. Und auf einem ist vermutlich der Kerl drauf, von dem ich dir erzählt habe. Der, der mit Holzinger in der Keithstraße geredet hat. Holzinger tut jetzt so, als hätte der Ehemann die Frau ermordet. Aber ich glaub das nicht.«

»Und weiter?«

»Holzinger will den Fall abschließen.«

Weil die Kaffeekanne leer war, wusch der Alte sie ab und stellte sie kopfüber neben das Waschbecken. Dann sah er seinen Sohn an.

»Trink aus.«

Heller trank den letzten Schluck Kaffee, dann wurden auch die Tassen, Untertassen und Löffel abgewaschen, abgetrocknet und zurück in den Schrank gestellt.

»Du kennst Holzinger. Was läuft da?«

»Was soll da laufen?«

»Wird er erpresst?«

»Wieso soll er erpresst werden?«

»Weil da vielleicht früher was war, das er bei der Überprüfung nicht erzählt hat.«

»Was früher war, ist vorbei. Man muss auch mal einen Schlussstrich ziehen.«

Der Alte verließ die Küche. Es schien, als wäre Heller auf der richtigen Spur. Er hörte, wie sein Vater die schweren Stiefel anzog, die er bereits als Soldat getragen hatte. *Die haben mich durch Seen aus Blut getragen. Und jetzt tragen sie mich Tag für Tag, bei Wind und Wetter durch das, was von meinem Berlin noch übrig ist,* erklärte er jedem, der ihn nach den alten Stiefeln fragte. In solchen Momenten hasste Heller seinen Vater. Nicht, weil er ein Nazi gewesen war. Auch nicht, weil er immer noch dieselben Ansichten wie damals hatte. Er hasste ihn, weil er sich die Welt so zurechtlog, dass sie ihm passte.

»Es ist dunkel. Wo willst du jetzt noch hin?«, fragte Heller.

»Hier treibt sich allerhand Gesindel rum.«

Als Heller sich erhob und in den Flur ging, sah er, wie der Alte eine Wehrmachtspistole durchlud.

Die Straßenlaternen warfen ein müdes Licht auf die vierspurige Straße. Zwei Wochen zuvor war es noch so warm gewesen, dass er das Verdeck des Wagens geöffnet hatte. Jetzt, wo es kalt wurde, funktionierte die Heizung seines Karmann-Ghia mal wieder nicht. Heizung, Verdeck, Kupplung und hintere Stoßdämpfer, alles in allem mehr als tausend Mark in einer Schrauberwerkstatt. Heller fuhr die Charlottenburger Chaussee in Richtung

Westen. *Ans andere Ende der Welt*, dachte er. Und in gewissem Sinne war es auch so für die Menschen in der eingemauerten Stadt. Wer jahrein, jahraus durch die Berliner Straßen fuhr, die immer wieder an eine Mauer oder einen Zaun stießen, musste sich wie in einem Menschengehege vorkommen. Ein Zoo, auf den die Welt glotzte. Und die wartete nur darauf, dass irgendwer die Nerven verlieren und dem Experiment ein Ende setzen würde. Ein paarmal war es ja beinahe so weit gewesen.

Sieht aus wie der am Finkenkruger Weg, hatte sein Vater gesagt. Als Heller die Kleingartenkolonie Gartenbauverein Staaken erreichte, stellte er den Wagen vor dem Eingang ab. Im Handschuhfach lag eine Taschenlampe. Er prüfte, ob sie noch leuchtete. Die Batterien waren schwach, aber es würde reichen. Das Gittertor, hinter dem sich die Kolonie erstreckte, stand offen. Heller nahm das Foto aus der Manteltasche.

Er hielt sich links, bis er einen zwei Meter hohen Zaun erreichte. Dahinter befand sich ein geharkter Streifen, dann folgte ein befestigter Weg aus parallel verlegten Betonschwellen, auf dem die Kübel fuhren, offene Wagen der DDR-Grenztruppen. Dann eine mannshohe Sperre aus Stacheldraht und dahinter noch eine Bretterwand. Zwischen dem vorderen Zaun und der Bretterwand lag der Todesstreifen, hier wurde scharf geschossen. Ein Schild warnte jeden, der hier entlangging. *Achtung! Grenze verläuft in diesem Bereich fünf bis acht Meter vor dem Zaun. Grenzpfähle und Warnschilder beachten.* Wenn er Glück hatte, war das Foto von genau der Laube aus gemacht worden, nach der er suchte. Das Gelände war verwildert. Sträucher, ein umgestürzter Baum, hie und da Unrat. Einige Kleingärtner nutzten

die paar Meter vor dem ersten Zaun als private Müll-
kippe. Heller dachte daran, dass vor ein paar Jahren ein
junges Pärchen irgendwo hier in der Nähe Selbstmord
begangen hatte.

Er fröstelte, als er den Zaun entlang weiter in Richtung Norden ging. Rechts standen die immer gleichen
Lauben. Als hätte ein Riese mit einem Baukasten gespielt
und die biedere Rückseite der ungezähmten Großstadt
gebaut. Vielleicht war das hier sogar das wahre Berlin.
Nicht der Stuttgarter Platz oder die Potsdamer Straße
oder der Ku'damm. Und auch nicht das Berlin der Studenten, die noch vor ein paar Stunden Pflastersteine
geworfen hatten. Kaninchen flohen, wenn er ihnen zu
nahe kam. Der Strahl der Taschenlampe wurde schwächer, aber es gab ja auch noch die Laternen auf DDR-
Seite, die das Gelände beleuchteten. Heller schaute sich
um. Irgendwo hier in der Nähe musste der Wachturm
sein. Als er die Lichter eines Kübels sah, der den Kon-
trollweg im Todesstreifen entlangfuhr, blieb er stehen,
hockte sich neben einen alten Ofen, den jemand hier
abgeladen hatte.

Der Kübel hielt an. Ein Scheinwerfer wischte über
den Zaun. Das bedeutete keine Gefahr, weil die Grenzer keinen Zugriff auf die West-Berliner Seite des Zauns
hatten, dennoch wollte Heller nicht allzu viel Aufmerksamkeit erregen. Denn da war ja immer noch die Frage,
warum jemand einen Zaun fotografiert hatte. Undeut-
lich waren Kommandos zu hören. Ein Grenzer sprach
in eines der Feldtelefone, die im Abstand von ein paar
Hundert Metern installiert waren. Heller rührte sich
nicht. Hockte da, still und konzentriert. Wartete. Um
ihn herum raschelte es. Etwas krabbelte an seinem lin-

ken Bein hoch. Als er danach griff, fühlte er ein Kitzeln auf der Haut. Der Lichtstrahl suchte immer noch den Zaun ab. *Jetzt haut endlich ab, ihr Drecksäcke,* murmelte er leise.

Es dauerte noch weitere fünf Minuten, bis der Kübelwagen weiterfuhr. Heller erhob sich, trat ein paar Schritte zurück. Wenn der Kübel genau in Höhe der Stelle angehalten hatte, an der er sich auf West-Berliner Seite befand, dann hatten die Grenzer ihn vermutlich entdeckt. Vielleicht genau von dem Wachturm aus, den er suchte? Er schlich weiter in Richtung Norden.

Und dann erblickte er den Turm hinter einer kleinen Anhöhe. Es war derselbe wie auf dem Foto. Jetzt musste er nur noch den Standpunkt des Fotografen finden und hoffen, dass dort die gesuchte Laube war. Er leuchtete auf das Bild, verglich den Ausschnitt mit seinem Blickwinkel. Zu steil. Er musste weiter nach Norden gehen. Dann wieder ein Stück Richtung Süden. Den Abstand zum Objekt vergrößern. Noch weiter zurück. Er verglich, hielt das Foto hoch, bis die Perspektive mit seinem Blickwinkel übereinstimmte.

Da spürte er etwas in seinem Rücken. Heller drehte sich um. Ein Gartenzaun mit einem Tor, dahinter ein kleiner Vorgarten, nicht sonderlich gepflegt. Vier Gartenzwerge und dahinter ein Häuschen. Es war nicht groß, die Grundfläche betrug mit Sicherheit nicht mehr als fünfundzwanzig Quadratmeter. Die Wände gelb, ein Fenster mit einer Gardine. Die Tür war grün gestrichen, das Dach mit Eternitplatten belegt und rot angestrichen. Ein gepflasterter Weg führte zur Eingangstür. Das Gartentor war verschlossen. Ein beherzter Sprung, und es war überwunden.

234

Heller duckte sich, sah nach links, nach rechts. Zwei Grundstücke weiter wurde in einer Laube Licht angeknipst. Kurz darauf kam ein Mann heraus. Er trug einen Schlafanzug, schaute sich um. Verschränkte die Arme vor der Brust. Offensichtlich fror er. Dann ging er wieder hinein. Heller wartete, bis das Licht gelöscht wurde. Er schlich bis zu dem Fenster mit der Gardine und leuchtete ins Innere des gelben Häuschens, konnte aber kaum etwas erkennen. Die Tür war ebenfalls verschlossen. Rechts herum führte ein gepflasterter Weg zur Rückseite. Dort befand sich ein weiteres Fenster. Der Rahmen war morsch, der Riegel wackelte. Heller musste nur einmal fest dagegendrücken, dann sprang es auf. Er sah sich noch einmal um. Ringsherum war alles dunkel.

Die Beine voran schob er sich durch das geöffnete Fenster. Etwas klapperte, als er mit den Füßen Halt suchte. Ein Topf war laut scheppernd zu Boden gefallen. Schnell schloss er das Fenster wieder. Dann zog er den Vorhang an dem vorderen Fenster zu. Nur für den Fall, dass jemand an dem Grundstück vorbeikommen sollte. Das Licht der Taschenlampe huschte durch das Häuschen. Da war ein kleines Küchenbüfett. Das Glas in einer der beiden oberen Schranktüren war gesprungen. Ein Waschbecken und darüber ein kleiner Spiegel. Ein Tisch, zwei Stühle, ein Bett. Darauf eine Tagesdecke. An der Wand über dem Bett ein Plakat mit der Golden Gate Bridge. *Welcome to San Francisco.* Das sah schon mal nach Heidi Gent aus. *Mal sehen, was du noch alles versteckt hast,* murmelte Heller leise. Er zog eine Schublade an dem Büfett auf, fand Besteck und Werkzeug. In einer zweiten Schublade lagen Schraubenzieher, Zange,

Hammer, Nägel. In einer dritten ein Foto von Bettina und Ralf. Der Beweis, dass er hier richtig war. In dem Schrank war Geschirr gestapelt. Ebenso ein paar Dosen, darin Nudeln, Reis, Linsen. In einer Niveadose klapperte Metall. Heller öffnete sie. Ein Sicherheitsschlüssel. Heller schaute sich nach einem passenden Schloss um. Auf dem Schlüssel waren Zeichen eingraviert. Weil die Taschenlampe kaum noch Licht gab, musste er die Deckenlampe in der Laube anmachen. Auch auf die Gefahr hin, dass ihn jemand entdeckte. Er hielt den Schlüssel unter die Lampe. *Simson* stand in dünnen Buchstaben auf einer Seite. Simson war eine DDR-Marke. Wieso lag hier ein Schlüssel aus DDR-Produktion? Was hatte Heidi Gent damit auf- oder zugeschlossen?

Als er sich wieder dem Schrank zuwandte, fiel sein Blick auf den Fußboden. Ein schwarzer Fleck auf dem Teppich. In der Form einer Echse. Heller bückte sich, fuhr mit dem Zeigefinger darüber. Er roch Eisen.

Er setzte sich aufs Bett, betrachtete seinen Zeigefinger. Er wollte keine voreiligen Schlüsse ziehen. *Voreilige Schlüsse bringen einen manchmal auf eine Spur, von der man nicht mehr runterkommt, auch wenn sie komplett falsch ist. Aber wenn das hier, verdammt noch mal, nicht Heidis Blut ist …*

»Hallo!«

Der Ruf schreckte Heller aus seinen Gedanken auf.

»Wer ist da drin?«

Heller machte das Licht aus und schob kurz die Gardine am vorderen Fenster zur Seite. Der Mann mit dem Schlafanzug stand vor dem Gartentor. In den Händen hielt er eine doppelläufige Schrotflinte.

»Komm raus, oder ich knall dich ab.«

Was jetzt? Durch das hintere Fenster verschwinden?

»Ich bin von der Polizei«, rief Heller.

»Ja, von wegen. Komm raus.«

»Das geht nicht. Die Tür ist abgeschlossen.«

»Und wie bist du dann reingekommen?«

»Durch das hintere Fenster.«

»Du willst mich wohl verarschen! Seit wann klettert die Polizei abends um neun in Gartenhäuser rein.«

»Ich komme jetzt raus. Dann zeige ich Ihnen meine Dienstmarke. Aber nehmen Sie das Gewehr runter.«

War das eine gute Idee? Nach draußen gehen und seine Marke zeigen? Besser war es, den Besuch hier geheim zu halten. Es musste niemand wissen, dass er hier war. Vor allem nicht Holzinger. Als er zurück zu dem Fenster gehen wollte, durch das er eingestiegen war, krachte ein Schuss. Kugeln drangen in die Tür und das Mauerwerk ein. Die vordere Fensterscheibe zersplitterte. Heller warf sich auf den Boden.

»Hören Sie auf zu schießen!«

Er kroch auf allen vieren zu dem hinteren Fenster und kletterte hinaus. Ein zweiter Schuss. Heller konnte sich gerade noch in Sicherheit bringen. Er wusste, dass der Schütze seine Schrotflinte jetzt nachladen musste. Genug Zeit, um zu verschwinden. Mit einem Sprung überwand er den Zaun zum Nachbargrundstück, rannte weiter, sprang über den nächsten Zaun und erreichte schließlich einen Weg, der an den Grundstücken vorbei zum Ausgang der Kleingartenkolonie führte. Steine spritzten hoch, als der Karmann-Ghia den Weg entlangschleuderte. Erst als Heller die Straße erreichte, schaltete er die Scheinwerfer an.

Eine halbe Stunde später saß er im *Kings-Club* am

Tresen. Die wenigen Gäste sahen einen Film mit Buster Keaton. Das Knattern des Projektors hallte durch den Raum. Ein Pärchen hatte sich in eine Ecke zurückgezogen und knutschte wild. Das Rattern der S-Bahn ließ die Gläser vibrieren. Ein Plakat an der Tür zur Toilette kündigte zwei Liedermacher für den nächsten Samstag an. Reinhard Mey und Hannes Wader.

»Hast du beim Schlammcatchen mitgemacht?«, fragte Ryan. Er schloss ein neues Bierfass an die Zapfanlage an.

Heller reagierte nicht. Sein Blick war auf den kleinen Schlüssel geheftet, den er in der Laube gefunden hatte.

»Wieso hast du eine Laube gepachtet, Heidi Gent? Und wieso hast du niemandem davon erzählt. Oder hast du doch, und deine Eltern wollten es geheim halten?«

»Jetzt ist es schon so weit, dass du Selbstgespräche führst. Heller, was ist nur los mit dir? Wohl auf was Härteres umgestiegen als die Kekse?«

»Hast du welche?«

Ryan gab Heller eine kleine Plastiktüte, bekam dafür zwanzig Mark.

»Was ist das?« Ryan deutete auf den Schlüssel, der vor Heller auf dem Tresen lag.

»Ich glaub, ich weiß jetzt, wer Heidi umgebracht hat. Die Frage ist nur, warum er sie ermordet hat. Und warum in der Laube. Und warum niemand von der Laube weiß. Und warum Holzinger nichts davon wissen will.«

»Das sind vier Fragen.«

Ryan nahm den Schlüssel hoch, betrachtete ihn.

»Der ist von drüben. Der gehört zu einem Vorhängeschloss.«

»War in der Laube.«

»Wo ist die?«

»Staaken. Direkt an der Grenze.«

Ryan zog die Augenbrauen hoch.

»Schon mal was von Schleusen im Zaun gehört?«

Schleusen im Zaun? Wer sollte die gebaut haben? Und wann? Heller kam sich vor wie ein Frischling, der keine Ahnung von nichts hatte. Wie in seiner ersten Woche bei der M I, als Manteufel ihn zu einem Todesfall mitgenommen hatte und sie beide in einer Kneipe in eine Schießerei geraten waren. Manne hatte ihn zu einer Meldesäule geschickt, um Verstärkung herbeizurufen. Aber die Säule war kaputt gewesen. Heller war dann weiter zu einer Telefonzelle gelaufen. Und als er den Hörer in der Hand hielt, wusste er, warum Berliner Polizisten stets ein paar Groschen in der Hosentasche haben sollten. Er hatte einen Passanten anbetteln müssen, um in der Keithstraße anzurufen. Der Passant war dummerweise ein Reporter der Bild-Zeitung gewesen. Am nächsten Tag hatte halb Berlin über den *verarmten Kommissar* gelacht. Zum Glück war sein Name nicht genannt worden.

Als er sein Auto an der Ecke Luckauer und Sebastianstraße abstellte, streifte sein Blick einen Wagen, den er noch nie zuvor hier gesehen hatte. Ein weißer Ford Taunus 17 M. Ein neuer Mieter in einem der Häuser? Auf dem Weg zum Haus hörte er, wie ein Mann und eine Frau sich anschrien. Das war nichts Besonderes. Erst als er näher kam, merkte er, dass eine der Stimmen wie Paula klang. Paula? Heller rannte los. Die Haustür musste ab acht Uhr verschlossen sein. Anordnung der Hausverwaltung. Heller suchte nach dem Steckschlüssel. Weil der so unhandlich war, legte er ihn manchmal ins Handschuhfach. Also wieder zurück zum Wagen. Den Schlüssel holen, von einer Seite ins Schloss stecken, aufschließen. Den Schlüssel durch das Schloss schieben, von der anderen Seite zuschließen und den Schlüssel wieder herausnehmen. Die Treppen hoch. Heller hörte den Mann.

»Leg den Schürhaken weg, oder ich erschieß ihn.«

Zu wem sagte er das? Und wen wollte er erschießen? Heller stoppte. Schlich die letzte Treppe leise nach oben.

Die Wohnungstür war angelehnt. Ein Mann stand mit dem Rücken zur Tür.

Er verdeckte Paula. Alles, was Heller von ihr sehen konnte, war der Schürhaken, den sie mit beiden Händen zitternd in die Höhe hielt. Sie war bereit zuzuschlagen. Heller bewegte sich ein Stück zur Seite, damit sie ihn entdecken konnte. Astrid schluchzte leise neben ihrer Mutter. Heller legte den Zeigefinger auf die Lippen. Nahm die Pistole aus dem Holster. Zielte auf den Kopf des Mannes. Paula schüttelte kaum merklich den Kopf. Das schien der Mann zu bemerken. Er drehte sich langsam um.

Es war wie Zeitlupe in einem Film. Seine Augen waren hellblau, die rotblonden Haare fein säuberlich rechts gescheitelt. Das rechte Ohr stand weiter vom Kopf ab als das linke. In der rechten Hand hielt er eine Pistole. Makarow, 9 x 18 mm. Heller kannte sie. Produziert in der Sowjetunion, benutzt von der ostdeutschen Polizei und der Stasi. Den linken Arm hatte der Mann um Jochens Hals gelegt. Jochen trug seinen hellblauen Lieblingspullover. Der Lauf der Makarow war auf seine Schläfe gerichtet.

»Ganz ruhig«, sagte Heller.

»Ich bin ganz ruhig, wenn Sie es auch sind.«

»Lassen Sie den Jungen los.«

»Nein.«

»Was wollen Sie?«

»Was ich will, ist ganz einfach. Sie legen die Pistole auf den Boden und gehen hier rüber zu der Frau.«

Er zeigte auf Paula.

»Dann gehe ich mit dem Jungen runter bis zur Tür. Wenn ich höre, dass Sie mir folgen, erschieße ich ihn. Sobald ich die Haustür erreicht habe, lasse ich ihn gehen.«

»Nein«, schrie Paula. »Auf keinen Fall. Jochen bleibt hier.«

Der Mann spannte den Hahn der Makarow.

»Moment!« Heller hielt die Waffe nach unten. »Ich lege die Pistole weg. Aber Sie lassen den Jungen hier. Ich verspreche, dass ich Ihnen nicht hinterherlaufe.«

Paula machte einen Schritt vorwärts. Der Mann hob Jochen am Hals in die Höhe, bis sich die Füße vom Boden lösten.

»Bleib, wo du bist, oder du kannst sein Gehirn von der Wand abkratzen«, schrie er.

»Lassen Sie ihn gehen. Bitte, lassen Sie ihn gehen!«, jammerte Paula.

Heller ging in die Hocke, legte die Pistole auf den Boden und ging zu Paula und Astrid.

»Okay«, sagte er. »Lassen Sie ihn runter.«

Der Mann lockerte den Griff. Jochen bekam wieder Boden unter die Füße. Er hustete, atmete schwer.

»Jetzt gehen Sie«, sagte Heller. »Und Sie lassen den Jungen an der Haustür frei.«

»So ist es.«

»Gut. Aber Sie müssen eines wissen. Wenn ihm etwas geschieht, werde ich Sie finden. Und Sie wissen, was das heißt.«

»Es wird ihm nichts geschehen.«

Der Mann bewegte sich rückwärts, zog Jochen mit sich. Die Füße des Jungen schleiften über den Boden.

»Nein! Nein!«

Heller hielt Paula fest.

»Er wird ihm nichts tun.«

»Woher willst du das wissen?«

»Ich weiß es. Und jetzt seid leise. Nicht weinen.«

Astrid hielt die Luft an. Sie lauschten. Hörten die Schritte auf der hölzernen Treppe. Die Haustür wurde geöffnet. Kurz darauf fiel sie wieder zu.

Paula rannte die Treppe hinunter.

»Du bleibst hier«, sagte Heller zu Astrid. Dann rannte er hinterher. Als er im Erdgeschoss angekommen war, hielt Paula ihren Sohn umarmt. Sie weinte, strich ihm über den Kopf, überhäufte ihn mit Küssen. Die Hose war an der Innenseite feucht. Zu seinen Füßen hatte sich eine gelbliche Lache gebildet. Der Blick des Jungen war auf Heller gerichtet. Und Heller fühlte, dass in diesem Moment etwas in Jochen zerbrochen war.

Nachdem Paula ihren Sohn abgeduscht und ihm einen Schlafanzug angezogen hatte, aßen sie zu Abend. Es gab die Reste vom Vortag. Nudeln und eine Soße mit Hackfleisch. Zum Nachtisch Fruchtsalat von Libby's. Jochen bekam an diesem Abend beide roten Kirschen. Dann brachte Paula die Kinder zu Bett. Sie würden am nächsten Tag nicht zur Schule gehen.

Heller saß am Küchentisch. Die Flasche Bier war unberührt. Er versuchte zu verstehen, was eben passiert war. Nach einer Weile kam Paula zurück. Sie nahm eine Flasche Korn aus dem Küchenschrank und trank einen ordentlichen Schluck. Dann setzte sie sich mit der Flasche in der Hand an den Tisch. Penelope sprang auf ihren Schoß, rollte sich zusammen und schnurrte. Paulas Blick bohrte sich in Heller.

»Was hat der hier gewollt?«

»Ich weiß es nicht.«

»Der hat nicht wie ein normaler Einbrecher ausgesehen.«

Sie setzte die Flasche erneut an. Trank.

»Woher hat der gewusst, dass du Polizist bist?«

»Vielleicht hat er mich schon mal irgendwo gesehen.« Der dritte Schluck.

»Er war in deinem Zimmer. Wieso war der in deinem Zimmer?«

Heller ahnte, warum. Aber er war sich noch nicht sicher. »Ich weiß es nicht.«

Paula verschloss die Flasche und stellte sie zurück in den Kühlschrank.

»Ich hab dich angeschaut, als er Jochen mitgenommen hat. Du warst so kalt. Als wäre er nicht in Gefahr. Oder als wäre es dir egal.«

»Es war mir nicht egal. Es war einfach nur das Beste, was wir tun konnten«, antwortete Heller. Er sagte ihr nicht, dass er sich in diesem Moment anstelle von Jochen selbst gesehen hatte. Da war er elf gewesen.

Sie saßen eine Weile stumm. Heller beobachtete, wie sie den Rücken gerade machte. Und wie sie ein paarmal mit dem Kopf nickte, als würde sie mit sich selbst eine Vereinbarung treffen.

»Du musst hier ausziehen.«

Er wusste, dass sie das sagen würde. Die Löwin, die sich vor ihre Jungen stellt. Bevor er etwas erwidern konnte, ließ ihn ein Geräusch herumfahren.

»Mama, er soll lieber bei uns bleiben.«

Jochen stand in der Küchentür. Er hatte offensichtlich im Flur gelauscht.

»Er darf nicht gehen, Mama«, sagte Astrid hinter ihm. »Bitte!«

Sie stürzten beide zu ihrer Mutter und umarmten sie.

»Bitte«, sagte Jochen.

Paula sah Heller zweifelnd an. Er wusste, er hatte sie und die Kinder nicht beschützt. Und er hatte die Kinder zum zweiten Mal in Gefahr gebracht. Jochen löste sich von seiner Mutter und kletterte auf Hellers Schoß.

»Sonst gehe ich mit ihm«, sagte der Junge.

Paula schüttelte fassungslos den Kopf.

»Du bringst das in Ordnung«, sagte sie zu Heller.

Heller nickte.

In dieser Nacht lagen sie zu viert in Paulas Doppelbett. Als Heller den Kopf zu Paula drehte, bemerkte er, dass sie ihn die ganze Zeit ansah. Er ahnte, dass sie noch nicht sicher war, ob er bleiben konnte.

Dienstag, 5. November

Die Kurierin hatte am Montagabend eine Nachricht von Kramer überbracht. Wie üblich hatte Harry die Rentnerin im *Schleusenkrug* getroffen. Die Gaststätte lag ein Stück hinter dem Bahnhof Zoo. Ein idealer Ort, um konspirative Nachrichten zu übergeben. Es gab eine Herren- und eine Damentoilette, aber nur einen Waschraum. Dort konnte man sich treffen, ohne Verdacht zu erregen. Die Kurierin legte einen Zettel unter das Waschbecken, Harry nahm ihn. Es war kinderleicht.

Dienstag, neun Uhr, Nachrichten im Radio DDR. Codewort Mussorgsky. In Klartext geschrieben, weil niemand etwas damit anfangen konnte. Harry hatte morgens vor dem Empfänger gesessen und Radio DDR gelauscht. Zuerst kamen die üblichen Hymnen über die Erfolge des Sozialismus, dann die Angriffe gegen die kapitalistische BRD. Danach hieß es – es war die fünfte Nachricht –, dass der Gewinner des Moskauer Mussorgsky-Wettbewerbs Vitali Steynberg sich auf einer Konzertreise durch Polen und die DDR befände. Um zwölf Uhr würde er vor den Schülern der Hochschule für Musik »Hanns Eisler« ein Konzert spielen. Das hieß, Harry sollte um zwölf Uhr am Ausgang des Bahnhofs Friedrichstraße sein.

Er verabschiedete sich mit einem mulmigen Gefühl von Helga und fuhr mit der S-Bahn zum Bahnhof Friedrichstraße. Jedes Mal, wenn er hier ankam, hatte er das Gefühl, er würde in einen Kerker steigen. Er verstand nicht, wieso das Politbüro nicht mehr dafür tat, den Sozialismus und die bessere Hälfte Berlins strahlen zu lassen. Von der Westseite her gab es keine Grenzkontrollen, nur seine Genossen wollten genau wissen, wer da Eintritt verlangte.

Die Besucher aus Westdeutschland mussten sich in eine lange Schlange einreihen. Er dagegen brauchte lediglich im Zwischengeschoss an eine unscheinbare graue Tür zu klopfen. Nach einem kurzen Moment ertönte ein Summer, und die Tür öffnete sich. Der Uniformierte, der hinter einer Theke saß, schaute ihn stumm an. Harry nannte seinen IM-Namen *Freitag* und das Codewort *Mussorgsky*. Dann öffnete sich links eine weitere Tür.

Er wunderte sich jedes Mal, dass zwei Worte genügten, um auf einem geheimen Weg in den Osten zu gelangen. Oder hatte der Uniformierte ihn erwartet? Vermutlich. *Wir haben die völlige Kontrolle über das, was an unserer Grenze passiert,* hatte Kramer gesagt. Sobald er die Tür passiert hatte, tauchte er in den Fluss der Besucher aus Westdeutschland ein, die eine wesentlich kompliziertere Prozedur durchlaufen mussten. Strengste Kontrolle der Reisedokumente und ein Mindestumtausch von fünf DM in fünf Ost-Mark. Die Stimmung war gedrückt, als würde man in ein feindliches Land einreisen. Dabei sprach man dieselbe Sprache, hatte dieselbe Geschichte und vor wenigen Jahrzehnten dieselbe Schuld auf sich geladen.

Die meisten Besucher aus dem Westen, die jetzt auf die Friedrichstraße strömten, hatten Pakete und Koffer dabei, in denen sie Westwaren zu Verwandten und Bekannten brachten. Ein sichtbares Zeichen, dass es noch eine Weile dauern sollte, bis der Sozialismus die gleiche Produktivität wie der Kapitalismus erreicht hatte. Das Wort von den armen Verwandten in der DDR erfüllte Harry jedes Mal mit Zorn und Bitterkeit. Aber auch er war froh, in West-Berlin arbeiten zu können. Mit der richtigen, der sozialistischen Überzeugung machte es sogar Spaß, die Segnungen des Kapitalismus zu genießen.

Unweit des Ausgangs stand ein Wolga M24 mit laufendem Motor auf der Friedrichstraße. Zwei Männer saßen darin. Hüte auf den Köpfen, Ledermäntel. Die

Abteilung der Staatssicherheit, mit der nicht zu spaßen war. Harry ging zum Wagen, nickte kurz dem Fahrer zu und stieg hinten ein. Ohne ein Wort der Begrüßung fuhren sie die Friedrichstraße entlang in Richtung Norden. Harry war aufgeregt, das Herz schlug ihm bis zum Hals. Es war zwar nicht sein erster Besuch in Ost-Berlin, dennoch konnte er nie sicher sein, ob es nicht sein letzter sein würde. Ganz zu Anfang hatten sie ihn einmal zur Zentrale in der Normannenstraße gebracht. Eigentlich hätte er dort nicht sein dürfen. Es war ein blöder Kommunikationsfehler gewesen. Den Mitarbeiter, der ihn damals gefahren hatte, hatte er nie wiedergesehen.

Die Häuserfronten waren grau und bröckelten vor sich hin. *Wieso sieht die Stadt so kaputt aus,* dachte er. *Im Westen gibt es bereits wieder schöne Fassaden und bunte Lichter.* Daran mussten sie unbedingt arbeiten. Es war doch klar, dass einige Bürger davon angezogen wurden. Die wussten ja nicht, dass das im Kapitalismus alles nur Fassade war. Deshalb glaubten sie auch nicht, dass der antifaschistische Schutzwall sie vor dem Kapitalismus beschützte.

Sie fuhren schnell, überholten hupend die knatternden Trabant. Harry kurbelte das Seitenfenster hoch. Der Geruch der Zweitaktmotoren war penetrant. Im Westen waren auch die Autos besser. Der BMW 2000 C, den er sich als Hauptkommissar des Staatsschutz eigentlich nicht leisten konnte, war einem Wartburg oder Wolga um Jahrzehnte voraus. Der technologische Vorsprung des Westens musste ebenfalls unter allen Umständen aufgeholt werden. An einer Kreuzung hielten sie an, weil zwei Polizeimotorräder den Weg für Tschaikas des Politbüros absperrten.

Harry hatte die ganze Nacht überlegt, was er Kramer sagen würde. Dass er nichts mit dem Tod von Heidi Gent zu tun hätte. Dass es eine Eifersuchtsgeschichte mit ihrem Mann Klaus sei. Alles andere hätte sein und Helgas Ende bedeutet. Was Helga anging, war es ihm egal. Aber er würde sich eher umbringen, als den Rest seines Lebens in irgendeinem piefigen Büro in der Normannenstraße vor sich hin zu vegetieren.

Natürlich war es bedauerlich, dass sie durch Heidis Tod den Kontakt zu Horst Mahler verloren hatten, und natürlich musste so schnell wie möglich jemand Neues gefunden werden, der die Schleuse bewachen konnte. Aber das war ein Problem, das lösbar war. Er hatte alles unter Kontrolle. Sogar die Ermittlungen der West-Berliner Polizei kannte er durch Holzinger bis ins Detail. Was sollte Kramer also schon von ihm wollen?

Der Treffpunkt war eine konspirative Wohnung, die ein Mitarbeiter zur Verfügung gestellt hatte. Sie lag in der Berliner Straße direkt neben dem Bahnhof Vinetastraße. Hier war er noch nie gewesen. Es musste jedes Mal eine andere Wohnung sein, in der er seinen Führungsoffizier Kramer traf. Falls ihn jemand beobachten sollte, wäre er ein Freund, der einen Freund besuchte. Die Wohnung lag im dritten Stock. Kramer öffnete die Tür, begrüßte ihn mit Handschlag und bat ihn herein. Im Wohnzimmer saß jemand auf dem Sofa, den Harry nicht kannte. Der Mann war groß, drahtig und attraktiv. Die Brille sah nach Westen aus. Die Uhr ebenfalls. Der Anzug war italienisch. Solche Dinge erkannte er sofort. Es gab keine Begrüßung, nur die kurze Aufforderung, sich in einen der beiden Sessel zu setzen. Harry konnte den Blick nicht von dem Mann abwenden. Sollte das etwa Markus Wolf sein, von dem er schon einiges gehört hatte? Der *Mann ohne Gesicht*? Harry spürte, wie sich kleine Schweißperlen auf seiner Stirn bildeten.

Kramer setzte sich in den zweiten Sessel.

»Wie geht's?«, fragte er.

»Gut.«

»Deiner Frau?«

»Auch gut.«

Wieso fragte Kramer nach Helga? Sie war doch selbst erst vor zwei Wochen zum Rapport hier gewesen. Er sah zu dem Mann auf dem Sofa. Die Augen waren stahlblau und der Blick kalt. Der Mann war Markus Wolf. Eindeutig. Aber wieso war ein Generalleutnant, dazu einer der Stellvertreter von Stasichef Erich Mielke bei dem Gespräch zugegen?

»Wie weit ist die West-Berliner Polizei im Fall Heidi Gent?«, fragte Kramer.

»Sie halten Klaus Gent für den Mörder. Er ist inzwischen in U-Haft.«

»Na, das stimmt ja wohl nicht so ganz.«

Sie wussten bereits, dass er tot war. Von wem? Gab es jemanden, der ihn und Helga überwachte? Möglich wäre es. Und es würde zu Kramer passen.

»Was ist passiert?«, fragte Kramer.

»Er hat sich umgebracht. Wahrscheinlich hat er geahnt, dass sie ihm ›lebenslänglich‹ aufbrummen.«

Harry spürte Wolfs verächtlichen Blick.

»Da ermittelt ein gewisser Kommissar Heller«, sagte Wolf.

Harry nickte.

»Und? Kann man den Mann bremsen?

»Ich glaube schon. Ich habe Erkundigungen über ihn

einholen lassen. Er wohnt bei Paula Hanke, alleinerziehende Mutter von zwei Kindern. Möglicherweise fällt das unter den Kuppeleiparagrafen. Außerdem war da was mit dem Tod seiner Mutter. Ich halte ihn eigentlich für harmlos.«

»Harmlos? Seit wann sind Feinde des Sozialismus harmlos?«, fragte Wolf.

»Ich meine harmlos im Sinne von unwichtig.«

»Ist Ihnen warm?«

Die Frage kam so sehr aus dem Nichts, dass Harry regelrecht zusammenzuckte.

»Warum fragen Sie?«

»Weil Sie schwitzen. Entweder Ihnen ist warm, oder Sie haben Angst.«

»Ja, mir ist ein wenig warm.«

»Also haben Sie keine Angst.«

»Nein, wieso sollte ich.«

»Das frage ich mich auch.«

Sie schwiegen. Harry wischte sich den Schweiß von der Stirn. Wartete, dass Kramer oder Wolf etwas sagten.

»Du fragst dich, warum wir dich hierher bestellt haben«, sagte Kramer.

Harry zögerte. Was war wohl die richtige Antwort auf die Frage. Wenn er *Nein* sagte, würden sie ihn fragen, was er für den Grund seines Besuches hielt. Sagte er *Ja*, wirkte es so, als würde er ihnen Willkür unterstellen. Was für ein Wahnsinn, dass man genau überlegen musste, was man sagen durfte. Deswegen zogen sich solche Termine ewig hin.

»Du weißt, dass wir seit einiger Zeit Pläne bezüglich West-Berlin verfolgen.«

Ja, das wusste er. Es gab angeblich sogar schon Aufmarschpläne, die genau beschrieben, wie die Motorisierte Schützendivision der NVA in Potsdam, das Grenzkommando Mitte, die 6. Sowjetische Motorisierte Schützenbrigade, dazu Luftlandekräfte und Einheiten der Kampfgruppen der Arbeiterklasse in West-Berlin einmarschieren sollten. Aber das waren bisher nur Gerüchte. Wenn Kramer das Thema nun anschnitt, hieß das, dass die Pläne konkreter geworden waren?

»Und das heißt, dass wir genau wissen müssen, wie zum Beispiel die West-Berliner Polizei in so einem Fall reagieren wird.«

»Ich erhalte regelmäßige Informationen von der Quelle.«

»Ja. Aber vielleicht genügt das nicht.«

»An wen denkst du noch? Seinen Vorgesetzten? Manteufel?«

»Hübner.«

»Wer ist das?«

Kramer zog eine Akte aus einer Ledertasche, warf sie auf den Tisch. Harry ergriff sie, blätterte sie auf.

»Klaus Hübner ist derzeit Bundesgeschäftsführer der Gewerkschaft der Polizei der BRD. Wir haben Informationen, dass er der nächste Polizeipräsident von West-Berlin wird«, sagte Wolf.

Kramer und Wolf erhoben sich.

»Lies«, sagte Kramer. »Anschließend lässt du die Akte hier auf dem Tisch liegen. Der Wagen bringt dich dann zur Friedrichstraße.«

Wolf blieb neben Harry stehen, sah von oben auf ihn herab. Harry erwiderte den Blick, bis ihm der Nacken wehtat.

»Dieser Heller ist nicht so harmlos, wie Sie denken«, sagte Wolf. »Er weiß, dass Sie mit seinem Vorgesetzten gesprochen haben. Außerdem hat er Kontakte zur linksradikalen Szene geknüpft. Sie wissen schon, diese anarchistischen Spinner.«

»Ja.«

»Sie haben Wagner losgeschickt, um die Angelegenheit zu regeln.«

Sie wussten es. Sie wussten alles.

»Das ist wohl ziemlich in die Hose gegangen.«

»Ja.«

»Das passiert nicht noch mal. Verstanden? Sie kümmern sich von jetzt an selbst um diesen Heller.«

Als die Wohnungstür zufiel, fröstelte Harry. Er nahm die Akte über Klaus Hübner. Bis jetzt enthielt sie noch nichts Weltbewegendes.

Drei Stunden später ging er durch die Georgenstraße am Bahnhof Friedrichstraße. Klopfte an eine unscheinbare graue Tür. Mit einem Summen sprang sie auf. Ein kahler Raum, hinter der Theke saß ein Uniformierter. Harry achtete darauf, dass die Tür wieder ins Schloss fiel, bevor er *Freitag* sagte und *Mussorgsky*. Ein zweiter Summer, dann ging es durch die Tür links in den Teil des Bahnhofs, von dem aus man zurück nach West-Berlin kam.

Sie kümmern sich von jetzt an selbst um diesen Heller. Übersetzt hieß das, er sollte ihn liquidieren.

Es war bereits elf Uhr. Um fünf Uhr morgens hatte er zum letzten Mal auf die Uhr geschaut. Der Gedanke, dass Paula ihn vor die Tür setzen wollte, hatte Heller verunsichert. Und die Vorstellung, Jochen und Astrid nicht mehr in seiner Nähe zu haben, erschien ihm geradezu absurd. Er musste am Abend mit Paula reden. Sie davon überzeugen, dass er bei den Kindern bleiben musste. Und dass er sie von jetzt an besser beschützen würde. Die Wohnung war kalt. Das Feuer im Kachelofen brannte nur noch schwach. Eine schnelle Rasur, eine kurze Wäsche, dann saß er in seinem Karmann-Ghia und fuhr in die Keithstraße.

Eigentlich wollte er Holzinger von dem Einbruch bei Paula erzählen und auch, dass der Mann kein normaler Einbrecher gewesen war. Aber sein Chef war in einer Besprechung mit Manteufel wegen der bevorstehenden Pressekonferenz zum Fall Gent.

Als Heller seine Notizen zu Klaus Gent sortierte, klingelte das Telefon. Schubert von der Spurensicherung.

»Hast du heute Mittag Zeit?«

»Nein.«

»Komm trotzdem in die Rechtsmedizin. Vierzehn Uhr.«

»Geht es um Gent? Holzinger hat den Fall zugemacht.«

»Komm einfach.«

Bevor Heller noch weiterfragen konnte, hatte Schubert aufgelegt. Wieso war der Leiter der Spurensicherung in der Rechtsmedizin bei Dr. Kemper? Und was war so wichtig, dass er nicht am Telefon darüber sprechen wollte. Da Doll sich krankgemeldet hatte, fuhr Heller alleine nach Spandau, um Gertrude und Franz Mazur vom Tode ihres Schwiegersohns zu unterrichten. Im Autoradio sang ein kleiner Junge namens Heintje etwas von einer Mama, die nicht um ihren Jungen weinen sollte. Heller suchte den RIAS. Der Sender strahlte gerade ein Klassikprogramm aus. Johann Sebastian Bach, Orchestersuite Nr. 3 in D-Dur, sagte der Moderator. Friedhofsmusik, dachte Heller.

Franz Mazur saß am Küchentisch. Er trug einen schwarzen Anzug, ein weißes Hemd, eine rot gemusterte Krawatte. Vor ihm stand eine Flasche Doppelkorn.

»Kommen Sie zur Beerdigung?«, fragte er.

Heller wusste nicht, dass die Staatsanwaltschaft die Leiche freigegeben hatte. Aber auch wenn er es gewusst hätte, wäre er der Beerdigung ferngeblieben.

»Nein, eigentlich nicht.«

»Was wollen Sie dann hier?«

»Ihre Tochter hatte eine Laube gepachtet.«

»Was für eine Laube?«

»In der Kolonie Gartenbauverein Staaken am Finkenkruger Weg.«

Franz Mazur sah Heller verwundert an.

»Davon weiß ich nichts. Gertrude?«

Er rief in Richtung Flur, bekam aber keine Antwort.

»Sie hat Ihnen nie davon erzählt?«

»Nein. Die hat bestimmt nicht ihr gehört. Wahrscheinlich hat der Scheißkerl da gehaust, wenn Heidi ihn rausgeschmissen hat.«

»Ihre Frau hat gesagt, dass Heidi ein paarmal von einem Mann in einem weißen BMW abgeholt worden ist.«

»Ein 2000 C. Was wollen Sie damit sagen?«

»Ich will nichts damit sagen. Ich will nur wissen, ob Sie den Mann gesehen haben.«

»Franz, wir müssen los!« Gertrude Mazurs erschöpfte Stimme aus dem Flur.

»Schau mal, wer da ist«, rief Mazur.

Gertrude kam in die Küche, warf Heller einen kurzen Blick zu. Dann nahm sie die Flasche vom Tisch und stellte sie in den Küchenschrank.

»Du hast genug«, sagte sie zu ihrem Mann und sah ihn streng an.

Franz erhob sich mühsam. Seine Hose war am Bund mit einem Gürtel zusammengezogen. Sie war ihm zwei Nummern zu groß. Sein Atem roch streng.

»Wir wollen nicht, dass Sie zur Beerdigung kommen«, sagte Gertrude.

Heller nickte. *Ein Polizeibeamter geht nicht zur Beerdigung einer Person, die Zentrum von Ermittlungen war,* hieß es in den Vorschriften. Oder so ähnlich. Zudem war er, seit sein Vater und er vor zwanzig Jahren seine Mutter zu Grabe getragen hatten, auf keiner Beerdigung mehr gewesen. Und er würde auch auf keine gehen, bis er nicht wusste, was damals, 1948, in Friedenau in der Handjerystraße passiert war.

»Ich wollte Ihnen sagen, dass Ihr Schwiegersohn tot ist.«

Die beiden Alten reagierten nicht auf die Nachricht. Als wäre Klaus Gent ein völlig fremder Mensch.

»Gehen Sie«, sagte Gertrude.

»Wollen Sie nicht wissen, wie er ums Leben gekommen ist?«

»Das ist egal. Ich hoffe nur, dass er lange gelitten hat«, sagte Mazur.

Gertrude zog ihren Mann aus der Küche. In der Tür drehte sie sich noch einmal um.

»Kommen Sie nicht wieder hierher. Erst wenn Sie die Kinder gefunden haben.«

Auf der Straße schaute Heller den beiden Alten hinterher. Die Suche nach Bettina und Ralf Gent war eingestellt worden. Marianne Menzel meinte, dass jemand die beiden Kinder in den Osten gebracht haben könnte. Aber wer sollte das gewesen sein? Klaus Gent mit Sicherheit nicht. Die Eltern von Heidi auch nicht. Etwa dieser ominöse Mann mit dem weißen BMW?

Heller nahm ein Taschentuch aus der Hose. Noch bevor er das Leichenschauhaus in der Invalidenstraße betrat, hatte sich seine Nase an den ekligen Geruch erinnert. Diesmal waren die Marmortische im Leichenraum bis auf zwei leer. Auf dem ersten lag ein Kind. Ein Mädchen. Der Körper von Brandwunden übersät. Heller blieb stehen, konnte den Blick nicht abwenden. Es traf ihn im Bauch und breitete sich wie Gift im Körper aus.

»Die Brandwunden sind postmortal«, rief Dr. Kemper. »Sie war schon tot, als ihr Vater sie auf den Herd gelegt hat.« Er stand zusammen mit Kommissar Schubert am letzten der fünf Tische.

»Kommen Sie. Wir haben hier etwas, das Ihre Karriere befördern wird«, sagte er.

»Oder beenden.« Schubert starrte auf die Leiche, als könnte er dort die Zukunft ablesen.

Im Grunde genommen war es auch so. Die Leiche auf dem Tisch durfte eigentlich nicht dort liegen. Heidi Gent. Vor einer Stunde waren ihre Eltern zum Friedhof gegangen, um sie in tiefer Trauer zu beerdigen. Als Heller sie sah, bleich, eingefallen, mit der großen Narbe vom Hals bis zum Nabel, war er für einen Moment nicht sicher, ob er halluzinierte. Er ließ das Taschentuch sinken.

»Ich war gerade bei Familie Mazur«, sagte er. »Heute ist die Beerdigung.«

»Ich weiß. Aber die arme Heidi kann leider nicht dabei sein.«

»Wer hat das angeordnet? Holzinger?«

»Holzinger?«, fragte Schubert höhnisch. »Ich hab das mit der Staatsanwaltschaft besprochen.«

»Warum? Du weißt, dass du hierfür einen Riesenärger kriegst.«

»Abwarten. Heidi hat unserem Dr. Kemper etwas erzählt, das dich interessieren wird.«

Als hätte er wie ein Schauspieler auf seinen Einsatz gewartet, trat Dr. Kemper mit einer langstieligen Pinzette an den Tisch und hob ein Stück Haut von Heidis linkem Nasenflügel hoch.

»Sehen Sie das hier? Die kleinen Einkerbungen am Knorpel?«

Heller beugte sich über den Kopf. Winzig kleine, zackige Verletzungen.

»Die sind von dem Messer, mit dem sie ermordet wurde. Wenn der geschulte Rechtsmediziner sich so etwas genau ansieht, kommt er zu dem Schluss, dass das Messer eine oder mehrere Scharten haben muss. Wo sollen die Einkerbungen sonst herrühren?«

»Das wissen wir schon. Das steht alles bereits in den Berichten«, sagte Heller.

»Richtig«, bemerkte Schubert. Er hielt ein Messer mit spitzen Fingern an der Schneide hoch.

»Das ist das Messer, mit dem Heidi Gent ermordet wurde. In deinem Bericht steht, dass das Messer einen schwarzen Plastikgriff hat. Der hier ist aus Holz.«

Hellers Übelkeit war mit einem Schlag verschwunden. Das war nicht die Tatwaffe, mit der Klaus Gent Doll angegriffen hatte. Doll hatte ihm nach der nächtlichen Vernehmung ein Messer mit einem schwarzen Plastikgriff präsentiert und darauf bestanden, dieses Messer Schubert zu übergeben.

»Wo hast du das her?«, fragte er Schubert.

»Dreimal darfst du raten.«

»Doll?«

Schubert nickte. Heller nahm das Messer. Der Griff war aus poliertem Holz. Er wog es in der Hand, als wäre es ein Schlüssel zu einem verbotenen Raum. Zwei kleine Scharten waren zu sehen. Kurz vor dem Griff. Doll hatte das Messer ausgetauscht. Warum? Und woher hatte er das Messer mit dem Holzgriff? Heller wandte sich an Dr. Kemper.

»Sind Sie sicher, dass das hier die Tatwaffe ist?«

»Trägt der Papst Kleider?«

»Nur falls es dich interessiert«, sagte Schubert, »es sind keine Fingerabdrücke drauf. Auch nicht von Doll.«

Dr. Kemper deckte die Leiche mit einem Tuch zu. Heller fiel wieder die Beerdigung ein.

»Und was ist in dem Sarg?«

»Es ist eine Urne«, antwortete Dr. Kemper. Er winkte zwei Assistenten herbei. Die Leiche kam zurück in den Kühlraum.

Heller hatte Dr. Kemper angeboten, ihn mit zum KaDeWe zu nehmen, wo der Rechtsmediziner ein Geschenk für seine Frau kaufen wollte. In der Kleiststraße steckten sie in einem Stau fest. Sie mussten den Karmann-Ghia stehen lassen und gingen zu Fuß weiter. Heller war in seinen Gedanken immer noch bei den beiden Messern. Doll hatte sie ausgetauscht und gehofft, dass der Tausch nicht bemerkt werden würde.

Klaus Gent sollte der Mörder sein. Es war eindeutig. Aber Gent war nicht der Mörder. Was wollte Doll vertuschen? Und Holzinger? Was für ein ungeheurer Gedanke. Zwei Beamte der Mordinspektion waren in eine Verschwörung verstrickt.

»Was da passiert, kriegen wir nicht mehr in die Flasche zurück. Das ist der Anfang vom Ende des Patriarchats«, sagte Dr. Kemper. »Genießen Sie, solange es noch geht.« Er lachte schallend.

Jetzt erst fiel Heller auf, dass überwiegend Frauen sich auf dem Wittenbergplatz zu einem sogenannten Sit-in niedergelassen hatten. Auch die Transparente waren anders als sonst. *Befreit die sozialistischen Eminenzen von ihren bürgerlichen Schwänzen,* stand auf dem Schild, das eine Rothaarige in die Höhe hielt. Eine andere schwenkte ein Transparent mit der Aufschrift *Wir sind penisneidisch, penisneidisch, penisneidisch.*

»Sind Sie katholisch, Heller?«, fragte Dr. Kemper.

»Evangelisch. Aber ausgetreten.«

»Was glauben Sie, ist der Mensch gut und die Welt schlecht, oder ist der Mensch schlecht und die Welt gut?«

Heller sah Dr. Kemper erstaunt an. Darüber hatte er noch nicht nachgedacht.

»Ich hoffe, dass die Menschen gut sind«, antwortete er.

»Das tun wir alle. Und trotzdem gibt es die Zehn Gebote.«

Heller verstand nicht, worauf Dr. Kemper hinauswollte.

»Die Zehn Gebote, die so oder ähnlich in allen Religionen vorkommen, sind doch ein eindeutiger Hinweis darauf, dass es mit dem Gutsein des Menschen nicht so weit her ist, sonst müsste Gott uns nicht immer wieder daran erinnern, dass wir nicht morden, stehlen, fremd- gehen und lügen dürfen. Noch nicht mal Ihre Kollegen sind gute Menschen. Sie sind Polizisten. Aber als Men- schen genauso fehlbar wie jeder von uns. Kennen Sie Hans-Ulrich Werner?«

»Sie meinen den Kommandeur der Schutzpolizei?«

»Wir haben eine Zeit lang nebeneinander gewohnt. Wissen Sie, was er vor seiner Ernennung zum Kom- mandeur gemacht hat?«

Heller wusste es nicht.

»Er war Offizier bei der SS. Und als er einige Stellen bei der Schutzpolizei neu besetzen durfte, hat er sei- ne alten Wehrmachts-, Gestapo- und SS-Kameraden angerufen. Jetzt prügeln sie wieder auf Leute ein, die nicht so denken oder so sind wie sie. Oder denken Sie an Karl-Heinz Kurras, der letztes Jahr den Studenten Benno Ohnesorg erschossen hat. Der Richter Friedrich Geus, übrigens ein guter Freund von mir, hat im Urteil festgestellt, dass die Tötung eindeutig rechtswidrig war. Und zum Schluss hat er noch gesagt, dass es sich mög- licherweise um ein unbewusstes, das heißt, vom Willen des Angeklagten nicht kontrolliertes Fehlverhalten ge- handelt hat. Ich hatte Ohnesorg auf dem Tisch. Die Kugel ist aus nächster Nähe abgegeben worden.«

»Und was hat das mit Doll zu tun?«, fragte Heller.

»Das müssen Sie herausfinden. Sie sind der Polizist. Ich will Ihnen nur sagen, dass die sicherste Haltung der Welt gegenüber immer noch die Skepsis ist. Lesen Sie Mark Aurel.«

Dr. Kemper klopfte ihm väterlich auf die Schulter.

»Morgen früh kriegen Sie meinen Bericht zu Klaus Gent. Vorweg nur schon mal so viel, ein Suizid ist nicht auszuschließen. Fremdeinwirkung allerdings auch nicht. Ich wünsche Ihnen noch einen schönen Tag.«

Heller sah Dr. Kemper hinterher, bis der im KaDeWe verschwand. *Ich will Ihnen nur sagen, dass die sicherste Haltung der Welt gegenüber immer noch die Skepsis ist.* Glaube erst mal nichts und niemandem. Jeder Verdächtige biegt sich die Wahrheit zurecht, nur damit er davonkommt. Zeugen lügen, weil sie sich wichtigmachen wollen oder einen Verdächtigen nicht leiden können. Rechtsanwälte verdrehen Aussagen, bis niemand mehr weiß, was wahr ist und was falsch. Skepsis war wichtig und in den meisten Fällen angebracht.

Aber es war auch eine Haltung, die alles vergiftete und jeden, der ihr folgte, einsam machte. Heller beschloss, sich nach diesem Mark Aurel zu erkundigen. Und vor allem beschloss er, Holzingers Ansage, dass der Fall Gent abgeschlossen sei, zu ignorieren.

In der Pressekonferenz herrschte eine angespannte Atmosphäre. Lieblich hatte seine Teilnahme aufgrund der unklaren Aktenlage abgesagt. Manteufel war aufgebracht, weil ihm die Berichterstattung in der Berliner Presse jeden Morgen den Appetit verdarb. Seit einem Jahr stand die Polizei sowieso unter Beschuss durch die Presse. Vor allem die sozialdemokratischen Blätter belagerten die Ordnungsmacht mit einem Trommelfeuer aus Fragen, Mutmaßungen und Verdächtigungen. Heller hatte sich hinter den Reportern postiert und beobachtete, wie die Antworten, die Holzinger und Manteufel gaben, immer knapper und zynischer wurden.

»Heidi Gent ist heute Mittag beerdigt worden. Das heißt, Sie wissen, wer die Frau ermordet hat?«

Diesmal war es ein Journalist des Telegraf, der die beiden Polizisten ins Schwitzen bringen wollte.

»Nein, das wissen wir nicht. Aber wir können auch nicht jede Leiche so lange aufbewahren, bis wir den Täter gefunden haben«, erklärte Manteufel.

»Und wann gedenken Sie, den Täter zu überführen?«

»Kurz bevor wir es Ihnen mitteilen.«

»Das ist ja wohl eine Frechheit«, murmelte der Reporter des Tagesspiegel. Seine Kollegen stimmten ihm zu.

»Was ist eigentlich mit den Kindern? Sind die inzwischen gefunden worden?«

»Nein.«

»Warum haben Sie die Suche eingestellt?«

»Weil wir sie nicht gefunden haben.«

»Es gibt Gerüchte, dass Klaus Gent die Kinder im Grunewald vergraben hat.«

»Na, dann fangen Sie schon mal an zu buddeln. Gibt bestimmt eine fette Schlagzeile.«

»Wissen Sie inzwischen, wie Klaus Gent in Moabit ums Leben gekommen ist?«

Frage wurde auf Frage getürmt.

»Jemand hat ein Ruderboot auf dem Wannsee gesehen. Aus dem Boot soll etwas versenkt worden sein. Vielleicht waren das die Kinder. Ist die Wasserschutzpolizei da schon aktiv geworden?«

»Ein Beamter hat von Mord gesprochen.«

»Die Eltern von Heidi Gent haben gesagt, es handle sich um einen Raubmord.«

Die Journalisten fielen einander ins Wort, die Köpfe rückten immer näher an den Tisch heran, hinter dem sich Holzinger und Manteufel verschanzt hatten. Inmitten des Chaos beugte sich Manteufel zu seinem Kollegen. Ein paar leise Worte wurden gewechselt. Dann standen beide auf.

»Danke, meine Damen und Herren, Sie hören von uns, wenn es etwas Neues zu berichten gibt.«

Damit war die Pressekonferenz beendet.

Kurz darauf erschien Holzinger in Hellers Büro. Er schloss die Tür, setzte sich auf Dolls Stuhl.

»Du warst in der Rechtsmedizin?«

Es war eine Frage. Sie klang wie ein verbaler Tritt in den Hintern. Woher wusste Holzinger davon? Heller nickte knapp.

»Und? Was Neues?«

»Dr. Kemper schickt uns morgen den Bericht zu Klaus Gent. Er sagt, es lässt sich nicht feststellen, ob es Mord oder Selbstmord ist.«

»Warum bist du hingefahren, wenn er sowieso morgen den Bericht schickt?«

Sollte er Holzinger von dem vertauschten Messer erzählen? Sollte er ihm sagen, dass der Fall für ihn keineswegs abgeschlossen war?

»Routine.«

»Ich hab auch mit Lieblich gesprochen. Der ist ebenfalls der Meinung, dass du der Richtige für den Posten bist. Bild dir aber nicht zu viel darauf ein.«

Er versucht es auf die kumpelhafte Tour, dachte Heller.

»Also, wie sieht deine Entscheidung aus?«

»Ich hab noch nicht drüber nachgedacht.«

Das Missfallen war Holzinger deutlich anzumerken. Er trat ans Fenster, schaute hinaus.

»Ich kenne deinen Vater seit vielen Jahren. Wir haben einiges zusammen durchgemacht. Gutes und weniger Gutes. Du warst fünf, als du zum ersten Mal mit mir auf der alten DKW gefahren bist. Du hast keine Angst gehabt. Vielleicht kommt das jetzt alles nur, weil deine Mutter so früh gestorben ist. Das war damals hart für dich. Und für Siegfried. Ich fühl mich für euch beide verantwortlich. Ich weiß nicht, wieso, aber …«

Er drehte sich langsam um.

»Wenn du dich gegen die Beförderung entscheidest, wirst du es hier schwer haben, mein Junge. Sehr schwer.«

»Du hast vor ein paar Tagen mit jemandem im Treppenhaus gestanden. Klein, Glatze, dunkle Brille.«

»Und?«

»Wer war das?«

»Ein Kollege aus Hamburg. Er hat Amtshilfe gebraucht. Ein Mord auf der Reeperbahn.«

Ein Kollege aus Hamburg. Niemals. Du lügst mich an, Holzinger.

»Wieso fragst du?«

»Nur so. Ich hab gedacht, ich kenn ihn irgendwoher.«

Sie sahen sich an. Unbeweglich. Lauerten auf den einen falschen Satz, der es ihnen ermöglichen würde zuzuschlagen. Holzinger presste die Lippen zusammen, als wollte er jedes weitere Wort daran hindern, unbedacht herauszuschlüpfen. Für einen kurzen Moment fühlte Heller so etwas wie Mitleid. Er konnte den Kampf, den Holzinger mit sich ausfocht, geradezu spüren. Pflichtbewusstsein, Gehorsam und Ehre standen über allem. Und wenn jemand ihn zwang, gegen diese Prinzipien zu handeln, zerriss es ihn. Trotzdem würde er Holzinger nicht verschonen.

Nachdem sein Chef das Büro verlassen hatte, wartete Heller noch einen Moment. Dann ging er zwei Türen weiter zum Büro von Mercier und Danner. Er wusste, dass die beiden ihn mochten. Heller schloss die Tür hinter sich.

»Ihr müsst was für mich tun.«

»Dir eine Frau besorgen?« Danner blickte von seiner B. Z. auf.

»Ich brauche jeden BMW 2000 C, der hier in Berlin rumfährt. Vermutlich weiß.«

»Aber da ist doch Doll schon dran.«

Heller blickte die beiden Kommissare an. Er wollte ihnen nicht mehr sagen, als unbedingt notwendig war. Entweder Mercier und Danner verstanden, um was es sich hier handelte, oder er würde das Büro sofort wieder verlassen.

»Du denkst, dass ...«

Mercier schien zu verstehen. Er blickte zu Danner.

»Na dann. Steht sowieso nur Mist in dem Drecksblatt.«

»Danke. Wenn ihr was gefunden habt ...«

»Sagen wir dir Bescheid.«

Sie gaben sich die Hand. Heller ging zur Tür, drehte sich dann aber noch mal herum.

»Kennt ihr einen Mark Aurel?«

»Römischer Kaiser und Philosoph, neun Buchstaben.«

»Okay.«

»Wieso?«

»Nur so.«

Heller öffnete die Tür.

»Wart mal«, rief Danner. »Suchst du jemanden Bestimmtes?«

»Ja.«

»Jemand, den wir kennen?«

»Kann sein.«

Die Tür fiel mit einem rauen Klacken ins Schloss. Heller atmete durch. Zum ersten Mal, seit er in dem Mordfall Heidi Gent ermittelte, hatte er das Gefühl, der Lösung des Falles näher zu kommen.

Er fuhr in den *Kings-Club*. Ein paar Musiker hatten sich zu einer Jam-Session zusammengefunden. Heller hörte eine Weile zu, bis Ryan ihn aufforderte, seinen Hintern endlich ans Klavier zu bewegen. Sie spielten ein paar Titel aus *Kind of Blue* von Miles Davis. In solchen Momenten verschwanden die Stadt, der Job, die Lügen. Und Heller tauchte in eine andere Welt ein, deren einziger Makel ihre Endlichkeit war.

Mittwoch, 6. November

Er ging über den Friedhof, blieb ein paar Schritte vor dem Grab seiner Mutter stehen. Es lag offen vor ihm. Wie immer. Ein riesiges, dunkles Maul. Er zögerte hineinzuschauen. Etwas war anders als sonst. Seine Mutter, die bisher immer wie in den Tagen vor ihrem Tod ausgesehen hatte, war gealtert. Das Gesicht voller Falten, die Haare grau, der Mund ohne Zähne. Der Arm, den sie immer nach ihm ausgestreckt hatte, lag kraftlos auf ihrem Gesicht. Dass er ihre Hand nie ergriffen hatte, erfüllte ihn jetzt mit einem schmerzhaften Gefühl der Schuld. Er fragte sie, warum sie sich von ihm abwandte. Sie schwieg. Er fragte, ob er etwas falsch gemacht habe. Sie schwieg. Dabei hatte er ihr doch bei jedem Besuch versprochen, ihren Tod aufzuklären. Und sie hatte ihm jedes Mal ein Wort zugeflüstert. Ein Wort, das er nie verstand, weil sie immer so leise sprach. Ich finde heraus, was damals in der Handjerystraße passiert ist, rief er ihr zu. Da nahm sie die Hand vom Gesicht. Anstelle der Augen sah er zwei schwarze Löcher.

Heller saß aufrecht im Bett. Von seinem eigenen Schrei geweckt. Das Unterhemd war durchgeschwitzt, die Bettdecke zu Boden gerutscht. Das spezielle Gebäck, das Ryan ihm verkauft hatte, hatte ihm ein paar Stunden Schlaf geschenkt. Allerdings auch den Albtraum, der ihn immer wieder heimsuchte. Jetzt erst merkte er, dass er fror. Nach einem schnellen Kaffee war er halbwegs wach. Er musste noch einmal in die Kleingartenkolonie fahren. Vielleicht hatte jemand dort den Mann mit dem BMW 2000 C gesehen. Und er musste diesem Idioten, der auf ihn geballert hatte, die Waffe abnehmen.

Ein Polizeiwagen parkte am Eingang. Zwei Polizisten standen vor Heidi Gents Laube. Sie sprachen gerade mit dem besagten Mann. Es war nach den Schüssen zu erwarten gewesen, dass jemand die Polizei verständigte, aber es passte nicht in Hellers Pläne. Es wäre ihm lieber gewesen, er hätte den Mann alleine zur Rede stellen und Heidis Laube noch eine Weile geheim halten können. Heller zeigte den beiden Polizisten seinen Ausweis.

»Wie heißen Sie?«, fragte er den Mann.

»Kolowski.«

»Erzählen Sie.«

»Hab ich doch den beiden schon.«

»Dann eben noch mal.«

Der Mann wiederholte missmutig, was in der fraglichen Nacht passiert war.

»Zuerst hab ich ein Geräusch gehört. Ich bin aufgestanden und hab nachgesehen.«

»Wohnen Sie hier?«, fragte einer der Polizisten. »Sie wissen, dass das nicht erlaubt ist.«

»Nee, ich bin danach nach Hause gefahren.«

»Und dann?«, fragte Heller.

»Was ich zuhause gemacht habe?«

»Als Sie noch hier waren.«

»Da hab ich beobachtet, wie einer über das Gartentor klettert. Ich hab gerufen, und da hat der auf mich geschossen. Ich sofort zurück, hab meine Schrotflinte genommen und bin noch mal hierhergelaufen.«

Der Mann log wie gedruckt.

»Wieso besitzen Sie eigentlich eine Schrotflinte?«, fragte Heller.

»Na, weil sich hier allerhand Gesindel rumtreibt. Flüchtlinge und Chaoten und so.«

»Sie wissen, dass Privatpersonen keine Schusswaffen besitzen dürfen. Darauf steht laut dem Kontrollrat der Alliierten die Todesstrafe.«

»Die können mich mal am Arsch lecken. Wenn einer auf mich schießt, schieß ich zurück. So läuft das.«

»Haben Sie den Mann erkannt?«

»Wie denn? Es war ja dunkel.«

Einer der Polizisten hatte inzwischen das Gartentor mit einem Dietrich geöffnet. Heller betrachtete das Häuschen. Die Schüsse aus der Schrotflinte hatten auf der Wand und in der Tür tiefe Löcher hinterlassen. Das Fenster war komplett zerstört. Heller dachte an den Montagabend. Er hätte tot sein können.

268

»Kennen Sie die Frau, der die Laube gehört?«, fragte Heller Kolowski.

»Nicht persönlich. Man hat sich ab und zu gegrüßt«, antwortete er.

»Haben Sie außer der Frau noch jemand anders hier gesehen?«

»Wen meinen Sie?«

»Ihren Mann zum Beispiel.«

»Nee. Oder doch. Ein paarmal war einer hier.«

»Wie hat der ausgesehen?«

»Nicht sehr groß. Immer mit Hut.«

»Wann war das? Können Sie sich noch an das Datum erinnern?«

»Das letzte Mal war vor zehn Tagen. Am 25. Oktober.«

»Das wissen Sie so genau?«

»An dem Tag hab ich mir die Zündapp gekauft. Der ist in so einem dicken BMW weggefahren. Ein 2000 C.«

25. Oktober. Der Tag, an dem Heidi Gent vermutlich umgebracht worden war.

»Ein bisschen hat der ausgesehen wie dieser Drecksack Mahler, wegen dem die Studenten am Tegeler Weg Krawall gemacht haben. Um die müssten Sie sich mal kümmern. Sonst geh ich das nächste Mal mit der Schrotflinte zu dem ins Büro.«

»Sie nehmen Ihre Schrotflinte nirgendwo mit hin. Die Waffe wird konfisziert«, sagte einer der Polizisten.

»Was wird die?«, fragte Kolowski.

»Eingezogen.«

»Nix wird die.«

Kolowski rannte zu seiner Laube. Vermutlich wollte er die Flinte in Sicherheit bringen. Die beiden Polizisten sahen ihm konsterniert nach, unternahmen aber nichts.

»Was ist?«, fragte Heller. »Wollt ihr hier warten, bis er mit der Schrotflinte zurückkommt und uns abknallt?«

Die Polizisten rannten los. Heller ging an dem Zaun entlang. Wie mochte eine solche Schleuse aussehen, von der Ryan gesprochen hatte? Wahrscheinlich ein Tor mit Vorhängeschloss. Ich muss danach suchen, dachte er, als die Polizisten mit der Schrotflinte zurückkamen.

Erika Stroh roch wie bei Hellers erstem Besuch immer noch nach Patschuli. Nur die Hippiekleidung hatte sie gegen Stiefel, Jeans und Batik-T-Shirt eingetauscht. Ihr Chef Horst Mahler hatte vor einer Stunde die Kanzlei verlassen, weil er die beiden Kommunarden Fritz Teufel und Rainer Langhans gegen den Vorwurf des Landfriedensbruchs verteidigte.

Erika Stroh wusste nicht, dass Heidi eine Laube angemietet hatte. Und sie wusste auch sonst nicht viel über ihre Kollegin. Heidi Gent hatte sich nicht für Politik interessiert, das wusste sie.

»Frau Gent hat ein Sparbuch besessen. Da sind zwölftausend Mark drauf. Können Sie sich erklären, woher sie das Geld hat?«, fragte Heller.

»Zwölftausend? Nein. Davon hat sie nie was erzählt. Sie hat mal gesagt, sie würde irgendwann nach Amerika auswandern. Da haben wir uns gestritten, weil ich nicht verstanden hab, wie man in ein Land gehen kann, das die Vietnamesen in die Steinzeit zurückbomben will.«

Dann hielt Erika Stroh inne. Das Bild ihrer Kollegin schien sich gerade eklatant zu verändern.

»Sie meinen, dass sie angeschafft hat?«

Heller zuckte mit den Schultern.

»Wie haben Sie sie empfunden?«

»Sie meinen, wie sie war?«

»Nein, das können Sie nicht wissen. Das wusste wahrscheinlich Heidi Gent selbst nicht.«

»Für mich war sie ziemlich moralisch. Heidi hat sich immer über die Leute von der Kommune 1 aufgeregt, weil die es alle miteinander treiben.«

»Was für einen Wagen fährt Horst Mahler?«

»Ich weiß es nicht, ich glaub, einen BMW.«

»Frau Gent ist ab und zu von jemandem in einem BMW zuhause abgeholt worden.«

»Von Mahler? Nee. Einmal war ich ja dabei. Da war ich zum Kaffeetrinken bei ihr.«

»Und da haben Sie denjenigen gesehen?«

»Nur kurz. Der hat vor dem Haus in seinem Wagen gewartet. So einer mit Halbglatze.«

»Und was hat Frau Gent gesagt, wer das ist?«

»Ein Cousin.«

»Und Sie haben das geglaubt?«

»Eigentlich nicht. Der hat wie ein Bulle ausgesehen. Vom Staatsschutz oder so was.«

»Im Ernst? Wie sieht jemand vom Staatsschutz aus?«

»Weiß nicht. Ist so ein Gefühl. Ihnen sieht man ja auch an, dass Sie ein Bulle sind.«

»Was hat Mahler denn dazu gesagt?«

»Nichts. Sie hat dann keine Ermittlungsakten mehr dupliziert. Er hat sie ans Telefon gesetzt.«

»Würden Sie den Mann wiedererkennen, wenn Sie ihn sehen?«

»Vielleicht.«

Heller gab ihr seine Telefonnummer. Mahler sollte sich bei ihm melden, weil er ihm ein paar Fragen zu Heidi Gent stellen wollte. Dann verließ er die Kanzlei.

Ein feuchter Novemberwind fegte über die Straße. Spielte Fangen mit Flugblättern und Zigarettenschachteln. Im Schutz des Hauseingangs zündete Heller sich eine Zigarette an. Der Boden unter seinen Füßen fühlte sich unsicher an. Als würde er über Kieselsteine laufen. Hatte Heidi Gent sich mit jemandem vom Staatsschutz getroffen? Sollte sie Mahler ausspionieren? Aber soweit er wusste, beschäftigte der Staatsschutz keine Spitzel. Das war die Domäne des Verfassungsschutzes. In was für ein Wespennest hatte er hier hineingestochen?

Heller fuhr nach Moabit in die Birkenstraße. Er hatte Doll zu Anfang seiner Zeit bei der Mordinspektion dort einmal besucht. Heller hatte sich gewundert, wie sein Kollege es zusammen mit seiner Frau und drei Kindern in der kleinen Wohnung aushielt. Die Kinder schliefen in einem kleinen Zimmer, das Wohnzimmer diente zugleich als Elternschlafzimmer. Die Küche war winzig, und die Toilette befand sich auf halber Treppe. Trotz der Enge hatte die Familie einen glücklichen Eindruck auf ihn gemacht. Und im Gegensatz zu seinem rüden Verhalten im Dienst schien ihm Doll ein geduldiger und fürsorglicher Vater zu sein.

Die Wohnung lag im Hinterhaus im zweiten Stock. Ein Mädchen öffnete auf Hellers Klopfen. Sie war etwa vier Jahre alt und sah aus wie ihr Vater. *Die Natur kann herzlos sein*, dachte Heller. Rotze lief ihr aus der Nase. Sie leckte sie mit der Zunge weg.

»Willst du zu meinem Papa?«, fragte sie.

»Ist er da?«

»Er ist krank. Ich bin auch krank. Wie heißt du?«

»Wolf Heller. Ich bin ein Kollege von deinem Papa.«

»Bist du der Idiot?«

Offensichtlich erzählte Doll daheim von der Arbeit.

»Ja.«

Die Kleine warf die Tür wieder zu. Heller konnte hören, wie sie nach ihrem Papa rief. Kurz darauf wurde die Tür erneut geöffnet.

»Heller, na schau mal einer an. Was willst du denn hier?«

Doll sah übel aus. Die Augen waren verquollen, die Nase rot. Er hustete.

»Ich geb dir besser nicht die Hand. Sonst holst du dir noch den Tod. Und du wirst ja noch gebraucht, damit hier Recht und Ordnung herrschen. Komm rein.«

Doll führte Heller in die Küche. Geschirr stapelte sich im Waschbecken. Auf dem Herd köchelten Töpfe vor sich hin. Es roch nach Kohl.

»Setz dich. Was gibt's?«

»Wollte mal schauen, wie's dir geht.«

»Wie's mir geht? Komm, Heller, das glaubst du doch selbst nicht. Du hältst mich für ein Arschloch, und ich halte dich für einen Idioten.«

»Heidi Gent hatte eine Laube. Finkenkruger Weg Kolonie Gartenbauverein Staaken.«

»Ach, sieh mal einer an. Hab ich's nicht gesagt? Die war eine Nutte. Die war anschaffen. Da hat sie die zwölftausend her.«

»Ab und zu war da jemanden mit einem BMW 2000 C.«

»Und?«

»Vielleicht kennst du ja jemanden, der so einen fährt.«

Für einen winzigen Moment wurden Dolls Augen schmal, sein Blick gefährlich. Dann fing er sich wieder.

Heller hatte den Blick bemerkt. Es war ein winziger Moment, in dem Doll gezeigt hatte, dass er mehr wusste, als er sagte.

»Wieso sollte ich?«

»Weil du in der Jüterboger warst.«

»Nee, hatte ich noch keine Zeit.«

»Aber ich war heute Mittag im Grünen Haus.«

»Willst du was trinken? Es gibt noch kalten Kaffee.«

Doll schenkte zwei Tassen voll. Stellte eine davon vor Heller ab. Er blieb neben dem Waschbecken stehen. Hellers Tasse war am Rand schmutzig.

»Die Tatwaffe ist nicht das Messer, mit dem dich Klaus Gent bei dem Verhör verletzt hat.«

»Stimmt. Die Tatwaffe hab ich in Gents Wohnung gefunden.«

»Die hast du in Gents Wohnung gefunden. Ganz plötzlich?«

»So ist es.«

»Und wann war das?«

»Als ich noch mal in der Dallgower war.«

»Und wo war das Messer?«

»In der Küche. Unterm Küchenschrank.«

»Nein.«

»Was, nein?«

»Ich war auch in der Wohnung. Vor dir. Ich hab alles abgesucht. Unterm Küchenschrank hat kein Messer gelegen.«

»Dann hat Gent es wohl erst später da versteckt.«

Sie fixierten sich wie zwei Raubtiere, die nur auf ein Zeichen der Schwäche des jeweils anderen warten, um loszustürzen.

»Und die Reifenspuren?«

»Was ist damit?«

»Hast du dich erkundigt, zu welcher Marke die gehören?«

Doll setzte sich Heller gegenüber. Drehte die Kaffeetasse in den Händen.

»Ich weiß nicht, was Holzinger zu dir gesagt hat. Angeblich sollst du seinen Posten kriegen. Eigentlich wär ich dran, aber er will dir wohl ein Geschenk machen. Und ich mach dir jetzt auch ein Geschenk. Es ist ein guter Tipp. Halt dich aus Gent raus. Ist besser, wirklich. Ich kann dich zwar nicht besonders gut leiden, aber du bist ein guter Polizist. Nur ist es manchmal nicht hilfreich, wenn man ein guter Polizist ist.«

Den Satz hatte Heller so ähnlich auch schon von Holzinger gehört.

»Und was für ein Polizist bist du?«, fragte Heller.

»Einer, der weiß, wann er die Schnauze halten muss. Warum trinkst du nicht? Schmeckt dir der Kaffee nicht?«

»Ich hab auch einen Tipp für dich. Ich werde herausfinden, wer Heidi Gent umgebracht hat. Und du hast jetzt zwei Möglichkeiten. Du sagst mir, wo du das Messer herhast, und alles ist gut.«

»Und zweitens?«

»Du gehst unter. Genauso wie Holzinger.«

Doll lachte so laut, dass das Mädchen in die Küche gerannt kam.

»Habt ihr Witze erzählt?«, fragte sie.

»Ja, mein Schatz«, sagte Doll. Er nahm seine Tochter auf den Schoß. »Aber keinen für kleine Mädchen.«

Doll gab seiner Tochter einen Kuss auf die Wange und schickte sie zurück in ihr Zimmer. Dann sah er Heller grinsend an. Beugte sich nach vorne. Seine Stimme war ein Zischen.

»Du hast keine Ahnung, mit wem du dich anlegst, Heller. Und ich wäre an deiner Stelle vorsichtig. Wer weiß, was noch alles passiert.«

Heller richtete sich auf.

»Du weißt ja, wo du mich erreichst«, sagte er. »Und überleg dir, ob du deine Kleine demnächst nur noch sehen willst, wenn sie dich im Knast besuchen kommt.«

Er verließ die Wohnung. Das war es also. Sie steckten unter einer Decke. Doll, Holzinger, der Fahrer des BMW, der wahrscheinlich Heidi Gents Mörder war. Und sie gaben sich nicht mal mehr die Mühe, es zu verheimlichen.

Es war ein Sieg gewesen. Sie alle hatten es erlebt. Mit eigenen Augen gesehen und am eigenen Körper gespürt. Das System war verwundbar und der Tegeler Weg das eindeutige Signal. Doch die meisten, die wie Louise in den Republikanischen Club gekommen waren, hatten keine Ahnung, was für ein Signal dieser Sieg sein sollte. Bis Rolli auf einen Stuhl kletterte und seine Sicht der Ereignisse lieferte.

»Genossen! Es ist uns nicht gelungen, das Landgericht in Brand zu setzen, weil die Bullenschweine Bakunin sofort festgenommen und übel zugerichtet haben. Und Horst Mahler hat sich geweigert, befreit zu werden, weil er immer noch an seiner bürgerlichen Karriere hängt. Aber wir haben mehr als hundertdreißig Polizisten zum Teil schwer verletzt. Ist das nicht fantastisch?«

Er hielt die Titelseite der Bild-Zeitung hoch.

»Hier steht, der Schaden an den Wasserwerfern beträgt dreizehntausend Mark. Und die meisten können in den nächsten Wochen nicht mehr eingesetzt werden. Die Bullen drehen durch, weil ihre Leute keine richtige Ausstattung haben. Und bis die neues Material erhalten, dauert es Wochen. Ist natürlich scheiße, dass die Bullen die Wieland überfallen und die Mollis mitgenommen haben, aber das ändert nichts daran, dass wir jetzt handeln müssen. Wir sind an einen Punkt gekommen, wo Eier und Pflastersteine nicht mehr ausreichen.«

»Es waren immerhin zweitausenddreihunderteinundsiebzig Pflastersteine. Irgendein Schreiberling hat sie gezählt«, rief jemand von der Tür her.

»Da sieht man mal wieder, wie die gleichgeschaltete bürgerliche Presse lügt. Es waren zweitausenddreihundertzweiundsiebzig«, bemerkte eine Studentin, die direkt vor Rolli stand.

Alle lachten.

»Genossen! Wir müssen den nächsten Schritt gehen. Die Aktion als Teil der Radikalisierung der internationalen, revolutionären Befreiungsbewegungen begreifen. Wenn wir vom Tegeler Weg etwas lernen können, dann, dass wir die Möglichkeit haben, den Staat zu Fall zu bringen. Wir können jetzt die Machtfrage stellen.«

Louise hatte sich an eines der Fenster gesetzt. Der Tag hatte schon schlecht begonnen. Zuerst hatte ihre Mutter aus Boston angerufen und gesagt, dass sie sich scheiden lassen werde. Zuhause war es spätabends, es war also ernst. Dann hatte sie sich wieder einmal mit den Jungs in der Kommune gestritten, weil das Klo verdreckt war und niemand es sauber machen wollte. Dirk hatte irgendwas von Nebenwiderspruch gefaselt. Louise wusste, dass der Tag sich nicht mehr erholen würde.

Neben ihr stand Ulf Kainer. Sie beobachtete ihn schon eine Weile. Als er ihren Blick spürte, lächelte er. Sie mochte ihn nicht. Es hieß, er sei verheiratet und hätte Kinder. Wieso er die Szene dann mit Molotow-Cocktails versorgte, verstand sie nicht. Er brachte doch dadurch seine Familie in Gefahr. Einmal hatte Kainer erzählt, er wisse, wie man den Abwasserkanal des Springer-Hochhauses komplett verschließen könnte. Dann würde bei denen die Scheiße überlaufen. Und vor Kurzem hatte er sogar damit geprahlt, er könne richtige Waffen besorgen. Woher, hatte er nicht gesagt. Vielleicht aus dem Osten? Louise zwängte sich durch die Menge nach draußen. Rolli referierte inzwischen Rudi Dutschkes Pläne, wie sie in West-Berlin die Macht übernehmen wollten.

»Wir sind nicht mehr nur zweihundert Spinner, die die Revolution wollen, wir können durch unsere Aktionen Tausende mobilisieren. Als Erstes werden wir Berlin zu einer freien Stadt umbauen. Dann wird Springer enteignet. Danach werden wir Berlin von Westdeutschland abkoppeln und hier eine Räterepublik errichten. Natürlich müssen all die, die nicht auf unserer Seite sind, die Stadt verlassen und werden nach Westdeutschland deportiert.«

Unten vor der Tür des Hauses sah sie Dirk. Er unterhielt sich mit ein paar Leuten, die gelegentlich in der Wieland abhingen. Ein Joint kreiste. Louise überlegte, ob sie ihn ansprechen sollte. Vielleicht am besten unter vier Augen. Als sie zu der Gruppe trat, verstummte das Gespräch. Die Blicke sagten ihr, dass sie ein Fremdkörper war. Louise ließ sich nicht beirren.

»Hast du mal einen Moment Zeit?«, fragte sie Dirk.

Widerwillig reichte er den Joint weiter. Sie gingen Richtung Savignyplatz.

»Was gibt's?«, fragte er.

»Wie gut kennst du Ulf?«

»Wieso willst du das wissen?«

»Weil ich es seltsam finde, dass er drauf besteht, die Mollis am Sonntag in der Wieland zu deponieren, und dann stürmen die Bullen.«

»Und? Die gehen uns doch andauernd auf den Sack.«

»Ja, aber zwei Wochen lang haben die uns in Ruhe gelassen und jetzt kommen die wie bestellt.«

»Stimmt schon, aber was hat Ulf damit zu tun?«

»Keine Ahnung. Deswegen frag ich dich, wie gut du ihn kennst.«

»Du meinst, dass er ein Spitzel ist?«

»Könnte doch sein.«

»Und warum hat er uns dann noch vor der Razzia gewarnt?«

»Weiß ich nicht.«

»Was hat er für einen Grund, uns die Mollis zu geben und uns dann zu warnen?«

»Weiß ich auch nicht.«

»Du bist ja paranoid, Louise.«

»Just to be paranoid doesn't mean they aren't after you.«

»Wo hast du das denn her?«

Louise hatte den Satz in *Catch 22*, einem ihrer Lieblingsromane, gelesen.

Als sie den *Zwiebelfisch* am Savignyplatz erreichten, setzten sie sich an einen Tisch neben der Eingangstür.

»Wenn wir so anfangen, dann können wir überhaupt niemandem mehr trauen, verstehst du? Und das ist doch genau das, was die wollen. Dass wir uns gegenseitig verdächtigen und fertigmachen«, sagte Dirk.

Louise wurde unsicher.

»Weißt du, was ich glaube?« Dirk sah Louise ernst an. »Du hast Angst davor, die richtigen Entscheidungen zu treffen und dich zu radikalisieren. Deswegen erfindest du solches Zeug.«

Die Bedienung brachte Kaffee und belegte Brötchen. Louise aß und schwieg. Vielleicht hatte Dirk recht. Vielleicht war sie tatsächlich nicht bereit, den letzten Schritt zu machen. In den vergangenen Tagen hatten sie in der Wieland immer wieder darüber gesprochen, dass man in den Untergrund gehen müsste. Aus der klandestinen Deckung heraus die Gesellschaft mit Terror überziehen, bis sie ihre faschistische Fratze zeigte. Aber wie das funktionieren sollte und was danach kommen würde, wusste keiner von ihnen. Es hatte mit der Stadtguerilla zu tun. Und irgendwelchen Kämpfern in Uruguay, die sich Tupamaros nannten.

»Vielleicht bist ja auch du der Spitzel.«

Louise schreckte aus ihren Gedanken hoch.

»Ich? Wieso ich?«

»Du fragst mich, wie gut ich Ulf kenne. Dabei kenn ich dich noch viel weniger. Du bist ein Ami. Du kommst nach Berlin und hängst dich sofort in den Blues rein. Wer sagt mir denn, dass du keine Agentin der CIA bist?«

»Ich bin keine fucking Agentin der fucking CIA.«

»Kannst du das beweisen?«

»Wie soll ich das denn beweisen?«

»Indem du einen Molli nimmst und bei den Bullen reinschmeißt.«

Mit einem Schlag hatte die Atmosphäre sich verändert. Es war, als hätte jemand die Tür geöffnet und kalte Luft hereingelassen. Louise begann zu frieren. Dirk sah sie herausfordernd an. Sie wusste nicht, ob er bloß Spaß machte. Sie dachte einen Moment nach.

»Okay«, sagte sie.

Dirk sah sie erstaunt an.

»Bist du sicher, Mädchen?«

»Nenn mich nicht Mädchen.«

Sie konnte den Vorwurf, sie gehöre zur CIA, nicht auf sich sitzen lassen. Und sie wollte ihre Freunde aus der Wieland nicht verlieren.

»Wo?«, fragte sie.

»Lass mal überlegen. Wie wär's mit der Staatsanwaltschaft in der Turmstraße? Oder die Keithstraße. Da sitzen die Bullen, die dabei waren, als Kurras, dieses Dreckschwein, Benno erschossen hat.«

»Okay. Und wann?«

»So bald wie möglich.«

»Ich mach es.«

Louise nickte. *Ich mach es.* Sie hatte es gesagt. Es war ein seltsamer Moment. Sie fühlte sich absolut leer. Als hätte sie ihren Körper verlassen. Sie winkte nach dem Kellner, um zu bezahlen.

Eine Sirene ließ die Gäste herumfahren. Ein halbes Dutzend Mannschaftswagen der Polizei bog in den Savignyplatz ein. Louise machte sich auf den Weg.

Als Heller in der Keithstraße parkte, hatte er das Gefühl, dass ihn jemand beobachtete. Eine Frau. Sie hatte ihren breitkrempigen Hut tief ins Gesicht gezogen. Er schaute zum zweiten Mal in die Richtung. Aber da war niemand. Wahrscheinlich hatte er sich getäuscht. Er zeigte dem Pförtner seine Marke. Es roch nach Putzmitteln. Im Flur im zweiten Stock musste er über den frisch gewischten Boden laufen. Seine Schuhe hinterließen Abdrücke. Mercier winkte ihn in sein Büro.

»Mach die Tür zu«, sagte Danner.

Der Tonfall klang verschwörerisch. Mercier setzte sich an seinen Schreibtisch, nahm eine Liste aus einer Schublade.

»Was willst du zuerst hören? Dass wir die Namen von allen haben, die einen BMW 2000 C fahren, oder dass niemand vor uns in der Jüterboger Straße nach einem BMW gefragt hat?«

»Ich war bei Doll.«

»Hat er dir gesagt, warum er nicht bei der Zulassung war?«, wollte Danner wissen.

»Nein.«

Danner stöhnte. Hier ging es gegen die eigene Inspektion und um die Frage, wie weit Loyalität reichte. Danner und Mercier waren gute Polizisten. Sie waren stolz auf die Marken, die sie in der Hosentasche trugen. Als Sozialdemokraten standen sie mit den Ex-Nazis in der Behörde auf Kriegsfuß. Und sie gehörten nicht zu denen, die hin und wieder jemandem eine Gefälligkeit erwiesen. Mercier war seit fünfzehn Jahren bei der Mordinspektion. Er hatte nie Karriere gemacht. Er war nicht der Typ dafür. Zu leise und zu bescheiden. Der schöne Danner war nur unwesentlich älter als Heller. Im vergangenen Jahr hatte er eine kleine Rolle in einem Film von Atze Brauner gespielt. Die Schauspielerei hatte ihm so gut gefallen, dass er begonnen hatte, ein Drehbuch für einen Kriminalfilm zu schreiben. Mit sich

selbst in der Hauptrolle. Danach wollte er die Keithstraße hinter sich lassen.

»Kannst du uns sagen, was hier läuft?«, fragte er.

»Kommt drauf an, was ihr bereit seid zu riskieren«,
antwortete Heller.

Nahezu gleichzeitig zündeten sie sich Zigaretten an.
Heller wartete. Er wollte seine Kollegen nicht zu etwas
drängen, das ihre Karriere bei der Polizei schlagartig beenden konnte.

»Das klingt nicht gut«, sagte Danner.

Mercier riss die Liste in zwei Teile.

»Es sind einundzwanzig Namen. Ich nehm elf, du die
anderen zehn«, sagte Mercier.

Damit war die Frage, wie tief sie in den Fall einsteigen wollten, beantwortet. Danner nahm die Liste aus
Merciers Hand.

»Wen suchen wir?«, fragte Danner.

»Klein, Halbglatze, schwarze Brille.«

»Ist er der Mörder von Heidi Gent?«

»Möglicherweise.«

»Kennst du ihn?«

Heller schüttelte den Kopf.

»Kann sein, dass ich ihn im Treppenhaus mit Holzinger gesehen habe«, sagte er.

Mercier pfiff durch die Zähne.

»Ich glaube nicht, dass ich das wissen will«, sagte er.

»Was passiert, wenn wir den Kerl haben?«, fragte
Danner.

»Kommt ganz drauf an, wer es ist.«

Als Heller in der Tür stand, sagte Mercier: »Wir hatten hier mal einen, das war lange vor deiner Zeit. Jakob
Niemann. War ein guter Polizist. Er hat irgendwas über

einen Kollegen rausgefunden. Es ging um Sachsen-hausen. Der Kollege war da an der Massenerschießung von russischen Kriegsgefangenen beteiligt. Das hat er bei der Überprüfung verschwiegen. Niemann hat das an den Polizeipräsidenten weitergegeben.«

»Warum erzählst du mir das?«

»Niemann ist in seiner Badewanne ertrunken.«

»Und?«

»Der war knapp zwei Meter groß. Die Sache ist nie aufgeklärt worden.«

Heller ging in sein Büro.

Vom Fenster aus sah er sie. Er hatte sich nicht getäuscht. Es war die junge amerikanische Studentin. Sie stand hinter einem Hanomag-Lieferwagen. Verfolgte sie ihn? Wusste sie, dass er ein Polizist war?

Heller beschloss, der Sache auf den Grund zu gehen. Eine kleine Abwechslung in einem Fall, der ihm bald um die Ohren fliegen würde. Er verließ das Gebäude durch die rückwärtige Tür. Machte einen Bogen über die Bayreuther Straße und Kleiststraße, bis er hinter Louise stand. Vorsichtig näherte er sich ihr. *Wenn du jemand observieren willst, Mädchen, musst du ein bisschen cleverer vorgehen,* dachte er.

»Wie bestellt und nicht abgeholt.«

Louise fuhr herum und stieß einen spitzen Schrei aus.

»Wieso schleichst du dich von hinten an?«, fragte sie empört.

»Und warum schleichst du hier herum?«

»Ich schleiche nicht herum.«

»Das stimmt. Das kann man unmöglich schleichen nennen. Du könnest auch eine Fahne schwenken, so gut bist du zu sehen. Verfolgst du mich?«

Louises Augen wanderten hin und her auf der Suche nach einer passenden Antwort.

»Ich bin hier entlanggegangen, und da hab ich gesehen, wie du rein bist. Du bist ein Bulle, oder?«

Er zeigte ihr seine Marke.

»Oh, shit.«

»Wieso?«

»Bullen schützen das faschistische System.«

»Das faschistische System oder wie ihr das auch immer nennt, ist ein paar Kilometer weiter östlich.«

»Wer ist ihr?«

»Die Studenten.«

»Es gibt nicht *die* Studenten. Es gibt die angepassten Spießer, es gibt die feigen Reformer, es gibt die radikalen Wirrköpfe. Und es gibt mich.«

»Beeindruckend.«

»Was ist beeindruckend?«

»Dein Selbstbewusstsein.«

Louise fühlte sich sichtlich geschmeichelt.

»Mein Vater sagt, ich hätte ein Ego so groß wie Kalifornien.«

»Glaub ich.«

Sie lächelte, und er lächelte auch. Einen Moment lang hatten sie den Faden verloren. Sie sah hübsch aus mit den kurzen blonden Haaren. Aus ihren hellblauen Augen strahlte ein kühner Blick. Wie bei den Mannequins aus den Modezeitschriften, die Paula ab und zu mit nach Hause brachte. Jetzt fiel Heller ein, dass er sich nach der Adresse Wielandstraße hatte erkundigen wollen.

»Ich habe Hunger. Kennst du die *Dicke Wirtin*?«, fragte er. »Ich lade dich ein.«

»Nein, ich lade dich ein. Aber nicht in die *Wirtin*. Wie wäre es mit dem *Kempi*?«

»Du willst mit mir ins Hotel?«

»Nicht aufs Zimmer, mach dir da keine Hoffnungen.«

Das *Kempinski* war ein Ort, an dem die Schönen und Erfolgreichen abstiegen. Und wenn die Berliner Filmfestspiele stattfanden, wohnten da die Stars.

Eine Viertelstunde später wies ihnen der Kellner in der Grill-Bar einen Tisch an der Fensterfront zu, von wo aus sie durch die Vorhänge auf das jüdische Gemeindehaus schräg gegenüber schauen konnten. Sie passten beide nicht so recht an den Ort, aber das ließ der Kellner sie nicht merken. Louise schien es ohnehin egal zu sein. Sie bat um die Speisekarte. Heller staunte nicht schlecht über die Preise. Es war nun schon die zweite Essenseinladung von einer Frau. *Pass auf, was du hier machst,* sagte er leise zu sich selbst. Um halb sieben schlossen die Geschäfte, der Einkaufstrubel ließ nach. Vier französische Touristinnen nahmen schnatternd an dem Nachbartisch Platz. Eine, so blond wie Brigitte Bardot, warf Heller eindeutige Blicke zu. Louise bemerkte es.

»Was hältst du von Champagner?«, fragte sie. »Oh, schau mal, die haben Marennes-Oléron.«

Heller war von der Karte heillos überfordert.

»Weißt du, was Marennes-Oléron ist?«, fragte Louise.

»Nein.«

»Ich auch nicht. Also probieren wir es. Man soll dem Unbekannten stets aufgeschlossen begegnen.«

Als Heller auf die Preise verwies, winkte Louise ab. Sie nahm kurz ihre weiß-grüne American-Express-Karte aus der Hosentasche und wedelte damit vor Hellers

Nase herum. Dann winkte sie den Kellner herbei, bestellte eine Flasche Taittinger und zweimal Marennes-Oléron.

»Was für ein Bulle bist du?«

»Mordinspektion.«

»Dann hast du mit richtigen Leichen zu tun. Ich könnte das nicht. Wahrscheinlich würde ich nächtelang nicht schlafen. Ich hab mal einen Kerl gesehen, der hat auf dem Football-Feld gelegen. Jemand hatte ihm sein Ding abgeschnitten. Hörst du mir überhaupt zu?«

Der Flirt vom Nachbartisch hatte Heller abgelenkt.

»Ja, du hast jemandem das Ding abgeschnitten.«

Louise sah ihn genervt an. Dann beugte sie sich zur Seite, lächelte, bis sie die Aufmerksamkeit der flirtenden Französin hatte.

»Madam, I have a question. Is it true, the older one gets the more expensive is the shit you buy?«

Die Französin schien sie nicht zu verstehen. Sie drehte sich zu einer Freundin herum, die Louise bereits mit einem giftigen Blick fixierte. Dann wurde Louises Beleidigung übersetzt. Ein Korb von leisen Verwünschungen flog herüber. Der Kellner brachte den Champagner und Marennes-Oléron. Es waren zu Hellers und Louise' Entsetzen Austern. Am Nachbartisch wurde das Entsetzen mit Schadenfreude registriert.

»You don't like oyster?«, fragte die Englischkundige. Ihre Freundinnen lachten.

»No, it tastes like fish-flavored snot combined with cum. But you french girls love it, don't you?«

Damit war die französisch-amerikanische Freundschaft, was diese fünf Frauen anging, für immer gestorben. Heller hatte zwar nicht verstanden, was Louise gesagt hatte, aber er amüsierte sich dennoch über das kleine Scharmützel.

»Leg dich nicht mit der Tochter eines Professors für Rhetorik an«, sagte Louise triumphierend. »Und du arbeitest also in der Keithstraße?«

»So ist es.«

»Meinst du, ich kann dich da mal besuchen?«

»Wieso?«

»Neugierde. Ich war noch nie dort.«

»Du brauchst nur jemanden umzubringen.«

Louise war sichtlich enttäuscht. Die Austern blieben unangetastet.

»Wenn du mir nicht zeigst, wie dein Arbeitsplatz aussieht, übernehme ich hier nicht die Rechnung.«

Heller nahm sein Portemonnaie, warf einen kurzen Blick hinein. Fünfunddreißig Mark.

»Dann werde ich wohl den Spüldienst in der Küche übernehmen müssen.«

»Gute Idee. Bei uns zuhause werden Leute damit zum Millionär. Komm schon. Oder foltert ihr bei euch alle möglichen Leute, und niemand darf es sehen?«

»Nein. Wir foltern ausschließlich neugierige Studentinnen.«

»Überleg es dir.«

Sie sah ihn herausfordernd an. Und als er nicht reagierte, erhob sie sich, trank den letzten Schluck Champagner und verließ das Restaurant. Heller blieb kopfschüttelnd sitzen. *Du bist ein Idiot, Heller. Wieso lässt du dich auf so etwas ein,* dachte er. Er winkte den Kellner herbei.

»Ist Otto da?«, fragte er.

»Muss ich nachschauen.«

»Sagen Sie ihm einen schönen Gruß von Wolf Heller. Ich muss ihn kurz sprechen.«

Kurz darauf erschien der Concierge. Er freute sich, den Kommissar zu sehen. Ein paar Erlebnisse wurden ausgetauscht. Zehn Minuten später stand Heller an der Ecke Ku'damm und Uhlandstraße. Die Gaslaternen warfen ihr gelbes Licht auf die Straße. Die ersten Bordsteinschwalben bezogen ihr Revier. Ein Mercedes hielt unweit. Eine der Prostituierten beugte sich zum Seitenfenster herab. Dann stieg sie ein. Heller schlug den Mantelkragen hoch. Als er losgehen wollte, hielt ihn jemand von hinten fest. Er drehte sich um und fing sich einen Kuss von Louise.

»Ich hab dich beobachtet. Wie hast du das hingekriegt?«

»Du bist ein Miststück.«

»Ich weiß, steht in meinem Passport auf der zweiten Seite. Was hältst du davon, wenn wir zu dir gehen und vögeln?«

Auf keinen Fall, dachte er.

»Ich hab noch zu tun.«

»Davon spreche ich doch.«

Weil sie nicht lockerließ, schleppte er Louise in den *Kings-Club.* Er hoffte, er könnte sie bei Ryan lassen. Aber der Club war so brechend voll, dass sie nach fünf Minuten wieder flohen. Im *Go-In* war es ähnlich. Louise wurde ungeduldig. *Tu es nicht, Heller,* dachte er noch einmal.

Wider alle Vernunft fuhren sie in ein kleines Hotel in der Xantener Straße, dessen Besitzer Heller kannte. Louise las aus einem Buch mit dem verwirrenden Titel *Die Funktion des Orgasmus* vor.

»Hier, das ist für dich, Herr Kommissar. *Ein Mensch,*

*der dauerhaft außerstande ist, einen vollständigen Orgasmus
zu erleben, wird krank oder Polizist.«*

»Wo hast du das denn her?«

»Ist ein Raubdruck. Kennst du Wilhelm Reich? Kannst
du für drei Mark haben.«

Während Louise sich auszog, erklärte sie ihm, dass
Sex für sie aus mehr bestand als nur *seinem* Orgasmus.
Und dass sie es sehr mochte, wenn es ein Vorspiel gab,
bei dem er ihren Körper mit seiner Zunge entdeckte. Sie
beschrieb ihm, was ihr am meisten Vergnügen bereitete,
und wies darauf hin, dass Penetration nicht alles war.

Heller war vom Tag verschwitzt und wollte sich noch
schnell waschen. Doch kaum hatte er Hose und Hemd
ausgezogen, posierte Louise in der geöffneten Tür des
Badezimmers. Heller konnte sie im Spiegel sehen. Sie
war schön. Kleine Brüste, wie er es mochte, die Schlüs-
selbeine zeichneten sich deutlich ab, schmale Hüften
und ein weiches Becken, in dessen Mitte ein blonder
Busch leuchtete. Die Arme und Beine waren von blauen
Flecken übersät. Trophäen von der Schlacht am Tegeler
Weg. Sie hielt ein weiteres kleines Heftchen in der Hand.
Offensichtlich hatte sie sich literarisch vorbereitet.

»Ich bin gleich fertig«, versuchte Heller sie abzuwim-
meln.

Sie blätterte die erste Seite des Heftes auf und hielt
ihm die Zeichnung eines Paares in einer Liebesstellung
hin.

»Es heißt *Kamasutra*. Das Wort setzt sich aus Kama,
was das sinnliche Verlangen beschreibt, und Sutra, was
eine Versform indischer Texte ist, zusammen.«

»Und wo hast du das her?«

»Aus der AGB.«

»Du hast es aus der Bibliothek mitgehen lassen?«

»Beruhig dich. Ich hab es kopiert und wieder zurück-
gebracht.«

»Also noch ein Raubdruck.«

»Wirst du mich jetzt der Sitte melden?«

»Kommt drauf an, was da drinsteht.«

Louise legte das geöffnete Heft aufs Waschbecken
und half Heller, sich zu waschen, was prompt zu einer
ordentlichen Erektion führte. Im Bett erwies er sich
dann als äußerst talentiert in der Nachahmung einiger
Stellungen aus dem Raubdruck.

Nachdem sie die Portugiesische Galeere ausprobiert
hatten, lagen sie zufrieden nebeneinander. Später schliefen sie noch einmal miteinander. Heller dachte an Paula
und war überfordert. Louise erzählte von ihren großen
Plänen.

»Ich will eine feministische Zeitschrift gründen, um
die Emanzipation der Frau voranzutreiben. Verstehst
du? Du meisten Typen sind einfach nur Chauvis. Machen nicht sauber, kümmern sich nicht um die Wäsche,
pinkeln im Stehen, wie du. Und dann heißt es immer,
dass die Befreiung der Frau im Sozialismus automatisch
kommt.«

»Hast du schon einen Namen für deine Zeitschrift?«

»Emma. Weil das wie Emanzipation klingt.«

Sie erzählte noch eine Weile, wie sie die männlichen
Machtstrukturen aufbrechen wollte. In ihren Vor-
stellungen tobte seit Jahrhunderten ein Krieg gegen
die Frauen. Heller wusste nicht so recht, was er sagen
sollte. Wenn er Louises Theorien folgte, gehörte er einem Geschlecht von Unterdrückern, Ausbeutern, Ver-
gewaltigern und Mördern an. Er war, in symbolischer

Vertretung aller Männer, für nahezu alles Elend, das die Welt und insbesondere die Frauen heimsuchte, verantwortlich. Dass er über ein Glied verfügte, schien ihn auf der ganzen Linie untauglich für eine friedliche Gesellschaft zu machen. Der Versuch, noch ein drittes Mal miteinander zu schlafen, scheiterte.

Donnerstag, 7. November

Material sofort vernichten. Vorerst Arbeit einstellen. Nach Abschluss der Untersuchungen selbstständig melden. Betrachten Ereignis als sehr bedauerlichen Unglücksfall, lautete die Nachricht entschlüsselt, die Harry Schwarz morgens um zehn im *Schleusenkrug* in der Nähe des Bahnhof Zoo von der Kurierin erhalten hatte. Das hieß, er sollte nur noch den letzten Auftrag erledigen. Danach würden sie ihn abschalten. So wie sie es bei Karl-Heinz Kurras gemacht hatten. Er musste mit Helga reden. Und vor allem musste er Wagner noch mal einsetzen. Der hatte schließlich was gutzumachen.

Harry verbrannte die Nachricht und spülte die Asche in der Toilette herunter. Dann marschierte er zu *Aschinger* am Zoo. Es war an diesem Morgen nicht viel los. Ein paar Arbeitslose versoffen ihre Stütze. Taxifahrer wärmten sich mit Kaffee und schimpften über die Fahrgäste. Eine Touristin telefonierte heulend mit ihrem Mann. Harry setzte sich an den Tresen. In was für einen Schlamassel war er geraten, seit Helga durchgedreht war. Vor zwei Tagen hatte der Regierende Bürgermeister sie im Rathaus weinend auf der Toilette gefunden und nach Hause geschickt. Sie musste wieder auf Spur kommen.

Sonst würde er sich beim Staatsschutz nicht länger halten können. Und dann drohte ihm ein ähnliches Schicksal wie den Versagern, die jeden Morgen hier hockten und sich das, was von ihrem Leben noch übrig war, schön soffen. Er bestellte einen Kaffee. Der war heiß, frisch und schmeckte wie eine Aufforderung. Als das Telefon frei wurde, führte er ein paar Telefonate. Dann suchte er einen Platz im hinteren Teil des Lokals. Er bestellte eine Erbsensuppe. Eine Viertelstunde später traf Holzinger ein. Er war bleich und nervös. Als er vor dem Tisch stand, sah er sich mehrmals nach allen Seiten um.

»Verdammt noch mal, Schwarz. Es ist zu gefährlich, wenn wir uns hier treffen«, zischte er.

»Halt den Mund und setz dich hin.«

Holzinger schien mit sich zu ringen.

»Setz dich!«

Widerwille und Angst waren deutlich in Holzingers Gesicht geschrieben.

»Ich hab nicht viel Zeit. Also hör genau zu. Der Querulant muss ein für alle Mal gestoppt werden.«

»Wie denn? Soll ich ihn erschießen? Ich hab ihm sogar angeboten, dass er meinen Posten kriegen kann.«

»Lass dir was einfallen. Gib ihm Geld.«

»Das funktioniert bei Heller nicht.«

»Auf alle Fälle darf so was wie mit dem Messer nicht noch mal passieren.«

»Ich weiß.«

»Holzinger, du verstehst den Ernst der Lage nicht.«

Schwarz beugte sich vor. Sein Flüstern war so leise, dass Holzinger ihn kaum verstehen konnte.

»Ost-Berlin plant was Großes. Die können jetzt kein Störfeuer brauchen. Kapierst du das nicht?«

»Was heißt das?«

»Die Russen und die NVA stehen bereit.«

»Bereit wofür?«

»Erfährst du noch früh genug. Wenn herauskommt, was mit der Gent passiert ist, bin ich weg vom Fenster. Die liquidieren mich, ohne mit der Wimper zu zucken. Aber das sag ich dir, wenn ich untergehe, gehst du mit. Hast du verstanden?«

Holzinger ließ den Kopf hängen.

»Ob du verstanden hast?«

»Ja«, murmelte er kaum hörbar.

Ein Kellner legte die Rechnung auf den Tisch.

»Die Erbsensuppe ist sehr empfehlenswert. Und wenn das mit Heller glattläuft, wird man das in Ost-Berlin wohlwollend registrieren. Übernimmst du das?«

Er deutete auf die Rechnung.

Als Harry aus dem *Aschinger* trat, regnete es Bindfäden. Der *Zoo-Palast* kündigte einen Film mit Hildegard Knef an, *Bestien lauern vor Caracas*.

Er ging zu seinem BMW. Weil er falsch geparkt hatte, klebte ein Strafzettel hinter dem Scheibenwischer. Er zerknüllte ihn wütend und warf ihn in den Rinnstein.

Einundzwanzig BMW 2000 C waren bei der Zulassungsstelle in der Jüterboger Straße registriert. Neun davon waren weiß. Zwei waren stillgelegt. Einer wurde von einer alten Dame aus Dahlem gefahren. Blieben sechs. Mercier legte die Liste der Fahrzeughalter auf Hellers Schreibtisch.

»Von den sechs passen zwei zu deiner Beschreibung. Attila Öztürk und Harry Schwarz. Öztürk ist ein Gemüsehändler in der Naunynstraße in Kreuzberg.«

Danner legte ein Foto dazu.

»Der ist es nicht«, sagte Heller.

Danner legte ein zweites Foto neben die Liste. Der Mann darauf war klein, hatte eine Halbglatze und trug eine schwarze Brille. Es war exakt der Mann, den Heller im Treppenhaus mit Holzinger beobachtet hatte.

»Wer ist das?«

»Harry Schwarz. Hauptkommissar beim Staatsschutz.«

Heller schaute die beiden Kollegen an. *Hauptkommissar beim Staatsschutz.* Erika Stroh hatte es vermutet. Es fühlte sich an, als würde er Fieber kriegen.

»Danke«, sagte Heller.

Danner und Mercier nickten. Ihr Auftrag war damit erledigt. Sie standen noch einen Augenblick neben Hellers Schreibtisch, sahen auf das Foto. Eine fatale Situation. Man kennt sich, man redet miteinander, man befindet sich in der Verbrechensbekämpfung auf derselben Seite. Meistens jedenfalls. Manchmal übernahm der Staatsschutz die Arbeit der Mordinspektion und kassierte die Lorbeeren. Aber das war nichts Besonderes.

»Wir haben eine Zeit lang in der Altherrenmannschaft zusammen Fußball gespielt«, sagte Mercier. »Er war der Linksaußen. Ein schneller Hund. Ziemlich gute Tricks. Obwohl er krumme Beine hat.«

»Vielleicht gerade deswegen.«

Sie lachten leise und verstummten wieder. Es fühlte sich an wie auf einer Beerdigung.

»Du bist sicher, dass er Heidi Gent umgebracht hat?«, fragte Mercier.

»Was ist schon sicher.«

»Was passiert jetzt?«

Heller steckte das Foto und die Liste mit den Namen ein. Er sah Mercier und Danner an.

»Kein Wort zu irgendjemandem. Vor allem nicht zu Doll, wenn er wieder zurückkommt, und nicht zu Holzinger. Auch nicht zu Manteufel.«

»Du denkst, dass Manne …«

»Nein.«

»Du musst ihn einbeziehen.«

»Erst wenn ich Beweise hab.«

Die beiden Kommissare zogen ab. Heller ließ sich von der Meldestelle die Adresse von Harry Schwarz geben.

Guntersblumer Weg 19a. Eine bürgerliche Siedlung, in der die Nachbarn einander grüßten und ansonsten für sich blieben. Heller parkte seinen Karmann-Ghia in der Spanischen Allee etwa zweihundert Meter von dem Haus entfernt. Eigentlich wollte er klingeln und Schwarz mit den Zeugenaussagen konfrontieren. Doch jetzt entschied er sich dagegen. Wenn Schwarz tatsächlich Heidi Gent ermordet hatte, war es besser, auf Nummer sicher zu gehen. Unweit der Hausnummer 19a stand ein weißer Ford Taunus 17 M. Kurz blitzte ein Gedanke auf. Hatte Heller den Wagen nicht auch schon in der Luckauer Straße gesehen? An dem Tag, an dem der Rotblonde Paula und die Kinder bedroht hatte. Das würde bedeuten … Heller wischte den Gedanken weg wie eine lästige Fliege.

Die Nummer 19a gehörte zu einem Reihenhaus mit vier Parteien. Erdgeschoss und erster Stock. Wie viele andere Reihenhäuser in der Gegend hatte es etwas Provisorisches. Nach dem Ersten Weltkrieg schnell hochgezogen, um Wohnraum zu schaffen. Aus dem Schornstein stieg grauer Rauch auf. Eine braune Fassade. Rechts vom Haus ein schmaler Weg, an den sich eine Reihe von Garagen anschloss. Bei einer stand das Tor offen. Darin ein weißer BMW 2000 C. Links neben dem Haus war eine Wäscheleine gespannt, darauf hing bunte Bettwäsche. Keine Spielsachen, kein Kinderfahrrad. Ein Gartenzwerg hatte den Kopf verloren. Als ein Junge Zeitungen in den Briefkasten neben der Haustür steckte, tat Heller so, als wäre er ein Anwohner und würde in der offen stehenden Garage etwas suchen. Der Junge schaute ihn skeptisch an. Heller wartete, bis der Kleine zum nächsten Haus fuhr. Heller sah sich die Reifen des BMW genauer an. Der rechte Hinterreifen hatte eine Kerbe im Profil. Möglicherweise passte sie zu den Reifenspuren vom Wannsee. *Du warst am Fundort der Leiche am Wannsee*, dachte Heller. Dann schlich er auf das Haus zu.

In das Fenster rechts von der Haustür war ein Ventilator eingebaut, wahrscheinlich war da die Küche. Wenn das Wohnzimmer sich an die Küche anschloss, musste es nach hinten liegen. Heller schaute sich um. Niemand zu sehen. Er nahm den Weg zwischen Haus und Garage in den Garten. Steine und Geröll waren zu einer Terrasse aufgeschüttet. Baumaterial lag herum. Eine Schubkarre war mit Steinen gefüllt. Jemand hatte ein großes Loch in die Hauswand geschlagen und ein Fenster mit Terrassentür eingebaut. Dahinter befand sich das Wohnzimmer. Und in dem Wohnzimmer befanden sich drei Personen. Der Mann, den Heller in der Keithstraße und vor dem *Eldorado* gesehen hatte. Derselbe wie auf dem Foto, das die Kollegen ihm gezeigt hatten. Harry Schwarz. Er warf Papiere in einen offenen Kamin. In einem Sessel saß eine Frau. Ein zweiter Mann stand neben ihr. Er hatte rotblonde Haare. Es war der, der Jochen mit der Pistole bedroht hatte. Sie stritten. Heller konnte nicht hören, worüber. Der Rotblonde drohte der Frau.

»Was machen Sie hier?«

Heller fuhr herum. Eine Frau mit Lockenwicklern in den Haaren und Kittelschürze stand hinter ihm und blickte ihn feindselig an. Sie hielt einen kleinen Hund in den Armen. Ihr Blick war abschätzig, ihre Haltung drohend. Hinter ihr versteckte sich der Zeitungsjunge.

Heller legte den Zeigefinger auf die Lippen. Nahm seine Dienstmarke aus der Tasche.

»Gehen Sie zurück ins Haus. Sofort. Na los!«

Zögernd folgte sie dem Befehl, zog den Jungen mit sich.

Als Heller zurück zum Terrassenfenster schaute, waren auch Harry Schwarz und der Rotblonde verschwunden. Nur die Frau saß noch in dem Sessel. Sie weinte. Nach einer Weile erhob sie sich und verließ ebenfalls das Wohnzimmer.

Heller rannte zurück Richtung Straße. Er sah noch, wie Schwarz davonfuhr. Dann fiel ein Schuss. So nah, dass Heller dachte, jemand stünde hinter ihm. Als er sich umdrehte, erblickte er die Frau hinter dem offenen Küchenfenster. Sie hielt eine Pistole auf ihn gerichtet. Heller ging in der Garage in Deckung. Dann fiel ein zweiter Schuss.

Louise hatte einen Polizisten an der Angel. Über ihn würde sie die Mordinspektion in der Keithstraße auskundschaften. Über ihn konnten sie erfahren, was die Bullen planten, ob und wann eine Razzia stattfinden sollte und ob die einen Spitzel bei ihnen eingeschleust hatten. Und vor allem konnte Louise beweisen, dass sie selbst kein Spitzel war. Dass sie mit ihm geschlafen hatte, erzählte sie nicht.

Bakunin, Rolli und Dirk hatten sich eine Tüte reingezogen und schienen nicht besonders beeindruckt zu sein. Sie hingen lethargisch in den Sesseln und träumten vor sich hin.

»Habt ihr gehört, was ich gesagt habe? Ich hab einen Bullen an der Angel. Der wird unser Spitzel.«

»Ja, haben wir gehört«, antwortete Bakunin genervt. »Und wenn es so weit ist, kriegst du einen revolutionären Preis dafür. Aber jetzt gibt es erst mal Wichtigeres. Weißt du, wer das ist?«

Er zeigte zu dem Sofa, auf dem sich ein junger Mann fläzte. Er hatte wache Augen und ein freundliches Lächeln.

»Das ist Holger.«

»Hallo.«

Louise hatte den Namen Holger Meins schon mal gehört, wusste aber nicht mehr, in welchem Zusammenhang.

»Hallo«, antwortete Holger.

»Erzähl ihr, was du gemacht hast.«

»Ich hab zusammen mit Harun Farocki und Hartmut Bitomsky die Deutsche Film- und Fernsehakademie besetzt. Und jetzt wollen sie mich nicht mehr zum Studium zulassen.«

»Holger hat den Film gedreht, wo du lernst, wie man einen Molli baut.«

»Wir überlegen, was wir machen können, um diesen Scheißladen DFFB abzufackeln, damit endlich revolu-

299

tionäre Filme gedreht werden. Wir haben schon ein paar Ideen. Du kannst mitmachen, wenn du willst.«

Louise wollte nicht. Sie schlurfte ins Badezimmer, um die vergangene Nacht abzuduschen, aber da lag bereits Anne Hiller in der Badewanne. Obwohl sie verheiratet war, hing sie häufig in der Wielandkommune herum. Louise hatte vor ein paar Tagen zum ersten Mal länger mit ihr geredet und erfahren, dass sie ein zweijähriges Mädchen hatte, der bei ihren Großeltern aufwuchs. Anne vermisste ihr Kind, und Louise verstand nicht, wieso sie es nicht zu sich holte. Das ging nicht, weil Anne sich auf den revolutionären Kampf vorbereiten musste, wie sie sagte.

»Willst du reinkommen?«, fragte Anne. »Das Wasser ist noch warm.«

Louise zog sich aus und kletterte in die riesige Badewanne.

»Dirk hat gesagt, du willst eine Bombe bei den Bullen reinschmeißen.«

Es klang so etwas wie staunende Hochachtung mit.

»Ja, ich weiß nur noch nicht, wann ich es mache. Aber ich hab einen Bullen aufgetan, über den wir Zugang zu allem kriegen können, was die so planen.«

»Auch nicht schlecht.«

Louise ließ heißes Wasser nachlaufen, gab eine Badetablette ins Wasser. Der Name *Allgäuer Latschenkiefer* hatte sie fasziniert, als sie ihn zum ersten Mal auf der Verpackung gelesen hatte. *Ihr Deutschen habt seltsame Namen für die Dinge*, hatte sie gesagt und sich bei *Büstenhalter* und *Nyltesthemden* vor Lachen weggeworfen. Sie sahen zu, wie sich die Tablette sprudelnd auflöste.

»Vielleicht hast du ja mitgekriegt, dass Kunzel und

ein paar andere aus der K1 überlegen, irgendwas zu machen«, sagte Anne.

»Was meinst du mit *machen*?«

»Dass wir andere Methoden finden müssen, um unseren Protest zu artikulieren. Irgendwie den Staat zwingen, zu reagieren.«

»Du meinst diese Stadtguerilla-Idee. Bakunin hat so was gesagt.«

»Okay. Also weißt du schon davon. Ich frag das, weil nämlich nicht zu viele eingeweiht werden sollen. Sonst fliegt die Sache auf, bevor wir den ersten Schritt gemacht haben.«

»An was denkt ihr?«

»Bewaffneter Kampf natürlich. Den Staat angreifen.«

»Wie soll das denn gehen? Die Bullen sind uns doch total überlegen.«

»Aber man kann sich ausgesuchte Vertreter schnappen und an denen ein Exempel statuieren.«

Louise war beeindruckt. Anne war offensichtlich ziemlich tief in das Thema eingetaucht.

»Wisst ihr schon, wen ihr schnappen wollt?«

»So weit ist es noch nicht. Wir müssen zuerst noch lernen, wie man mit Waffen umgeht, wie man Banken überfällt und Leute entführt.«

»Und wo sollen wir das lernen?«

»Es gibt Kontakte zur Al Fatah. Das ist so eine palästinensische Befreiungsbewegung. Wenn du willst, kannst du mitkommen.«

»Mal sehen.«

Anne fixierte Louise.

»Wenn du das Gefühl hast, dein Bulle versucht uns auszuspionieren, musst du ihn abknallen. «

Das Badewasser schien auf einmal kalt zu sein. Louise begann zu frieren. Einen Bullen abknallen. Würde sie das können? Einen Menschen umbringen?

»Warst du mit ihm im Bett?«, fragte Anne.

Dabei schmunzelte sie, als wüsste sie genau, was in der vergangenen Nacht vorgefallen war.

»Du warst mit ihm im Bett.« Anne lachte, schlug mit der flachen Hand auf die Wasseroberfläche, dass es wild umherspritzte.

»Du musst aufpassen, dass dir deine Gefühle nicht in die Quere kommen. Die Revolution ist wichtiger als dein Orgasmus. Was glaubst du, warum ich meine Kleine bei meinen Großeltern gelassen hab?«

Anne kletterte aus der Wanne. Sie war schön. Als Mannequin hätte sie bestimmt Karriere machen können.

»Du musst dich entscheiden«, sagte sie.

Dann verließ sie das Badezimmer.

Eine Spinne seilte sich von der Decke ab. Sie hatte lange Beine. Kurz bevor sie die Wasseroberfläche erreichte, krabbelte sie an dem dünnen Faden wieder hoch. Louise hatte keine Angst vor Spinnen. Aber sie hatte Angst davor, sich entscheiden zu müssen.

Die Frau stand nicht mehr hinter dem Fenster. Wo war sie? Zielte sie von irgendwo anders her auf ihn? Heller überlegte, ob er das Grundstück verlassen und Verstärkung rufen sollte. Nicht weit entfernt hatte er einen blauen Notrufkasten gesehen. Die Schupos könnten in zehn Minuten hier sein. Vielleicht auch erst in zwanzig.

»Hallo?«, rief er in Richtung Haus.

Wartete, zog die Pistole aus dem Holster und entsicherte sie.

»Ich bin von der Polizei. Mein Name ist Wolf Heller. Hören Sie auf zu schießen.«

Keine Antwort, keine Schritte, kein Geräusch, nichts.

»Ich werde jetzt zu Ihnen kommen. Ich habe eine Waffe. Wenn ich Sie mit der Pistole sehe, schieße ich.«

Stille. Heller atmete tief ein und wieder aus. Dann streckte er den Kopf aus der Garage heraus. Immer noch nichts von der Frau zu sehen. Er spurtete die wenigen Meter von der Garage bis zur Haustür. Sie war offen. Im Treppenhaus lugte eine Frau durch den Spalt der Wohnungstür auf der linken Seite. Heller befahl ihr, die Tür zu schließen. Drei Stufen bis zur Wohnungstür auf der rechten Seite. *Harry und Helga Schwarz* stand auf dem Namensschild unterhalb der Klingel. Die linke Hand tastete nach dem Türgriff.

»Hallo?«

Im Flur die Garderobe. Daran ein Pelzmantel und ein Dufflecoat. Vier Paar Schuhe säuberlich aufgereiht. Eine Handtasche auf der Ablage. Darüber ein Spiegel. In ihm konnte er Füße sehen. Die Frau lag auf dem Fußboden in der Tür zur Küche. Die rechte Gesichtshälfte auf dem Linoleum wurde von einer großen Blutlache eingerahmt. Als hätte ein Maler durch den speziellen Hintergrund die Konturen seines Modells hervorheben wollen. In der linken Hand umklammerte sie eine Pistole. Makarow. Das gleiche Modell, das auch der Rotblonde in der Hand gehalten hatte. Der Lauf zeigte zur Tür hin. Heller nahm mit einem Taschentuch die Pistole, entfernte die Patronen, legte sie auf die Ablage in der Küche und vergewisserte sich, dass sonst niemand mehr in der Wohnung war. Die Frau flüsterte etwas, das er nicht verstand. Er kniete sich neben sie.

»Wer sind Sie?«, fragte sie.

»Wolf Heller, Mordinspektion.«

»Ich will zu meiner Mutter.«

»Wo ist Ihr Telefon?«

»Was?«

»Wo ist Ihr Telefon? Ich muss einen Krankenwagen rufen.«

»Nicht weggehen.«

»Ich bin gleich wieder da.«

Heller richtete sich wieder auf. Das Telefon stand in einer Art Büro neben einer Schreibmaschine. Rechts war ein Regal mit Ordnern. Die Rücken waren nicht beschriftet.

»Verletzte Person im Guntersblumer Weg 19a. ... Heller, Mordinspektion. Natürlich warte ich.«

Heller ging zurück, setzte sich neben die Frau auf den Fußboden, hielt ihre rechte Hand.

»Sind Sie schwarz-weiß?«, fragte sie.

»Was meinen Sie damit?«

»Ich sehe alles in Schwarz-Weiß.«

»Der Krankenwagen ist gleich hier. Dauert nur noch ein paar Minuten. Haben Sie Schmerzen?«

»Nur in der linken Hand.«

»Von der Pistole.«

»Und mir ist kalt.«

Sie wollte aufstehen. Heller zwang sie, liegen zu bleiben. Er zog seinen Mantel aus und deckte sie damit zu. Dann nahm er ein Kissen von einem der Küchenstühle, schob es ihr unter den Kopf.

»Es wird alles gut werden«, sagte er.

»Warten wir es ab.«

»Ganz bestimmt.«

Es war sein erstes Mal. Er hatte immer gedacht, es würde ihn bewegen, einem Menschen beim Sterben zuzusehen. Aber er fühlte nichts. Er war wie eine Maschine, die Durchhalteparolen druckte.

»Wie alt sind Sie?«

»Ich bin 1934 geboren. Am 24. Februar.«

»Im Sternzeichen Fisch.«

»Muss ich sterben?«

»Nein.«

»Wie heißen Sie?«

»Wolf Heller.«

Sie lächelte matt. Nickte, als würde sie sich erinnern.

»Ja.«

»Wollen Sie mir sagen, worüber Sie sich mit Ihrem Mann gestritten haben?«

»Er ist ein schwacher Mann. Ein schwacher Mann mit ein bisschen Macht. Das sind die Schlimmsten.«

Heller nickte. *Das sind die Schlimmsten.*

»Hat Ihr Mann Heidi Gent umgebracht?«

Sie schloss die Augen. Weil sie es wusste. Sie wusste, wer Heidi Gent umgebracht hatte. Heller war sich ganz sicher. Die ersten Fetzen ferner Sirenen waren zu hören. *Bleibt weg. Nur noch ein paar Minuten.* Er spürte, dass sie reden wollte. *Jeder, der Schuld auf sich geladen hat, will reden und erlöst werden. Sie muss nur die Schwelle überwinden, hinter der eine zeitlose Befreiung wartet.*

»Hatte er eine Affäre mit ihr?«

»Mein Mann hat keine Affären mit Frauen. Mein Mann treibt's mit Männern.«

Ein bitteres Lächeln umspielte ihren Mund. Da sah er es. Nicht Harry Schwarz hatte Heidi umgebracht, sondern die Frau, die vor ihm lag. Helga Schwarz.

Sie tastete mit der linken Hand nach ihm. *Heidi Gent wurde von jemandem ermordet, der Linkshänder ist*, dachte er. Dabei rutschte der Ärmel ihres Pullovers hoch. Sie hatte Kratzspuren am Unterarm. Dr. Kemper hatte davon gesprochen, dass Heidi Gent Spuren von Haut unter ihren Fingernägeln hatte. Heller fasste die Hand.

»Freitag.«

Die Sirenen kamen näher.

»Was war am Freitag, Frau Schwarz? Haben Sie an dem Tag Heidi Gent umgebracht?«

Jetzt hörte auch sie die Sirenen. Sie drehte den Kopf den Tönen entgegen.

»Sie kommen«, sagte sie.

Könnt ihr nicht noch ein paar Minuten warten, dachte Heller. *Ihr kommt doch sonst auch immer zu spät.*

»Haben Sie Heidi Gent umgebracht, weil Sie dachten, Ihr Mann hätte eine Affäre mit ihr?«

Die Sirenen verstummten. Blaulichter zuckten in den Fensterscheiben. Wagentüren wurden geöffnet und wieder zugeschlagen. Schritte von Stiefeln hallten über den Asphalt.

»Frau Schwarz, sagen Sie es mir.«

Dann waren sie da. Zwei Sanitäter und ein Arzt. Sie schoben Heller beiseite. Heller sah zu, wie sie Helga Schwarz auf eine Trage legten und festbanden. Nur fünf Minuten. Drei. Drei hätten gereicht. Ein Sanitäter gab Heller den Mantel zurück. An einem Ärmel klebte Blut.

Als Helga aus dem Haus getragen wurde, erschien Holzinger in der Küche. Doll hinter ihm blieb in der Tür stehen.

»Was machen Sie denn hier?«, fragte Holzinger.

Die Sonne war nur noch ein matter roter Streifen im Westen. Die Wolken glühten. Es war kalt geworden. Heller hatte auf Holzingers Frage ausweichend geantwortet. Sein Chef hatte ihn daraufhin in die Keithstraße geschickt. Er sollte seinen Bericht schreiben. Um die Durchsuchung des Hauses wollte Holzinger sich selbst kümmern. Heller hoffte, dass Doll nicht die Nachbarschaft abklapperte. Und selbst wenn, würde es nichts mehr ändern. Sie steckten in der Sache drin. Holzinger, Doll, Schwarz und wer auch sonst noch.

Heller diktierte Frau Grimm seinen Bericht. Helga Schwarz habe aufgrund ihrer schweren Verletzung nicht mit ihm sprechen können, stand darin. Als sie fertig waren, fragte Frau Grimm, ob mit ihm alles in Ordnung sei. Heller nickte. Dann sagte sie etwas, das er erst viel später verstehen sollte.

»Ich hab von allen Berichten Durchschläge gemacht.«

»Warum?«

»Ach, und eine Paula Hanke hat angerufen.«

»Warum haben Sie Durchschläge gemacht?«

»Sie wollte wissen, ob Sie noch lange arbeiten. Ich habe ihr gesagt, dass ich Sie nach Hause schicke. Ist das die, bei der Sie wohnen?«

»Ja.«

»Die klingt sympathisch. Sie hat Kinder.«

»Jochen und Astrid.«

»Fahren Sie zu ihr. Alles andere wird sich regeln.«

Barbara Grimm verließ Hellers Büro. Warum hatte die Grimm Durchschläge gemacht? Heller saß noch einen Moment, um seine eigene Version des Berichts zu schreiben. Vier Fragen blieben unbeantwortet. Wie konnte Helga Schwarz Heidi Gent aus der Laube wegschaffen, zum Wannsee bringen und dort versenken? Was wusste Harry Schwarz darüber? Was hatte der Rotblonde in seinem Zimmer gewollt? Und was war mit dem Schlüssel aus der Laube? Der Riss im Verdeck des Karmann war größer geworden.

Er machte sich auf den Weg in die Luckauer Straße. Inzwischen tropfte das Wasser auch auf die Fahrerseite. Morgen würde er die Kiste definitiv zu Charly in die Werkstatt bringen. Eigentlich hatte er noch zum Grab fahren wollen. Das musste er verschieben.

Als er einparkte, war sein Mantel triefend nass. Wenigstens war der Blutfleck jetzt nicht mehr so deutlich sichtbar. Paula würde bestimmt Fragen stellen und vielleicht auch einen weiteren Grund finden, um ihm zu kündigen. Jetzt erst fiel ihm auf, wie ungewöhnlich es war, dass sie in der Keithstraße angerufen hatte.

Heller rannte die Treppe hoch in den dritten Stock. Klopfte an die Tür. Weil niemand öffnete, nahm er seinen Schlüssel. Paula stand in der Küche am Herd. Im Radio sangen die Beatles etwas von einem *Nowhere Man*. Der Tisch war für vier Personen gedeckt. Mit Servietten, einer Flasche Sekt und Bluna für die Kinder.

»Zieh deinen Mantel aus. Du machst hier alles nass. Ich hab gerade erst aufgewischt.«

Heller hängte den Mantel an die Badezimmertür. Als er zurück in die Küche kam, saßen Jochen und Astrid am Tisch und kicherten.

»Was ist los? Warum kichert ihr?«

Sie kriegten sich kaum noch ein. Paula nahm ein Blech aus dem Backofen. Es gab Toast Hawaii. Eine Besonderheit für einen Donnerstag. Man stieß mit Sekt und Bluna an. Sie schwiegen. Als jeder zwei Portionen gegessen hatte, wurden Messer und Gabel beiseitegelegt. Paula schaute ihre Kinder an. In dem Blick lag eine Frage. Astrid und Jochen nickten. Penelope sprang auf Paulas Schoß, als wollte sie sie ermutigen.

»Also«, sagte sie. »Ich und die Kinder wollen dich etwas fragen. Ich weiß, dass der Esel sich immer zuerst nennt, aber diesmal muss es so sein. Und es ist außerdem noch unüblich, dass ich dich das frage. Aber scheiß drauf.«

»Scheiße sagt man nicht. Sonst geht die ganze Erziehung in'n Arsch«, riefen Astrid und Jochen unisono.

»Hey! Wo habt ihr das denn her?«

»Aus der Schule.«

Paula trank das Glas Sekt auf einen Zug leer.

»Eine Flasche hab ich schon intus«, sagte sie kichernd.

»Mama, mach schon«, drängte Astrid. »Sonst sag ich es.«

»Du sagst gar nichts.«

Jetzt sah Paula Heller entschlossen und ernst an. Wie jemand, der bereit ist, in den Krieg zu ziehen.

»Wir wollten dich fragen, nein, ich wollte dich fragen ... ich will dich fragen, ob du dir vorstellen kannst, mich zu heiraten.«

Heiraten. Im Radio war wohl Beatles-Stunde. Jetzt lief *Eleanor Rigby. All the lonely people, where do they all come from.* Hatte sie *heiraten* gesagt? Nein, unmöglich. Heller vergaß zu atmen. Es musste eine Halluzination sein. In den Gesichtern der Kinder sah er allerdings, dass es keine Halluzination gewesen sein konnte. Astrid und Jochen strahlten ihn an, als wollten sie wie in der Schule die einzig mögliche Antwort vorsagen.

»Du musst ja nicht gleich antworten«, sagte Paula.

Sie presste die Lippen zusammen, bis sie nur noch zwei weiße Striche waren. Da tat es ihr wohl schon leid, dass sie gefragt hatte.

»Ich … okay«, stammelte Heller.

»Du kannst noch mal drüber schlafen.«

»Nein, ich …«

Er kam sich wie ein dummer Schuljunge vor, der sich nicht vorbereitet hatte und dem der Lehrer noch eine letzte Chance gab, die er aber auch nicht nutzen würde. Als er weiter schwieg, war Paula längst auf dem Rückzug. Heller verfolgte, wie ihr Blick zwischen ihm und den Kindern hin und her schweifte. Angst, Unsicherheit, Zweifel. Zuletzt war es nur noch peinlich.

»Es war die falsche Frage. Tut mir leid, vergiss es«, sagte sie.

Sie sprang vom Stuhl auf, stieß die Flasche um.

»Wie konnte ich nur so blöd sein.«

Heller holte ein Tuch aus der Spüle und wischte den Sekt auf.

»Nein, es ist nur … ich bin … ich hab nur nicht damit gerechnet. Ich hab gedacht, du willst mich rauswerfen.«

Er war ein Feigling. Ein elender Feigling.

»Du musst *Ja* sagen«, rief Jochen. »Du hast doch noch keine Frau.« Und dann wurde er unsicher. »Oder hast du schon eine Frau?«

»Nein, hab ich nicht.«

Heller wäre jetzt gern an einem anderen Ort gewesen. Und sei es die Hölle. Als er immer noch schwieg, fing Astrid an zu weinen.

»Ihr zwei ins Bett«, befahl Paula.

»Erst wenn er es sagt«, beharrte Jochen.

»Ins Bett, hab ich gesagt.«

Die Kinder verließen die Küche. In der Tür warfen sie Heller einen Blick zu, der davon erzählte, wie sehr er sie enttäuscht hatte. Paula räumte den Tisch ab, warf das Geschirr in die Spülschüssel. Stellte den Wasserkessel auf den Herd, ohne ihn anzumachen, starrte reglos Teller und Besteck an. Was für ein Desaster.

»Tut mir leid«, sagte Heller. »Ich war einfach …«

»Nein. Es war mein Fehler. Ich hab gedacht, es wäre anders. Nein. Eigentlich weiß ich nicht, was ich gedacht habe.«

Die Enttäuschung war eine giftige Wolke. Sie nahm ihnen die Luft zum Atmen.

»Eine Frage hab ich noch. Gibt es eine andere?«

Heller zögerte einen Augenblick zu lange, bis er sagte, dass es keine andere gebe.

Er konnte hören, wie sie die Schlafzimmertür schloss und den Schlüssel zweimal herumdrehte. Dann saß er noch eine Weile in der Küche. Er war unfähig, einen klaren Gedanken zu fassen. Außer dem einen, dass er es vermasselt hatte. Als er Penelope streicheln wollte, fauchte die Katze ihn an. Später in der Nacht konnte er dank des Gebäcks, das er bei Ryan gekauft hatte, tief und ruhig schlafen. Gegen vier Uhr morgens hörte er Sirenen. Irgendwo musste ein Feuer ausgebrochen sein. Er verflocht das Geräusch mit einem Traum und schlief weiter.

Vier

Freitag, 8. November

Obwohl er die Tür nie abschloss, kamen weder die Kinder noch Paula jemals unaufgefordert in sein Zimmer. Vielleicht aus Höflichkeit oder weil sie befürchteten, etwas zu sehen, was sie nicht sehen sollten. Jemand klopfte. Es war kurz vor halb acht. Heller brauchte einen Augenblick, bis er sich in dem Morgen zurechtfand.

»Was ist?«

»Die Polizei ist da.«

Jochens Stimme klang ängstlich.

»Ich komme.«

Er hatte nackt geschlafen, wusste aber nicht mehr, wieso. Vielleicht lag es an dem Gebäck. Er zog hastig Hose und Hemd an.

Jochen stand vor der Tür, Astrid neben ihm. Sie trugen lederne Schulranzen auf den Rücken. Der Junge heulte.

»Was ist? Warum weinst du?«

»Du sollst runterkommen, hat der Polizist gesagt«, flüsterte Astrid.

Weil Heller seine Schuhe nicht gleich finden konnte, ging er barfuß. Die Kinder hinter ihm her.

Zwei Schupos inspizierten mit dem Rücken zu ihm den Karmann-Ghia. Die Reifen waren nicht mehr vorhanden, das Stoffdach und die Sitze bestanden nur noch aus Stahlfedern und Gestänge. Ein schwarzer Sarg aus Metall und Ruß.

»Sie sind der Halter?«, fragte der ältere der beiden Schupos. Er war weißhaarig und hatte Mitleid.

Heller nickte. Die beiden Schupos betrachteten Hellers Dienstmarke.

»Keithstraße?«, fragte der Jüngere. Er hatte eine schlechte Haut. »Da will ich später auch mal hin. Ist angeblich schwer, bei euch reinzukommen. Aber wissen Sie, was ich sage, wenn mich jemand fragt, wie man in die Keithstraße kommt? Mit Fleiß.«

»Wir haben das hier gefunden«, mischte sich der Ältere ein.

Er hielt eine zerbrochene Flasche in der Hand.

»Riecht nach Petroleum. Wahrscheinlich die Chaoten.«

Um drei Uhr fünfundzwanzig hatte ein Nachbar die 110 angerufen und mitgeteilt, dass der Karmann brennen würde. Er hatte jemanden gesehen. Rotblonde Haare, abstehende Ohren. Wahrscheinlich einer von den radikalen Chaoten. Die Feuerwehr war um drei Uhr fünfunddreißig ausgerückt. In den nächsten Tagen würde man versuchen, den Brandstifter ausfindig zu machen.

Heller hatte den Wagen gemocht. Es war schön, im Sommer mit offenem Verdeck durch Berlin zu fahren. Wenn er an einer Ampel gestanden und für einen Moment die Augen geschlossen hatte, dachte er immer, er sei in Rom. Er war noch nie dort gewesen. Damit war es jetzt vorbei.

»Kaufst du einen neuen?«, fragte Jochen. Die Zwillinge stellten sich neben ihn.

»Da muss dein Papa schon viel Geld haben. Man

kriegt von der Versicherung nie so viel zurück, wie die Karre wert ist, mein Kleiner. Was für eine Farbe hat der gehabt?«

Heller antwortete nicht.

»Blau«, sagte Astrid.

Für die zwei Schupos war der Fall klar. Für Heller nicht. Er spürte eine kalte Wut. Das waren keine Chaoten gewesen. Wieso sollten die seinen Wagen anzünden? Wegen Louise? Das war jemand anders gewesen. Jemand, der schon einmal in die Wohnung eingedrungen war. Der Molotow-Cocktail war dazu da, eine falsche Spur zu legen. Heller stand mit nackten Füßen in einer Brühe aus Wasser und Ruß. Er schickte die Kinder in die Schule. Dann ging er hoch und machte sich fertig.

Die U1 fuhr zum Wittenbergplatz. Es roch nach Schweiß und Bier. Ein alter Mann rauchte Zigarre, eine junge Frau beschwerte sich über den Qualm. Der Alte meinte, sie solle ihr freches Maul halten.

Manteufel saß hinter seinem Schreibtisch und telefonierte. Nebenbei blätterte er in dem Bericht, den Heller am Vorabend Frau Grimm diktiert hatte. Holzinger lehnte am Fenster und sah auf die Straße hinaus. Eigentlich wollte Heller draußen warten, aber Holzinger winkte ihn auf einen Stuhl.

»Danke. Ich schick noch mal jemanden vorbei«, grummelte Manteufel ins Telefon. Dann legte er auf.

»Das war das Krankenhaus. Die Schwarz wird es überleben.«

Heller musste noch einmal erzählen, dass er den Staatsschutzbeamten Harry Schwarz als Halter eines weißen BMW 2000 C ausfindig gemacht hatte. Er war zur Adresse Guntersblumer Weg 19a gefahren und hatte Helga Schwarz gefunden.

Er erzählte nicht, dass er Harry Schwarz und den Rotblonden gesehen hatte. Er erzählte nicht, dass Harry Schwarz Dokumente im Kamin verbrannt hatte. Er erzählte auch nichts von der Kerbe im hinteren rechten Reifen des BMW. Und dass ein Mann mit rotblonden Haaren seinen Wagen angezündet hatte. Manteufel schlug Hellers Bericht zu.

»Als Sie in die Küche gekommen sind, hat die Schwarz auf dem Fußboden gelegen und die Pistole in der Hand gehalten?«

»Eine Makarow«, ergänzte Heller.

Holzinger stand immer noch am Fenster, Manteufel und Heller den Rücken zugewandt.

»Ein Nachbau von der deutschen Walther PP 9 mm Ultra. Die haben sie ursprünglich in Zella für die deutsche Luftwaffe entwickelt. Dann haben die Russen fünfundvierzig alle Konstruktionsunterlagen mitgenommen. Die kannst du hier bei uns im Westen für dreihundert Mark kaufen.«

Das wusste Heller.

»Als Sie bei Schwarz waren, war da noch jemand im Haus?«, fragte Manteufel.

»Niemand«, antwortete Heller.

»Ihrem Bericht zufolge konnte Helga Schwarz nicht sprechen, als Sie sie gefunden haben.«

»Ja.«

»Im Ernst?«

Manteufel schlug unvermittelt mit der Faust auf den Tisch, woraufhin die Kugelschreiber einen kleinen, absurden Tanz aufführten.

»Verdammt noch mal, Heller. Sie sagt, Sie hätten auf sie geschossen.«

»Was?«

»Holzinger und ich waren heute Morgen bei ihr im Krankenhaus. Sie sagt, Sie hätten geklingelt, weil Sie ihren Mann sprechen wollten.«

Er nahm das Vernehmungsprotokoll hoch.

»Ich habe dem Kommissar gesagt, dass mein Mann nicht da ist, und ihn gebeten, später noch mal wiederzukommen. Das wollte er nicht. Er hat dann die Tür aufgedrückt und mich in den Flur geschoben. Er war sehr wütend. Ich habe Angst gekriegt und wollte meinen Mann auf der Dienststelle am Platz der Luftbrücke anrufen. Daraufhin hat er mir den Hörer aus der Hand gerissen. Von meinem Mann habe ich für alle Fälle eine Pistole bekommen, damit ich mich verteidigen kann. Allerdings habe ich in der Aufregung nicht mehr gewusst, wie man die Waffe entsichert. Der Kommissar hat sie mir dann aus der Hand genommen und auf mich geschossen. An das, was danach geschehen ist, kann ich mich nicht mehr erinnern.«

Einen winzigen Augenblick lang zog ein schwarzer Schleier aus einer Region, über die er keine Kontrolle hatte, über seinen Blick. Heller wollte aufspringen und losbrüllen, dass Helga Schwarz eine Lügnerin sei. Im letzten Moment hielt ihn etwas fest. *Reiß dich zusammen. Reiß dich zusammen, verdammt noch mal. Du hast in all den Jahren bei der Polizei gelernt, dass es ratsam ist, die Affekte zu bremsen.* Also gab es nur ein kurzes Zucken im rechten Bein, das er schnell unter Kontrolle hatte.

»Das ist ja wohl ein Witz.«

»Bis jetzt hat niemand gelacht.«

»Denken Sie im Ernst, dass ich in ein Haus gehe und,

weil ich den Ehemann nicht antreffe, seiner Frau in den Kopf schieße? Was ist mit den Fingerabdrücken auf der Waffe? Hat Schubert die schon untersucht?«

Manteufel sah zu Holzinger, der wusste es nicht.

»Holzinger sagt, das hängt alles mit dem Mord an Heidi Gent zusammen, und in den Fall haben Sie sich wohl ziemlich verrannt. Stimmt das?«

»Ich hab mich nicht verrannt.«

»Und warum ermitteln Sie dann weiter, obwohl Holzinger den Fall abgeschlossen hat?«

»Weil ich herausfinden will, wer Heidi Gent umgebracht hat. Und da ihr Mann Klaus als Mörder ausscheidet, muss es wohl jemand anders gewesen sein.«

»Wieso scheidet Klaus Gent aus? Woher wissen Sie das?«

»Heidi Gent ist ab und zu von einem Mann mit einem BMW 2000 C abgeholt worden. Harry Schwarz fährt so einen. Deswegen bin ich zu der Adresse gefahren.«

»Und haben geklingelt.«

»Ja.«

»Ja? Was ist mit der Aussage von den Nachbarn, dass Sie schon eine ganze Weile, bevor zwei Schüsse gefallen sind, im Garten rumgeschlichen sind? Und dass Hauptkommissar Schwarz und ein zweiter Mann, ein paar Minuten bevor die Schüsse gefallen sind, das Haus verlassen haben und weggefahren sind?«

Doll hatte also mit den Nachbarn geredet. Heller schwieg. Manteufel schaute ihn herausfordernd an.

»Haben Sie auf Helga Schwarz geschossen?«

Holzinger setzte sich neben Heller auf den Stuhl. Legte ihm die linke Hand auf die Schulter. Es fühlte sich für Heller an, als wäre das der Moment, auf den er sich all die Jahre still und manchmal ohne es zu wissen, vorbereitet hatte. Es ging um Dinge wie Loyalität, Aufrichtigkeit, Ehrlichkeit. Jetzt entschied sich, wer er war. Und wie und wo er die nächsten Jahre verbringen würde. In einer zwei mal drei Meter großen Zelle oder weiterhin in den Diensten der Polizei.

»Ich weiß, dass du nicht geschossen hast«, sagte Holzinger beschwichtigend. »Aber wir würden gerne wissen, wer geschossen hat. Und wenn es die Schwarz selbst war, würden wir gerne wissen, warum sie das getan hat.«

Ja, das wollte Heller auch wissen.

»Sie sind erst mal unbefristet beurlaubt«, sagte Manteufel. »Offiziell, weil die Chaoten Ihren Wagen angezündet haben.«

»Sie wissen davon?«

»Natürlich wissen wir davon. Wir sind hier die Elite der Berliner Polizei, mein Junge. Wenn wir solche Sachen nicht wissen, wer denn sonst?«

»Wer übernimmt den Fall? Doll?«

»Da könnte ich ihn auch gleich an Max und Moritz geben«, sagte Holzinger.

»Der Staatsschutz übernimmt«, ergänzte Manteufel.

»Wer dort?«

»Das geht Sie einen Feuchten an. Geben Sie Ihre Waffe und die Marke ab. Sobald wir den Schlamassel aufgeklärt haben, sind Sie wieder im Dienst.«

So lief das also. Die Sache stank zum Himmel, und er war dem Gestank zu nahe gekommen. Deshalb rissen sie ihn wie einen Hund am Halsband zurück. Gehörte Manteufel auch dazu? Oder verließ der sich einfach auf Holzinger?

Heller saß noch eine ganze Weile in dem Zimmer. Sie schauten zu dritt aneinander vorbei. Es war wie eine stille Drohung. Als Heller schließlich aufstand, hielt Manteufel ihn auf.

»Ach, und da ist noch was. Kennen Sie eine Louise Mackenzie?«

Manteufel hielt ein Foto hoch, das Heller und Louise vor dem *Kempinski* zeigte.

»Die wohnt in der Wielandstraße 13«, sagte Manteufel. »Die Wohnung gehört einem Otto Schily. Der ist der Anwalt von dieser Terroristin Gudrun Ensslin. Sie haben ja wahrscheinlich von der Kaufhausbrandstiftung in Frankfurt gehört. In der Wohnung in der Wieland haust eine Kommune. Wissen Sie, was das ist? Zwanzig Personen, alle in einem Schlafzimmer. Und mittendrin der Münster. Wie nennen die den?«

Manteufel sah Holzinger fragend an.

»Bakunin. Das war ein russischer Anarchist.«

»Ich weiß, wer Bakunin war. Münster hat versucht, das Landgericht abzufackeln. Die klauen, nehmen Drogen und treiben es miteinander. Ich weiß nicht, wie es Ihnen geht, Heller, aber ich würde da am liebsten mit einem Flammenwerfer reingehen und denen mal ein bisschen einheizen. Aber Sie scheinen das anders zu sehen.«

Als Heller nicht antwortete, wies Manteufel ihm die Tür.

Auf dem Flur begegnete ihm Frau Grimm. Sie hatte die Arme voller Akten. *Bleiben Sie standhaft,* schien ihr Blick zu sagen. Standhaft. Heller brauchte mehr. Er brauchte vor allem die Sorte Mut, die stärker war als die Angst um die Zukunft.

Louise hatte so viele Termine des Seminars verpasst, dass es keinen Sinn mehr machte, den um zehn Uhr im Psychologischen Institut wahrzunehmen. Sie hatte eine Weile mit sich gerungen und sich dann entschieden, lieber Heller weiter auszuspionieren. In der Wieland hatte sie sich damit letztendlich Respekt verschafft. Bakunin und Rolli wollten jetzt unbedingt wissen, ob sie von den Bullen überwacht wurden. Sie waren nämlich an einem großen Ding dran. Irgendwas mit einer amerikanischen Kaserne. Die GIs sollten dazu bewegt werden zu desertieren. In so einem Fall war zwar nicht die Mordinspektion zuständig, aber vielleicht kannte Louises Bulle jemanden beim Staatsschutz.

Da Louise nicht wusste, wo Heller wohnte, wartete sie vor dem Gebäude der Mordinspektion in der Keithstraße auf ihn. Sie hatte sich einen Plan zurechtgelegt, wie sie sein Vertrauen gewinnen wollte. Kino, Essen und dann noch mal ins Hotel. *Die Aufgabe des Revolutionärs ist es, mit allen Mitteln Revolution zu machen,* sagte sie sich. Einfach damit es nicht wie eine billige Agentennummer aussah. Es dauerte eine Stunde, bis er endlich erschien. Er ging eine Reihe von Polizeiwagen ab, die am Straßenrand geparkt waren.

»Was hältst du von *Viva Maria*?«, rief sie über die Straße hinweg.

Viva Maria war Louises Lieblingsfilm. Sie hatte ihn schon fünfmal angeguckt. Der Film war von Louis Malle und handelte von zwei Marias. Die eine war Terroristin und die andere Schauspielerin und Sängerin. Beide schossen, bombten und liebten sich durch den Film, um am Ende einen Diktator und Pfaffen zur Hölle zu schicken.

Heller wollte gerade in einen VW-Käfer einsteigen. Erstaunt drehte er sich zu ihr um. Er schien sich nicht gerade darüber zu freuen, dass sie schon wieder vor seiner Dienststelle auftauchte. Louise lief auf ihn zu.

»*Kant-Lichtspiele.*«

Sie wedelte mit zwei Kinokarten vor Hellers Gesicht.

»Du erinnerst dich doch noch an mich, oder?«

»Ich hab jetzt keine Zeit, Louise. Lass uns morgen treffen oder übermorgen.«

»Du meinst, wir haben gevögelt, und das war's, und jetzt soll ich die Fliege machen.«

»Nein. Aber …«

»Was ist aus deinem kleinen Sportwagen geworden?«

Heller sah auf den VW-Käfer.

»Jemand hat gestern Nacht ein kleines Feuerchen gemacht.«

»Oh. Schade. Weißt du, wer es war?«

»Die Kollegen haben neben dem Wrack eine Flasche gefunden. Sie riecht ziemlich stark nach Petroleum.«

»Du denkst, dass es jemand vom SDS war?«

»Vielleicht.«

Sie standen eine Weile wie eingefroren neben dem Wagen. Unschlüssig, was sie sagen und tun sollten. Heller wollte gehen, Louise wollte ihn nicht vom Haken lassen.

»Soll ich mich mal umhören? Ich kenne ein paar Leute«, sagte sie.

»Was für Leute sind das?«

»Aus dem Seminar.«

»Nicht nötig.«

»Es wäre kein Ding.«

Heller deutete auf die Karten in Louises Hand.

»Wann läuft denn der Film?«

»Heute Nacht, Spätvorstellung.«

»Da kann ich nicht.«

Aha. Er will mich doch loswerden, dachte sie. Das war natürlich schlecht. *Ich muss irgendetwas tun, irgendwas sagen. Irgendetwas, womit ich ihn aufhalten kann.*

Heller lächelte ihr zu, schickte eine knappe Geste des Bedauerns hinterher, dann stieg er in den VW ein.

Jetzt, Louise. Jetzt! Sie beugte sich zum Seitenfenster herab. Klopfte dagegen. Heller kurbelte die Scheibe herunter.

»Es kann übrigens sein, dass ich schwanger bin.«

Was? Was hab ich eben gesagt? Kaum hatte sie den Satz ausgesprochen, wurde ihr klar, wie selten bescheuert der war.

»Woher weißt du das?«

Aber immerhin erzielte sie damit eine Wirkung. Heller sah sie erschrocken an.

»Wir haben doch gerade erst.«

»Es gibt eben Frauen, die spüren so was sofort.«

Er schaute sie skeptisch an.

»Und du bist so eine Frau?«

»Was soll das denn heißen? Denkst du, ich bin eine von diesen blöden Kühen, die irgendeinen Scheiß erzählen?«

Sie war laut geworden. Heller stieg wieder aus seinem Wagen aus.

»Nein. Ich bin nur überrascht.«

»Warum? Weil du dich darauf verlassen hast, dass ich die Pille nehme.«

»Du hast nichts gesagt.«

»Und du hast nicht gefragt.«

Sie war natürlich nicht schwanger. Und alles, was sie nun inszenierte, hatte nur den einen Zweck, in seiner Nähe zu sein, um ihn auszuspionieren. Trotzdem war es auch eine schöne Nacht gewesen. Nicht so wie manchmal in der Wieland, wenn sie mit einem Mann schlief, nur um herauszufinden, wie es sich anfühlte. So als eine Art Hausarbeit, die sie in ihr Studium einbringen konnte. Sie hatte Heller abgeschleppt, weil er ihr gefiel. Sie hatte es gewollt, weil er amüsant war und nicht auf Macker gemacht hatte. Er war außerdem von ihr beeindruckt gewesen, und das hatte ihr geschmeichelt.

»Wie sicher bist du?«, fragte Heller.

»Genau weiß ich es erst in ein, zwei Wochen, wenn meine Periode nicht kommt.«

»Okay.«

»Was heißt das, *okay*?«

»Wir finden eine Lösung.«

»Wir? Du meinst, ich soll eine Lösung finden.«

»Nein, wir finden eine Lösung.«

»Und wie sieht die aus?«

»Das weiß ich noch nicht.«

»Bist du etwa verheiratet? Feste Freundin?«

Er zögerte. Zu lange.

»Nein.«

Du lügst, du hast doch eine Freundin, dachte sie.

»Du denkst gerade drüber nach, wie du es ihr beibringst, oder?«

Heller sah aus wie ein geprügelter Hund. Wie jemand, der sich zu viel auf die Schultern geladen hatte und jetzt in die Knie ging. Er tat ihr in diesem Moment leid. Und sie überlegte, ob sie ihm nicht doch sagen sollte, dass sie nicht schwanger war. Dass sie ihn angelogen hatte. Wie sie dann allerdings an die Informationen kommen sollte, die sie in der Wieland versprochen hatte, wusste sie nicht.

Harry Schwarz war bei den Kollegen gewesen, um eine Aussage zu den Vorgängen in seinem Haus zu machen. Dann hatte er nachts im Krankenhaus ein paar Stunden im Stuhl neben Helgas Bett gewacht. Anschließend war er ins Büro gefahren. Er hatte ein wenig schlafen wollen, was ihm aber wegen des Lärms nicht gelang. Wenn starker Wind von Westen kam, hoben die Boeing 727 der Pan Am und die One-Eleven der BEA in Tempelhof in westlicher Richtung ab. Jemand hatte Hundertfünfundzwanzig Phon gemessen. Die Scheiben klirrten in den Fensterrahmen, und die Menschen auf dem Tempelhofer Damm zogen die Köpfe ein. Vor Kurzem hatte ein Bezirksstadtrat doch tatsächlich vorgeschlagen, nur noch taube Berliner in die Wohnungen rund um den Zentralflughafen Tempelhof einziehen zu lassen. *Wenn ich in einer der Maschinen sitzen würde, wären meine Probleme gelöst,* dachte Harry. Obwohl es Gerüchte gab, dass die Stasi abtrünnige Mitarbeiter bis in den letzten Winkel der Erde verfolgen und liquidieren ließ.

Es war ein Fiasko. Als hätte sich das Schicksal gegen ihn verschworen. Heidi Gent war tot. Das hieß, die Schleuse konnte vorerst nicht weiter benutzt werden. Und er war von der Informationsquelle Horst Mahler abgeschnitten. Dann war Wagner in Hellers Wohnung erwischt worden, als er versucht hatte, belastendes Material gegen den Kommissar zu finden. Der Versuch, Heller mit dem brennenden Wagen einzuschüchtern, war ebenfalls schiefgegangen. Und jetzt hatte er über Radio DDR eine verschlüsselte Nachricht erhalten, dass Kramer ihm in der nächsten Stunde eine Nachricht zukommen lassen wolle. Vermutlich wollte er ihn endgültig zurückbeordern und dann in die Pampa versetzen. Schwarz sah auf die Uhr. Halb zwölf. Das hieß, er musste um halb eins am *Schleusenkrug* sein, um die Kurierin zu treffen. Dabei stapelte sich seine eigentliche Arbeit auf dem Schreibtisch zu zwei Aktentürmen.

Sein Chef Hauptkommissar Bernd Köster fragte inzwischen jeden Morgen, wie weit er mit den Ermittlungen gegen die Rädelsführer vom Tegeler Weg sei. Zumindest hatte er berichten können, dass ein erheblicher Teil der militanten Angriffe auf die Polizei in der Kommune Wielandstraße 13 geplant worden war. Deswegen waren Jürgen Münster, Roland Rübsam, Detlev Wohlleben und Dirk Otto verhaftet worden. Die Kanzlei Mahler hatte angekündigt, Einspruch gegen die Festnahme einlegen zu wollen. Die Begründung war aberwitzig. Die Beschuldigten seien nicht in das Landgericht eingestiegen, um Feuer zu legen, sondern weil sie sich vor der prügelnden Polizei in Sicherheit bringen wollten. Köster und die Kollegen hatten beim Morgenappell darüber gelacht. Aber Mahler würde damit vermutlich Erfolg haben. Und das war auch gut so. Denn wenn Mahler Erfolg hatte, dann konnte Schwarz denselben Erfolg auch für sich verbuchen. Die Destabilisierung des westdeutschen und West-Berliner Systems war durch die Aktionen der Studenten auf einem guten Weg. Jetzt konnte er nur hoffen, dass Kramer in Ost-Berlin das auch so sah. Zum Glück gab es jemand, der Erfahrungen in solchen Dingen hatte.

326

Schwarz ging hinunter in den zweiten Stock. Nachdem Karl-Heinz Kurras den Studenten Benno Ohnesorg erschossen hatte, durfte er im Innendienst Autokennzeichen überprüfen. Und das war noch eine milde Strafe. Alle wussten, dass Kurras Mist gebaut hatte. Er war an dem Abend wütend gewesen, weil die Studenten es gewagt hatten, sich den Aufforderungen der Polizei zu widersetzen. Sie hatten gebrüllt und sich vor der Deutschen Oper auf die Straße gesetzt und gewehrt, als die Polizei sie wegtragen wollte. Kurras war rasend geworden. Ein paarmal hatte er davon gesprochen, dass der Staat hart durchgreifen müsste. Das hatte er dann selbst getan.

Kriminalobermeister Karl-Heinz Kurras stand auf einem Schild neben der Tür. Wenigstens hatten sie ihm den Titel gelassen. Es war noch nicht so lange her, dass Schwarz von Kurras' Tätigkeit als Ost-Agent erfahren hatte. Er war von Kramer über Jahre hinweg zum Topspion aufgebaut worden. Aber dann hatte eine Kurierin zwei Botschaften verwechselt. Seitdem wussten sie beide voneinander. Schwarz klopfte an die Tür. Ein müdes *Herein* ließ ihn eintreten. In einer dichten Wolke aus Zigarettenrauch saß der Kriminalobermeister an seinem Schreibtisch. Normalerweise waren die Büros mit zwei Polizisten besetzt. Aber Kurras hatte man sogar den Kollegen verweigert. In den knapp eininhalb Jahren seit dem Schuss war er um ein Jahrzehnt gealtert. *Nimm einem Mann seine Aufgabe, und du kannst ihn auch gleich begraben,* hatte Kurras kürzlich zu ihm gesagt.

»Hast du einen Moment?«, fragte Schwarz.

»Um was geht's?«

Kurras blickte kurz von der Liste auf dem Schreibtisch hoch.

»Ich will jemandem eine Reise schenken«, sagte Schwarz.

Kurras hob den Kopf. Mit einem Schlag schien sein Interesse geweckt zu sein. Eine Reise schenken bedeutete, dass jemand verschwinden sollte. Entweder durch eine Entführung oder durch Liquidierung.

»Wer ist es?«

»Ist jetzt nicht wichtig.«

»Heller?«

Schwarz war überrascht, dass Kurras davon Kenntnis hatte. Aber eigentlich war es nichts Besonderes. Wer aufmerksam Zeitung las, wusste von diesem Kommissar Heller. Kurras nickte versonnen. Vielleicht hoffte er, sich nützlich machen zu können, um Ost-Berlin ein wenig zu versöhnen.

»Wohin?«, fragte er.

Ein kurzes Klopfen an der Tür. Schwarz und Kurras verstummten. Ein Mitarbeiter brachte einen Aktenordner.

»Damit es dir nicht langweilig wird«, sagte er grinsend zu Kurras. Dann verschwand er wieder.

Schwarz und Kurras setzten das Gespräch fort, als wären sie bei ihren Urlaubserzählungen unterbrochen worden. So absurd es Schwarz am Anfang vorgekommen war, aber der sicherste Ort, um konspirative Unterhaltungen zu führen, waren die Räume der Kfz-Abteilung des Staatsschutzes. Niemand konnte oder wollte sich vorstellen, dass die Ost-Berliner Staatssicherheit bis hierhin vordringen würde.

»Was sagt der Onkel?«

Mit *Onkel* war niemand anders als ihr Führungsoffizier Kramer gemeint.

»Als ich bei ihm war, hat mich jemand indirekt ermutigt, über die Reise nachzudenken.«

»Wer?«

»Von ganz oben.«

Kurras nickte. Er schien zu ahnen, dass damit Markus Wolf gemeint war.

»Hast du das gelesen?«

Kurras zog eine Schublade seines Schreibtischs auf. Wühlte einen Moment, bis er einen roten Schnellhefter fand. *West-Berlin muss in eine Räterepublik verwandelt werden*, lautete die Überschrift. Schwarz hatte den Bericht eines Treffens der führenden Köpfe des Sozialistischen Deutschen Studentenbundes auch bekommen, aber noch nicht gelesen.

Kurras las vor. *Ein Großteil der Bürokraten wird nach Westdeutschland emigrieren müssen. Wo es ganz klar ist, dass Umerziehung unmöglich ist, etwa bei älteren Leuten, da sollte man den Betreffenden die Möglichkeit geben auszuwandern. Was sagst du dazu?«*

»Ja, les ich später selbst.«

»Warte, geht noch weiter. *Gerade die Bürokratie besteht zum Großteil aus Frauen, verkrüppelten Frauen, und wer diese Frauen einmal gesehen hat, der ist erschreckt.«*

»Und hier: *Wir müssen den Menschen zu einem neuen Menschen erziehen.* Nicht schlecht, oder?«

Kurras knallte den Hefter auf den Tisch.

»Wir müssen den Menschen zu einem neuen Menschen erziehen. Klingt doch irgendwie vertraut, oder? Das sagen sie drüben auch. Ich hab es dem Onkel geschickt. Und was ist passiert? Keine Reaktion.«

Schwarz sah auf die Uhr.

»Ich hab jetzt keine Zeit mehr, Kurras. Ich brauch einen Fahrschein.«

»Kannst du haben. Komm zum Bahnhof Spandau. Und noch was. Wenn die Reise ein Erfolg wird, will ich, dass du dem Onkel erzählst, dass ich dir geholfen habe.«

Kurras wollte wirklich wieder Punkte sammeln. Was auch sonst. Schwarz verließ das Büro. Er würde von Kurras eine nicht registrierte Pistole bekommen. Alles Weitere musste sich ergeben. Jetzt musste er schnell zum *Schleusenkrug* und dann zurück ins Büro.

Manteufel hatte ihn vorübergehend beurlaubt, Helga Schwarz beschuldigte ihn, auf sie geschossen zu haben, der vergangene Abend mit Paula war gründlich in die Hose gegangen, der Karmann-Ghia war in Brand gesetzt worden, und jetzt war Louise womöglich von ihm schwanger. Heller stand in seinem Büro am Schreibtisch. Er war müde. Nicht so, wie man von zu wenig Schlaf müde ist. Er war müde, weil er im Begriff war, einen Kampf zu verlieren. Weil seine Gegner zu einflussreich und zu mächtig waren. *Zu einflussreich und zu mächtig? Du hast verloren, weil du nicht gewusst hast, gegen wen du kämpfst. Weil du deinen Gegner falsch eingeschätzt hast.* Diesen einen Gegner, den er gut kannte und den er trotzdem immer wieder vergaß. Der sich hinter seinen Gedanken, seinen Worten und Handlungen versteckte und der ihn jetzt geschlagen hatte. Er räumte die wenigen privaten Dinge, mit denen er sein Büro zu einem halbwegs vertrauten Ort gemacht hatte, in eine Ledertasche.

Es war nicht klar, wie lange er beurlaubt sein würde

und ob er überhaupt noch mal zurückkommen durfte. Es war Mittag, und der Himmel war schwarz. Dicke Regenwolken hingen tief, als müssten sie sich unter dem Gewicht des Wassers auf den Dächern abstützen.

»Das richtige Wetter für einen Abgang. Wie im Film.« Doll lehnte lässig am Türrahmen. Heller wusste nicht, wie lange Doll schon dort stand, Kaugummi kaute und finster lächelte. Es heißt, dass Schadenfreude eine deutsche Erfindung sei. Wenn das stimmte, dann war Albert Doll ihr Konservator.

»Hast du im Kino *Leichen pflastern seinen Weg* gesehen? Ich hab den gestern zusammen mit den Leuten angeschaut, die die deutschen Stimmen sprechen. Da gibt es eine Szene, in der Klaus Kinski vom Sheriff verhaftet wird. Die reiten los, und dann steigt Kinski irgendwann vom Pferd. Der Sheriff geht auf einen zugefrorenen See zu, und Kinski schießt das Eis kaputt, und der Sheriff ersäuft. Toller Streifen.«

Im Regal gegenüber dem Fenster stand Mark Aurels *Selbstbetrachtungen*, die Empfehlung von Dr. Kemper. Er hatte es ein paarmal durchgeblättert. Keine einfache Lektüre. Einen Satz aber hatte er sich gemerkt. *Handle nicht planlos. Beeile dich, ohne schweres Gepäck, gib die leeren Hoffnungen auf und hilf dir selbst, wenn dir etwas an dir liegt, solange es möglich ist.* Er nahm das Buch in die Hand.

»Vergiss das Foto nicht.«

Doll deutete auf das Schwarz-Weiß-Foto, das Heller als Siebenjährigen zusammen mit seinem Vater und seiner Mutter zeigte. Der Alte trug die Uniform eines SS-Untersturmführers. Die Mutter ein Sommerkleid. Sie hatten es an dem Tag gemacht, als Heller eingeschult wurde. Sein Vater war zwei Wochen auf Heimaturlaub gewesen. An dem Tag hatten seine Eltern sich fürchterlich gestritten. Wenn man genau hinschaute, konnte man sehen, dass seine Mutter noch kurz zuvor geweint hatte. Heller war von zuhause weggelaufen, der Alte hatte ihn zurückgeholt und verprügelt.

»Hast du eigentlich inzwischen Beweise gefunden, dass sie keine Nutte war?«

Heller hielt das Buch immer noch in der Hand. *Handle nicht planlos.* Und vor allem, lass dich nicht provozieren.

»Harte Entscheidung von Manteufel, dich unbefristet zu beurlauben. Ich meine, keiner hier glaubt, dass du der Schwarz in den Kopf geschossen hast. Andererseits sag ich immer, wer weiß schon, was in einem Menschen vor sich geht.«

Doll ging an Heller vorbei zu seinem Schreibtisch. Kurz berührten sich dabei ihre Arme. Es war klar, dass Doll einen Konflikt heraufbeschwören wollte, der Heller endgültig das Genick brechen konnte. Er blätterte demonstrativ durch die Akte Gent. Heller packte den Aurel in die Tasche, nahm Mantel und Hut vom Garderobenhaken.

»Ach, und noch was, Heller. Wenn du jemanden brauchst, der für dich ein gutes Wort einlegt … du weißt ja, mich brauchst du nicht anzurufen.«

Wieder das Grinsen, das an Hellers Selbstbeherrschung rüttelte.

»Ich weiß. Und wie du schon sagst, wer weiß, was in einem Menschen vor sich geht. Manchmal ist da auch einfach nur eine große Leere.«

Als Heller die Tür öffnete, klingelte das Telefon auf Hellers Schreibtisch. Doll nahm den Hörer ab.

»Doll ... Sag ich ihm.«

Wortlos legte er auf.

»Du sollst zu deinem alten Herrn kommen. Gibt wohl Ärger.«

Heller konnte sich denken, worum es ging. Er war nicht am Grab gewesen. Aber dass der Alte ihn sehen wollte, traf sich gut. Sein Vater musste ihm endlich erzählen, was mit Holzinger los war. Als er das Revier verließ, regnete es immer noch. Die Beurlaubung bedeutete, dass er den Fahrdienst der Mordinspektion nicht mehr nutzen durfte. Mit der Tasche über dem Kopf, rannte er zum Wittenbergplatz. Er nahm die U1 nach Ruhleben.

Als er in den Biedermannweg einbog, hörte er ein vertrautes Geräusch. Seit er sich erinnern konnte, war das Hämmern des Einzylinders der BMW R23 untrennbar mit Erinnerungen an seinen Vater verbunden. Morgens, wenn er zur Arbeit fuhr, abends, wenn er müde zurückkam. Sonntags war der Beiwagen anmontiert worden. Dann hatten sie zu dritt einen kleinen Ausflug in den Grunewald oder nach Lübars unternommen. Seine Mutter hatte bei den Bauern Gemüse und Obst gekauft. Sie hatten Kartoffelsuppe mit Würstchen gegessen. Das beste Essen der Welt. Einmal hatte er Berliner Weiße mit Waldmeister probieren dürfen und war auf der Rückfahrt beinahe vom Sozius gefallen. Jetzt glänzte das Motorrad im Hof vor sich hin.

»Ich hab gedacht, du willst nicht mehr fahren«, sagte Heller.

»Sie hat zehn Jahre im Schuppen gestanden. Heute Morgen hab ich es dreimal probiert, und sie war da. Die Chaoten haben den Karmann-Ghia angezündet?«

Der Alte klang ungewohnt friedlich. Vielleicht hatte er was getrunken.

»Wir wissen nicht, wer es war.«

»Deine Kollegen haben einen Molotow-Cocktail gefunden.«

»Woher weißt du denn das schon wieder?«

Der Alte zuckte mit den Schultern. Er hatte eben so seine Quellen.

»Nur gut, dass du nicht dringesessen hast.«

Er zeigte auf die BMW.

»Wenn du willst, schraub ich den Beiwagen dran. Ist besser, wenn es schneit.«

Er sollte die BMW fahren? Die Maschine war ein Heiligtum. Bisher hatte niemand außer dem Alten darauf fahren dürfen. Man durfte sie noch nicht mal anfassen. Als sein Vater im August 1952 wegen einer Blinddarmoperation im Krankenhaus gelegen hatte, war Heller mit der BMW und seiner neuen Freundin in den Grunewald gefahren. Danach hatte er vergessen, den Tacho wieder zurückzudrehen. Für jeden Kilometer hatte er einen Schlag mit dem Gürtel auf den Hintern bekommen.

»Oder bist du einer von denen, die nur bei Sonnenschein auf die Maschine steigen? Komm rein.«

Im Wohnzimmer hing ein Kruzifix an der Wand. Das war neu. Auf dem Sofa lagen ein alter Helm, ein Paar Lederhandschuhe und die Lederjacke, die der Alte jahrelang getragen hatte.

»Wenn du sie zu Schrott fährst, bring ich dich um. Hier ist der Fahrzeugschein.«

Er streckte Heller das angegilbte Papier entgegen. Als Heller danach griff, hielt sein Vater es noch einen

Augenblick lang fest. Es fiel ihm offensichtlich nicht leicht, die Maschine wegzugeben.

»Danke.«

»Willst du was essen? Ich hab Hering.«

Sie aßen stumm. Hering in Sahnesoße mit Zwiebeln und Pellkartoffeln. Der Alte trank Schultheiss. Als sie fertig waren, stand er nicht auf, um wie sonst üblich das Geschirr sofort abzuwaschen. Er schob den Teller beiseite, lehnte sich zurück und sah Heller herausfordernd an.

»Um was geht's? Holzinger?«

»Ja.«

Der Alte stand auf, ging ins Wohnzimmer und kam mit einem gerahmten Foto zurück. Heller kannte es gut. Ungefähr zwei Dutzend Soldaten in zwei Reihen, sie lächelten selbstbewusst in die Kamera. Sein Vater und Karl Holzinger standen nebeneinander, die Arme auf den Schultern.

»Weißt du, wo das ist?«

Heller schüttelte den Kopf.

»Jugoslawien.«

Der Alte betrachtete das Foto lange. Es schien, als müsste er mühsam die Erinnerungen hervorkramen, die er so gut vergraben hatte.

»Das ist das Polizei-Reserve-Bataillon 3. Kurz vor unserem Sondereinsatz im Oktober 1941. Wir hatten keine richtige Militärausbildung, aber wir haben auf Rügen gelernt, wie man mit MGs und Mörsern umgeht. In der KdF-Siedlung Prora. Dann sind wir nach Jugoslawien. Offiziell als Einsatzkommando zur Partisanenbekämpfung.«

Er schnaubte verächtlich.

»Partisanen. Wir haben Leute aus ihren Häusern ge-
zerrt und ihnen ins Gesicht geschossen. Ein paar von
uns haben die kleinen Kinder genommen und sie mit
den Köpfen an die Bäume geschlagen. Dann haben sie
sie an ihre Eltern zurückgegeben. Wenn ein Kind verletzt ist, müssen die Eltern sich kümmern und können
nicht gegen dich kämpfen. Aber das war irgendwann
auch egal. Wir haben einfach alle erschossen. Manchmal zweihundertfünfzig an einem Tag. Es ist Krieg, haben sie in Berlin gesagt. Aber das war kein Krieg mehr.«

Er legte das Bild beiseite.

»Jetzt ein Bier?«

Heller nickte. Der Alte nahm zwei Schultheiss aus einem Kasten hinter der Küchentür. Es waren die letzten.
Sie stießen an. Heller wusste nicht, warum sein Vater so
redselig war. Wahrscheinlich lag es am Bier.

»Im Dezember 1941 haben sie uns über Berlin in die
Sowjetunion verlegt. Zuerst nach Riga, später in die
Nähe von Leningrad. In Lettland waren wir wieder als
Erschießungskommando unterwegs. Bist du mal bis
über die Knöchel in Blut gewatet?«

Heller wusste schon, was jetzt kam. Wie oft hatte er
die Stiefel-Geschichte schon gehört.

Der Alte holte seine schweren Stiefel aus dem Flur,
knallte sie hart auf den Tisch.

»Bis hierhin.«

Er deutete auf eine Stelle kurz vor der Kante des
Schaftes.

»Das zieht ins Leder ein. Da kommt kein Wasser
mehr durch. Das ist dicht. Ihr habt ja keine Ahnung. In
Riga haben sie uns Jeckeln unterstellt. Das war ein ho-
her SS-Führer. Friedrich Jeckeln. Wir haben über zwan-

zigtausend Juden erschossen. Einfach so. Sie haben dir gesagt, die sind Ungeziefer, keine Menschen. Das war der Befehl.«

Es war das erste Mal, dass sein Vater das erzählte. Zwanzigtausend Juden erschossen. Es stimmte also. Heller wusste nicht, was er sagen sollte. Die Zahl und die Tat lösten nichts in ihm aus. So als wäre es eine monströse Lüge. Die Frage, warum sein Vater das getan hatte, lag ihm auf der Zunge. Aber er schwieg.

»Ende 1942 sind wir dann an die Front gekommen und vom Russen aufgerieben worden. Dann haben sie uns nach Südfrankreich geschickt. Schon mal was von Résistance gehört? Dann noch mal Jugoslawien, das war wieder schlimm. Und im März fünfundvierzig die Oderfront. Da haben die Russen uns beide geschnappt.«

»Warum haben die euch nicht erschossen?« Wolf Heller kam die eigene Stimme fremd vor.

»Wir hatten die Uniformen und Papiere von den toten Landsern. Die haben überall rumgelegen.«

Der Alte trank. Blickte seinen Sohn an, nickte. Für einen Moment konnte Heller eine unendliche Traurigkeit sehen. Es war keine Heldenerzählung. Nichts, auf das der Alte stolz sein konnte. Nichts, was einen Sinn gehabt hätte. Nichts, was seine Schuld verringerte. Und nach einer Weile verschwand die Traurigkeit wieder, wie ein Tier, das sich zum Winterschlaf in eine Höhle zurückzieht.

»Hast du Holzinger mal gefragt, was mit seiner Hand passiert ist?«, fragte der Alte düster.

Heller kannte nur die Gerüchte.

»Irgendein Unfall«, sagte er.

Der Alte schüttelte den Kopf.

»Er hat eine Handgranate in einen russischen Panzer geworfen. Als er runtergesprungen ist, hat der Panzer sich gedreht, und er ist mit der Hand in die Kette gekommen. Das war am 6. Dezember 1942.«

Der Alte schwieg, starrte auf den Tisch, als würden dort die Bilder aufleuchten.

»Wir haben zwei Tage gebraucht, bis wir ein Lazarett gefunden haben. Er war gestern bei mir«, sagte der Alte. »Dass wir in Riga dabei waren, hat bis vor Kurzem niemand gewusst. Aber jemand in Ost-Berlin hat was gefunden.«

»Über Holzinger?«

Der Alte nickte.

»Was haben die gefunden?«

»Was ich dir erzählt hab.«

Das war es. Er hatte so etwas geahnt. Deswegen wollte Holzinger den Fall Gent unbedingt abschließen. Es war so einfach. Geradezu lächerlich. Jemand drohte, Holzingers Vergangenheit aufzudecken. Und das versuchte der mit allen Mitteln zu verhindern. Aber was hatte Harry Schwarz damit zu tun? Langsam keimte ein ungeheurer Gedanke in Heller.

»Alles hängt mit allem zusammen. Du reißt dir ein Haar am Hintern raus, und die Augen tränen«, sagte der Alte. Er lächelte bitter.

Heller trank das Bier aus. Dann nahm er Helm, Handschuhe und Jacke. Das Leder roch nach seinem Vater. Weil der Alte die Jacke schon lange nicht mehr getragen hatte, war sie steif und knarrte bei jeder Bewegung.

Er warf die BMW mit einem Tritt an. Sein Vater legte die Hand auf den Tank.

»Ist voll«, sagte er.

Heller zog die Handschuhe an und hängte den Helm an den Lenker.

»Danke.«

Der Alte zwinkerte ihm zu. Zum ersten Mal seit dem Tod seiner Mutter kam er ihm wie ein richtiger Vater vor. Jemand, der seinen Sohn unterstützte. Und der zugleich ein fürchterliches Verbrechen gebeichtet hatte. Heller hatte das Gefühl, es würde ihn zerreißen.

Während er langsam den Biedermannweg entlangfuhr, lief ein Hund bellend neben ihm her, als wollte er ihn antreiben. *Die ersten Dinge zuerst. Fang endlich an. Mach deine Arbeit. Stell die richtigen Fragen. Und beeil dich.* Auf der Charlottenburger Chaussee ließ der Hund von ihm ab.

Gertrude Mazur trug Schwarz. Ein schwarzes Kopftuch, schwarzes Kleid, schwarze Schuhe. Sogar die Strümpfe waren schwarz. Nur die Einkaufstasche, die sie nach Hause trug, war bunt. Ihr Schritt war schleppend, als würde sie jemanden hinter sich herziehen. Heller hätte sie beinahe nicht erkannt. An der Haustür stellte sie die Tasche ab.

»Frau Mazur?«

Sie guckte ihn irritiert an, als er von der BMW zu ihr herüberkam. Es lag an der Lederjacke. Bisher hatte sie ihn stets im Anzug und mit Krawatte gesehen. Sie bat ihn nicht ins Haus, stand neben ihrer Tasche und hörte ihm stumm zu.

»Wir haben Bettina und Ralf immer noch nicht gefunden. Das ist schlimm, aber es bedeutet höchstwahrscheinlich, dass sie noch am Leben sind.«

Sie antwortete nicht. Als wäre es nicht mehr wichtig,

als hätte sie abgeschlossen mit allem, was Hoffnung und Glück bedeuten konnte.

»Ich möchte, dass Sie sich ein Foto ansehen.«

Er zeigte ihr das Bild von Harry Schwarz.

»Ist das der Mann, der Heidi ein paarmal hier abgeholt hat?«

Ihr Kopf blieb unbewegt, lediglich die Augen suchten das Foto und verharrten eine Weile. Dann nahm sie ihre Tasche und ging ins Haus.

»Ist das der Mann?«, fragte Heller.

Gertrude Mazur drehte sich um. Sie nickte kaum merklich, bevor sie die Tür schloss.

Damit war jeder Zweifel ausgeschlossen. Harry Schwarz kannte Heidi Gent. Er war mit ihr in der Laube gewesen. Die Reifenspuren seines BMW hatten sie am Wannsee gefunden. Das bedeutete, er hatte sie in der Havel versenkt. Und damit die Kripo das nicht aufdeckte, setzte er Karl Holzinger unter Druck. Mit dessen Vergangenheit. Woher aber wusste Schwarz von Holzingers Vergangenheit? Der Alte hatte gesagt, jemand in Ost-Berlin hätte da etwas gefunden. Vermutlich in alten Akten aus der Nazizeit. Wie war Schwarz an diese Information herangekommen? *Mach deine Arbeit. Stell die richtigen Fragen. Und beeil dich.*

Es gab jetzt zwei Möglichkeiten. Er konnte Holzinger sagen, dass er über Riga Bescheid wusste. Auch wenn er die Details nicht kannte. Er konnte ihm sagen, dass er inzwischen Harry Schwarz für den Mörder von Heidi Gent hielt. Wie aber würde Holzinger reagieren? Er würde es abstreiten. Er würde sich Heller nicht anvertrauen, weil Heller ihn nicht schützen konnte. Also musste er an Harry Schwarz heran.

Direkt neben der Hungerharke, wie das Luftbrückendenkmal von den Berlinern genannt wurde, stellte Heller die BMW ab. Von hier hatte er einen guten Blick auf das Gebäude, in dem der Staatsschutz residierte. Eine Stunde später sah er, wie Schwarz in seinen Wagen einstieg und losfuhr. Heller nahm die Verfolgung auf. Hielt Abstand, ließ andere Autos zwischen ihm und sich fahren. *Wo willst du hin, Harry Schwarz? Ins Krankenhaus zu deiner Frau? Zum Martin-Luther-Krankenhaus geht es links ab.* Schwarz fuhr nicht zu seiner Frau. Die Fahrt ging Richtung Spandau. Etwa zur Familie Mazur? Als Schwarz vor dem Bahnhof Spandau anhielt, war Heller irritiert. Wollte Schwarz mit dem Zug abhauen? Heller wartete.

Nach noch nicht einmal fünf Minuten kamen zuerst Kurras und dann Schwarz wieder aus dem Bahnhof. Letzterer hielt ein graues Tuch in der rechten Hand. Darin war etwas eingewickelt. Schwarz fuhr zurück nach Charlottenburg, über den Ernst-Reuter-Platz, am Bahnhof Zoo vorbei in die Lietzenburger Straße. Als er den Wagen unweit des Kabarett-Theaters *Wühlmäuse* parkte, wusste Heller, wo Schwarz hinwollte.

Und jetzt? Sollte er ihm ins *Eldorado* folgen? Er war noch nie in einem Lokal gewesen, das von Homosexuellen frequentiert wurde. Besser war es, draußen zu warten. Heller schaltete den Motor aus, setzte den Helm ab. *Schwarz geht in einen Schwulenclub. Es ist unwahrscheinlich, dass er dort ermitteln will. Menke ist schwul und hat angeblich nicht gesehen, wer die Leiche im Wannsee versenkt hat. Was ist, wenn die ganze Sache damit zu tun hat? Wenn er Menke dort trifft?*

Heller brauchte jemanden, der ihm half, was das spe-

zielle Lokal anging. Von der nächsten Telefonzelle rief
er bei Photo-Porst in der Potsdamer Straße an. Während er auf Rita Renée wartete, ging er zu dem 2000 C.
Das graue Bündel war nirgends zu sehen. Schwarz hatte
es aber auch nicht mit ins *Eldorado* genommen. Es gab
eine Stelle an der Beifahrertür des BMW, gegen die man
fest schlagen musste, damit die Türverriegelung sich
löste. Heller schaute sich um. Nach drei Hieben mit der
Faust sprang der Verriegelungsknopf hoch. Heller stieg
ein. Im Handschuhfach lag, eingewickelt in das Tuch,
eine amerikanische Pistole Colt M1911. Die Seriennum-
mern an Griffstück, Schlitten und Laufnase waren abge-
schliffen worden. Eine Zeichnung mit dem Grundriss
einer Wohnung. Vier Zimmer, Küche, Diele, Bad. Auf
den Zettel hatte jemand mit Bleistift eine Adresse no-
tiert. Sebastianstraße 85. Paulas Wohnung. Heller legte
die Pistole zurück. Dann rief er Paula von einer Telefonzelle aus an.

»Geh mit den Kindern ins Kino … Mach es einfach.
Ich erklär dir später, wieso.«

Sie saßen zu fünft in dem kleinen Zimmer neben der
Küche. Anne Hiller, Roland Rübsam, Bakunin, Ulf
Kainer und Louise. Auf dem Tisch lag ein Stadtplan
von Berlin, den Louise bei Schropp in der Potsdamer
Straße geklaut hatte. Seit einer Stunde diskutierten sie
über den Ort, an dem das Attentat stattfinden sollte. Es
musste ein Ort mit Symbolkraft sein. Neben der amerikanischen Kaserne kam auch das Rathaus in Schöneberg oder die Mordinspektion in der Keithstraße infrage. Am besten alle drei. In kurzem Abstand, um die
Stadt ins Mark zu treffen. Rudi Dutschke hatte davon

gesprochen, dass man die Unternehmer davon abhalten müsste, in Berlin zu investieren. Und wenn man die DDR dazu bringen könnte, die Zufahrtswege nochmals zu sperren, würden die Alliierten sich mit Sicherheit zurückziehen. Niemand würde ein zweites Mal eine Luftbrücke starten.

»Stellt euch vor, wie es ist, wenn es wilde Streiks gibt, weil die Arbeiter die Schnauze voll haben von der scheiß Stadt«, sagte Rolli.

»Durch die wilden Streiks kriegen die Leute keinen Lohn mehr, das heißt, sie können sich nichts mehr zu fressen kaufen, und die Miete können sie auch nicht mehr bezahlen«, eiferte sich Anne. »Und dann hängen sie die ganzen jüdischen Hausbesitzer an der nächsten Straßenlaterne auf.«

Louise zuckte zusammen. Hatte Anne tatsächlich von jüdischen Hausbesitzern gesprochen, die an Laternen aufgehängt werden?

»Hey, Anne, du hast sie ja wohl nicht mehr alle!«, schimpfte sie.

»Wieso? Du meinst wegen den Juden? Dann geh mal zum Grundbuchamt und guck nach, wem hier die Häuser gehören.«

»Bestimmt keinen Juden. Die habt ihr nämlich fast alle vergast.«

»Die machen das über ihre Strohmänner bei den Banken«, fuhr Anne fort. »Die kaufen nicht direkt. Rockefeller und Konsorten kaufen über die Chase Manhattan die alten Häuser vom Senat, lassen sie abreißen und bauen neu. Und die Mieten sind dann so hoch, dass sich das niemand mehr leisten kann. Warte mal zehn Jahre ab.«

Ihr Vater hatte sie gewarnt. Die Deutschen sind

immer noch Nazis, hatte er gesagt. Sie hatte ihn ausgelacht. Die jungen Deutschen sind nicht so, hatte sie gesagt, nachdem sie das erste Semester an der FU hinter sich gebracht hatte. Aber wenn sie nun Anne in die Augen sah, war sie nicht mehr so sicher.

»Was ist eigentlich mit dem Bullen, den du ausspionieren willst? Tut sich da was?«, stichelte Anne nun.

»Ich bin an ihm dran.«

»Was ist jetzt mit der Bombe?«, meldete sich Kainer aus dem Hintergrund. »Ich kann die bauen. Aber ihr müsst euch entscheiden, wie das Ziel aussieht. Und ich muss wissen, wann es losgeht. Ich hab keine Lust, das Ding tagelang bei mir zuhause rumliegen zu lassen. Meine Frau stellt sowieso schon komische Fragen.«

Sie beugten sich wieder über den Stadtplan. Irgendwann beschlossen sie, dass die amerikanischen Kasernen zu gut geschützt waren und das Rathaus in Schöneberg keinen Effekt hätte. Blieb noch die Keithstraße. Und da kam Louise ins Spiel.

»Du musst so tun, als würdest du dich für seinen Arbeitsplatz interessieren«, sagte Rolli.

»Weiß noch nicht, ob das klappt.«

Woher sollte sie es auch wissen. Sie hatte sich das alles ja nur ausgedacht.

»Dann streng dich an.«

Danach war die Zusammenkunft beendet. Louise verließ die Wohnung, bevor Bakunin sie aufhalten konnte. Sie brauchte Luft zum Atmen. Sie musste den Körper bewegen. Den Körper bewegen und einen Weg finden, wie sie aus der Lüge wieder herauskommen konnte. Dabei wusste sie, dass es nur einen Weg gab. Und sie kannte ihn. Sie musste Heller von den Plänen

344

für den Anschlag erzählen. Egal, was das für sie bedeutete. Die Vorstellung, dass Kainer eine Bombe baute, die das Haus, in dem die Mordinspektion residierte, zum Einsturz bringen konnte, war ungeheuerlich.

Rita war ein wenig enttäuscht, als sie erfuhr, dass sie Harry Schwarz im *Eldorado* überwachen solle. Ohne Heller an ihrer Seite. Er versprach ihr, dafür wenigstens einmal mit ihr ins Kino zu gehen. Jetzt sollte sie ihn unter einer bestimmten Telefonnummer anrufen, falls Schwarz das *Eldorado* verließ.

Heller fuhr in den Guntersblumer Weg 19a. Weil er das Siegel nicht zerstören wollte, das die Kollegen an der Wohnungstür angebracht hatten, hebelte er die Terrassentür auf. Die Wohnung sah ordentlich aus. Als hätte jemand vor Kurzem erst sauber gemacht. Das war eigenartig. Wenn die Mordinspektion eine Hausdurchsuchung durchführte, konnte man das hinterher sehen. Eine Wohnung wieder aufzuräumen gehörte nicht zu ihren Aufgaben. Hatte Holzinger auf eine Durchsuchung verzichtet? Die Papiere, die Harry Schwarz ins Kaminfeuer geworfen hatte, waren zu Asche verbrannt. Heller ging durch die Zimmer. Schaute in Schränke, Schubladen, Regale. Er wusste nicht, wonach er suchte. Der Alte hatte davon gesprochen, dass jemand in Ost-Berlin etwas gefunden habe, das Holzinger gefährlich werden konnte. Auf dem Fußboden in der Küche war das Blut eingetrocknet. An der Garderobe hing ein Schlüssel mit einem kleinen Anhänger und der Aufschrift *Keller*. Es war einen Versuch wert.

Im Hausflur führte eine Treppe zu Waschküche und Heizungsraum. Rechts davon befand sich ein Verschlag,

zu dem der Schlüssel passte. Heller schaltete das De-
ckenlicht an. Das übliche Gerümpel. Ein altes Fahrrad,
ein Satz Sommerreifen, wahrscheinlich für den BMW.
Kartons, Kisten standen ordentlich in einem Holzregal,
daneben ein Schrank, in dem Sommerkleidung auf-
bewahrt wurde. Als Heller das Licht wieder löschte und
den Raum verlassen wollte, fiel ihm etwas auf. An einer
Stelle neben dem Schrank war auf dem Fußboden ein
Lichtstreifen zu sehen. Wo kam der her? Es gab keine
weitere Tür. Die Wände waren aus Ziegelsteinen ge-
mauert. Heller klopfte die Wand an der Schrankseite
ab. Überall der satte, dumpfe Ton massiver Steine. Nur
an einer Stelle nicht. Die schien mit Ziegelsteinen ge-
mauert, aber es war eine täuschend echt wirkende At-
trappe.

Heller erinnerte sich an eine Geschichte, die Holzinger ihm erzählt hatte. In den Zwanzigerjahren hatten
die Gebrüder Sass mit dieser Methode das ehemalige
Finanzamt am Schöneberger Ufer ausgeraubt. Sie hatten Löcher in die Wände geschlagen und Attrappen
davor befestigt. Tagelang hatte niemand den Einbruch
bemerkt.

Er nahm sein Taschenmesser, klappte es auf und fuhr
die Naht zwischen echter und falscher Wand entlang.
Ziemlich weit oben stieß er auf Widerstand. Es fühlte
sich wie ein Riegel an. Erst als er auf einen Stuhl stieg,
hatte er den richtigen Hebel, um den Riegel beiseite-
zuschieben. Mit einem satten Klacken sprang eine Tür
auf. Ein weiterer Kellerraum. Nicht groß. Höchstens
zwei mal zwei Meter. In der Mitte ein kleiner Tisch,
darauf ein Repro-Gestell und ein Funkgerät. Vor dem
Tisch ein Stuhl. An drei Wänden Regale voller Ordner.

An der vierten Wand eine Landkarte, die Berlin und das Umland zeigte. Die Grenze um West-Berlin war mit einem Wachsstift nachgezogen. Rote Pfeile zeigten aus allen Himmelsrichtungen nach West-Berlin. *Was haben wir denn hier?,* sagte Heller leise zu sich selbst.

Rita unterhielt sich mit Marcel, dem Besitzer des *Eldorado,* und beobachtete, wie Schwarz sich mit mehreren Scotch Mut antrank. Zuerst saß er eine Weile am Tresen und schaute immer wieder auf die Uhr. Zweimal fragte er den Barkeeper nach Walter Menke, mit dem er eine Verabredung hatte. Er war eindeutig eine Klemmschwester. Wenn ihn ein Mann ansprach, drehte er sich weg, wenn jemand einen Drink ausgeben wollte, winkte er ab. Allerdings warf er den vier jungen Gästen, die sich exzessiv in einer Sitzgruppe vergnügten, verstohlene Blicke zu. Da seine Blicke nicht erwidert wurden, starrte er weiter das Glas in seiner Hand an. Hin und wieder sah er auch zu Rita, als würde er ahnen, dass sie auf ihn achtgab. Dann warf sie ihm eine Kusshand zu, und Schwarz drehte sich mit verächtlichem Grinsen weg.

Als er sich genügend Mut angetrunken hatte, ging er zu den jungen Männern und sprach einen mit schwarzen Locken an, der recht muskulös war. Er lachte Schwarz aus. Als der seine Geldbörse aus der Hosentasche nahm und mehrere Scheine den Besitzer wechselten, war die Sache offensichtlich geregelt. Zu fünft verschwanden sie in einem Flur, der zu einem bestimmten Zimmer führte.

Rita wusste, was dort vor sich ging. Sie hatte vor ein paar Wochen jemanden kennengelernt, von dem es hieß, er sei Fußballspieler bei Hertha BSC. Sein Name war Oskar. Aber das war mit Sicherheit nicht sein richtiger Name. Er war groß, muskulös, und seine Füße sahen zum Erbarmen aus. Er hatte auf diesem Zimmer bestanden. In der Mitte des Raumes stand eine hölzerne Bank in Form eines Andreaskreuzes. Angeblich war der Apostel Andreas als Märtyrer auf einem solchen Kreuz gestorben. Hoffentlich unter anderen Umständen als denen, die hier praktiziert wurden.

Rita bestellte ein weiteres Glas Perlwein. Marcel erzählte ihr von einem Gast, der in der vergangenen Woche nach einem Würgespiel beinahe erstickt wäre. Da Marcel über ein außerordentliches Talent zur Übertreibung verfügte, konnte Rita sich vor Lachen kaum halten. Zum Glück war ein Arzt zugegen gewesen, der wusste, was zu tun war. Da es sich bei dem Gast um einen bekannten Politiker handelte, konnte das Malheur unter den Tisch gekehrt werden.

Als die Jungs nach einer halben Stunde ohne Schwarz zurückkamen, wurde Rita nervös. Schwarz war verschwunden. Und die vier Jungs hatten keine Ahnung, wann genau er das Etablissement durch den Hinterausgang verlassen hatte.

Rita stürzte zum Telefon und rief die Nummer an, die Heller ihr gegeben hatte. Obwohl sie es immer wieder probierte, ging niemand an den Apparat.

Heller kauerte auf dem Stuhl. Auf dem Fußboden lagen aufgeschlagene Ordner. Er hatte sich einen nach dem anderen vorgenommen. Notizen, dass ein Kollege beim Staatsschutz Schwarz auf den Fersen war. Dass der Staatsschutz seit 1965 wusste, dass es einen Spion in den eigenen Reihen gab. Dass Schwarz offensichtlich jemanden gewarnt hatte, der als IM arbeitete, woraufhin der sich rechtzeitig hatte absetzen können. Endlose Observationsprotokolle, mit minutiös festgehaltenen Uhrzeiten, Fotos und Zeichnungen. Schwarz hatte sogar seine Honorare aufgelistet. Mehr als zwanzigtausend D-Mark waren aus Ost-Berlin geflossen. Heller fand die Kopie eines handschriftlichen Briefes. *Verpflichtung. Aus der Erkenntnis heraus, dass ich als Angehöriger des Staatsschutzes keiner guten Sache diene, habe ich mich entschlossen, meine Arbeitskraft dem Friedenslager und damit der DDR zur Verfügung zu stellen. Ich bin der Meinung, dass der Weg des Ostens die richtige Politik darstellt. Berlin, am 17. Juni 1955, Harry Schwarz.*

Dann war da ein Ordner, in dem eine Person namens *Berta* erwähnt wurde, was offensichtlich der Deckname von Heidi Gent war. Laut den Notizen hatte Klaus Gent nichts davon gewusst, dass seine Frau eine Schleuse im Grenzzaun nahe der Laube bewachte. Durch diese Schleuse wurden Nachrichten in den Osten gebracht. Quittungen für Zahlungen aus Ost-Berlin an den Republikanischen Club.

Aus einem weiteren Ordner ging hervor, dass Helga Schwarz aus dem Vorzimmer des Regierenden Bürgermeisters Klaus Schütz ebenfalls Informationen nach Ost-Berlin weitergab. Und dann fand Heller, was er suchte. Schwarz besaß eine handgeschriebene Meldung, unterzeichnet mit »Karl Holzinger, Polizei-Reserve-Bataillon 3«. Darin wurde bestätigt, dass am 8. und 9. Dezember 1941 in Riga »20 000 Juden erledigt« worden seien. Das war eindeutig. Natürlich hatte Holzinger darüber anlässlich seiner Neubewerbung bei der Berliner Polizei 1948 geschwiegen. Damit war er ein wehrloses Instrument in den Händen der Stasi.

Sogar Louise kam in den Berichten vor. Dass er mit ihr im *Kempinski* gewesen war. Dass sie in der Kommune in der Wielandstraße wohnte. Dass es dort jemanden gab, der Harry Schwarz Informationen zutrug. Wer war das? Louise selbst? Hatte sie sich deswegen an ihn herangemacht? Hatte sie mit ihm geschlafen, um ihn auszuspionieren?

Und über ihn, Heller, war nichts verzeichnet?

Heller riss die restlichen Ordner aus den Regalen, blätterte sie hastig durch, bis er schließlich fündig wurde. Mehrere Fotos von ihm. Von ihm und Paula. Von ihm und den Kindern. Offensichtlich war der Rotblonde mehrmals in der Wohnung gewesen. Er hatte sogar die Akte zum Tod seiner Mutter abfotografiert. Es gab minutiöse Beschreibungen von fast allem, was Heller in den vergangenen Wochen gemacht hatte, seit er in dem Mordfall Heidi Gent ermittelte.

Wie hatte Schwarz all diese Informationen zusammentragen können? Wie viele Männer und Frauen gab es noch, die ihn ausspionierten und die Informationen nach Ost-Berlin schickten?

Während Heller versuchte, die Nachrichten zu sortieren, fiel ihm ein kleiner Zettel auf. Er war zu Boden gefallen. Ein *X* prangte als Überschrift darauf. Heller hob ihn auf. *Amerikanische Pistole von Bohl erbitten.* Wer war Bohl? *X muss beseitigt werden, ohne dass es nach Verbrechen aussieht. Beste Möglichkeit Studentin Louise Mackenzie. Als Motiv Eifersucht darstellen. Verbindung zur Kommune in der Wielandstraße nutzen.*

Heller lehnte sich auf dem Stuhl zurück. Er war X. Das Telefon im Parterre klingelte. Heller bemerkte es nicht.

Kaum hatte Harry Schwarz den BMW in die Garage gestellt, hörte er das Telefon in seiner Wohnung läuten. Er nahm die Waffe aus dem Handschuhfach und ging zum Haus. Das Siegel an der Wohnungstür war unbeschädigt. Er brach es auf. Auf dem Fußboden zwischen Flur und Küche war die Blutlache noch zu sehen. Hier hatte sie es gemacht. Hatte sich in den Kopf geschossen, weil er ihr gesagt hatte, sie müssten nach Ost-Berlin zurückgehen. Das Telefon klingelte erneut. Er nahm den Telefonhörer ans Ohr.

»Ja?«

»Na endlich. Ich hab es bestimmt schon hundertmal versucht. Er hat das *Eldorado* verlassen. Ich weiß nicht genau, wann. Pass auf dich auf. Und vergiss nicht, dass wir ins Kino gehen.«

»Was? Wer sind Sie?«

Ein kurzes Erschrecken am anderen Ende der Leitung, dann brach das Gespräch ab.

Als Harry Schwarz den Hörer zurück auf die Gabel legte, hörte er ein schepperndes Geräusch aus dem Keller. Da war jemand. Ein Einbrecher. Er prüfte das Magazin der Pistole. Es war voll. Gut. Sehr gut. Vorsichtig stieg er die steinerne Treppe hinab.

Der verdammte Blecheimer. Er war Heller schon aufgefallen, als er in den Heizungskeller gekommen war. Er hätte ihn zur Seite stellen sollen. Hätte, hätte, Fahrradkette. Jetzt war er dagegengestoßen, der Eimer war über den Boden gerollt, hatte laut gerumpelt. Wer auch immer ins Haus gekommen war, hatte es gehört. Schlurfende Schritte auf der Treppe. Gefolgt von einem kurzen Räuspern. Und dann:

»Hallo?«

Schwarz' Stimme war eigenartig weich und flattrig. Wahrscheinlich hatte er im *Eldorado* getrunken. Das war nicht gut. Dann war seine Selbstkontrolle beeinträchtigt. Als Heller an das Holster griff, um seine Waffe zu ziehen, ein eingeübter Reflex, war es leer. Richtig, er hatte die Waffe abgeben müssen, als Manteufel ihn beurlaubt hatte.

Harry Schwarz sah den Blecheimer. Also definitiv keine Ratte. Oder doch eine Ratte? Je nachdem, wie man den Begriff interpretierte. Er konnte sich denken, wer das war. Am Ende des Flurs stand die Tür zu seinem privaten Keller offen. Schwarz schaltete das Licht an.

»Heller?«

Keine Antwort.

»Du gehst jetzt auf alle viere und kommst langsam heraus. Wenn du auch nur eine Bewegung machst, die mich beunruhigt, schieße ich.«

Keine Antwort.

Was nun? Er könnte einfach zum Heizungskeller gehen und schießen.

»Hör zu. Ich weiß, dass du da drin bist.«

Schweiß lief ihm in die Augen. Schwarz blinzelte. Die Hand, in der er die Waffe hielt, zitterte. Eigentlich war er ein passabler Schütze. Aber der Druck, der jetzt auf ihm lastete, war groß. Außerdem ließ die Wirkung des Alkohols nach.

Heller schaute sich im Kellerraum um. Ein Besen, in einem Regal an der Wand ein paar Eisenrohre. Eines davon war lang und leicht genug.

»Weißt du, wer ich bin?«

»Mordinspektion in der Keithstraße.«

»Richtig. Der Mann, der als Nächster auf deiner Liste steht.«

»Was willst du?«, fragte Schwarz.

»Kannst du dir doch denken. Ich bring dich hinter Gitter.«

»Und wie lautet die Anklage?«

»Du hast Heidi Gent im Wannsee versenkt. Vielleicht hast du sie sogar umgebracht. Und du hast wahrscheinlich dafür gesorgt, dass der Mord an Klaus Gent wie Selbstmord aussieht.«

»Ich hab sie nicht umgebracht. Helga war es. Beeindruckend, wie sie gewütet hat, oder? Es heißt immer, dass sie das schwache Geschlecht sind. Und friedfertig. Aber eigentlich sind sie Monster.«

Er lachte höhnisch.

»Ich hab Heidi lediglich im Wannsee entsorgt. Zugegeben, nicht sehr gründlich. Aber das kannst du nicht beweisen. Und wenn, dann ist es nur Strafvereitelung. Paragraf 257. Das wären fünf Jahre. Aber wie du weißt, sind wir verheiratet. Wer die Tat zugunsten eines Angehörigen begeht, ist straffrei. 257a, habe ich recht? Du könntest mich noch wegen Störung der Totenruhe drankriegen. Aber das wäre lächerlich, oder?«

»Das wäre tatsächlich lächerlich. Die eigentliche Überraschung ist ja auch deine kleine Schatzkammer«, sagte Heller.

Es war ein jäher Schmerz, der Schwarz wie eine Nadel in die Schläfen stach. Er kniff die Augen zusammen, wartete einen Moment, bis die Nadel wieder verschwunden war. Heller hatte sein Versteck gefunden. Damit war klar, dass er ihn unter keinen Umständen entkommen lassen durfte. Er musste ihn erschießen. Danach musste er ihn verschwinden lassen. Aber diesmal nicht im Wannsee. Er musste ihn zerstückeln und dann vergraben. Oder verbrennen. Am besten sonntags, wenn in der Nachbarschaft Fleisch gebraten wurde. Noch besser an Weihnachten. An Weihnachten erinnerte ihn der Geruch von Gänsebraten immer an verbranntes Menschenfleisch.

»Es ist vorbei, Schwarz«, rief Heller.

»Meinst du? Du bist alleine hier unten. Niemand weiß, dass du hier bist. Dein Freund Holzinger wird zwar nach dir suchen lassen, aber wir wissen ja, wie nachlässig er sein kann, wenn er seinen Arsch retten will. Außerdem hat Manteufel dich beurlaubt. Das heißt, du musstest deine Waffe abgeben.«

Mit äußerster Vorsicht setzte Schwarz einen Fuß vor den anderen, näherte sich dem Heizungskeller wie ein Geist.

»Aber da ist ja noch der Kerl, den du im *Eldorado* auf mich angesetzt hast. Wie erbärmlich. Habt ihr jetzt schon solche Personalnot, dass ihr Tunten einsetzen müsst. Na ja, da wird mir schon was einfallen.«

Die Eisenstange sah er zu spät. Sie traf ihn an der Brust. Als Heller einen Augenblick später aus dem Heizungsraum gestürzt kam, schoss Schwarz.

Es war ein Schlag wie mit einem Hammer gegen den linken Arm. Die Kugel vom Kaliber .45 drang durch die Haut und die Muskeln und riss eine tiefe Wunde. Sie drückte Heller kurz nach hinten, konnte seine Bewegungsenergie aber nicht stoppen. Mit der Eisenstange in der rechten Hand traf er Schwarz mitten im Gesicht. Nase und Mund. Blut spritzte an die Wand. Schwarz schrie auf, schoss noch einmal. Dabei riss ihm der Rückstoß die Pistole aus der Hand.

Heller stürzte vorwärts, griff nach der Waffe. Schwarz ebenso. Es war eine absurde Situation. Beide rangen verletzt darum, den Lauf der Pistole auf den jeweils anderen zu richten. Es hatte nichts von der choreografierten Eleganz der Kämpfe Mann gegen Mann, Gut gegen Böse wie in den James-Bond-Filmen. Sie rollten ineinander verschlungen über den Boden. Heller konnte durch die Verletzung den linken Arm nicht einsetzen. Ein weiterer Schuss traf das obere Drittel von Hellers Ringfinger. Er schrie auf. Schwarz stürzte die Treppe hinauf.

Er hatte einen Schneidezahn im Oberkiefer verloren. Weil die Nase schief stand und zugeschwollen war, musste er durch den Mund atmen. Das bedeutete, dass jedes Mal, wenn er einatmete, kalte Luft über die offenen Nervenenden strich. Die Schmerzen waren unerträglich. Mehr als unerträglich. Dieser verdammte Hund hatte die Pistole festgehalten, obwohl er ihn am Ringfinger getroffen hatte. Er musste verschwinden. Schnell. So, wie er aussah, konnte er nicht über die Friedrichstraße gehen. Es blieb nur noch die Schleuse.

Die Hinterreifen des BMW drehten durch und spritzten Steine und Schmutz hoch. Als der Wagen auf die Straße schleuderte, rammte er einen Messerschmitt Kabinenroller, der anstandslos zur Seite kippte. Weiter, über die Spanische Allee in Richtung Avus.

Die Verletzungen an Arm und Hand schmerzten. Aber es war auszuhalten. Er hatte Ring- und Mittelfinger mit einem Taschentuch aneinandergebunden. Jetzt befand er sich etwa dreihundert Meter hinter dem BMW. Wenn er die richtige Drehzahl erwischte, konnte er ohne Kupplung schalten. Zweiter Gang, dritter Gang. Die Pistole hielt er zwischen die Beine geklemmt. *Wo willst du hin, Harry Schwarz? Deine Kumpels haben eine Mauer um die Stadt gebaut. Also kommst du hier nicht mehr raus, Arschloch.* Als er sah, wie Schwarz am Funkturm nach Osten abbog, wusste er, Schwarz wollte zu der Schleuse gegenüber von Heidis Laube. Er ließ Abstand zum BMW, um Schwarz in Sicherheit zu wiegen. Er kannte ja den Weg. Und er hatte den Schlüssel, der zu der Schleuse führte. Als er Gas wegnahm, merkte er, dass sein Kreislauf absackte. Er konnte das Motorrad kaum noch in der Spur halten. Am Steubenplatz stürzte er vom Motorrad.

Heller war nicht mehr zu sehen. Das war schon mal gut. Vielleicht war er so schwer verletzt, dass er nicht mehr weiterfahren konnte. Sollte der Kommissar seine Kollegen anrufen, blieb immer noch genug Zeit, um den Schlüssel aus der Laube zu holen. Dann würde er die versteckte Tür auf der Westseite des Zauns aufschließen. Sobald das geschah, leuchtete bei den Grenzschützern in dem Wachturm ein Lämpchen auf. Sie wussten dann, dass sie nicht so genau hinschauen durften.

Als er vom Brunsbütteler Damm in den Finkenkruger Weg einbog, wurde Harry von einer seltsamen Euphorie erfasst. Er begann laut zu singen. *Born to be wild.* Weil er des Englischen nicht mächtig war, trällerte er den Text in einem Kauderwelsch aus Lautsprache und Lalala.

Er stellte den BMW vor dem Tor zur Kolonie ab. Er würde ihn aufgeben müssen. Denn dass er niemals mehr zurück nach West-Berlin kommen konnte, um den Wagen zu holen, war so sicher wie der Sieg des Sozialismus. Er rannte zu Heidis Laube. Trat die Tür ein. Öffnete den Küchenschrank. Nahm die Niveadose heraus. Der Schlüssel war nicht darin. Nachdem er Heidi Gents Kinder durch die Schleuse in die DDR gebracht hatte, war er anschließend zurück in die Laube gegangen und hatte den Schlüssel in der Niveadose deponiert. Oder?

Die Wirtin der *Westend-Klause* hatte Heller mitten auf der Kreuzung gefunden. Da war er schon wieder bei Bewusstsein. Sie musste Hauptkommissar Manteufel von der Mordinspektion anrufen. Manteufel sollte alleine und höchstpersönlich in die Kleingartenkolonie Staaken kommen. Falls sie ihn nicht erreichen konnte, sollte sie auflegen. Die junge Frau war besorgt. Sie wollte einen Krankenwagen rufen. Doch Heller war nicht aufzuhalten. Er ließ sich eine Handvoll Thomapyrin geben und fuhr weiter. Aus dem linken Ärmel der Lederjacke tropfte Blut.

Am Eingang der Kolonie sah er den BMW. Er stellte das Motorrad daneben ab. Ging die letzten Meter bis zu Heidi Gents Laube zu Fuß. Von Weitem sah er, dass jemand die Tür eingetreten hatte. Über das Nachbargrundstück kletterte er zur Rückseite der Laube. Jede Bewegung schmerzte, die Wunden schrien ihn an.

Durch das offene, rückseitige Fenster erblickte er Schwarz. Sämtliche Schubladen waren aus dem Schrank herausgerissen und ausgeleert. Reis und Nudelpackungen lagen auf dem Fußboden verstreut. Schwarz war wie in einem Wahn. Er schimpfte, fluchte, trat gegen die Stühle, den Tisch.

»Suchst du das hier?«, fragte Heller.

Er hielt den Simson-Schlüssel hoch, den er bei seinem ersten Besuch in der Laube gefunden hatte.

Schwarz wirbelte herum. Die eingetrockneten Blutspuren zeichneten in dem blassen Gesicht ein absurdes Bild. Als er einen Schritt auf Heller zu machte, blickte er in den Lauf der Pistole. Schwarz hielt inne.

»Oh. Was willst du damit? Mich erschießen?«

»Wenn es sein muss.«

»Dann mal los.«

Schwarz drehte sich um und verließ die Laube.

»Bleib stehen!«

Hastig lief Schwarz auf den Zaun zu, tastete an der Oberkante entlang auf der Suche nach der unsichtbaren Tür. Heller in seinem Rücken.

»Bleib stehen.«

Schwarz winkte in Richtung Wachturm.

»Ich heiße Harry Schwarz«, rief er den Grenzposten entgegen. »Ich bin Mitarbeiter der Abteilung VII im Ministerium für Staatssicherheit. Ich befinde mich in einer Notlage, weil ein West-Berliner Polizist mich umbringen will. Ich werde jetzt über den Zaun klettern.«

Meinte er das im Ernst? Wollte er tatsächlich über den Zaun klettern und dann im Osten verschwinden?

»Ich sag's dir zum letzten Mal, Schwarz. Bleib stehen. Wenn du nur einen Fuß in den Zaun stellst, schieße ich.«

»Nein, das machst du nicht. Weil du genau weißt, was dann los ist. Du hast ja keine Ahnung, wie viele von

358

uns hier im Westen sind. Die kriegen dich. Und wenn sie dich nicht kriegen, dann zuerst die Frau, bei der du wohnst, und dann die Kinder.«

Er zog sich am Zaun hoch. Heller beobachtete, wie einer der Grenzsoldaten auf dem Wachturm das Geschehen mit einem Fernglas beobachtete, der andere hatte sein Gewehr im Anschlag.

»Bleiben Sie zurück. Gehen Sie von dem Zaun weg«, rief der Grenzer.

»Das kann ich nicht. Sprechen Sie mit einem Vorgesetzten. Ich heiße Harry Schwarz. Ich bin Mitarbeiter der Abteilung VII im Ministerium für Staatssicherheit.«

Die beiden Grenzer diskutierten. Heller konnte sich ausmalen, was in ihren Köpfen vor sich ging. Sie durften auf keinen Fall auf einen Mitarbeiter der Staatssicherheit schießen. Andererseits konnte es aber auch sein, dass es sich bei dem Mann um einen West-Spion handelte, der sie mit einer hanebüchenen Geschichte überlisten wollte. Das Gewehr wurde gesenkt. Heller sah es.

Auch Schwarz sah es. Er kletterte weiter. Jetzt hatte er den ersten Zaun überwunden. Er hielt die Hände in die Luft gestreckt, winkte den Grenzposten zu, während er auf den Turm zutaumelte. Sobald er den erreicht hatte, würde er in Sicherheit sein.

Und nun, Wolf Heller? Was wirst du jetzt tun? Er stand wenige Meter auf der Westseite der Grenze neben einem Heidekrautbusch und musste zuschauen, wie der Mann, der ein Agent des Ministeriums für Staatssicherheit war, der seinen Chef Holzinger erpresste, der Heidi Gents Leiche im Wannsee hatte verschwinden lassen, der höchstwahrscheinlich den Mord an Klaus Gent in Auftrag gegeben hatte, wie dieser Mann sich nach Osten absetzen wollte. Konnte er das zulassen? Er trat näher an den Zaun heran.

»Schwarz!«

Schwarz blieb stehen, drehte sich herum. Die Hände immer noch in die Luft gestreckt.

»Sag mir nur noch eines. Wo sind Bettina und Ralf?«

»Kenne ich nicht.«

»Doch, du kennst sie. Das sind die Kinder von Heidi Gent.«

Schwarz senkte den rechten Arm, machte mit Daumen und Zeigefinger eine Geste, als hätte er sie erschossen. Heller sah, wie die Grenzposten nun beide ihre Gewehre hochnahmen. Sie wussten vermutlich nicht, wie sie die Geste interpretieren sollten. Heller schoss in Richtung des Wachturmes. Eine Kugel schlug in den Betonstiel ein. Er wusste, was nun passierte.

Es war unmöglich, die Schüsse zu zählen, die die Grenzer abgaben. Schwarz führte einen veritablen Veitstanz auf, als die Kugeln in seinen Körper eindrangen. Erst als eine Kugel ihm den halben Kopf wegriss, stürzte er zu Boden.

Dann dauerte es noch eine halbe Stunde, bis Manteufel und Lieblich in der Kolonie ankamen. Mit ihnen im Wagen saßen Mercier und Danner. Sie fanden Heller auf dem Weg zwischen Laube und Zaun sitzend.

Mercier fuhr zur nächsten Meldesäule, um einen Krankenwagen zu rufen. Manteufel, Danner und Heller beobachteten, wie ein Kübelwagen der Grenztruppen neben Schwarz hielt. Vorsichtig näherten sich die Soldaten dem leblosen Körper. Einer berührte ihn mit der Maschinenpistole an der Schulter. Schwarz rührte sich nicht mehr. Zu zweit schleiften die Grenzer die Leiche zu dem Wagen und warfen sie auf die Ladefläche.

Heller verlor das Bewusstsein. Er hatte einen halben Liter Blut verloren. Zu wenig, um zu sterben.

Epilog

Dass die Stasi den Staatsschutz unterwandert hatte, war ein Skandal, der die Berliner über Wochen beschäftigte. Die Aktenordner, die Schwarz im Keller gehortet hatte, wurden vom Verfassungsschutz ausgewertet. Es stellte sich heraus, dass Harry und Helga Schwarz Unmengen an Material über die Organisation und Mannschaftsstärke der West-Berliner Polizei sowie die Verteidigungspläne des Westens gegen einen möglichen Angriff durch die Nationale Volksarmee im Verbund mit sowjetischen Truppen nach Ost-Berlin geliefert hatten. Die exakten Pläne, die die Vorbereitungen des Angriffs gegen West-Berlin zeigten, wurden nicht veröffentlicht.

Bekannt wurde lediglich, dass Heidi Gent für die Stasi tätig gewesen war. Ihr Job hatte in der Überwachung und Nutzung der Schleuse am Rande der Kolonie in Staaken bestanden. Sie hatte Tage vor ihrem Tod angekündigt, aussteigen zu wollen. Helga Schwarz hatte ihren Mann aufgefordert, etwas zu unternehmen, weil sie fürchtete, dass Heidi Gent über sie beide auspacken würde. Harry hatte sich geweigert. Vor Gericht sagte Helga Schwarz aus, sie habe an dem 25. Oktober mit Heidi reden wollen, aber dann sei das Gespräch aus dem Ruder gelaufen.

Wegen der besonderen Grausamkeit der Tat in Verbindung mit einer Verdeckungsabsicht wurde Helga Schwarz von einem Schwurgericht nach Paragraf 211 des Strafgesetzbuches zu lebenslanger Haft verurteilt. Das Angebot aus Ost-Berlin, sie gegen einen in Hohenschönhausen einsitzenden westdeutschen Agenten auszutauschen, lehnten die West-Berliner Behörden und die Alliierten ab.

Insgesamt wurden zwölf Spitzel der Stasi enttarnt. Fünf davon konnten sich vor ihrer Festnahme nach Ost-Berlin absetzen, einer beging Selbstmord, als die Polizei an seiner Tür läutete. Zwei Agenten wurden auf der Glienicker Brücke, die den letzten Zipfel von West-Berlin mit Potsdam verband, in einer geheimen Aktion gegen einen amerikanischen Spion ausgetauscht.

Dank der Durchschläge, die Frau Grimm angefertigt hatte, konnte bewiesen werden, dass Albert Doll die Ermittlungen behindert und Beweismittel manipuliert hatte. Er wurde aus dem Polizeidienst entlassen und wegen Agententätigkeit für die DDR angeklagt.

Karl Holzinger entkam einer detaillierten Untersuchung seiner Rolle im Fall Heidi Gent durch seine Frühpensionierung.

Eine Woche nach den Schüssen an der Schleuse in Staaken wurden Bettina und Ralf Gent am Bahnhof Friedrichstraße an ihre Großmutter Gertrude Mazur übergeben. Das Sparbuch der Mutter ging in den Besitz der Kinder über und sollte bis zu deren Volljährigkeit von Gertrude und Franz Mazur verwaltet werden.

Wolf Heller wurde noch in der Nacht zum 9. November, als Harry Schwarz von Grenzsoldaten erschossen worden war, im Martin-Luther-Krankenhaus operiert.

Einen Tag nach der Operation erhielt er Besuch von seinem Vater. Der alte Heller war sichtlich besorgt um

das Wohl seines Sohnes. Er brachte ihm selbst ein-
gewecktes Gemüse und Obst mit. Außerdem einen
Stapel Zeitschriften. Ein Gespräch wollte nicht so recht
in Gang kommen. Es lag vor allem daran, dass Heller
weiter in der Akte seiner Mutter gestöbert hatte. Die
Polizei hatte 1948 eine Postanweisung in der Handtasche gefunden. Zweihundert Mark von Siegfried Heller an Margit Swatkowski. Wer war das? Warum hatte
sein Vater dieser Frau so viel Geld überwiesen? Der Alte
wollte darauf nicht antworten und verabschiedete sich
rasch.

Rita Renée war besorgt, weil sie Heller zu spät gewarnt hatte. Sie unterhielt die halbe Chirurgie mit ihren Geschichten über die Berliner Halbwelt.

Sogar Claudia Müller kam vorbei. Sie trug einen
silbernen Ring an dem dafür vorgesehenen Finger. *Du
wolltest mich ja nicht haben*, meinte sie. Also hatte sie sich
mit dem Arzt verlobt, der ihr normalerweise den Bock-
schein ausstellte. Noch in diesem Jahr würden sie heiraten. Mit Hochzeitsreise nach Mallorca. Heller staunte
und gratulierte.

Die Kollegen kamen hin und wieder zu Besuch. Lieblich und der Polizeipräsident sprachen mit Heller über
die Umstände von Harry Schwarz' Tod. Er würde vor
Gericht aussagen müssen. Andere Ungereimtheiten
würde man später besprechen.

Mercier und Danner brachten Hähnchen und Bier
und klärten Heller auf, was mit Ungereimtheiten gemeint war. Louise Mackenzie war vom Staatsschutz
festgenommen worden. Sie hatte von jemandem aus
dem Umfeld der Studentenszene ein Paket Sprengstoff
in Empfang genommen. Bei weiteren Ermittlungen

wurde festgestellt, dass Mitglieder der Kommune in der Wielandstraße 13 ein Attentat auf das Gebäude der Mordinspektion geplant hatten. In dem Zusammenhang war der Staatsschutz auf ein kleines Notizbuch gestoßen. Mackenzie beschrieb darin Heller als einen Spitzel, der sie mit Informationen über die Berliner Polizei versorgte. Angeblich wollte er ihr einen Grundriss des Gebäudes in der Keithstraße zukommen lassen. Heller konnte sich beim besten Willen nicht erklären, wieso sie ihn einen Spitzel nannte.

Ryan versorgte Heller mit Schallplatten und einem transportablen Plattenspieler. Heller beauftragte ihn, nach Louise zu schauen. Er wusste immer noch nicht, ob sie tatsächlich schwanger war. Was sollte mit dem Kind passieren, wenn sie für viele Jahre ins Gefängnis musste?

Paula und die Kinder tauchten nicht auf.

Als Heller am 16. November entlassen wurde, warteten sie zu dritt vor dem Krankenhaus. Jochen und Astrid hatten Bilder gemalt, die Superman im Kampf gegen den bösen Lex Luthor zeigten. Superman hatte eine große Ähnlichkeit mit Heller. Paula hielt Blumen in der Hand und lächelte. Sie hatte Fahrkarten für den Bus gekauft. Während sie zur Haltestelle an der Hubertusallee gingen, ergriff Jochen Hellers rechte Hand. Auf den letzten Metern vor dem Bismarckdenkmal zog er Heller zu sich herab und hielt seine kleine Hand an dessen Ohr.

»Hast du es dir überlegt?«

»Was denn?«

»Ob du Mama heiraten willst.«

Paula war stehen geblieben und guckte den beiden skeptisch zu. Sie konnte nicht genau hören, was Heller sagte. Als der Bus kam, stiegen sie gemeinsam ein. Jochen freute sich.

In diesem Moment sahen sie aus wie eine richtige Familie.

Glossar

AGB (Amerika-Gedenkbibliothek): größte öffentliche Bibliothek in West-Berlin, errichtet in Kreuzberg mit Mitteln aus dem Marshallplan – ein Geschenk der USA an die West-Berliner zum Dank für ihr Durchhalten während der → Luftbrücke; alle Buchbestände waren 1968 frei zugänglich aufgestellt.

Aktionsrat zur Befreiung der Frauen: 1968 gegründete feministische Gruppe innerhalb der → Apo.

Apo (Außerparlamentarische Opposition): linke, zunehmend linksradikale Dachorganisation, entstanden Ende 1966 nach Bildung der ersten Großen Koalition; → SDS und → Aktionsrat zur Befreiung der Frauen zählten dazu; z. T. von der Stasi unterwandert, etwa durch die Finanzierung des → Republikanischen Clubs in West-Berlin; Ende 1968 in zahllose sektiererische Gruppen zerbrochen.

Benno Ohnesorg: geb. 1940, Lehramtsstudent an der Freien Universität Berlin; wurde am 2. Juni 1967 von dem West-Berliner Polizisten und Stasi-Spitzel → Karl-Heinz Kurras mit einem Kopfschuss getötet.

Bundesrepublik Deutschland (BRD): auf dem Gebiet der drei westlichen Besatzungszonen 1949 gegründeter

demokratischer und sozialer Rechtsstaat. Erfolgreichs-
te und friedlichste Staatsgründung der deutschen Geschichte. 1990 Beitritt der → DDR. Mit Inkrafttreten der
DDR-Verfassung 1968 verabschiedete sich die DDR vom
Ziel einer Wiedervereinigung. Seitdem wurde dort häufig die Abkürzung »BRD« verwendet, um die Gleichbe-
rechtigung beider Staaten auszudrücken.

Büttel der Reaktion: Polizisten und sonstige Beamte
(Schimpfwort → linksradikaler Kreise).

Chaoten: → Linksradikale, → Studenten (Schimpfwort
sozialdemokratischer, bürgerlicher und konservativer
Kreise).

Checkpoint Charlie: Dienstelle der Militärpolizei der
drei westlichen Schutzmächte (USA, Großbritannien,
Frankreich) in West-Berlin auf der Friedrichstraße un-
mittelbar vor der »Grenzübergangsstelle Friedrichstraße« auf DDR-Seite; jeder alliierte Soldat, der nach
Ost-Berlin fuhr, musste sich hier registrieren lassen
(jeder nichtdeutsche Zivilist konnte das tun) – um ggf.
Druck auf die sowjetische Seite auszuüben, falls ein
Ausländer verschleppt wurde.

DDR (Deutsche Demokratische Republik): sozialistischer Staat auf dem Gebiet der heutigen ostdeutschen
Bundesländer, → Zone / Ostzone; gegr. 1949; → SED als
Staatspartei; gründete auf der Gewaltandrohung der
sowjetischen Streitkräfte wie am 17. Juni 1953; als dieser
Schutz 1989 wegbrach, verschwand die DDR innerhalb
von nicht einmal einem Jahr.

Ehrengerichtsverfahren: schärfste Sanktion einer Rechtsanwaltskammer (Ausschluss aus der Kammer, Verlust der Zulassung zur Rechtsanwaltschaft) gegen Mitglieder bei schweren Verfehlungen.

Faschistisch: bezieht sich auf alles, was störte (Schimpfwort → linksradikaler Kreise); abgeschwächte Variante: kleinbürgerlich.

Frankfurter Brandstifterprozess: Andreas Baader, Gudrun Ensslin und zwei Mittäter legten am Abend des 2. April 1968 in zwei Kaufhäusern an der Frankfurter Zeil Brandsätze, die enormen Sachschaden verursachten. Die Täter wurden im Oktober 1968 in erster Instanz zu je drei Jahren Zuchthaus verurteilt; erste Aktion des Paares Baader-Ensslin.

Glienicker Brücke Brücke über die Havel zwischen dem südwestlichen Berliner Ortsteil Wannsee und dem Potsdamer Stadtteil Berliner Vorstadt. In der Mitte verlief von 1949 bis 1990 die Grenze zwischen West-Berlin und der DDR. Ab 1952 für West-Berliner gesperrt, ab 1961 auch für DDR-Bürger; zugänglich nur noch für Vertreter der Siegermächte und Diplomaten sowie die Stasi. Mehrfach Schauplatz für den Austausch von Agenten.

Haschrebellen (Zentralrat der umherschweifenden Haschrebellen): Selbstbezeichnung einer Gruppe linksradikaler Aktivisten in West-Berlin 1968/69 rund um die → Wielandkommune; Dieter Kunzelmann, Thomas Weisbecker und Georg von Rauch bekannteste Mitglieder; daraus hervorgegangen → Tupamaros West-Berlin.

Ho Chi Minh: Anführer der vietnamesischen Kommunisten und 1945 bis zu seinem Tod 1969 Präsident von Nordvietnam; der Name wurde in der Zeit der Studentenbewegung bei Demonstrationen oft skandiert, er galt als Symbol für die Solidarität mit dem unterdrückten Vietnam.

IM (Inoffizieller Mitarbeiter): Spitzel in Diensten der → Stasi. IM wurden entweder gegen Geld oder auf der Basis von politischer Überzeugung oder Erpressung verpflichtet. Im Jahr 1968 verfügte die Stasi über rund 100 000 IM, zum allergrößten Teil waren sie in der DDR aktiv. Nur weniger als fünf Prozent der IM waren im »Operationsgebiet«, das heißt, in der Bundesrepublik Deutschland, West-Berlin oder dem westlichen Ausland, eingesetzt.

Internationale: Kampflied der sozialistischen Arbeiterbewegung, komponiert 1888. Den ursprünglich französischen Text gibt es in mehr als hundert oft sehr freien Übersetzungen in mehreren Dutzend Sprachen. Die bekannteste deutsche Zeile lautet: »Völker, hört die Signale!«

Joint (Tüte): selbst gedrehte Zigarette mit mehr oder weniger Haschisch versetzt; im englischen Sprachraum in diesem Sinne erstmals 1938 nachgewiesen, in Deutschland ab 1965.

Kaderkommunisten: Anhänger einer staatssozialistischen Parteiorganisation im sowjetisch-bolschewistischen Sinne, beispielsweise der → SED.

Karl-Heinz Kurras: West-Berliner Polizist, 1968 im Rang eines Kriminalobermeisters, seit 1955 als »IM Bohl« Spitzel der Stasi; als Mitarbeiter des → Staatsschutzes war er der wichtigste Agent der Stasi in der West-Berliner Polizei. Am 2. Juni 1967 tötete Kurras während einer Demonstration den Studenten → Benno Ohnesorg mit einem gezielten Kopfschuss. Da seine Version der Notwehr nicht zweifelsfrei widerlegt werden konnte, wurde Kurras freigesprochen.

Keithstraße: 1968 Sitz der Mordinspektion der Polizei in West-Berlin; heute Sitz des Landeskriminalamtes 1 – Delikte am Menschen; die Straße ist benannt nach James Francis Edward Keith (1696–1758), einem schottischen Hochadligen und Militär, der ab 1748 in preußischen Diensten stand; Generalfeldmarschall und einer der wichtigsten Vertrauten Friedrichs des Großen; auch Jakob von Keith genannt – weshalb die Straße deutsch ausgesprochen wird.

Kleinbürgerlich: alles, was nicht links genug, aber noch nicht hinreichend schlimm war, um → faschistisch genannt zu werden, Grenzen fließend (Schimpfwort → linker und → linksradikaler Kreise).

Kommunarden: ursprünglich die Anhänger der Pariser Kommune von 1871; auch Selbstbezeichnung der Bewohner von linksradikalen Wohnprojekten, besonders der → Kommune 1 und 2 sowie der → Wielandkommune.

Kommune 1: antibürgerliches Wohnprojekt in Berlin (1967–1969), Stationen: Fregestraße / Friedenau, Niedstraße / Friedenau, Stuttgarter Platz / Charlottenburg, Stephanstraße / Moabit. Bekannteste Mitglieder: Rainer Langhans, Fritz Teufel, Dieter Kunzelmann, Ulrich Enzensberger und Uschi Obermaier.

Linke: Selbstbezeichnung von Menschen mit allgemein sozialistischer oder sozialdemokratischer Überzeugung, oft mit marxistischem Hintergrund (auch Schimpfwort bürgerlicher und konservativer Kreise).

Linksradikale: Selbstbezeichnung von Menschen mit zugespitzt sozialistischer Überzeugung, die einen revolutionären Umsturz vorantreiben oder zumindest herbeisehnen, unzählige Schattierungen und sektiererische Varianten (auch Schimpfwort sozialdemokratischer, bürgerlicher und konservativer Kreise).

Luftbrücke: Ende Juni 1948 blockierte die Rote Armee rechtswidrig die Verbindungen zu Lande und zu Wasser zwischen den drei Besatzungszonen in Westdeutschland und den drei Sektoren in West-Berlin. Die West-Berliner Bevölkerung sollte gezwungen werden, sich in der sowjetischen Besatzungszone und dem sowjetischen Sektor von Berlin zu versorgen. Daraufhin organisierten die Alliierten binnen weniger Tage die größte Luftversorgung aller Zeiten. Weil Stalin keinen offenen Konflikt mit der Atommacht USA provozieren wollte, ließ

er die Luftwege offen. In fast 278 000 Flügen von Juni
1948 bis September 1949 (die Blockade war schon im Mai
1949 aufgehoben worden) transportierten die USA und
Großbritannien mehr als 2,1 Millionen Tonnen Fracht
nach West-Berlin, davon waren zwei Drittel Kohle zur
Stromerzeugung und für Heizungen. Es gab mindestens
101 Tote, überwiegend fliegendes Personal. Die Kosten
für die Versorgung der Teilstadt mit über zwei Millionen
Bewohnern gingen in die Milliarden Dollar und wurden
weitestgehend aus dem US-Haushalt getragen.

Mao-Bibel *(Worte des Vorsitzenden Mao Tse-tung)*: klein-
formatiges Buch in rotem Kunststoffeinband mit insgesamt 427 Zitaten aus Reden und Texten des chinesischen
KP-Chefs Mao Tse-tung; es existieren verschiedene Ver-
sionen mit 250 bis 375 Seiten in chinesischer Original-
sprache und mehr als hundert Übersetzungen, erstmals
erschienen 1965. Nach der Bibel und dem Koran das
meistgedruckte Buch aller Zeiten.

**Mark (Deutsche Mark, DM vs. Mark der DDR, Ost-
Mark)**: Seit Juni 1948 war Deutschland auch durch die
Währung geteilt, im Westen galt die Deutsche Mark,
im Osten die Mark der Deutschen Notenbank (bis Ende
1967) und dann die Mark der DDR. Die DDR-Mark
oder Ost-Mark war eine reine Binnenwährung ohne internationalen Wert. Die DM oder West-Mark dagegen
war seit 1958 frei konvertierbar und wurde anstandslos
in alle anderen Währungen der Welt umgetauscht, in
Dollar ebenso wie in britische Pfund oder Schweizer
Franken. 1968 betrug der inoffizielle Wechselkurs von
DM zu DDR-Mark in West-Berlin etwa 1:5.

Mauer: Seit Ende Mai 1952 war die Außenlinie der drei westlichen Sektoren Berlins, also West-Berlin, zur DDR mit Zäunen abgesperrt; die innerstädtische Sektorengrenze blieb bis zum 13. August 1961 noch offen. Dann ließ die → DDR binnen weniger Tage eine immer weiter verstärkte »pioniertechnische Sperranlage« entlang aller Sektorengrenzen errichten. Da Walter Ulbricht am 15. Juni 1961 bei einer Pressekonferenz behauptet hatte: »Niemand hat die Absicht, eine Mauer zu errichten«, bürgerte sich für die Grenzsperren im Westen rasch der Begriff »Mauer« ein. Dabei bestand von den knapp 160 Kilometern um 1968 nur rund ein Viertel tatsächlich aus Mauern, der Rest aus Stacheldraht- oder speziellen Streckmetallzäunen.

Molotow-Cocktail (Molli): Brandsatz aus einem Benzin-Öl-Gemisch in einer Glasflasche; Name entstand im sowjetisch-finnischen Winterkrieg 1939/40, als die weit unterlegene finnische Armee mit solchen Brandsätzen Panzer der Roten Armee zerstörte; der sowjetische Außenminister Wjatscheslaw Molotow bestritt tagelang, dass die Rote Armee im Nachbarland eingefallen war, weshalb die improvisierte Geheimwaffe seinen Namen erhielt.

Neues Deutschland: Zentralorgan der → SED und wichtigste Zeitung der → DDR. Da alle Parteimitglieder ein Abonnement halten mussten, war die Auflage enorm und lag 1968 bei knapp zwei Millionen Exemplaren.

NVA (Nationale Volksarmee): Armee der DDR, für die Wehrpflicht galt. Seit 1962 unterstanden ihr auch die

Grenztruppen der DDR. Rund 1,3 Prozent der DDR-Bevölkerung standen in der NVA ständig unter Waffen (in der Bundesrepublik waren es etwa 0,7 Prozent).

Paragraf 175: Das westdeutsche Strafgesetzbuch des Jahres 1968 sanktionierte homosexuelle Kontakte zwischen Männern als schwere Straftat. Seit 1935 galt eine Version, die jeden schwulen Geschlechtsverkehr mit Gefängnis ahndete; nur bei unter 21-jährigen Jugendlichen wurde ausnahmsweise von einer Freiheitsstrafe abgesehen. Faktisch hat es aber stets eine Schwulenszene gegeben, selbst im Dritten Reich. 1969/70 wurde der Paragraf 175 in zwei Schritten deutlich entschärft, 1994 ersatzlos gestrichen.

Polizei-Reserve-Bataillon: im Dritten Reich aus regulären Polizeibeamten und Mitgliedern verschiedener Polizeireserven gebildete Sondereinheiten. Ursprünglich gedacht, um im Hinterland der Front Ruhe und Ordnung sicherzustellen, waren Polizei-Reserve-Bataillone schon 1939 im besetzten Polen an schweren Verbrechen beteiligt. Seit 1941 stellten Polizei-Reserve-Bataillone neben den Einsatzgruppen der SS und der Konzentrationslager-SS den Großteil der Täter des Holocaust. Insgesamt gab es im Verlauf des Zweiten Weltkriegs 107 Polizeibataillone. In schwierigen Lagen, etwa im Spätherbst 1942, im Sommer 1943 und ab Sommer 1944, wurden sie auch als reguläre Kampfeinheiten eingesetzt.

Progressive Kräfte in der Gesellschaft: Selbstbezeichnung → linksradikaler Kreise. Grundlage ist die marxistische Geschichtsauffassung, derzufolge die Geschichte als Geschichte von Klassenkämpfen zu verstehen sei und zwangsläufig zum Kommunismus führe, was als Fortschritt verstanden wird. Alle, die sich dieser Auffassung anschließen, gelten als progressiv, unabhängig von ihrem Status als Arbeiter, Intellektuelle, Funktionäre oder Lehrlinge; Gegenteil: → Reaktion / Reaktionäre Kräfte.

Prora: mit 4,5 Kilometern längstes Wohnprojekt, das in Deutschland jemals realisiert wurde (1936–1939). In der Urlaubssiedlung der NS-Organisation KdF (»Kraft durch Freude«) sollten in 10 000 Gästezimmern insgesamt 20 000 verdiente Mitglieder der rassistisch definierten »Volksgemeinschaft« gleichzeitig unterkommen; die ersten Gäste waren Wehrmacht und Polizei, die fertiggestellte Bereiche als Unterkünfte nutzten; 1940–1942 wurden viele → Polizei-Reserve-Bataillone für ihre Mordaufgaben an der Ostfront in Prora ausgebildet.

Reaktion / Reaktionäre Kräfte: Schimpfwort linksradikaler und kaderkommunistischer Kreise für alle politischen Gruppen, die sich ihnen nicht unterwarfen. Auch die SPD, genannt »Sozialfaschisten«, galt als Teil der reaktionären Kräfte.

Reichsbahn: Die Staatsbahn der → DDR war aufgrund von besonderen Regelungen des Vier-Mächte-Status von Gesamt-Berlin auch für den Schienenverkehr in West-Berlin zuständig, ausgenommen davon war nur die U-Bahn. Deshalb hatte die Reichsbahn in West-Berlin auch zahlreiche Standorte und knapp 10 000 Mitarbeiter mit West-Berliner Status.

Republikanischer Club: Treffpunkt der West-Berliner → linken und → linksradikalen Szene in der Wielandstraße 27 in Charlottenburg. Offiziell getragen von einem Verein, zu dessen Mitgliedern auch der linke Anwalt Horst Mahler zählte, finanzierte die → Stasi den Republikanischen Club in Berlin Charlottenburg wesentlich.

Revisionistische Scheiße: Floskel → linksradikaler Kreise für alles, was unangenehm war, gleichbedeutend: Nebenwiderspruch.

Rosinenbomber: Volkstümliche Bezeichnung für die Transportflugzeuge der → Luftbrücke. Einige Frachtflugzeuge warfen neben Heizmaterial und Lebensmitteln auch Süßigkeiten für die Kinder ab, der Name hat sich dann für alle an der Luftbrücke beteiligten Flugzeuge durchgesetzt.

Rudi Dutschke: Anführer der West-Berliner → Linksradikalen, → Student und Symbolfigur der 68er-Bewegung. Wurde am 11. April 1968 von dem rechtsradikalen Hilfsarbeiter Josef Bachmann niedergeschossen und lebensgefährlich verletzt. Er erholte sich nie davon und starb 1979 an den Folgen des Attentats.

SDS (Sozialistischer Deutscher Studentenbund): ursprünglich SPD-naher Studentenverband, der ab 1960 ins → linksradikale Milieu abdriftete. 1967/68 befand sich das Zentrum in West-Berlin und Frankfurt/Main; verstand sich als Teil der → Apo. 1970 löste sich der SDS selbst auf.

SED (Sozialistische Einheitspartei Deutschlands): 1946 durch Zwangsvereinigung der KPD mit der SPD in der sowjetischen Besatzungszone, der späteren → DDR, gegründete Staatspartei sowjetisch-bolschewistischen Typs. Um 1968 etwa 1,75 Millionen Mitglieder in der DDR und knapp 5000 in der »SED Westberlin«.

Springer-Presse: Schimpfwort linker, linksradikaler und kaderkommunistischer Kreise für die Zeitungen des Verlegers Axel Springer, insbesondere Bild, B. Z., Berliner Morgenpost, Die Welt, Welt am Sonntag und Hamburger Abendblatt. Auf dem West-Berliner Zeitungsmarkt stammten etwa 70 Prozent der Regionalzeitungen aus dem Verlag Axel Springer, bundesweit einschließlich der überregionalen Titel weniger als 20 Prozent. Bei Illustrierten und politischen Magazinen betrug der Anteil des Springer-Verlages 1967/68 null Prozent. Trotzdem beklagten → Linke und → Linksradikale regelmäßig ein »Springer-Monopol«.

Staatsschutz: meist regional organisierte Behörden, die gleichermaßen den demokratischen Staat und seine Ordnung verteidigen; gehört zur Polizei und wendet polizeiliche Methoden an.

Stadtguerilla: Terroristisches Konzept; im Gegensatz zu einer normalen Guerilla, die im offenen Land agiert und wie die Partisanen in der Sowjetunion und in Jugoslawien im Zweiten Weltkrieg durch Attacken die Besatzungsmächte unter Druck setzt, besteht die Stadtguerilla aus ganz kleinen illegalen Gruppen in Städten, die Repräsentanten des Staates und Schlüsselpositionen wie Polizeistationen, Regierungsgebäude, Kasernen oder auch Medienhäuser mit Bomben oder Schusswaffen angreifen.

Stasi (MfS, Ministerium für Staatssicherheit): Geheimpolizei der → SED-Diktatur, die gleichermaßen gegen innere Opposition wie gegen äußere Feinde arbeitete. 1968 hatte die Stasi insgesamt 36 555 hauptamtliche und rund 100 000 → IM (Inoffizielle Mitarbeiter), davon mehr als 95 Prozent in der → DDR.

Studenten: In West-Berlin gab es im akademischen Jahr 1967/68 an drei Hochschulen – der Freien Universität, der Technischen Universität und der Hochschule der Künste – insgesamt etwa 27 000 Studenten. Von ihnen nahmen nie mehr als 2000 an Aktionen der Studentenbewegung teil; (auch Schimpfwort konservativer Kreise).

Tegeler Weg: Synonym für das Landgericht Berlin am Tegeler Weg. Hier wurden 1968 meist Zivilverfahren verhandelt; auch das Ehrengericht der Rechtsanwaltskammer tagte hier. Am 4. November 1968 fand die »Schlacht am Tegeler Weg« statt, bei der 130 Polizisten und 22 Demonstranten verletzt wurden.

Todesstreifen: Sperrgebiet zwischen Ost-Berlin/DDR und West-Berlin/Westdeutschland. Hier galt allgemein ein Schießbefehl. Der Todesstreifen wurde begrenzt von der »Hinterlandsicherungsmauer« auf DDR-Seite und dem »Vorderen Sperrelement feindwärts«, der eigentlichen → Mauer nach West-Berlin/Westdeutschland hin. Vom 13. August 1961 bis zum 15. November 1968 starben dort mindestens 83 Menschen, davon 4 DDR-Grenzer, 3 West-Berliner Fluchthelfer, 72 fluchtwillige DDR-Bürger und 4 unbeteiligte Zufallsopfer.

Tschako: traditionelle konische Kopfbedeckung der Polizei in Deutschland, in West-Berlin bis 1969, hergestellt aus dicker Pappe, entweder lackiert oder mit Kunststoffüberzug – bot keinerlei Kopfschutz für den Beamten.

Tupamaros West-Berlin: »Tupamaros« ist eine linksradikale Terrorgruppe in Uruguay, offiziell »Movimiento de Liberación Nacional«; ab 1969 bildeten sich in München und West-Berlin entsprechende linksradikale Terrorgruppen.

Verfassungsschutz: Landesämter für Verfassungsschutz setzen auf nachrichtendienstliche Methoden wie V-Leute; Mitarbeiter verfügen nicht über polizeiliche Rechte wie der → Staatsschutz.

Vietcong: Kurzwort für die »Nationale Front für die Befreiung«, die kommunistische Guerillabewegung gegen das autokratische Regime in Südvietnam, das v. a. von den USA mit Waffen und ab 1964 mit eigenen Truppen massiv gestützt wurde. Da die UdSSR das kommunistische Nordvietnam unterstützte und indirekt den Vietcong, entwickelte sich ein grausamer Stellvertreterkrieg mit 2 bis 5 Millionen vietnamesischen Opfern (je nach Definition) und fast 60 000 gefallenen US-Soldaten. »Charlie« war in Kreisen der US-Streitkräfte der übliche Ausdruck für den Vietcong.

Weltrevolution: Ziel → linksradikaler und → kader-kommunistischer Aktivisten. Anhänger der Staatspar-teien des sowjetischen Blocks verstanden darunter den angeblich zwangsläufigen Sieg des Marxismus-Leni-nismus, Mao-Fans den Triumph des Maoismus, Linke, Linksradikale schwankten, was genau sie damit mein-ten.

Wielandkommune: antibürgerliches Wohnprojekt in der Wielandstraße 13 in Charlottenburg. Mehr als zehn → linksradikale Aktivisten lebten dort, unter anderem Michael »Bommi« Baumann und Georg von Rauch. Hauptmieter der Wohnung war der Rechtsanwalt Otto Schily, der die Wohnung nicht selbst nutzte.

Zone / Ostzone: Bezeichnung in Westdeutschland und West-Berlin für die → DDR, entstanden als Kurzform von Sowjetische Besatzungszone.

Danksagung

Das analog zu den Sechzigerjahren tätige Autorenkollektiv Lutz Wilhelm Kellerhoff ist folgenden Personen zu besonderem Dank verpflichtet:

Gunnar Cynybulk und Katrin Fieber, die so geistesgegenwärtig waren, das Buch zum richtigen Zeitpunkt zu Ullstein zu holen. Katrin Fieber dazu noch für Motivation und Unterstützung (auch, als es um ein revolutionäres Autorenfoto ging). Gerald von Foris, dem Fotografen, der uns einfühlsam porträtiert hat. Ebenso dem Ullstein-Team bestehend aus Sabine Wimmer, Antoinette von Schwarzkopf, Juliane Junghans, Bettina Kasten, Agnieszka Golosch und Annemarie Blumenhagen für die großartige Geburtshilfe auf allen Ebenen.

Der ehemalige Berliner Landeskriminalpolizeidirektor und Mordermittler Wolfgang Schinz hat uns aus Sicht der Kripo auf den rechten Weg geführt und dort, wo das nicht möglich war, Verständnis dafür gezeigt, dass es sich um einen Krimi handelt. Hartmut Moldenhauer, Burkhard von Walsleben und Harold Selowski haben ein Fass voller Anekdoten aus ihrer Dienstzeit bei der Berliner Polizei über uns ausgeschüttet. Jens Dobler gewährte uns in der Polizeihistorischen Sammlung eine spannende visuelle Zeitreise. Wolfgang Wieland verstand es, uns 1968 mit seinen Anekdoten näherzubringen. Silvia Rachor, die eine gute Freundin und Weg-begleiterin ist, hat als Schauspielerin und Regisseurin geholfen, die Figuren lebendiger zu gestalten.

Unserer Agentin Elisabeth Ruge danken wir für den richtigen Riecher, als sie die Idee zu Ullstein getragen hat. Dank an sie und Ernst Piper, dass sie die vertrag-lichen Fragen gewissermaßen im Fluge geklärt haben.

Und wir danken den sogenannten 68ern dafür, dass sie nicht nur eine politische, sondern auch eine mediale Guerilla waren. Wann hat es ein harter Kern von drei-hundert entschlossenen Aktivisten jemals geschafft, eine Epoche derart zu prägen, eine Jahreszahl zu kapern und die Protagonisten zu mythischen Helden zu verklären? Ohne euch gäbe es diesen Roman nicht. Unseren Dank müsst ihr euch allerdings mit den Berlinerinnen und Berlinern teilen, die sich mit ihrer speziellen Schnodd-rigkeit und manchmal auch Wut im Jahr 1968 oft in die Statistenrolle gefügt und somit das große Schauspiel erst ermöglicht haben.

Berlin, August 2018
Martin Lutz, Uwe Wilhelm, Sven Felix Kellerhoff